의식주로 읽는 일본문화

의식주로 읽는 일본문화

초 판 인 쇄	2018년 02월 20일
초 판 발 행	2018년 02월 28일

편 자	한국외국어대학교 일본고전독회
발 행 인	윤 석 현
발 행 처	제이앤씨
책 임 편 집	최 인 노
등 록 번 호	제7-220호

우 편 주 소	서울시 도봉구 우이천로 353 성주빌딩 3층
대 표 전 화	02) 992 / 3253
전 송	02) 991 / 1285
홈 페 이 지	http://www.jncbms.co.kr
전 자 우 편	jncbook@hanmail.net

ⓒ 한국외국어대학교 일본고전독회 2017 Printed in KOREA.

ISBN 979-11-5917-099-7   03830   정가 26,000원

의식주로 읽는
일본문화

한국외국어대학교 일본고전독회 편

제이앤씨
Publishing Company

한국외국어대학교 일본고전독회는 2000년부터 2016년까지 17년간 매달 1회, 학교의 연구지원에 힘입어 일본 문학 및 문화 연구회를 이어왔다. 일본고전독회는 주로 한국외국어대학교 대학원생과 한국 내 전문 연구자들을 중심으로 발표와 토론 형식으로 이루어졌으며 때때로 저명한 일본 학자의 초청 강연을 통하여 연구 지평을 넓히고자 애써왔다. 이러한 일본고전독회의 꾸준한 노력은 2013년『키워드로 읽는 겐지 이야기』,『공간으로 읽는 일본고전문학』,『에로티시즘으로 읽는 일본문화』(제이앤씨, 한국외국어대학교 일본고전독회 편)라는 세 권의 출간으로 결실을 거두었다. 이는 각 분야의 전문 연구자들이 일반 독자를 염두에 두고 일본 문화에 대하여 깊이는 있되 어렵지 않게 풀어 쓴 교양서로, 출간 이후 줄곧 일본 문화 분야의 스테디셀러로 자리매김 되어 있다. 그중에서『키워드로 읽는 겐지 이야기』는 2014년 대한민국학술원 우수도서로 선정되어 학술적 가치도 인정받았다.

이번에 선보이는 세 권 역시 일반인을 위한 교양 도서로 엮어내었다. 이들 책의 공통된 특징은 한마디로 일본 문학 및 문화의 친근한 스토리텔링이라고 할 수 있다. 즉 주제가 되는 키워드를 씨실로 삼고 역사 또는 사회의 배경과 변화, 신화·전설과 설화 등을 날실로 삼아 알록달록한 '일본 이야기'를 일반 독자들에게 펼쳐보이고자 한 것이 이번 연구도서 출판의 목적인 것이다.『의식주로 읽는 일본문화』에서는 삶의 기본인 의식주를 키워드로 하여 크게 의복, 음식, 주거의 세 부분으로 나누어 살펴보았다.

　제1장 의복 편에서는 문학 작품에 나타난 복장, 옷 선물, 속대, 향기, 머리, 머리카락, 빗에 대해 다루었다. 「의례에 차려입는 옷」에서는 남녀가 의례에서 입는 정장에서부터 일상복까지 때와 장소에 맞는 의복의 기능과 다양한 색채의 아름다움과 기능에 대해 소개한다.

　「옷에 물든 여인의 매력」에서는 헤이안 시대 문학 작품인 『겐지 이야기』속에 나타난 새해맞이 옷을 선물하는 장면을 중심으로 옷을 선물하는 사람과 받는 사람 간의 마음의 교류, 미묘한 신경전, 그리고 미적 감수성 등에 대해 살핀다.

　「여성, 남성의 정장을 입다」는 문학 작품과 그림 두루마리를 통하여 남장 여성, 여장 남성 등 젠더의 표상으로 의복의 위상과 인물 관계에 대하여 조망한다.

　「향에 스며든 여성의 탄식」에서는 헤이안 귀족들의 훈향 문화를 바탕으로 그들의 미의식을 좇는다. 풍류로서 고대인이 즐긴 훈향의 양상, 문학 작품 속 방향芳香 장면이 의미하는 바와 그 속에 담긴 희로애락의 단초를 읽어낸다.

　「여성의 아름다움을 좌우하는 멋」에서는 근세 시대를 중심으로 여성의 아름다움을 돋보이게 하는 머리 모양에 대해 다룬다. 시대에 따른 헤어스타일의 변천과 미학, 이와 관련된 에피소드를 재미있게 엮어낸다.

　「여자의 일생과 빗」에서는 여성의 운명과 동일시되는 빗의 위상과 사랑과 이별의 정표로서의 빗의 의미를 살피고 이를 통한 빗의 일본 문화를 분석한다.

　제2장 **음식** 편에서는 술, 술잔, 죽과 떡, 물고기와 생선, 상어고기, 에도 음식에 대해 다루었다. 「신들의 술, 인간의 이야기」는 예로부터 인간과 함께 해온 음료인 술에 담긴 신성한 의미와 술을 통한 신과 인간의 관계, 일본 신화 속 술과 얽힌 이야기를 알아본다.

　「길흉화복의 특별식」은 죽과 떡에 담긴 특별한 의미를 살피고 길흉화복과 관계된 풍습의 역사를 이야기한다. 신화시대부터 곡령신앙과 함께 성스럽게 여겨지던 쌀로 만든 죽과 떡을 사용하는 행사 및 의례, 이에 얽힌 사연을 통해 일본 문화의 단면을 살핀다.

　「눈과 입으로 즐기는 생선」에서는 고전 문학에 그려진 생선 이야기와 시대에 따른 풍습과 의미 변화를 따라가 본다. 생선요리가 발달하는 과정, 구경거리인 고기잡이, 계절 감각, 빼어난 생선요리 등 다채로운 음식 문화를 소개한다.

　「돔배기와 상어덮밥으로 보는 한일문화교류」에서는 일본 신화에 나타난 상어 이야기를 일화를 중심으로 살핀다. 일본의 상어요리에 곁들인 한국의 경상도 지방의 상어요리에 대한 이야기는 한일 음식 문화교류의 양상을 시사한다.

　「서민의 풍성하고 다양한 먹거리 이야기」는 에도 시대 대중소설에 등장하는 식자재 이야기를 엮는다. 여러 채소를 비롯하여 다양한 식재료가 의인화된 이야기는 당시 서민들의 소박한 삶에 대한 풍자와 해학의 미학을 보여준다.

　제3장 **주거** 편에서는 자신전, 청량전, 칠전오사, 문, 발, 수레, 서원, 절, 신사를 키워드로 일본 문화를 설명하였다. 「으스름 달빛 아래 궁궐을 거닐다」는 옛 궁궐의 전각과 이를 배경으로 펼쳐지는 일화들을 풀

어낸다. 아울러 전각의 주인인 후궁의 삶과 궁중에서 열리는 행사를 통해 일본 문화의 정취를 느낄 수 있다.

「문틈으로 들려오는 옛이야기」는 안팎의 경계인 문의 다양한 형태를 설명한다. 또한 문학 작품 속에 기능하는 문의 상징성과 이야기 전개에서 복선으로 작용하는 문의 역할에 대한 설명을 들려준다.

「발 너머 살며시 보이는 풍류」는 발로 대표되는 가림의 미학을 설명하고, 발을 사이에 둔 다양한 남녀관계 양상과 연애 이야기, 발의 서사 기능에 대하여 살핀다.

「여성문학과 탈것의 남녀관계학」은 헤이안 시대의 탈것의 종류와 신분의 상관관계에 대해 알아본다. 우차의 상징, 갈등관계의 표상인 수레 등 탈것이 남녀 애정의 심적인 갈등 기제로 작용하는 메커니즘을 살핀다.

「무사들의 삶과 공간」에서는 중세 무사들의 삶의 공간을 중심으로 일본 문화 속 건축 양식을 조감한다. 당시의 주택 양식으로 건립된 서원, 다도와 관계 깊은 '도코노마'의 의미를 통해 일본의 전통 문화를 살핀다.

「불교와 민중을 맺어주는 사원」은 일본불교와 사원의 특징을 중심으로 이야기한다. 승방, 사찰이 겪은 역사의 풍우, 중생 교화의 장으로서의 사원과 그에 얽힌 이야기를 풀어낸다.

「신들의 주거 공간」에서는 신사(야시로)가 『겐지 이야기』 속에서 어떻게 그려지고 있는가를 살펴본다. 신들의 거주 공간, 신 그 자체로 표상되어 작품 전개와 밀접하게 관련되어 주제를 도출하는 신사의 상징성이 주목된다.

이 책은 2000년부터 한국외국어대학교 연구산학협력단의 독회 콜로키움 지원으로 매달 한 번씩 개최한 일본고전독회에서 발표된 원고를 바탕으로 출판하게 되었다. 먼저 17년이라는 긴 세월 동안 변함없이 일본고전독회를 지원해준 한국외국어대학교 연구산학협력단 측에 깊은 감사의 말씀을 드리고자 한다.

더불어 일본 문학 및 문화에 관심을 지닌 일반 독자들을 위하여 알차고 이해하기 쉬운 인문 도서를 만들겠다는 한마음으로 바쁜 시간을 쪼개어 귀중한 원고와 편집의 수고를 맡아준 일본고전독회 선생님들의 노고에 진심으로 감사드린다. 끝으로 이 책의 출판을 흔쾌히 승낙해준 제이앤씨 윤석현 사장님 이하 편집부 여러분께도 감사의 말씀을 전한다.

2018년 2월
한국외국어대학교 일본어대학 김종덕

목 차

의식주로 읽는
일본문화

의복

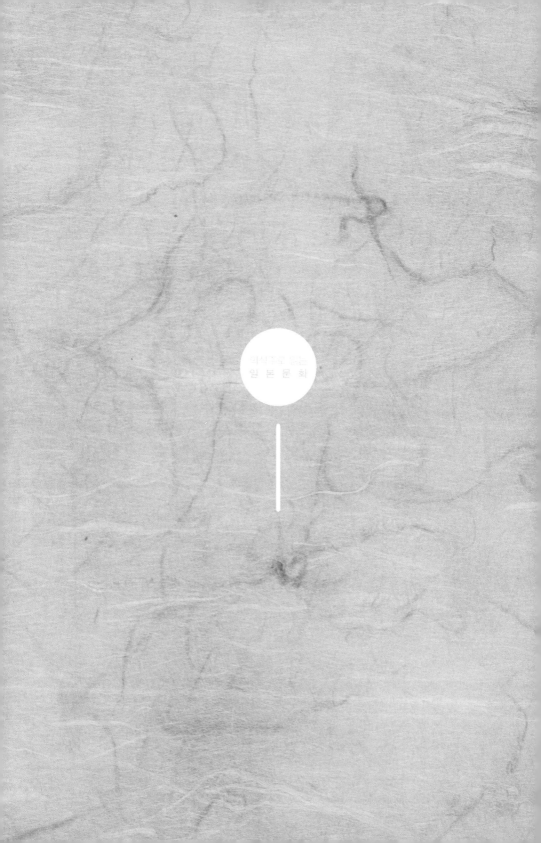

의례에 차려입는 옷

김 종 덕

● ● ● ●

　인간이 다른 동물들과 다른 점 중의 하나는 기후변화에 따라 동식물의 소재로 만든 의복을 착용하는 점이라고 한다. 인간이 의복을 착용하게 된 동기로는 신체를 보호하거나, 수치심, 장식, 신분의 표현 등이 있을 것이다. 각종 의례와 개성에 따라 입는 남녀의 의상은 개개인의 품위와 미의식을 표현하는 방법이 되기도 했다. 특히 귀족 관료로서 중앙과 지방 관직을 받아 취임하는 남성과 궁중에 근무하는 여성들은 품계와 신분에 따라 특정의 의상을 착용하고 공적인 임무를 수행했다.

　『겐지 이야기源氏物語』를 비롯한 　헤이안平安 시대(794~1192년)의 문학 작품에는 의식주 중에서 의복에 관한 기술이 비교적 세밀하게 묘사되어 있다. 상대의『율령律令』에는 관직의 품계에 따라 예복, 문무의 조복朝服, 제복, 여관의 정장十二單 등에 대해 자세히 규정하고 있다. 조정의 관리는 관위에 따라 엄격한 금색禁色의 규정에 정한 대로 옷을 입었다. 1위는 짙은 보라색, 2~3위는 옅은 보라색, 4위는 짙은 붉은색, 5위는 옅은 붉은색, 6위는 짙은 녹색, 7위는 옅은 녹색, 8위는 짙은 옥색, 초위初位는 옅은 옥색이었다. 그런데 헤이안 시대 중엽에는 국풍문화의 영향으로 조복을 '속대束帶'라고 했고, 염색 기술 등의 변화로 1~4위는 검은색, 5위는 붉은색, 6위는 녹색, 감색의 옷을 입었다. 특히 노란색과 붉은색이 섞인 황단黃丹은 황태자, 황로黃櫨는 천황만이 입을 수 있는 절대 금색의 의복이었다.

하카마기袴着는 남녀 3~5세 무렵에 어린아이가 처음으로 하카마袴를 입는 의식이다. 남자의 성인식은 '원복元服' 또는 '초관初冠'이라 했고, 여성의 경우는 '상착裳着'이라고 했는데, 이는 성인으로서 자립하는 의례였다. 기리쓰보桐壺 천황이 히카루겐지光源氏의 하카마기를 성대하게 치른 것은 총애의 정도를 나타내고, 겐지가 아카시노히메기明石の姫君의 하카마기를 품위 있게 치른 것은 자신의 권세를 과시한 것이다. 즉 귀족 가문의 남녀 성인식은 관직을 받아 자립하는 계기가 되거나 결혼의 전제조건이었던 것이다. 이 글에서는 이러한 의례와 의복의 관계가 단순히 의식으로만 존재하는 것이 아니라 어떻게 남녀의 결혼과 인물조형, 허구의 주제를 이어가는가를 살펴보고자 한다.

하카마를 입는 의례

헤이안 시대의 하카마기는 남녀가 3~7세가 되었을 때 처음으로 하카마(일본 정장의 바지)를 입는 의례이다. 황태자나 황자의 하카마기는 조정의 공적인 의례로 치렀는데, 그 규모에 따라 황실의 위상과 외척의 권세를 세상에 알리는 행사였다. 하카마기는 오늘날 7·5·3(3, 5, 7세에 해당하는 11월 15일 씨족신에게 참배하는 축일) 행사의 기원이라고 볼 수 있다. 『겐지 이야기』에 나오는 '하카마'의 용례는 26회이지만, '하카마기'는 4회로 모두 겐지와 그의 딸인 아카시노히메기미에게 사용되고 있다.

다음은 『겐지 이야기』「기리쓰보桐壺」권에서 겐지가 세 살이 되었을 때 하카마기를 하는 대목이다.

> 이 황자가 3살이 되는 해, 하카마기의 의식을 이전 첫째 황자가 치렀던 것보다 떨어지지 않도록, 내장료內藏寮나 창고의 재물을 모두 사용하여 성대하게 치렀다. 이렇게 하시는 것에 대해서도 세간의 비난이 많았지만, 이 어린 황자가 성장해 가는 모습과 성품이 세상에 비할 바가 없이 훌륭하셨기 때문에 누구도 미워할 수가 없었다. 사리를 분별할 수 있는 사람은 이와 같은 황자가 세상에 존재하고 있었구나 하고 단지 멍하니 바라볼 뿐이었다.

겐지의 하카마기를 첫째 황자인 스자쿠朱雀 때에 못지않게 궁중의 창고에 소장되어 있는 보물을 모두 꺼내어 치렀다는 것은 천황의 총애가 그만큼 깊다는 것을 의미한다. 이는 두 황자에 대한 천황의 정치적인 의도와 위상을 상징하는 행위로 볼 수 있다. 즉 기리쓰보 천황의 기리

17

쓰보 갱의桐壺更衣에 대한 사랑이 그대로 아들인 둘째 황자에게로 전이 된다는 것을 의미한다. 그리고 겐지의 아름다운 용모와 성품은 하카마 기와 함께 최상의 인물이라는 칭송으로 이어진다. 문제는 기리쓰보 갱 의와 겐지에 대한 천황의 총애가 깊어질수록 고키덴 여어弘徽殿女御 등의 질투와 비난은 심해져, 기리쓰보 갱의는 이로 인한 스트레스로 병이 깊 어지고 결국 죽음을 맞이하게 된다.

동궁비로 입궐시킬 것을 염두에 둔 겐지의 딸 아카시노히메기미의 하카마기는 겐지의 재력과 권세를 과시하는 의례였다.「우스구모薄雲」 권에서 겐지는 아카시노키미明石の君에게 딸 아카시노히메기미를 무라 사키노우에紫の上의 양녀로 보낼 것을 권한다. 이때 겐지는 아카시노키 미에게 "하카마기 등도 은밀하게 하지 않고 공개적으로 해 주고 싶어 요"라고 이야기하지만, 아카시노키미는 딸과 헤어질 것을 생각하니 가 슴이 미어진다. 또 아카시노키미의 모친인 아카시노아마기미明石の尼君 도 "하카마기도 아무리 잘 해주려고 해도" 교토 근교의 삭막한 오이大堰 에서는 어찌할 수가 없으니 겐지가 있는 도읍으로 보내자고 한다. 겐지 는 그래도 망설이고 있는 아카시노키미에게 "하카마기는 어떻게 할까 요"라고 다시 묻는다. 이에 아카시노키미는 어찌할 수 없다고 생각하 고 딸과 이별의 아픔을 참고 니조인二條院으로 보낼 결심을 한다.

다음은 「우스구모」권에서 아카시노히메기미의 하카마기가 거행되 는 대목이다.

하카마기는 특별히 준비하는 것은 아니지만 훌륭하게 꾸몄다. 장식은 마치 인형놀이 하는 것처럼 재미있게 보인다. 축하를 위해 찾아온 손님들도 매일 아침저녁으로 출입이 많은 저택이라 그다지 눈에 띄지도 않았다. 단지 아카

【그림 1】 하카마기 무렵의 아카시노히
　　　　 메기미(秋山虔 監修(1988)
　　　　 『豪華[源氏絵]の世界　源氏物
　　　　 語』学習研究社)

시노히메기미가 가슴 언저리에 맨 끈이 한층 귀엽게 보였다.

아카시노히메기미의 하카마기는 세 살이 되는 겨울에 거행되었는
데, 겐지의 딸이라는 신분에 걸맞게 치른다고 묘사된다. 천황가의 하카
마기가 공적이고 의례적인 것에 비해, 아카시노히메기미의 하카마기
는 신하인 겐지의 딸로서 세상에 알리는 의식인 셈이다. 이에 많은 축
하객들이 니조인의 넓은 저택을 드나들고, 하카마를 입은 아카시노히
메기미의 용모가 귀엽다는 것을 확인한다.

『에이가 이야기栄花物語』권12에는 산조三條 천황과 겐시姸子(섭정 후
지와라 미치나가藤原道長의 딸)가 딸 데이시禎子의 '하카마기'를 준비하
는 과정을 서술하고 있다. 산조 천황은 데이시의 나이가 세 살이 되는
해의 4월에 하카마기의 의식을 위해 생활용품 등을 많이 준비하게 한
다. 당시 산조 천황과 겐시 중궁은 궁중의 화재로 인해 미치나가의 저

택 비와도노枇杷殿에서 거주하고 있었다. 천황과 중궁은 딸의 하카마기를 궁에서 올리지 못하는 것을 안타깝게 생각한다. 또『오치쿠보 이야기落窪物語』권4에는 미치요리道頼 좌대신左大臣과 오치쿠보노키미落窪の君의 많은 자녀들이 하카마기를 치렀다는 기술이 나온다.『오치쿠보 이야기』에는 오치쿠보노키미의 출산이나 아이들의 하카마기 의례 등에 관해서는 일일이 다 기술할 여유가 없다고 되어있다. 이는 오치쿠보노키미의 자녀가 많아 모두 세세히 기술하지 못한다는 문맥이다.

이와 같이 하카마기는 헤이안 시대의 남녀 3~5세 무렵에 어린아이가 처음으로 하카마를 입는 의식이다.『겐지 이야기』에는 하카마기의 의례를 묘사한 용례가 그다지 많지는 않다. 겐지와 아카시노히메기미, 산조 천황의 데이시 황녀와 같이 성대하게 하카마기를 치른 것은 집안의 권세나 황실의 권위를 천명하는 계기가 된다. 특히 겐지의 하카마기는 스자쿠 황자와의 대비를 통해, 황위계승을 할 수도 있을 정도로 천황이 총애한다는 점과 겐지의 위상을 상징적으로 묘사하고 있다는 것을 알 수 있다.

남성의 성인식과 결혼

헤이안 시대 남자의 성인식은 '원복元服'이라 했고, 처음으로 모자冠를 쓴다고 해서 초관初冠이라고도 했다. 천황, 동궁, 황자의 경우는 대체로 11세에서 17세경에 거행되었고, 성인식과 함께 연상의 여성과 결혼하는 경우가 많았다. 성인식에서는 주인공과 가까운 인척이나 '히키이레 대신引入大臣'이 이발을 해주고 상투를 틀어 머리 형태를 바꾸고 관을 씌워 주었다. 그리고 성인식을 하는 남성의 겉옷은 어른의 표시로 포袍를 입었다. 한편 여성의 성인식은 '상착裳着'이라 했고, 대체로 12세에서 14세경에 배우자가 정해졌을 때 치르는 경우가 많았다.

『이세 이야기伊勢物語』1단의 서두에는 '옛날 어떤 남자가 성인식을 하고 나라의 도읍 가스가春日의 마을에 연고를 찾아 사냥을 갔다'라고 되어있다. 그런데 이 남자는 그곳에서 뜻하지 않게 아름다운 미모의 자매를 보자, 입고 있던 사냥복狩衣에 와카를 읊어 보낼 정도로 정열적인 풍류인이라는 점을 지적하고 있다. 다음은『겐지 이야기』「기리쓰보桐壺」권에서 주인공 겐지가 12살에 성인식을 하는 과정을 구체적으로 묘사한 대목이다.

이 황자의 어린 모습을 성인의 차림으로 바꾸는 것이 안타깝게 생각되었지만 12살에 성인식을 올린다. 천황은 스스로 여러 가지를 준비하시며 정해진 것 이상으로 도움을 주셨다. 이전에 동궁의 성인식이 남전南殿(자신전紫宸殿)에서 거행되었을 때의 의식이 성대했다고 하지만, 그에 뒤지지 않을 정도로 했다. 곳곳에서 받은 음식상도 내장료, 곡창원穀倉院 등에서 공적인 일로 조달해서는 소홀하게 될 수도 있다고 하여, 특별한 지시를 내려 최선을 다해 봉사했다.

천황이 나오시는 청량전清凉殿의 동쪽 방에 동향으로 놓인 옥자의 의자에 성인식을 하는 황자의 자리가 있고, 가관을 하는 대신의 자리가 그 앞에 있었다. 의식은 신시(오후 4시경)인데, 바로 그 때 겐지가 들어오셨다. 좌우로 가른 머리와 얼굴의 아름다운 용모를 성인으로 만드는 것이 안타까울 정도이

【그림 2】 히카루겐지의 성인식(鈴木日
出男 監修·執筆(2006)『王
朝の雅 源氏物語の世界』別
冊太陽, 平凡社)

　다. 대장성大藏省 대장의 대신이 이발하는 역을 맡았다. 정말로 아름다운 머
리카락을 자를 때 너무나 애처롭게 느껴졌다.

　『겐지 이야기』에 나오는 성인식 가운데 가장 자세히 기술한 대목이
다. 상기 인용에서 주목하고 싶은 것은 천황이 겐지의 성인식을 동궁에
못지않게 치르려고 했다는 점이다. 천황은 갖가지 준비를 담당 관리에
게만 맡기지 않고 직접 지시하고, 청량전에서의 좌석 배치와 구체적인
진행과정을 감독하고 있다. 그러나 천황은 겐지의 성인식을 친모인 기
리쓰보 갱의가 직접 보지 못하는 것을 무엇보다도 안타깝게 생각한다.
그리고 겐지는 성인식을 치르자마자 좌대신의 딸 아오이노우에葵の上와
결혼한다.
　「미오쓰쿠시澪標」권에는 레이제이冷泉 천황의 성인식이 2월에 거행
되었다는 기술이 나온다. 세상에서는 레이제이가 기리쓰보 천황의 아

들로 겐지와는 배다른 형제로 알고 있지만, 실제로는 겐지와 후지쓰보藤壺의 밀통에 의해 태어난 아들이다. 후지쓰보는 겐지와의 밀통이 세상에 알려질까 불안했지만, 성인식을 마친 레이제이가 스자쿠인朱雀院에 이어 즉위하자 안도한다. 그리고 겐지는 스마須磨·아카시明石에서 돌아와 내대신內大臣으로 복귀하여 레이제이 천황의 후견인 역할을 하게 된다.

「오토메少女」권에는 유기리의 성인식이 겐지의 저택이 아닌 산조三條의 오미야大宮(유기리의 외조모) 저택에서 치러진다.

> 대신의 딸 아오이노우에가 낳은 유기리의 성인식 준비를 한다. 겐지는 처음 니조인에서 해야겠다고 생각했지만, 오미야가 유기리의 성인식을 보고 싶어 하는 것도 당연하다고 생각되어 안타깝기도 하여, 그대로 산조의 저택에서 성인식을 올리도록 배려한다.

겐지는 아오이노우에가 유기리를 출산하자마자 죽었고, 유기리가 그간 외조모인 오미야 옆에서 자란 것을 생각하여 산조의 저택에서 성인식을 올리도록 배려한 것이다. 유기리의 외삼촌들은 성인식에 필요한 갖가지 준비를 갖추어 세상에서는 칭찬이 자자했다. 그런데 겐지는 유기리의 교육을 위해 4위가 아닌 6위의 관직을 내려 옅은 푸른색의 관복을 입게 하자, 오미야는 취지에 공감은 하지만 대단히 섭섭하게 생각한다. 같은 「오토메」권에서는 내대신은 '동궁의 성인식이 얼마 남지 않았기에', 딸 구모이노카리雲居雁를 동궁비로 입궐시키려고 생각한다. 「우메가에梅枝」권에는 겐지의 딸 아카시노히메기미의 성인식 준비가 한창일 무렵, '동궁도 같은 2월에 성인식이 있을 예정'

이라는 기술이 나온다. 결국 겐지의 딸 아카시노히메기미가 동궁비로 입궐함으로써, 내대신은 구모이노카리와 유기리의 결혼을 승낙하게 된다.

「니오효부쿄匂兵部卿」권에는 겐지가 죽은 후, 겐지의 외손자인 니오노미야匂宮가 성인식을 하고 병부경이 되어 무라사키노우에가 살던 니조인에서 지내게 된다고 한다. 겐지의 정처 온나산노미야女三宮가 가시와기柏木와 밀통으로 태어난 아들 가오루薫의 성인식은 레이제이인冷泉院에서 거행된다. 레이제이인은 가오루를 자신이 살고 있는 저택의 별채에 살게 하면서 동생처럼 각별히 돌보았고, 아키코노무 중궁秋好中宮도 아들이 없어 후견으로 생각하고 있었다. 그래서 레이제이인은 가오루의 성인식을 자신의 저택에서 딸의 성인식보다도 더 화려하게 준비하고 성대하게 치렀다.

이 이외에도 「다케카와竹河」권에는 다마카즈라의 아들들이 제각각 성인식을 치렀다는 대목이 나온다. 다마카즈라는 히게쿠로鬚黒와의 사이에 3남 2녀를 두었는데, 아들들은 성인식을 하고 각각 자립하겠지만 딸들에 대한 걱정이 태산이다. 또 「데나라이手習」권에는 가오루 대장이 성인식을 마친 히타치常陸 수령의 아들에게 구로우도蔵人의 관직을 준다는 기술이 나온다. 이와 같이 『겐지 이야기』에는 관을 착용하고 정장을 입는 남자의 성인식이 결혼과 관직수여, 성인으로서 자립하는 의례로 기술된다. 천황가의 성인식은 성대함의 정도에 따라 황자의 위상이 정해지고, 성인식과 함께 어떤 귀족의 집안과 혼인을 하는가에 따라서도 정략적인 의미가 담겨있었다.

귀족 여성의 성인식과 입궐

여성의 성인식은 머리를 올려 비녀笄를 꽂고, 허리 아래에 모裳라고 하는 치마를 입었기에 '상착裳着'이라고 했다. 그리고 치마의 끈을 묶는 것을 '고시유이腰結(치마의 끈을 묶어주는 행위)'라고 했는데, 집안의 덕망 있는 사람이나 높은 신분의 사람이 이 역할을 맡았다. 즉 여성의 성인식을 '상착'이라고 한 표현에서 의례의 중심이 의복을 착용하는 것에 중심이 있었다는 것을 알 수 있다. 그리고 성인식은 음양사의 택일로 신중하게 좋은 날짜와 시각을 정했고, 의례가 행해지는 시각은 대체로 밤중이었다.

태정대신太政大臣 후지와라 미치나가가 995년부터 1021년까지 기술한 일기, 『미도간파쿠키御堂関白記』1012년 10월 20일의 기사에는 딸 이시威子의 성인식에 대해, '나이시노카미尚侍가 성인식을 올렸다. 때는 밤 8시에서 9시경이었다'라고 기술했다. 또 1017년 4월 26일자에는 딸 손시尊子의 성인식에 대해, '밤 10시경에 딸의 성인식이 거행되었다. 나이시노스케 후지와라 다카이코가 이발 역을 맡았다'라고 기술한 것처럼, 성인식은 대체로 밤중에 거행되었다. 그리고 후지와라 사네스케藤原実資가 쓴 『쇼유키小右記』의 1023년 4월 1일조에는 산조三條 천황의 딸 데이시 내친왕禎子内親王의 성인식에 대해, '오늘 무품 데이시 내친왕이 태황태후궁(조토몬인上東門院)에서 성인식을 올렸다'고 하여, 황녀가 궁중의 태후궁에서 성인 의례를 치렀다는 것을 알 수 있다.

『겐지 이야기』에서 다마카즈라는 어머니 유가오의 죽음도 모른 채 유모를 따라 쓰쿠시筑紫에서 자라지만 우여곡절 끝에 다시 상경하여 겐지의 양녀로 로쿠조인六條院에 들어가 생활하게 된다. 그런데 겐지는 애

25

인이었던 유가오를 생각하며, 다마카즈라의 후견인과 연인의 두 가지 입장 사이에서 방황한다. 겐지는 다마카즈라를 궁중의 나이시노카미(尙侍)로 입궐시킬 생각으로 성인식을 올리게 하는데, 거창하고 성대하게 준비하여 친부인 내대신에게도 알린다. 헤이안 시대의 성인식은 13세 전후에 하는 것이 보통이지만, 오랜 기간 동안 쓰쿠시 등으로 방랑하던 다마카즈라의 나이는 23세에 성인식을 하게 된 것이다.

겐지는 다마카즈라의 성인식을 다음 해 2월로 계획하고, 친부인 내대신에게 치마의 끈을 묶는 의례를 부탁하자, 내대신은 감개무량한 듯 눈물을 흘리며 고마워한다. 다마카즈라의 성인식이 길일인 2월 16일로 정해지자, 오미야를 비롯한 여러 부인들이 의상과 여성의 화장 도구 등을 선물로 보내왔다. 그런데 다마카즈라의 출사가 10월로 정해지자 여러 구혼자들이 실망하는 가운데, 갑자기 다마카즈라는 히게쿠로 대장과 맺어진다. 특히 겐지는 다마카즈라의 성인식을 마치고 나이시노카미로 출사시키려고 생각하고 있었는데, 히게쿠로와 결혼하자 크게 실망한다. 즉 다마카즈라의 성인식은 애초에 출사시킬 계획으로 준비했는데 결과적으로 히게쿠로와 결혼하는 전제 조건이 된 것으로 볼 수 있다. 즉 귀족 여성의 성인식은 나이도 중요하지만 출사나 결혼 등을 예상하고 의례를 치른다는 것이다.

아카시노히메기미는 겐지가 스마·아카시에 퇴거했을 때 만난 아카시노키미와의 사이에 태어난 딸이다. 겐지는 별자리에 의한 숙요(宿曜)에서 아카시노히메기미가 황후가 될 것이라는 예언을 들었기에 지방 수령의 딸인 아카시노키미의 신분이 낮은 것을 우려했다. 이에 겐지는 아카시노히메기미를 무라사키노우에의 양녀로 삼아 니조인으로 받아들이고, 다시 로쿠조인에서 차기 중궁이 될 사람으로 극진히 양육한다.

【그림 3】 아카시노히메기미의 성인식
(小嶋菜温子(2014)『源氏物
語絵巻54帖』別冊宝島, 宝島社)

　다음은 「우메가에梅枝」권에서 겐지 39세, 아카시노히메기미가 11살
이 되는 2월 12일 밤 1시경에 거행된 아카시노히메기미의 성인식 의례
를 기술한 대목이다.

　　이리하여 겐지는 술시에 서편 전각으로 건너가신다. 아키코노무 중궁이 사
　　저로 지내고 계신 서쪽 별채를 성인식 장소로 정하고, 머리를 올리는 역할을
　　담당하는 내시 등도 바로 이쪽으로 건너와 있었다. 무라사키노우에도 이런
　　기회에 중궁과 대면하신다. 이 분들의 많은 시녀들이 한 곳에 모여 있었다.
　　자시에 아카시노히메기미의 상착 의식이 거행되었다. 중궁은 등불이 어두워
　　분명히 보이지 않았지만 아가씨의 모습이 정말 훌륭하다고 생각하신다.

　아카시노히메기미는 오후 8시경에 치마를 묶어줄 아키코노무 중궁
의 저택으로 이동하여, 성인식은 밤 12시경에 거행되었다. 겐지는 아키

코노무 중궁에게 치마를 묶는 역할을 해 준 것에 대해 '후대에 전례'가 될 만한 일이라고 하며 감사를 드린다. 성인식이 개최되는 시각은 다마카즈라의 경우는 오후 10시경이었고, 아카시노히메기미는 더욱 늦은 자정 무렵인 점을 생각하면 당시의 의례는 대체로 밤중에 거행되었다는 것을 알 수 있다.

2월 20여일에 '동궁의 성인식'이 거행되자, 여러 귀족들은 다투어 자신들의 딸을 입궐시키려 했지만, 겐지의 눈치를 보며 실행에 옮기지 못하고 있었다. 겐지는 아카시노히메기미를 4월경에, 자신의 어머니가 살았던 기리쓰보桐壺를 수리하여 입궐시킬 준비를 하고 있었다. 무라사키노우에는 아카시노히메기미의 '입궐 의식'을 수행한 후, 친모인 아카시노키미明石の君를 궁중으로 들어가게 하여 딸을 돌보게 했다. 이 때 두 사람은 처음으로 대면하는데, 아카시노키미는 딸을 잘 키워준 무라사키노우에에게 감동의 눈물을 흘린다. 이후 겐지는 아카시노히메기미의 입궐로 자신의 일이 모두 끝났다고 생각했는지 출가를 생각한다.

황녀의 성인식과 강가

『겐지 이야기』제2부의 주인공 온나산노미야女三宮는 스자쿠인朱雀院과 후지쓰보 여어藤壺女御 사이에 태어나는데, 후지쓰보 중궁의 질녀이며 무라사키노우에와는 종자매가 된다. 스자쿠인은 자신의 질병이 깊어지면서 출가하기 전에 총애하는 온나산노미야의 배우자를 정해주려고 생각한다. 스자쿠인은 가시와기柏木 등 여러 구혼자들을 두고 고민하다가 결국 겐지에게 딸의 후견을 부탁한다. 겐지도 고심한 끝에 후지쓰보 중궁과 닮은 온나산노미야의 미모에 마음이 끌려 이를 받아들이게 된다.

스자쿠인은 온나산노미야의 성인식을 위해 비장하고 있던 보물과 생활용품들 뿐만 아니라 장난감에 이르기까지 조금이라도 유래가 있는 물건은 모두 이 공주에게 주었다. 스자쿠인이 딸 온나산노미야의 성인식을 준비한다는 것은 곧 이어질 결혼도 염두에 두고 있는 것이다.

다음은 「와카나」상권에서 겐지 39세 12월경, 스자쿠인이 자신의 출가를 앞두고 온나산노미야의 성인식을 거창하게 채비하는 대목이다.

> 그 해도 저물었다. 스자쿠인은 병환이 나아질 기미가 보이지 않아 왠지 조급해져서 출가를 생각하신다. 온나산노미야의 성인식 의례를 채비하시는 것이 지금까지도 또 앞으로도 그 유래가 없을 정도로 위엄을 갖추고 거창하게 준비하셨다. 성인식의 방은 스자쿠인 가에도노柏殿의 서쪽 별채에 칸막이와 휘장을 비롯해, 이 나라의 비단은 사용하지 않고 당나라 황후의 차림을 상상하시며 당당하고 훌륭하게 차리셨다. 치마의 허리를 매는 역할은 이전부터 태정대신에게 말씀드렸다.

온나산노미야의 성인식은 14~15세경이고, 황자를 비롯한 조정의 모든 귀족들이 모였고, 로쿠조인 겐지와 중궁이 갖가지 선물을 보내왔다. 특히 아키코노무 중궁은 의복과 함께 옛날 스자쿠인으로부터 받은 우아한 빗 상자 등을 보내며 와카를 증답한다. 이후 스자쿠인은 딸의 성인식이 끝나자 히에이 산比叡山의 주지 스님으로부터 수계受戒를 받고 출가를 단행한다. 다음해 2월 10여일, 겐지는 온나산노미야의 후견을 맡아달라는 스자쿠인의 간곡한 부탁을 받고, 자신의 여생도 얼마 남지 않았다고 생각하면서도 성대한 결혼 의례를 치른다. 즉 온나산노미야의 성인식은 로쿠조인으로의 강가를 염두에 두고 치른 것으로 볼 수 있다. 그러나 이 결혼으로 인해 온나산노미야와 가시와기柏木의 밀통 사건이 발생하여 로쿠조인의 영화는 조락하고, 제3부의 주인공 가오루의 탄생이라는 동인이 된다.

온나니노미야女二宮는 금상 천황과 좌대신 집안의 후지쓰보 여어藤壺女御의 사이에 태어난 딸이다. 금상 천황은 성인식을 마친 온나니노미야를 가오루薫에게 강가시킬 생각이다. 그런데 「야도리기宿木」권에서 가오루 24세의 여름, 온나니노미야의 어머니 후지쓰보 여어가 딸의 성인식을 준비하다가 모노노케物の怪로 인해 갑자기 돌아가신다. 이에 온나니노미야의 성인식은 연기되지만, 천황은 온나니노미야를 위로하며 함께 바둑을 두다가 궁중에 남아있는 가오루를 불러 내기바둑을 두신다. 여기서 천황은 가오루와의 바둑에서 일부러 져주고, 짐짓 분하다고 하면서 내기에 졌으니 온나니노미야를 가오루에게 주겠다는 제의를 한다. 이에 앞서 금상 천황은 스자쿠인이 딸 온나산노미야를 겐지에게 강가시킨 선례를 상기하며 '이 중납언中納言 외에는 달리 적당한 사람은 없다'라고 생각하고, 온나니노미야를 가오루와 맺어줄 의향을 굳히고 있었다. 천황의 제의에 가오루는 하는 수 없이 온나니노미야와의 결혼을 받아들이면서도 죽은 오이기미大君를 회상하며 망설인다.

「야도리기」권 가오루 26세, 온나니노미야 16세에 어머니 후지쓰보 여어의 탈상이 지난 2월 20일경에 성인식이 거행된다. 천황은 온나니노미야의 어머니 여어가 죽자, 애처롭게 생각한 나머지 성대한 성인식을 치르고, 온나니노미야의 후견을 가오루에게 맡기려는 것이다. 그러

나 가오루는 그간 연모했던 하치노미야八の宮의 딸 오이기미를 생각하며 내키지 않았으나 하는 수 없이 이 혼담을 받아들인다. 천황이 성인식 준비를 하자, 이전에 어머니가 준비했던 물품뿐만 아니라 갖가지 선물이 많이 모였다는 것은 짐작할 수 있는 일이다.

다음은 「야도리기」권에서 온나니노미야의 성인식이 끝나고 가오루와의 결혼이 성사되는 대목이다.

> 이리하여 그 달 20일경, 후지쓰보 여어의 딸 온나니노미야의 성인식이 있은 다음 날 가오루 대장과의 결혼이 성사되었는데, 당일 밤은 은밀하고 소박하게 의식을 치렀다. 천하에 평판이 날 정도로 금지옥엽으로 양육하시던 따님이 신하인 자와 결혼한다는 것은 역시 아쉽고 아까운 듯이 생각되었다. '천황이 허락하신 일이라고는 해도 이렇게 서둘러 정하실 일은 아닌데'라고 좋지 않게 생각하여 비난 투로 말하는 사람도 있었지만, 천황은 한번 결심하신 일은 곧바로 처리하는 성격이었다. 가오루 대장도 지금까지 이러한 예가 없을 정도로 온나니노미야를 소중하게 예우를 해 드리겠다는 마음을 가지신 듯하다.

온나니노미야의 성인식이 끝난 바로 다음 날 가오루와의 결혼이 성사된다는 것은 성인식이 결혼의 전제조건이라는 것을 알 수 있다. 이에 대해 모노가타리物語의 등장인물들은 천황의 내락이 있었다고는 하지만 너무나 성급하게 이루어지는 것이 아쉽다는 평판을 한다. 가오루는 금상 천황의 딸에 대한 예우를 깍듯이 하여, 결혼 3일 동안 방처혼의 원칙대로 방문하다가, 온나니노미야를 궁중에서 산조에 있는 자신의 집으로 데려간다.

가오루는 온나니노미야를 일단 소중하게 예우는 하지만 정략결혼이라는 생각에 그다지 흥미를 느끼지 못하고, 아직도 오이기미를 잊지 못하고 그리워한다. 특히 가오루는 우연히 우지宇治에서 오이기미와 이복자매인 우키후네浮舟를 엿보고 감동하지만, 우키후네를 사이에 두고 니오미야와 삼각관계의 갈등이 전개된다. 여기서 온나니노미야가 성인식을 마치자마자 가오루에게 강가한다는 것은 성인식이 결혼을 전제로 치르는 의례라는 것을 확인할 수 있다.

나가며

헤이안 시대의 문학작품에 나타난 성인의례와 의상, 결혼문화를 통해 모노가타리의 인물조형과 인간관계를 고찰해 보았다. 『겐지 이야기』에는 남녀 귀족들의 의복이 상세히 묘사되고, 또 에마키繪卷(그림 두루마리) 등에는 이야기의 내용을 묘사한 의상이 정밀하게 그려져 있다. 특히 남녀 귀족들이 처음으로 하카마를 입는 의식을 '하카마기'라고 했고, 성인식에서는 평상복과 다른 특별한 의복을 입었는데, 남성의 성인식은 의복과 관冠을 착용한다고 하여 '원복'이라 했고, 여성의 경우는 상裳이라는 치마를 입는다고 하여 '상착'이라고 했다.

『겐지 이야기』를 비롯한 헤이안 시대의 문학 작품에 나타난 남녀의 하카마기와 성인식의 의례에서 제일 중요한 부분은 복장이었다. 이러한 의례를 올리는 일시는 음양사로부터 좋은 날, 좋은 시간을 선택받았다. 성인식은 대략 12세에서 14세 무렵에 하며, 의례의 시작은 대체로 저녁 8시 이후의 밤중에 거행되었다. 성인 의례는 의복을 착용하는 것에 중심이 있었고, 친지와 지인으로부터 의복이나 화장도구, 생활용품 등의 선물을 받았다. 황족이나 귀족의 성인식은 결혼 상대를 정해두고 의례를 올리는 것이 보통이었는데, 이를 통해 인물조형이 이루어지고 인간관계의 주제가 작의된다는 것을 확인할 수 있었다.

> ▌이 글은 김종덕 「『源氏物語』에 나타난 의례와 남성의복」(『외국문학연구』제65호, 한국외대 외국문학연구소, 2017), 「『源氏物語』의 裳着 의례와 인물조형」(『日本研究』제73호, 한국외대 일본연구소, 2017)을 참고하여 풀어쓴 것이다.

참고문헌

增田美子(2010)『日本服装史』吉川弘文館
阿部秋生 他 校注·訳(1994~1998)『源氏物語』①-⑥ (新編日本古典文学全集 20~25, 小学館)
藤本勝義(1994)「袴着·元服·裳着」『平安時代の儀礼と歳事』至文堂
井上光貞 他 校注·訳(1976)『律令』(日本思想大系 3, 岩波書店)
石村貞吉(1947)「源氏物語に見える衣食住」(『国文解釈と鑑賞』12-6, 至文堂)

의식주로 읽는
일본문화

옷에 물든 여인의 매력

송 귀 영

● ● ● ●

    일본옷이라고 하면 보통 기모노着物를 떠올린다. 이 말의 뜻은 원래
는 글자 그대로 '입는 것'으로 '의복'을 의미하는 말이었다. 일본전통의
상을 의미하는 말로는 와후쿠和服가 있다. 이는 메이지明治 시대(1868~
1912년)에 서양 문물과 함께 서양옷이 들어오면서 그것을 '요후쿠洋服'
라 불렸는데, 그에 대해 고유의상을 일컬어 와후쿠라고 칭했다. 듣기에
따라선 기모노보다 와후쿠라는 말이 더 고풍스럽게 들릴 수 있으나, 이
말의 유래는 그리 오래지 않다. 그에 비하면 옷의 총칭인 기모노가 훨
씬 이전부터 사용된 말로, 요후쿠의 개념이 아예 없을 때부터 사용되었
던 말이다. 그러한 의미에서 일본의 전통의상을 와후쿠라는 말보다 기

모노라는 말이 더 일반적으로 통용되게 되었다.

16세기 개국에 앞서 일본이 유럽에 소개되기 시작했을 때 이 기모노도 함께 알려지게 되었다. 이후 기모노는 옷감과 문양의 다양함으로 화려함과 아름다움을 더해가게 되었는데, 기모노를 입은 일본여인의 이미지는 무릇 전세계 남성들의 동경의 대상이 되기까지 한다. 여기에는 당시의 음악과 미술의 역할도 컸음을 간과할 수 없다. 프랑스 작가 앙리 뒤마의 소설에서 나온 베르디의 오페라 '라 트라비아타椿姬'나 기타가와 우타마로喜多川歌麿와 가쓰시카 호쿠사이葛飾北齋의 판화 그림인 우키요에浮世繪 등은 일본문화를 서양세계에 알리는 데 크게 기여하였다.

그러나 이보다 훨씬 오래 전부터 기모노의 아름다움은 살아 있었다. 『겐지 이야기 에마키源氏物語絵卷』, 『연중행사 에마키年中行事絵卷』 등에서 아름다운 기모노 차림을 한 여인들의 모습을 볼 수 있다. 이들은 『니혼코키日本後紀』, 『쇼쿠니혼코키續日本後紀』, 『니혼산다이지쓰로쿠日本三代実録』 등의 역사서와 모노가타리物語와 일기日記와 같은 문학작품을 기초로 그려진 것들이다. 이렇듯 다양한 문서 기록을 남기고 있는 시대가 바로 일본의 헤이안平安 시대(794~1192년)이다. 이 시대의 찬란한 귀족문화의 실체를 상상하고 추측할 수 있는 것은 모두가 다양한 기록과 문학작품이 남아있기 때문에 가능한 것이다. 그리고 그 기록들 안에는 그 시대를 살아낸 사람들의 삶이 담겨져 있음을 더 말할 나위도 없다. 아름다운 비단옷의 씨실과 날실에 그것을 두른 사람들의 삶의 색깔과 영혼의 내음이 담겨져 있다.

옷차림으로 집안을 가늠

일본에서 귀족문화 융성의 대명사로 꼽히는 헤이안 시대에는 귀족들의 옷차림도 커다란 관심사였다. 이는 여성도 남성도 마찬가지였는데, 남성의 의복은 혼인의 연을 맺은 후에는 여인의 집에서 계절에 따라 또 때와 장소에 따라 적당한 의복을 지어 마련하는 것이 통례였다.

남성의 의복은 자연 의례적인 격식을 기준으로 하는 것이 될 수밖에 없었는데, 이와 같은 남성의 의복에 비하면 여성의 의복은 훨씬 더 화려했음을 알 수 있다. 그 배경에는 당시 귀족 집안 여식의 예의범절과 교양 교육이 남달랐음을 생각할 때 당연한 일이었을 것이다. 왜냐하면, 어떻게든 여식을 아름답고 교양 있는 여인으로 돋보이도록 정성을 다해 뒷바라지를 해서 높은 신분의 귀족 자제와 혼인을 맺거나, 더 나아가 황실의 여인으로 입궁할 수 있기를 온 집안이 바라는 시대적인 분위기가 있었기 때문이다. 그것이 외척의 집안으로 명예와 권력을 오래도록 지속해 가는 길이 되었기 때문이다. 그래서 과년한 여인들은 스다레簾(가늘고 고운 대발)의 반투명 가림막을 통해 화사하게 꾸민 자신의 모습을 주변 시녀들과 함께 연출해야 하는 일이 일상이 되어 있었다.

그중 대표적인 것이 여성의 주니히토에+二単이다. 비단 옷 열두 겹을 겹쳐 입어 옷소매와 옷자락의 색상의 조화로 멋을 내는 것이다. 우리나라의 색동과도 비슷할 수 있으나 색동은 색색의 천을 이어서 색의 조화를 이루는 데 비해 주니히토에는 겹쳐 입은 옷자락과 소매의 길이에 차등을 두어 색의 배합을 이루도록 하는 것이 다르다. 주니히토에는 옷의 무게가 상당하여 주니히토에를 차려입은 여인은 몸을 움직일 때 무릎

【그림 1】 헤이안 시대의 주니히토에 차림(佐野みどり(2000)『じっくり見たい『源氏物語絵巻』』小学館)

걸음 아니면 장침에 기대어 비스듬히 앉을 수밖에 없었다. 길게 온몸을 덮을 만큼 긴 기장의 옷자락과 소매가 스다레 밖으로 빼꼼히 나와 있는 모습은 낮에는 화사함으로, 등불을 밝힌 밤에는 스다레를 통해 비쳐 보이는 여인의 반투명 실루엣이 더할 수 없는 매력을 발산하였다.

이 때 여인의 치장에 빠질 수 없는 게 머리손질이다. 숱이 많고 색이 검고 윤기가 있는 머리카락을 아름답다고 하였다. 웬만해서 머리카락을 자르는 일이 없었으니 성인 여인이면 다섯 자 혹은 여섯 자에 달하는 긴 머리카락이 보통이었다. 검고 숱이 많은 머리카락은 화려한 비단 옷과 어우러져 여인의 아름다움의 조건을 충족시켰다. 이렇게 긴 머리카락은 엉킬 것을 염려하여 잠잘 때 특히 소중히 다뤘다. 즉 가지런히 빗은 머리카락을 담아두는 사각모양의 우루시漆 받침을 머리맡에 두었다. 요즘처럼 자주 머리를 감는 것은 생각하기 어려운 일이었기 때문에, 세안과 함께 머리 빗질과 옷 수발을 하는 시녀의 역할은 매우 중요했다.

여인들의 옷차림

　당시의 의복에 대해 다양한 내용을 담은 고전작품들이 있다. 궁안 행사는 물론 시시 때때로 의복을 갖춰 입어야 하는 궁안 여인들의 옷차림을 비교적 상세히 적고 있는 것이『마쿠라노소시枕草子』이다. 또 여러 여인들의 등장으로 자연히 그 여인들의 모습에 대해 엿볼 수 있는『이세 이야기伊勢物語』와 달에서 내려온 아리따운 아가씨가 주인공인『다케토리 이야기竹取物語』역시 아름다운 여인의 모습을 담고 있다. 그리고 아름다운 여인의 궁극을 표현하고 있는 작품이라고 하면『겐지 이야기源氏物語』를 빼놓을 수 없다. 이 외에도 많은 고전문학 작품 안에서 아름다운 여인들을 만날 수 있다. 이 여인들의 용모는 그 여인들의 옷차림으로 설명되는 경우가 대부분이다. 그만큼 옷차림은 여인들의 모습이나 성품을 연상할 수 있는 가장 좋은 도구라 말할 수 있을 것이다.

　그런데 이 시대의 옷차림에서 의복의 모양새는 약식 복장과 정식 복장의 차이는 있었을지언정 의복의 디자인은 거의 동일한 것이었다. 그러한 상태에서 차별화를 둘 수 있는 것은 색깔이다. 와카和歌나 모노가타리物語 등에서 색깔과 연관된 표현들을 보게 되는데, 주로 식물(들풀)의 이름과 함께 등장하는 경우가 많다. 이는 단순히 색깔의 배합의 의미를 넘어 그 식물이 지니는 이미지로서의 의미도 크게 작용하는 사실은 매우 흥미롭다. 대표적인 예로, 일본에서 가장 오래된 고대가요집인『만요슈萬葉集』2권의 169번 와카에 나오는 '아카네あかね'는 우리말로는 꼭두서니풀인데, 이 풀의 뿌리로 붉은색을 염색하였다. 이 말은 '사스さす'라는 말과 함께 쓰여 해가 비추는 이미지와 진한 자줏빛의 이미지로 '천황君'을 상징하는 표현으로 사용되었다. 또 잘 알려진 예로『겐지 이

야기』에서는 아오이葵, 무라사키紫, 후지藤, 유가오夕顔 등, 들풀의 이름
이 여럿 등장하는데, 그 말은 그대로 여인의 이름인 동시에 그 여인의
이미지로 통한다.

헤이안 시대의 복장에 대해 알 수 있는 또 다른 자료로 '에마키繪卷'
가 있다. 봄이면 벚꽃나무 아래에서 연회가 열리고, 겨울이면 어김없이
하얀 눈을 바라보며 감상하는 두루마리 그림이다. 즉 당시의 생활은 자
연과 깊은 관련이 있었음을 알 수 있는데, 그 가운데에서도 계절과 함
께 하는 연중행사는 일상의 가장 큰 이벤트이며, 연회에 참석하기 위한
옷차림은 대사 중의 대사였을 것이다. 그 중에는 행차 행렬도 있어, 의
전과 함께 옷차림은 꽃 중의 꽃이었음을 많은 고전 작품을 통해 알 수
있다. 그러나 한껏 아름답게 치장한 여인의 우아함과 함께, 마음껏 치
장할 수 없었던 여인의 고개숙인 모습과 한숨도 만만치 않음을 볼 수
있다.

세이쇼나곤淸少納言은 『마쿠라노소시』에서 때와 장소에 어울리지 않
는 옷차림을 한 사람을 보면 '있을 수 없는 일あるまじきこと'이라며 심하
게 비난했을 정도이다. 그런데 당시에는 계절이나 때와 장소에 따른 격
식 뿐 아니라, 신분에 따른 차별도 엄격했던 것을 알 수 있다. 옷감이나
색깔의 사용에 제한이 있어서 자유롭게 하고 싶은 대로 다 할 수는 없
었음을 알 수 있다. 이것이 종적 신분사회에서 질서 유지를 위한 중요
한 기준이었을 것임은 쉽게 짐작할 수 있다. 그러나 한편, 일부다처제
를 비롯하여 궁 안의 수많은 여인들의 입장에서 볼 때, 특히 특정 대상
인물이 여인의 마음속에 자리잡게 되었을 경우, 상대에게 최선의 모습
으로 나서고 싶은 마음이 충만할 때, 신분의 제약으로 마음껏 자신을
아름답게 꾸밀 수 없을 때, 여인의 입장에서 이처럼 자신이 초라하게

느껴지고 세상이 원망스러울 때도 없을 것이다. 그와 같은 예는 『무라사키시키부 일기紫式部日記』의 내용 중에도 여러 군데 눈에 띈다.

『무라사키시키부 일기』는 쇼시 중궁의 교양을 담당하던 무라사키시키부가 측근 궁녀의 입장에서 기록한 내용이다. 입궐한 지 8년 만에 잉태를 하게 된 쇼시 중궁이 입덧으로 친정인 후지와라 미치나가藤原道長의 저택에 머물게 되면서 이야기는 시작되는데, 천재 작가 무라사키시키부의 냉철한 관찰력과 섬세한 여인의 서정이 자아낸 궁중 여인들의 삶의 모습이 그녀의 절제된 문장 속에 생생히 살아 있다. 미치나가는 중궁 쇼시의 친부로 오랜 기간 관백関白으로서 외척세력의 정점에 올랐던 인물이다. 미치나가는 주변에 당시 최고의 미모와 교양을 갖춘 베테랑급 여인들을 많이 두었는데, 이들은 요소 요소에서 미치나가의 권세 유지를 위한 중요한 정보통으로서의 역할을 했을 뿐 아니라 쇼시 중궁을 위해서도 정성을 다했다. 그리고 그들 중에는 궁안 귀족들에 대한 연모, 특히 미치나가에 대한 존경과 흠모의 마음을 품는 여인들이 여럿 있었는데, 무라사키시키부도 예외는 아니었다. 그러나 흠모의 마음은 자유롭게 품을 수 있어도 신분에 따른 제한은 엄격하여 혼인제도와 함께 여인들에게 있어서 결코 넘을 수 없는 높은 벽으로 존재하였다.

새해맞이 옷을 선물하다

이러한 엄격한 제한에 대한 한풀이라도 하듯, 신분을 초월한 사랑과 그에 대한 순수하고 일관된 삶에 대한 보상이 실현되는 고전작품이 탄생하게 된다. 바로 무라사키시키부紫式部의 『겐지 이야기』이다. 작품 속에 등장하는 여인의 수는 그 어느 작품보다 많다. 그 여인들이 하나같이 다른 용모와 성품과 출신을 배경으로 등장하지만, 그 어느 경우도 여인의 용모와 아름다움을 말할 때 신분의 제약을 거론하는 예는 없다. 오히려 신분이 높은 여인이라도 현실이 여의치 않을 경우 몹시 초라한 모습으로 등장하는가 하면, 이렇다 하게 내놓을 게 없는 처지의 여인이라 화려하게 꾸미지 못하더라도 겐지源氏의 눈을 통해, 혹은 작가의 눈을 통해 이 세상 그 누구보다 아름다운 매력을 지닌 여인으로 등장한다. 이는 『겐지 이야기』가 여느 작품에 비해 문학적으로 월등히 높은 평가를 받는 이유와 깊은 관련이 있음은 의심의 여지가 없다. 그러니 『겐지 이야기』 안에서 보여지는 여인의 옷차림과 용모는, 다른 작품에서 보여지는 이상으로 여인의 품성과 이미지와 깊은 관련을 갖는다. 그것을 집약적으로 잘 보여주는 것이 『겐지 이야기』 「다마카즈라玉鬘」권의 내용 중에 나오는 '고로모쿠바리衣配リ'이다.

세시풍속이 일상의 가장 중요한 기준이라고 해도 과언이 아닌 헤이안 시대 귀족들에게 있어 새해를 맞는 준비는 일 년 중 가장 큰 행사 중의 행사였을 것이다. 게다가 겐지가 지상의 유토피아로 일컬어질 만한 로쿠조인六條院 대저택을 완성하고 그 안에서의 낙원 생활을 함께 할 여인들에게 새해를 맞이할 옷을 선사하는 장면은 『겐지 이야기』 내용 안에서도 명장면 중의 명장면이라 할 만하다.

이 공간 안에 함께 하는 여인들이 궁금하다. 서른다섯 살의 태정대신太政大臣 겐지가 최종으로 선택한 여인들의 면면을 살펴보자. 제일 먼저, 열 살 남짓에 겐지에게 와 희로애락으로 점철된 17년이란 세월을 겐지와 함께 하여 이제는 스물일곱의 나이로 명실상부 로쿠조인의 당당한

안주인 무라사키노우에紫の上가 있다. 그녀의 이미지는 늘 긍정적이고 밝고 의연하다. 스마須磨 유배를 경험해야 했던 우여곡절의 시기에, 겐지가 스마에서 만난 여인 아카시노키미明石の君도 스물여섯이 되었다. 그녀가 낳은 일곱 살 된 아카시노히메기미明石の姫君도 있다. 정처 아오이의 아들 유기리의 양육을 맡아 주었던 하나치루사토花散里는 사사로운 감정을 노출하지 않는 원만하고 후덕한 중년 여인이다. 옛 애인 유가오夕顔의 딸 다마카즈라玉鬘도 있다. 또, 집안이 몰락하여 살림형편도 말이 아닌데다 여인으로서의 용모도 떨어지지만, 주위와의 고립에도 불구하고 겐지를 향한 일편단심을 지켜냈던 이제는 중년이 된 스에쓰무하나末摘花를 빠뜨리지 않는다. 그리고 연모의 마음보다 끝까지 가족들에 대한 자신의 입장과 위치를 망각하지 않고 오히려 겐지를 거부해야 했던, 하지만 사랑의 마음 역시 잃지 않았던 냉철한 이성이 바탕이 된 사랑으로, 부처님께 마음을 바친 중년의 우쓰세미空蟬가 있다.

이상의 여인들의 면면을 보면 의외라는 생각을 떨쳐버릴 수 없다. 현실에서의 최고의 낙원인 로쿠조인 대저택이라면, 그 안에 들인 여인들은 좀 더 젊고 화려한 아방궁의 여인들일 것이라 기대하기 쉬운데, 알고 보면 전혀 그렇지가 않다. 눈길 한 번이면 줄을 설 젊고 화려한 여인들은 다 어디로 가고, 하나같이 긴 세월 의리를 지켜온, 그래서 낡고 낡은 모습이 그 어떤 것보다 편하고 그래서 그것이 그대로 아름다울 수 있는 여인들만이 남았다. 삶은 의리라고, 그 의리에 대한 보상이 이루어지는 삶, 그것이 다름아닌 유토피아의 세계라고 말하는 듯하다. 그렇다. 작가는 바로 그것이 '사랑'이라고 말하고 있으며, '사랑'은 바로 그래야 하는 것이라고 말하고 있는 것이다.

그래서 이 '고로모쿠바리' 장면에서는 여인의 신분에 관한 언급은

43

한마디도 없다. 오로지 그녀들의 성품과 용모에 가장 잘 어울리는 옷을 선별하여 보내고자 고심하는 모습이 있을 뿐이다. 한 사람 한 사람의 성품을 개성으로 인정하여, 여인의 독자적인 인생이 곱게 물들여지고, 개인의 희로애락으로 무늬가 짜여지는 순간이다.

이 장면을 한번 들여다보자. 각각의 색의 배합을 시각적인 이미지를 살려가며 보면 한층 흥미롭다.

무라사키노우에의 옷은 짙은 보랏빛이 도는 적색 옷에 붉은 매화꽃 빛깔의 옷을 덧입고, 그 위에 다시 좀 더 짙은 홍매화빛의 옷을 걸쳐 입음으로 전체적으로 붉은 이미지를 유지하는데, 이는 보랏빛과 함께 가장 귀한 여인임을 상징한다. 이러한 색감은 『겐지 이야기』 전편을 통해 무라사키노우에의 이미지로 일관된다. 신분 자체로만 본다면 무라사키노우에보다 높은 여인도 여럿 등장하나, 이는 역시 작가의 의도가 깊이 관여된 것으로, 무라사키노우에의 심성의 고귀함과 겐지의 마음이 기준이 되어 있음을 읽을 수 있다.

아카시노히메기미는 나이가 나이인 만큼 연분홍 색의 호소나가細長 옷을 선택한다. 호소나가는 뒷모습이 양쪽으로 갈라진 디자인으로 젊은 여인에게 선호되었다. 여기에 연한 붉은 색의 옷을 덧입게 했으니 그야말로 생기발랄하고 사랑스러움이 한층 강조되는 옷이다. 겐지의 딸에게 딱 어울리는 옷차림이다.

하나치루사토에게는 엷은 남색 바탕에 파도와 해초와 조개와 해변의 키 작은 소나무 문양을 넣어 짠 직물에다 부드럽게 손질한 보랏빛 명주옷을 덧입게 하였다. 이는 아주 경사스러운 문양으로, 정처인 아오이노우에葵の上나 무라사키노우에 만큼은 아니지만, 겐지의 아들을 돌보아 준 하나치루사토에 대한 무언의 보상으로도 볼 수 있을 것이다.

다마카즈라의 의복은, 선홍색의 겉옷에 황매화색의 호소나가를 매치시켰다. 품격을 나타내는 붉은색과 보라색 대신에 황매화색으로 화려함과 새로운 멋의 세련미가 느껴진다.

스에쓰무하나에게는 연두빛 날실과 하얀색 씨실로 짠 직물에 당초 문양을 흐릿하게 짜넣은 고급스러운 옷이다. 이같은 고상하면서 고급스러운 분위기의 옷이 그녀에게 어울릴지 의문을 가지는 대화장면이 있을 만큼 스에쓰무하나의 외모는 내세울 것이 없는 것이 사실이지만, 겉으로 보여지는 모습이 아닌 그녀의 진가에 어울리는 옷으로서의 의미를 갖는 배려이다.

아카시노키미의 의상은 매화가지에 나비와 새들이 날아다니는 모습을 짜넣은 당풍唐風의 흰빛 겉옷에 아주 좋은 짙은 보라색 옷을 덧입게 하였다. 흰색과 보라색의 조화와 당풍의 격조 있는 문양이다. 겐지를 마주하고 앉아 옷을 선별하는 무라사키노우에의 마음이 흔들릴 정도로 화사하면서 세련된 느낌이다. 겐지에게 귀한 딸을 안겨준 아카시노키미에 걸맞는 성숙하고 매력있는 이미지이다.

우쓰세미는 진한 남빛의 멋스러운 겉옷에, 겐지의 옷을 지으려 했던 치자색 감으로 옷을 짓고 그 위에 옅은 홍색의 옷을 덧입게 하였다. 우쓰세미가 불교에 귀의한 몸인 이유로 의복 색깔이 어두운 느낌이 없지 않으나, 겐지 본인의 옷을 지으려 했던 치자색 감을 선뜻 내주고, 또 옅은 홍색의 옷을 덧입게 한 것은, 정조 깊고 본분을 잃지 않는 우쓰세미의 정숙한 사랑에 대한 존경과 연민을 표현한 것이라 말할 수 있을 것이다.

옷과 여인의 이미지

이상에서 살펴본 바와 같이, 여인들에게 보내진 옷들은 하나같이 그 옷을 입을 여인들의 이미지와 부합되도록 배려되어 있음을 알 수 있다. 그런데 실제로 헤이안 시대 당시는 엄격한 신분 사회로, 옷을 입는 것에 있어서도 계절감각은 물론, 신분에 따라 엄격한 규율과 제한이 있었다. 특히 빨간색, 파란색, 보라색 등은 일반 사람들에게는 금지된 색으로 황실의 윤허 없이는 절대로 입을 수 없었다. 그러나 『겐지 이야기』 안에서는 '옷은 어울리는 것을 입는 것이 마땅하다'는 인식 하에 일관되게 쓰이고 있다.

이 고로모쿠바리 장면은 겐지와 무라사키노우에 두 사람에 의해 행해졌는데, 단순히 옷을 보내는 것으로 끝나지 않고 받는 사람들에게 일일이 편지를 함께 보내고 또 여인들이 옷을 입은 모습을 보며 그 감상을 피력하는 것까지 포함이 된다. 말하자면 옷을 매체로 한 겐지와 여인들과의 대화이며 마음의 교류인 것이다.

이와 관련하여 세세하게 흥밋거리를 안겨주는 내용이 있다. 여인을 떠올리고 그 여인에게 이 옷은 어떨까 저 옷은 어떨까 하면서 화사하고 아름다운 옷과 함께 여인의 모습이 어떻게 어울릴까 하는 것을 상상하며 이야기 나누는 바로 그 장면이다. 마치 바로 내 눈앞에 여러 가지 화려하고 아름다운 옷을 펼쳐놓고 바라보고 있는 듯한 생생한 시각적인 효과는 물론, 겐지로부터 그러한 옷을 선사받는 여인들은 어떤 모습일까 하는 것까지 자연스레 호기심이 이어진다. 그리고 그 장면 안에는 무라사키노우에의 상기된 눈길도 있다. 무라사키노우에는 겐지를 도와 여인들의 옷을 선택하고 보내는 일에 조언을 하고 있으나, 한번도 마주한 적이 없는 겐지의 다른 여인들에 대한 호기심과 긴장감이 예리하게 발동된다. 즉 겐지가 고르는 옷이 고상한 것이면 상대의 연인을 겐지가 고상하게 여기고 있다는 증거이고, 화사하고 밝은 옷을 고르면 그 여인이 젊고 화사함을 의미하기 때문이다. 그러나 무라사키노우에의 여심은 상대 여인에 대한 견제의 마음이 아니다. 질투를 하는 마음이 아니다. 겐지가 마음을 쓰는 상대 여인들에 대한 상상과 함께, 그 여인들이 겐지가 보내는 옷을 받으면서 느낄 기쁨과 설레임을 충분히 이해하고 감안할 줄 아는 기량과 아량을 가진 무라사키노우에인 것이다. 그 점에서 일반 통속 소설에 등장하는 여인과 차별화된다. 설레임 반, 충돌에 대한 기대감이 반이던 독자의 마음에, 형언하기 어려운 인간애와 함께 더 할 수 없는 화사한 감동이 밀려옴을 느낀다. 그리고 그 화사한 감동은 다름 아닌 여인의 자존심으로 이내 자리를 잡는다. 마침내 상대의 아름다움을 인정할 수 있을 때, 우리는 더 높이 더 아름답게 존재할 수 있는 것임을 알게 된다. 하지만 이것만으로는 2% 아쉬움이 있다. 왠지 마음 한켠이 뭔가에 가려진 듯한 답답함을 지울 수 없다. 그 이유는 무엇일까?

나가며

겐지와 무라사키노우에 앞에 놓인 옷들은 색이며 직조며 바느질이며 어느 것 하나 빠지는 것 없이 훌륭한 것들이다. 그런 아름다운 옷들을 앞에 놓고 무라사키노우에는 같은 여성의 입장에서 그 옷들을 입을

47

여인들을 생각한다. 그리고 상대의 용모에 어울리는 옷을 선택할 것을 겐지에게 제안한다. 이는 같은 값이면 어울리는 옷을 선물하고자 하는 의도에서만이 아니다. 옷과 상대 여인을 완전히 하나로 밀착하여 상대 여인을 완전히 파악하고자 함이다. 그러니 상대에 대한 면밀한 주의가 없이는 제대로 상대에 어울리는 옷을 골라 선물할 수 없다. 이는 후일 선물한 옷을 입은 여인의 모습이 어울리지 않을 때, 아뿔사, 그건 도저히 참을 수 없는 일이 되어버리기 때문이라고 본문 안에서 말하고 있다. 하지만 사실은 상대의 여인을 심적으로 완전히 제압하고자 하는 무라사키노우에의 당찬 의지도 숨어 있음을 부정할 수 없을 것이다. 자신에게 딱 어울리는 옷을 선물받은 상대 여인은 무라사키노우에는 '도저히 범접할 수 없는 존재'로 깊이 인식될 것이기 때문이다. 무라사키노우에가 마냥 순하기만 한 여성이 아님을 여실히 느낄 수 있다. 그녀의 마음 한 가운데는 그녀를 너그러울 수 있게 하는 '당찬 지혜'가 자리잡고 있었던 것이다. 그녀의 붉은 이미지가 나머지 2%를 채워주는 느낌이다.

참고문헌

山內麻衣子(2010)「境界の装置としての蝶鳥文様」『王朝文学と服飾・装飾』竹林舎
吉田光邦(1985)『文様の博物誌』同朋舎出版
近藤富枝(1982)『服装から見た源氏物語』文化出版局
上條耽之介(1981)『日本文様事典』雄山閣出版

여성, 남성의 정장을 입다

김 정 희

• • • •

남성 권위의 상징인 속대

속대라는 것은 천황을 비롯한 문관, 무관인 남성 귀족들의 정장으로, 가장 위에 입는 포袍와 바지인 우에노하카마表袴, 이 바지 위에 입고 뒤로 길게 늘어뜨리는 교裾 부분을 포함한 시타가사네下襲 등으로 이루어진다. 머리에는 관冠을, 오른쪽 손에는 판으로 된 홀笏을 들면 정장이 완성된다. 속대는 조정에 출근할 때 입는 복장으로 주로 낮에 입는 정장이다. 포의 색깔은 시대에 따라서 변화를 보이는데, 헤이안平安 시대(794~1192년) 중기에는 6위의 경우 엷은 청색, 5위의 경우 진홍색, 4위 이상인 고위층은 검정색을 입었다. 같은 시대의 수필집『마쿠라노소시枕草子』
에는 검정색 정장을 입은 당시의 귀족들 모습이 묘사되어 있다.

> 야마노이노 대납언山の井の大納言과 대납언에 이어서 그 친족이 아닌 분들이
> 검은색을 흐트러뜨려 놓은 듯이 후지쓰보藤壺의 담장 부근에서 등화전登花殿
> 앞까지 나란히 앉아있는 곳...

이 수필은 이치조一條 천황(986~1011년) 시대의 작품으로, 중궁 데이
시定子의 오빠 후지와라 미치요리藤原道賴와 4위 이상의 고위 귀족들의
모습을 그리고 있다. 그들이 검은색 속대를 입고 앉아있는 모습은 당대
의 권력자들이 한 자리에 모여 있는 것을 의미하기 때문에 작자의 눈에
는 매우 위엄있게 보였을 것이고, 그 인상을 자신의 수필집에 묘사하고
있다. 당시 위계位階에 따른 포의 색깔구분은 엄격하였기 때문에 그것
이 자신의 처지를 한탄하거나 멸시의 대상이 되었다는 굴욕감을 드러
내는 데도 사용된다.

예를 들어『겐지 이야기源氏物語』「오토메少女」권에는 히카루겐지光源氏
의 아들 유기리夕霧가 자신이 6위에 머물러 엷은 청색 포를 입고 있는
것을 한탄하는 장면이 보인다. 당시 권세가였던 아버지 히카루겐지의
아들인 유기리는 12세가 되어 성인식을 치루고 위계를 하사받게 된다.
당사자도, 주위 사람들도 히카루겐지의 아들이라면 당연히 검은색 포
를 입는 4위를 하사받을 것이라고 예상했으나, 학문에 정진하여 과거
에 급제한 후 승진해야 한다는 겐지의 교육방침에 따라 6위가 주어진
다. 어린 시절부터 유기리와 좋아하는 사이였던 구모이노카리雲居雁의
유모는 이러한 유기리의 상황을 비웃고, 유기리는 자신의 처지에 불만

을 품는다.

이와 같이 위계에 따라 속대의 포의 색깔은 정해져 있었기 때문에 복식에 개인의 취미를 반영할 수 있는 것은 아래에 입는 시타가사네와 우에노하카마이다. 특히 시타가사네는 길게 끄는 꼬리와 같은 모양을 하고 있는 교 부분 때문에 사람들의 이목을 집중시켰다.『마쿠라노소시』에는 당시 최고의 권력자였던 후지와라 미치타카藤原道隆가 주최하는 불교경전을 공양하는 자리에 후지와라 미치나가藤原道長가 이전에 착용했던 적이 있던 시타가사네를 입고 가는 것은 보기 좋지 않다고 해서 새것을 주문하는 장면이 나온다. 이러한 서술에서 속대중에서는 화려한 색깔을 자랑하며 뒤로 길게 끌고 다니는 시타가사네의 교 부분이 가장 주목을 받았다는 것을 알 수 있다.

또한 이 작품에서는 시타가사네에 대해서 '겨울에는 철쭉, 벚꽃, 가이네리가사네掻練襲, 스오우가사네蘇芳襲. 여름에는 후타아이二藍, 시로가사네白襲'라고 쓰고 있다. 일본의 복식은 천의 겉과 안의 색깔을 달리하여 색상을 겹치는 효과를 노리는 것이 특징으로, 여기에서 나열된 것은 그 명칭을 가리킨다. 철쭉의 경우 겉은 검붉은색, 안은 연두색이다. 벚꽃은 겉은 흰색, 안은 진보라색, 가이네리가사네는 겉과 안 모두 다홍색, 스오우가사네는 겉은 적갈색, 안은 진한 적갈색이다. 여름에 입는 후타아이는 붉은색을 띠는 진한 청색, 안은 엷은 청색이고, 시로가사네는 겉과 안이 모두 하얀색을 띤다. 이렇게 각양각색의 화려한 색깔로 이루어진 시타가사네를 입은 4위 이상의 귀족들이 앉아있는 모습은 장관으로, 이에 대한 서술이 이야기의 의식을 행하는 부분에서 자주 눈에 띈다. 특히 시타가사네의 교 부분은 꼬리처럼 길게 늘어져 있으므로 저택의 난간에 걸쳐놓고 앉아서 사람들의 이목을 집중시켰다.

51

【그림 1】 반다이나곤 에마키伴大納言絵巻 중 문인이 속대를 입은 모습(榊原悟(2015)『すぐわかる絵巻の見かた』東京美術)

이와 같이 속대는 남성들이 가장 공적인 자리에서 입는 복식으로, 그것이 남성들의 권위와 권세의 우열을 상징하고 있다는 것을 알 수 있다.

성의 경계를 뛰어넘다

우리는 기존의 문학작품뿐만 아니라 현대 문학, 드라마에서도 남녀가 의상을 바꿔 입고 일어나는 사건을 다룬 작품을 많이 접해왔다. 여기에서 한발 더 나아가 남녀의 신체가 뒤바뀌거나, 여자인데도 불구하고 자신을 남성이라고 인식하거나 남성이 스스로를 여성이라고 인식

하는 것에 관한 문학작품들도 등장한다. 특히 일본에서는 이와 같이 외면적, 내면적으로 성을 초월하는 이야기가 많이 등장한다. 예를 들어 우리가 어린 시절에 접했던 일본만화인 『베르사이유의 장미ベルサイユのばら』와 『리본의 기사リボンの騎士』등은 남장을 한 여성이 중요한 스토리텔링의 소재로 사용되고 있다. 뿐만 아니라 고전 예능인 가부키歌舞伎, 노가쿠能樂 등에서는 여러 가지 변신 수단을 통해서 간단히 성을 초월하는 장면이 연출되기도 한다.

이와 같이 여성이 남장을 하거나 남성이 여장을 하는 것은 헤이안 시대 말기부터 이야기 안에서 본격적으로 전개된다. 그 대표적인 것이 『도리카에바야とりかへばや』로, 이 작품은 1180년 이전에 성립되었다고 추측되는데, 그 탄생에는 당시의 시대배경이 결정적인 역할을 했다. 헤이안 시대 말기 천황의 자리에서 물러난 상황上皇이 실권을 쥐고 있었던 원정기院政期(1086~1185년경)는 사회질서의 혼란과 더불어 문화와 성의 문란이 격화된 시기라고 지적되고 있다.

이 시기에는 남색이 유행하고, 소년애少年愛가 성행했을 뿐만 아니라 성인 남성이 여성과 같은 화장을 하는 현상도 발생한다. 반대로 여성 중에는 남장을 하여 남성들 앞에서 가무와 노래를 하는 시라뵤시白拍子라고 하는 예능인이 등장한다. 즉 이 시대는 섹슈얼리티의 변혁기라고 할 수 있는데, 『아마노모쿠즈海人藻芥』(1420년)라는 서적에는 '대체로 그 시대(도바원鳥羽院 시대) 이전에는 남자가 눈썹을 뽑고 구렛나루를 숨기고 이빨을 검게 물들이는 일은 전혀 없었다. 후세에 이르러 매사 속이고 치장하기에 이르렀다. 중국에는 지금까지도 이러한 취미는 없다고 한다'는 기록이 보여, 남성이 여성화되는 것에 대해서 비난하는 서술이 보인다.

　이와 같은 시대의 특이성을 바탕으로 이야기에서도 기존에서는 볼 수 없는 남장여성, 여장남성이 주인공으로 등장하게 되는데 그것이 『도리카에바야』라는 작품이다. 좌대신左大臣에게는 2명의 아이가 있었는데 한 명은 여성적인 성격을 한 남자아이고, 다른 한 명은 남성적인 성격의 여자아이였다. 이러한 성격의 특징을 두고 고민한 좌대신은 둘을 바꾸고 싶다고 생각하고, 결국 남자아이를 여자아이로, 여자아이를 남자아이로 복장을 바꿔서 키우게 된다. 이 남매가 성인이 되자 여장을 한 남자는 '아가씨姬君'로 후궁으로 궁정에 들어가게 되고 남자가 된 여성은 '젊은 주인若君'으로 궁중에 출사하게 된다.

　'젊은 주인'은 우대신右大臣의 딸과 결혼하게 되는데 그 부인은 '젊은 주인'의 친구인 재상중장宰相中將과 관계를 맺고 이 사실을 안 '젊은 주인'과의 관계는 파국에 이른다. 그러나 재상중장은 '젊은 주인'이 사실은 여자라는 것을 눈치채고 둘은 관계를 맺게 되는데, 그 결과 '젊은 주인'은 임신을 하게 된다. '아가씨' 역시 궁중에서 황태자인 황녀와 관계를 맺은 후, 자신의 겉모습과 본모습 사이에서 괴로워한다. 임신을 한 '젊은 주인'은 '아가씨'의 도움으로 무사히 출산을 하고, 둘은 본래 모습으로 돌아가자고 한 후, 각자의 위치를 바꾼다. 본래의 모습으로 돌아간 두 사람은 관백關白과 중궁이 되어 영화를 누린다.

　이 작품 이후에는 『아리아케노와카레有明の別れ』 등 이성의 복식을 하고 주위 사람들을 속여서 벌어지는 에피소드를 다룬 이야기가 연이어 탄생하는데, 특히 무로마치室町 시대(1338~1573년)에 성립된 『신쿠로우도新蔵人』에마키繪卷(스토리와 그림이 교차하는 두루마리)는 주목할 만하다. 이 작품은 이야기를 전개해 가는 글과 그림, 그리고 이 그림에는 각각 등장인물의 대사가 마치 만화의 말풍선처럼 삽입되어 있다. 글

에는 없는 부분이 등장인물들의 대사로 표현되기도 하고, 때로는 글과
대사가 서로 어긋나기도 하여 이 어긋남 속에서 오히려 이야기의 풍성
함이 더해지고 있다. 특히 이 작품 속에는 6위의 구로우도蔵人가 되어
궁중에 출사하는 셋째 딸이 무관의 속대를 입은 모습을 그림에서 확인
할 수 있어서 이야기의 전개를 더욱 흥미진진하게 한다.

남장을 한 여인과 악녀

이 글에서는 『신쿠로우도』에마키의 남장여성의 속대 차림을 중심으
로 작품을 살펴보고자 하는데, 먼저 작품의 이해를 위해 여성이지만 남
장차림을 한 예능인 시라뵤시와 그와 관련해서 남장여성에게 따라다
니는 악녀 이미지에 대해서 살펴보고자 한다.

시라뵤시란 헤이안 시대 말기에 나타난 가무의 형태이자 이것을 춤
추고 노래하는 여성을 가리키는 용어로, 남성의 복장인 히타타레直垂를
입고 다테에보시縱烏帽子를 쓰고 칼을 찬 이색적인 모습을 하고 있다. 이
러한 독특한 복장과 춤, 노래가 남성들, 특히 권력자들을 매료시켰다는
것을 다음의 서술에서 알 수 있다.

> 그 무렵 고토바後鳥羽 천황은 유흥을 제일로 삼아 정치는 완전히 교노쓰보네
> 卿の局(후지와라 노리코藤原範子)가 마음대로 하셨기 때문에 사람들의 근심,
> 한탄도 끊이지 않는다.

이것은 다이라 씨平氏 일가의 이야기가 담긴 『헤이케 이야기平家物語』의 예로, 천황이 시라뵤시를 중심으로 한 관현의 유흥에 빠져 정치를 소홀히 한 것이 정치의 문란으로 이어졌다는 것이다. 시라뵤시는 왕권과 특히 밀접한 관계가 있는데 고토바 천황이 시라뵤시를 비호한 것은 잘 알려져 있다. 또한 시라뵤시는 노래와 춤을 추는 예능인이었기 때문에 그녀들의 아름다운 목소리는 천황과 상황 등 권력층을 매료시켰고 따라서 이들과 권력자들은 성적인 관계로까지 발전하였다. 그러나 이 시라뵤시의 아름다운 목소리가 권력자들의 마음을 흔든 만큼 '망국의 소리'로 불길한 예감을 동반하고 있었다는 점은 여러 문헌에서 확인되어, 망국을 상징하는 존재로 인식되었다.

그러나 권력자에게 받은 총애라는 것은 변하기 쉬운 것으로 신분이 낮은 시라뵤시는 그만큼 쉽게 버림을 받기도 했다. 『헤이케 이야기』의 기오祇王의 예가 바로 이러한 시라뵤시의 운명을 상징한다. 당대의 권세가 다이라 기요모리平淸盛에게 총애를 받던 기오는 어느 날 나타난 시라뵤시 호토케仏에게 총애의 자리를 뺏기고 하루아침에 쫓겨나게 된다. 이와 같은 이야기는 시라뵤시가 권력과 가장 가까운 관계에 있으면서도 성적인 세계에 머물 수밖에 없는 숙명에 처해 있어서 불교의 입장에서 보면 애욕의 죄업이 많은 존재임을 상징한다.

이 시라뵤시는 노가쿠의 유명한 작품인 「도조지道成寺」에도 등장한다. 이 「도조지」는 기요히메淸姫라는 여성을 둘러싼 설화를 바탕으로 하고 있는데, 헤이안 시대부터 널리 알려진 설화이다. 이 기요히메라는 여성은 자신이 사모한 승려가 자신을 버리자 그 원한으로 뱀이 되고 결국 범종 속으로 숨은 남성을 죽여버린다. 중세시대에 성립된 노가쿠 「도조지」는 기요히메 설화의 후일담에 속하는 것으로, 어느 날 도조지에 시라뵤시가 방문하는 장면으로 시작된다. 그날은 절에서 범종을 공양하는 날로, 그 공양의 자리에는 여인이 들어갈 수 없었다. 그러나 중세시대에는 여성이 금지구역에 들어가기 위한 수단으로 남장을 하는 경우가 있었는데, 시라뵤시는 바로 남장을 하고 있었기 때문에 범종을 공양하는 자리에도 들어갈 수 있었다. 그녀가 노래를 부르고 춤을 추면서 범종 안으로 들어가자, 그 범종이 갑자기 땅으로 떨어지고 승려의 기도로 인해 다시 올라간 범종 속에서 나타난 것은 뱀의 몸을 한 여인이었다. 이 여인은 남자에게 버림받은 원한으로 폭주하지만 승려의 기도로 강으로 물러난다.

중세시대에 기요히메 설화는 불교의 여성에 대한 죄업관을 상징하게 된다. 여성이 원한, 질투로 인해 그 신체가 뱀으로 변하고 그것이 여성의 죄업을 상징한다는 논리가 성립된 것은 헤이안 시대 말기에서 가마쿠라鎌倉 시대(1192~1333년)에 걸친 시기로, 따라서 이 시기에 기요히메는 권력과 불교가 밀접한 연관성을 가진 중세시대의 지배 이데올로기를 체현하는 남성들에 의해 죄를 지은 악녀로 낙인찍힌다. 그녀가 시라뵤시의 모습으로 등장하는 것은 노가쿠 「도조지」가 처음으로, 기요히메를 시라뵤시로 설정한 것은 여인 금지구역인 범종 공양의 자리에 여인이 들어갈 수 있도록 하기 위한 장치라고도 설명할 수 있지만, 그와 함께 시라뵤시가 불교에서 볼 때 죄업이 많은 여인, 남자들을 유혹에 빠뜨리는 죄악을 저지른다는 이미지를 가지고 있고, 그것이 기요히메를 형상화 하는데 유효했기 때문이라고 할 수 있다.

이러한 점을 고려해 볼 때 원정기에 등장해서 중세에 이르러 시라뵤시에게는 정치적인 측면에서는 망국의 상징이자, 종교적 측면에서 볼 때는 승려에게 애욕을 품고 그를 죽인 악녀의 이미지가 총체적으로 결합되어 있다는 점을 이해할 수 있다.

『신쿠로우도』에 나타난 천황의 호모 섹슈얼Homosexual의 욕망

앞에서도 언급한 헤이안 시대 말기 작품인 『도리카에바야』에는 남녀형제가 옷을 바꿔입는 스토리가 등장한다. 이보다 후대인 무로마치 시대에 성립한 『신쿠로우도』에도 남장을 한 여자주인공이 등장한다. 제대부諸大夫에게는 장남과 세 자매가 있었는데, 장녀는 출가를, 둘째는 궁중에 여관으로 출사하여 천황의 총애를 받아 황녀를 출산한다. 장남은 천황을 곁에서 모시는 구로우도가 되어 출사하게 되는데, 셋째 딸은 외모도 성격도 남자답고, 본인 또한 남자로 살기를 원하여 오빠와 함께 구로우도(오빠와 구별하기 위해 신쿠로우도로 명명하고 있다)로 출사하게 된다. 그녀는 천황의 곁에 있으면서 자연스럽게 여성이라는 점이 들통나고 남장을 한 여성이라는 이상한 매력에 끌린 천황에게 총애를 받아서 남자아이까지 출산한다. 그러나 결국 천황의 신쿠로우도에 대한 애정은 식어서 아들은 둘째언니가 낳은 것으로 하고 그녀는 출가를 결심하게 된다.

같은 남장여인이 등장하지만 『신쿠로우도』가 이전 작품인 『도리카에바야』와 어떻게 다른지를 먼저 짚고 넘어가도록 하자. 두 작품의 결정적인 차이점은 주인공의 신분과 그 인생의 결말이다. 『도리카에바야』의 남장여인인 '젊은 주인'은 남장에서 벗어난 후 황후가 되어 황자皇子를 낳아 여성으로서 최고의 영화를 누린다. 그러나 『신쿠로우도』의 경우는 이미 중궁이 후계자를 낳아 황위 계승은 정해진 상태였고, 신쿠로우도의 집안은 중류계급에 불과하다. 게다가 신쿠로우도는 천황에게 총애를 잃고 결국 출가의 길을 선택하게 된다. 이러한 이야기의 전개는 『신쿠로우도』라는 작품이 중류층 여성(신체적으로 여성)의 삶에 초점을 맞추고자 했다는 점을 나타낸다.

무로마치 시대 당시, 중류층 여성의 삶은 출가를 하거나 궁중에 출사하여 뇨보女房가 되거나 하는 극히 제한적인 선택밖에 허용되지 않았다. 당시의 시대배경을 바탕으로 이 작품에서는 세 자매를 통해서 각각 출가, 후궁, 그리고 남장여인으로 구로우도가 된다는 당시의 여성의 보편적인 삶과 거기에 이야기의 극적인 요소를 가미시킨 설정이 이루어져 있다. 뿐만 아니라 이전의 이야기들과는 남장의 계기도 다르게 나타난다. 예를 들어『도리카에바야』에서는 형제가 각각 자신의 성을 바꾸어 살아가는 계기에 대해서 주인공들 본인의 의사와는 상관없이 그들의 성격이나 외모 때문에 부모가 남장여자, 여장남자로 살게 했다는 것과 요괴인 덴구天狗의 저주에 의해서 타고날 때부터 형제의 성격이 바뀐 것이라고 설명하고 있다. 그에 비해『신쿠로우도』는 부모가 남자로 살겠다는 셋째 딸 본인의 의지를 존중하고 있다.

> 그렇게 오래되지 않은 옛날 일이었는가, 그다지 신분이 높지 않은 사람으로 그렇다고 해서 그다지 낮지도 않은 제대부 정도의 사람이 있었다. 아들 1명, 딸 3명을 가지고 있어 어느 아이도 우열을 가릴 수 없을 정도로 귀엽다고 생각하면서도 '왜 한 명을 아들로 바꿔서 키우지 않았을까'라고 항상 이야기하였다. '어느 아이도 하고 싶은 대로 단지 마음 가는 대로 살거라. 부모의 마음대로 되지 않는 것이 사람의 마음이다. 결국 자신의 마음이 가는 대로 하는 것이 세상의 이치다'라고 말했다.

또한『도리카에바야』의 여자 주인공이 최고의 재능과 성품으로 주목을 받는 인물이라면, 신쿠로우도는 천황의 총애를 얻자 '신쿠로우도의 행동은 눈에 띄어 어리석은 일만 생겨서'라는 것처럼 오만방자해져 주위의 비난을 받는 인물로 그려진다. 신분이 낮은 여성이 천황의 애정을 독점하는 것은 망국의 지름길이라는 인식은 일찍이 『겐지 이야기』의 기리쓰보桐壺 천황과 기리쓰보 갱의桐壺更衣와의 관계에서도 확인되었다. 많은 지체 높은 여성들을 제쳐두고 천황이 비교적 신분이 낮은 기리쓰보 갱의를 유독 아끼는 것은 나라의 정치를 문란하게 하고 궁중의 질서를 어지럽히게 된다는 것이다. 하물며 신쿠로우도의 경우는 사실은 신쿠로우도가 여성이기 때문에 천황과 그녀와의 관계는 이성간의 관계이지만, 외부에서 봤을 때에는 신하와 천황이 호모 섹슈얼의 관계를 맺는 것으로 보이기 때문에 천황의 후계자를 둘러싼 정권 싸움의 여지는 보이지 않지만 천황의 호모 섹슈얼의 관계는 주위의 눈총을 받기에 충분하다.

> 천황께서는 왜 그러신가. 언제나처럼 구로우도가 함께 주무시고 곁에 계시면서 울거나 웃거나 하시는 소리가 들리는구나. 이상하군.
> 언제까지 이러한 이상한 관계가 계속될까. 마음에 들지 않는군.

이와 같이 남장여인을 그린 이야기에서 현재 천황의 호모 섹슈얼에 대한 욕망(실제로는 이성애이지만)을 그리고 있는 것은 이 작품이 최초로, 앞서 언급했듯이 실제로는 궁중, 무가사회에서 호모 섹슈얼의 관계는 성행하였으나 이야기에서는 다루고 있지 않았다. 그러나 이 작품에서는 현실에서 빈번히 이루어지고 있었던 궁중의 남색이야기를 근저로 하면서도 주인공을 여장남자로 배치하여 천황의 남색문제를 교묘히 회피하고 있다.

다음 장에서는 이와 같이 기존의 남장여자의 이야기와 일선을 긋는 내용을 담은 『신쿠로우도』의 특징에 대해서 좀 더 구체적으로 살펴보고자 한다.

속대를 입은 위험한 여성

『신쿠로우도』라는 작품은 그림이 중심에 있고 스토리를 전개하는 글이 주변에 위치하고 있어 이야기의 전개를 그림을 통해서 생생하게 느낄 수 있다는 장점이 있다. 신쿠로우도가 되기 이전, 제대부 일가가 모여 있는 장면에서 셋째 딸은 여성의 복장을 하고 머리를 길게 늘어뜨리고 있다. 그러나 오빠와 마찬가지로 출사할 것을 결심한 셋째 딸의 모습이 등장하는 그림에서는 그녀가 속대를 입고 오빠와 앉아있는 장면이 묘사되어 있다.

여기에서 주목할 것은 속대를 입고 앉아 있는 두 사람의 모습이 흡사 쌍둥이처럼 표현되고 있다는 점이다. 이것은 누가 봐도 신쿠로우도를 남자로 의심할 여지가 없음을 나타낸다. 속대는 시대에 따라 그 형태도 변하게 되는데, 그 이유는 착용 방법 자체가 매우 복잡하고 시타가사네의 교 부분은 길게 늘어뜨리고 있어야 해서 매우 거추장스러웠기 때문이다. 따라서 중세시대가 되면 황족 이외에는 시타가사네에서 교 부분을 잘라내어 교에 끈을 붙여 따로 허리에 묶는 벳교別裙가 일반적이 된다. 단, 교는 귀족의 위엄을 상징하기 때문에 그 길이는 시대가 흐르면 더욱 길어진다. 속대는 원래 궁중에서의 근무복이기 때문에 이것을 입

【그림 2】 오빠 구로우도와 신쿠로우도의 닮은 모습(江口啓子 他 編(2014) 『室町時代の少女
革命『新蔵人』絵巻の世界』 笠間書院)

고 입궐하는 것이 보통이었으나 활동하기에 너무 불편하여 후대에는 의식이 있을 때에만 입게 된다. 단, 천황의 곁에서 주로 근무하는 구로우도와 외기外記는 속대로 입궐하는 전통을 지켰다.

이러한 속대의 변천과정을 통해서도 알 수 있는 것은 구로우도가 천황과 근거리에서 접촉하는 직책이기 때문에 가장 남성다운 복식의 전통을 유지하고, 따라서 그러한 거리감 때문에 속대를 입고 남장을 한 신쿠로우도의 정체가 천황에게 들통나는 것은 시간문제였다고 할 수 있다. 이러한 아슬아슬한 설정은 독자들로 하여금 천황과 신쿠로우도의 관계가 앞으로 어떻게 전개되어 갈지 궁금증을 불러일으키는 효과를 내고 있다. 속대의 형태가 완성된 헤이안 시대 중기 이후의 구로우도는, 이 직책이 무관이므로 관에는 말의 꼬리로 된 오이카케緌가 달려있고 다리를 쉽게 움직일 수 있는 형태의 포를 입는 것이 보통이었다.

이 작품은 무로마치 시대에 성립되었다고 추정되고 있는데, 그렇다고 해서 이 작품의 복식을 무로마치 시대로 결정지을 수는 없다. 왜냐

【그림 3】 문인과 무인이 속대를 입은 모습(京都文化博物館編(2008)「源氏物語図屛風 紅葉賀·乙女」『源氏物語千年紀展』京都府, 京都文化博物館 外)

하면 작가가 이 작품의 시대를 언제로 설정했는지, 또한 작가의 계급과 성별에 따라 남성귀족의 복식을 정확하게 묘사하고 있는지를 알아내기는 쉽지 않기 때문이다. 그러나 확실한 것은 구로우도가 속대를 입고 천황의 가장 가까운 곳에서 근무했기 때문에 둘의 비밀스러운 관계를 가질 수 있었다는 점이다.

이와 같이 천황과 남장여인이라는 기묘한 관계를 그리고 있는 것이 이 작품의 특징인데, 또 다른 특징으로는 이 신쿠로우도라는 주인공의 인물조형이 특이하다는 것이다. 앞서 언급한 바와 같이 남장을 한 시라뵤시는 성의 경계에 있다는 매력과 예능으로 권력자의 마음을 사로잡지만, 그 미성이 망국의 소리라고 일컬어질 만큼 불길한 것으로 다뤄졌다. 신쿠로우도 역시 이러한 시라뵤시의 그림자가 투영되어 있는 인물이라고 판단된다. 실제로는 여자이지만 남장인 속대를 입고 출사하여 천황이 그 특이함에 마음을 빼앗기고 마는 것이다.

> 천황은 술을 드시고 취하셨을 때도 아침저녁으로 신쿠로우도를 불러 일하게
> 하시고 신쿠로우도도 익숙해지는 동안에 어찌하다 결국 정체가 밝혀졌다.
> 그러나 오히려 천황께서는 새롭게 이상하게 생각하시어 몰래 부르시는 사이
> 에 나이시內侍보다도 더욱 총애가 두텁고 귀엽게 여기게 되시지만, 사실은
> 신쿠로우도가 여자라는 것을 아는 사람이 없기 때문에 곁에서 보기에 어처
> 구니없는 일도 많다.

이 신쿠로우도라는 인물에게는 단지 남장여인으로서의 시라뵤시의
특징뿐만 아니라 권력층을 뒤흔드는 망국의 상징, 악녀로서의 시라뵤
시의 모습도 투영되어 있다. 실제로 신쿠로우도는 언니인 나이시를 공
격하며 천황을 독점하고자 한다. 이러한 태도는 구로우도가 여자라는
사실을 알지 못하는 주위 사람들에게는 납득하기 어려운 것이며, 따라
서 그 비난은 구로우도를 총애하는 천황에게로 향하게 된다.

> 신쿠로우도를 형(오빠)인 대부大夫와는 비교도 안 될 정도로 귀중하게 생각
> 하시어 총애하신다. 그에 따라서 신쿠로우도의 행동은 눈에 띄어 어리석은
> 일만 생겨서 정도가 지나친 천황의 모습에 사람들도 비방하는 일이 많아졌
> 다. 그렇지만 천황은 신쿠로우도를 밉지 않다고 생각하시고 사람들의 비방
> 도 돌아보시지 않으셔서 참으로 괴이하게 여겨진다.

남장여인이라는 모티브를 차용한 기존의 이야기들이 남장을 풀고
여자의 모습으로 돌아온 주인공의 영화를 결말로 설정한 것과는 달리,

이 작품은 중세라는 시대가 낳은 망국을 상징하고, 남자를 유혹하는 악녀로서의 시라뵤시의 모습을 신쿠로우도에게 투영시키고 있다는 것을 알 수 있다. 다시 말해서『신쿠로우도』의 특징은 남장여인이라는 시라뵤시의 성의 경계에 있는 매력뿐만 아니라 정치적으로 남성, 특히 천황을 혼란에 빠뜨리는 악녀로서의 시라뵤시의 모습을 이용하고 있다는 점이다. 뿐만 아니라 시라뵤시와 남성과의 관계는 실제로는 이성애이지만 천황의 호모 섹슈얼에 대한 욕망을 드러내고 있다는 점에서 이 작품은 파격적이라고 할 수 있다.

그렇다면 여기서 남자로 살고 싶어하고 실제로 남장을 하고 궁중에 출사까지한 신쿠로우도가 자신의 성을 여자로 인식했는지, 남자로 인식하고 있었는지에 대한 의문이 들 것이다. 그러나 이야기에서는 신쿠로우도가 자신을 어느 쪽으로, 어떻게 인식하고 있었는지에 대한 묘사가 상당히 애매모호하다.

> 뭐든 소용없다. ‘언젠가 죽을 세상’이라면 성불하는 것만을 생각해야지. (첫째 딸)
> 역시 ‘목숨이 다하는 동안’이라는 점도 있어요. 단지 살아있는 동안 재미있게 지내고 싶어요. (둘째 딸)
> 나는 남자가 되어 뛰어다니고 싶어. (셋째 딸)

이 세 자매의 대사만으로는 신쿠로우도가 자신을 남자로 인식하고 있었는지, 아니면 여성으로 인식하고 있었지만 자신의 외모와 성품, 행동이 여성스럽지 못하다는 점과 평범한 중류계급의 여성으로는 살고 싶지 않다는 욕망에서 스스로 남자로 살기를 결심했는지를 판단하기는 어렵다. 둘째 언니가 황녀를 낳은 후에는 ‘부러운 모습이구나. 그렇다면 뇨보로 궁중으로 들어가 나도 아이를 낳을 수 있었는데. 분하구나라고 생각한다'라는 신쿠로우도의 질투가 표현되어 있다. 신체적으로는 여성인 신쿠로우도가 아이를 낳아 천황의 총애를 얻을 수 있다는 생각은 얼핏 보면 자신을 여성으로 인식하고 있는 듯이 보인다. 그러나이것이 천황의 총애를 얻고자 하는 마음에서 비롯된 것이라는 점을 고려해 볼 때 자신을 남성으로 인식하고 있으나 천황과 좀 더 가까워질수 있는 수단으로 여성으로서의 신체를 이용하려고 한다고도 읽을 수있다. 따라서 반드시 신쿠로우도가 자신의 성을 여성으로 인식하고 있었다고 단정지을 수는 없다. 그리고 결국 천황의 총애를 잃자 남성으로서 지향하는 삶도 아니고 여성으로서의 삶도 아닌 출가를 실행한다. 이러한 스토리 전개에서 분명한 것은 이 작품이 남장을 하면서까지 남자로 살고 싶어했던 여성이 천황과 관계하면서 일어나는 사건과 그 결말을 통해 남자로 살고자 했으나 신체적으로는 여자인 중류여성의 삶의한계를 그리고자 했다는 점이다.

머리를 민 여성과 두건을 쓴 여성

신쿠로우도는 출가 후 이미 출가한 첫째 언니와 함께 지낸다. 이 마지막 장면은 불교에서의 여성/남성의 성불成佛에 관한 문제를 제시하고 있다.

불교가 여성 차별적인 사상을 가지고 있는 것은 잘 알려진 사실로, 그 대표적인 것이 여인오장女人五障설이다. 여자는 5개의 장애를 가지고있어 근본적으로 성불을 이룰 수 없다는 것으로, 따라서 불교의 성역인 히에이比叡 산. 고야高野 산 등은 장애를 가지고 있는 여인이 들어 갈 수 없도록 하여 여인금제 구역이었다. 이와 관련하여 확인해 볼 수 있는 불교의 남녀차별의 단적인 예는 '변성남자变成男子'이다. 이것은 『법화경法華經』에 나오는 표현으로 용족龍族의 딸인 용녀龍女가 남성의 몸이 되는 것으로 성불을 이루었다는 것이다. 이 작품의 결말에서는 '변성남자'라는 표현이 확인되는데, 재미있는 것은 이것이 '변성여자变成女子'라는 표현과 함께 쓰이고 있다는 점이다. 이러한 '변성남자', '변성여자'라는 표현은 여성이 신체를 남자로 바꾸고, 또는 남성이 신체를 여성으로 바꾸어 성의 경계를 초월하는 것이다.

신쿠로우도는 출가한 후 일상을 평온하게 보내고 있는 것처럼 보인다. 첫째 언니는 신쿠로우도의 용모, 머리카락이 없는 얼굴이 마치 법사와 같아서 사람들의 오해를 받을 수 있으니 비구니라는 것을 알리기 위해서 두건을 쓰고 있는 것이 좋다고 한다. 이에 대해서 신쿠로우도는 여성이 성불을 하기 위해서는 남자의 몸이 되어야 한다는데, 남장을 그만둔 후 성불을 하기 위해서는 남자의 몸이 되어야 함에도 불구하고 오히려 여자처럼 보이도록 하라는 언니의 말에 '변성여자가 된 것 같은 기분이 들어요.'라고 응수하고 있다. 이것은 언니의 말에 대해 신쿠로우도가 비꼬는 태도를 보이는 것으로 일단은 정리할 수 있을 것이다. 그러나 이 대화가 작품의 마지막 부분, 즉 신쿠로우도의 인생의 종착점에서 등장한다는 것은 작품 전체의 주제를 시사하고 있다고 이해해야 할 것이다.

신쿠로우도의 자신에 대한 젠더 의식은 불분명하지만, 남장을 하고 남자의 삶을 살기로 한 것은 분명한 사실이다. 그 결과 천황의 총애를 얻고 아이까지 낳았지만 결국은 총애를 잃어 더 이상 남장여인으로서의 삶을 살 이유가 없어지자 출가를 결심하게 된다. 남자로 살고자 했지만 임신, 출산, 외모의 여성다움이라는 신체적 성에서 벗어나지 못하고 여성으로서의 삶을 강요당한 신쿠로우도. 이 장면에서의 자매의 대화는 성과 관계없이 평등해야 하는 불교가 오히려 신체적 성을 강요하고 있다는 것을 시사한다. 일본의 에마키 연구에 따르면 비구니를 그린 그림의 경우, 여성은 두건을 쓰고 있는 것이 일반적이라고 한다. 그러나 예외적으로 삭발한 흔적을 그대로 남긴 비구니의 그림도 존재하는데, 이것은 남자가 되어 성불하는 여성의 모습을 상징하고 있다. 이러한 점에서 볼 때도 역시 두건을 써야만 한다는 이야기를 듣고 있는 신쿠로우도의 성불은 이루어지기 어려운 것으로 판단된다. 변성남자가 되고자 했으나 여성일 수밖에 없고, 여성의 모습으로 돌아오자 남성적이라고 비난받는 신쿠로우도에게 성불의 가능성을 읽어내기는 쉽지 않은 것이다. 즉 이 이야기는 남성으로 살고자 했으나 결국은 여성이라는 신체적인 틀을 깨지 못하고 불교적 구원도 얻지 못하는 중세의 여인 죄업 사상을 드러내고 있는 것이다.

> ┃ 이 글은 김정희 「『신쿠로우도(新蔵人)』에마키(絵巻)의 세계 – 섹슈얼리티의 변혁과 종교적 차별의 수용 – 」(『일본언어문화』제35호, 한국일본언어문화학회, 2016)을 참고하여 풀어쓴 것이다.

참고문헌

江口啓子 他 編(2014)『室町時代の少女革命『新蔵人』絵巻の世界』笠間書院
木村朗子(2014)「宮廷物語のクイアな欲望」(『日本文学』63-5)
柴佳世乃(2005)「遊女・白拍子ーその音声と性愛、王権」(『国文学解釈と鑑賞』70-3)
北田久美(2004)「異装の女君ー『有明の別れ』における主人公の造型ー」(『日本語と
　　日本文学』38)
阿部泰郎(2003)「性の越境ー中世の宗教芸能物語における越境する性ー」『いくつも
　　の日本』6, 岩波書店
田中貴子(1992)「竜蛇となった＜悪女＞」『＜悪女＞論』紀伊国屋書店

의식주로 읽는
일 본 문 화

향에 스며든 여성의 탄식

김 병 숙

● ● ● ●

헤이안 귀족, 향 문화를 꽃피우다

오월에 핀 아름다운 귤꽃의 향기 맡으니

옛 사람 소맷자락 향기가 나는구나

생각지도 못한 곳에서 맡은 향기에 누군가를 떠올리는 일이 있다. 위
의 와카和歌는 헤이안平安 시대(794~1192년)의 『고킨와카슈古今和歌集』에
수록된 것이다. 음력 5월 무렵이니 현대의 계절감각으로 치면 장마철
인 6, 7월에 해당한다. 습기를 머금은 공기 중에 귤꽃 향이 퍼지고, 그

향기는 옛날 아내가 입던 옷의 소맷자락에 배어 있던 향기를 떠올리게 한다.

헤이안 시대의 상층 귀족은 고귀하면서도 일반 사람은 경험할 수 없는 사치스러운 향 문화를 만들고 이를 향유하였다. 그들은 실내에 향을 피워 향기가 감돌게 했을 뿐 아니라 의복에도 향을 입혔다. 의복에 스며든 향은 체향과 어우러져 그 사람의 개성을 드러내는 기호로 작용하였다.

일본에 향이 전래된 것은 스이코推古 천황 3년(595년)의 일이다. 아와지 섬淡路島에 침향沈香이 떠밀려왔는데, 섬사람들이 향목香木인 줄 모르고 땔감과 같이 태웠다. 연기를 따라 멀리까지 향이 퍼지자 이를 이상하게 여긴 사람들이 조정에 헌상했다는 기사가 『니혼쇼키日本書紀』에 있다. 이후 향은 불교행사 공양물로 사용되었는데, 나라 시대에 작성된 호류지法隆寺의 재산 목록이나 도다이지東大寺 정창원正倉院 목록에 향료의 이름이 남아있는 것을 통해 확인할 수 있다.

당시의 향료는 모두 일본에서 나지 않는 것이었다. 남방에서 당과 신라 상인의 중계무역을 통해 일본에 들어왔다. 신라 경덕왕 11년(752년)에 일본에 간 신라 사절의 대일매물명세서對日賣物明細書에 매물로 침향이 포함되어 있으며, 호류지에서 보관하고 있는 백단白檀에 페르시아 문자가 각인되어 있음이 밝혀지기도 하였다. 향료에는 실크로드로 상징되는 고대 국가의 교역의 자취가 새겨져 있는 것이다. 때문에 향료는 일반인은 입수하기 어려운 귀중품으로 궁중이나 사원에서만 소유할 수 있었다.

이후 헤이안 시대가 되면서 향료는 불교행사 등의 의식용으로만이 아니라 귀족들의 취미의 대상이 되었다. 헤이안 귀족들은 향을 조합하며 고도로 세련된 문화를 향유하였는데, 이 때 향료를 조합하여 만든 것을 훈물薰物이라 한다. 훈물은 무로마치室町 시대(1338~1573년) 이후 성립된 향도香道와는 달리 하나의 향목 조각을 태우는 것이 아니다. 침향이나 백단, 정자, 사향 등의 여러 종류의 가루를 혼합해 꿀로 갠 다음 숙성시킨 연향練香의 형태이다. 보통 매화향, 연꽃향, 국화향, 지주侍從, 낙엽향, 구로보黑方를 6종의 훈물이라 한다.

헤이안 시대 특히 닌묘仁明 천황(833~850년) 때에 훈물의 조합이 가장 성하였다. 천황을 비롯해 일곱째 황자인 모토야스本康 친왕親王, 좌대신左大臣 후지와라 후유쓰쿠藤原冬嗣 등 향료 조합의 명수가 등장하였다. 이후 많은 사람들이 왕조의 미의식을 체현하고자 경쟁적으로 훈물 조합법을 만들었다. 기본이 되는 레시피에 개성을 가미해 자신만의 훈물을 만들었고, 창작된 훈물 중에서 뛰어난 것은 후세에 전해져 더욱 세련되게 발전시켜 나갔다. 그 비전이 헤이안 말기 도바 상황鳥羽上皇의 명을 받아 후지와라 노리카네藤原範兼가 저술한 『군슈루이쇼薰集類抄』라는 향서香書에 집대성되었다.

훈물은 불전에 바치는 명향名香, 의복에 입히는 훈의향薰衣香, 실내에서 피우는 공훈향空薰香 등의 다양한 용도로 사용되었다. 헤이안 귀족 문화를 가장 잘 구현한 작품인 『겐지 이야기源氏物語』에는 세 가지 향이 조화를 이루는 장면이 나온다.

주인공 히카루겐지光源氏는 자신의 어머니와 닮은 후지쓰보 중궁藤壺中宮과의 사이에서 불의의 자식을 얻는다. 후에 레이제이 천황冷泉天皇이 되는 이 아들은 표면적으로는 히카루겐지의 아버지인 기리쓰보桐壺帝 천황과 후지쓰보 중궁의 자식이다. 기리쓰보 천황 사후 정치적으로 자신의 아들을 지키고 또한 히카루겐지와의 관계로 인한 죄의식에서 벗어나고자 하던 후지쓰보 중궁은 출가를 결심한다. 기리쓰보 천황 일주기 법요를 위해 법화팔강法華八講을 주최한 중궁은 마지막 날 부처님 앞에 출가를 고하고 충격을 받은 히카루겐지와 마주한다. 때마침 바람이 불어와 향기를 전한다. 실내에 구로보의 그윽한 향기가 피어나는 가운데 명향의 연기도 희미하게 감돈다. 거기에 히카루겐지의 의복에 스민 향취까지 어우러진다. 훌륭한 향의 조화는 극락정토를 떠올리게 할 정도라고 쓰여 있다.

헤이안 귀족이 향에서 추구한 미의식은 '조화'라 할 수 있다. 헤이안 시대 수필집인 『마쿠라노소시枕草子』를 보면 훈물의 좋고 나쁨을 판단하는 기준은 그것이 고가의 귀한 것인지가 아니다. 그것이 좋은 향기를 발하며, 그 자리에 어울리는지가 좋고 나쁨을 판단하는 유일한 기준이다. 나아가 『겐지 이야기』의 작자인 무라사키시키부紫式部는 좋은 향기를 발하며, 장소와 행사와 적합한 향인지에서 나아가, 계절과 인물의 개성과도 조화를 이루는 향이야말로 최고의 향으로 평가하며 향에 대한 세련된 감각을 작품 안에 펼쳤다.

헤이안 귀족사회는 철저한 미디어 사회였다. 주거나 악기 연주, 의복, 심지어 옷이 스치는 소리와 향에 이르기까지 감각적인 모든 것이 그 사람이 어느 계층에 속했으며 어떤 개성을 지닌 사람인지를 알려주는 기호로 작용하였다. 이 글에서는 『겐지 이야기』 속 의복과 관련된 향에 집중하여 헤이안 귀족의 향 문화와 의복에 스며든 향이 발하는 의미를 읽어보고자 한다.

【그림 1】 상단 오른쪽이 향을 피우는 용구이다. 의복에 향을 입히는 경우에는 향로 위에 바구니를 엎어놓고 그 위에 옷을 펼쳐놓는다.(風俗博物館藏·河添房江(2008)『光源氏が愛した王朝ブランド品』角川学芸出版)

의복, 향기를 입다

의복에 향을 입히는 방법은 두 가지이다. 하나는 향낭이나 향목과 함께 옷을 보관해 향이 스며들게 하는 것이다. 또 하나는 연향을 피워 그 연기를 의복에 스며들게 하는 방법으로, 연향을 피운 향로 위에 바구니를 엎어 그 위에 옷을 펼쳐놓으면 훈향이 절로 옷에 배게 된다.

훈의향은 옷에 향을 입혀 몸을 움직일 때마다 향이 전해지는 것을 즐기는 것으로, 특히 젊은 귀족 남녀 사이에서는 빠트릴 수 없는 트렌드였다. 이를 잘 보여주는 것이 『겐지 이야기』에 등장하는 니오노미야匂宮이다. 신체에서 향기가 나는 가오루薫에 라이벌 의식을 느끼는 니오노미야는 향에 집착한다. 그는 정원에 심은 꽃마저도 봄에는 매화, 가을에는 향이 강한 국화나 등골나물이 서리를 맞아 시들 때까지 즐기지만, 다른 사람들이 아름답다고 하는 마타리나 싸리는 향이 없다는 이유로 관심도 두지 않는다. 또한 모든 뛰어난 향기를 옷에 입히고 아침저녁으로 향료 조합에 몰두하는 모습을 보인다.『마쿠라노소시』에 좋은 향을 피우고 혼자 누웠을 때나 머리를 감고 화장하고 향기가 스민 옷을 입는 것은 누가 보지 않아도 매우 정취 넘치는 일이라며 '마음을 설레게 하는 것'의 예로 들고 있는 것을 보아도 옷에 향을 입히는 것이 헤이안 귀족의 생활문화로 정착되었음을 알 수 있다.

그러나 의복에 향을 입히는 것이 늘 우아하고 아름답게만 그려지는 것은 아니다. 오미노키미近江の君라는 여성은 젊은 시절 히카루겐지의 친우로 두중장頭中將이라 불렸던 내대신內大臣의 딸이다. 내대신은 오래전 소식이 끊어진 유가오夕顔와의 사이에서 태어난 딸인 다마카즈라玉鬘를 그리워한다. 어느 날 꾼 꿈을 통해 자신의 딸이 다른 사람의 양녀로 살고 있음을 알게 된 내대신은 아들 가시와기柏木를 시켜 그녀를 찾는다. 그러나 막상 가시와기가 찾아 데려온 딸은 다마카즈라가 아닌 오미노키미였다. 내심 딸을 만날 기대로 부풀었던 내대신은 딸과의 첫 대면에서 경박스러운 그녀의 모습에 실망한다. 자신의 딸이 아니라고 부정하고도 싶지만 자신의 모습과 닮은 그녀이기에 어찌하지도 못하고 안타까움이 더해질 뿐이었다.

내대신은 오미노키미가 시골에서 자라 도읍 궁정 귀족의 교양을 갖추지 못한 점을 아쉬워하며 그녀의 이복 언니인 고키덴 여어弘徽殿女御에게 출사하여 시중들 것을 제안한다. 오미노키미는 기뻐하며 고키덴 여어에게 편지를 보낸다. 이를 받아 본 여어와 뇨보女房들은 그녀의 품위 없는 와카에 조소하며 답장을 보낸다. 이를 모르는 오미노키미는 답장을 받은 것만으로도 기뻐 달큰한 향이 나는 훈물을 몇 번이고 옷에 입힌다. 그녀의 과잉된 향은 귀족적 미의식과는 너무나도 동떨어진 것이었다.

이야기는 도시 귀족의 세련미를 흉내 내는 젊은 아가씨의 모습을 희극적으로 제시한다. 이는 귀족의 미의식을 상대화하면서 훈의향이 자

【그림 2】향 경합 장면. 아사가오가 만든 구로보와 무라사키노우에가 조합한 매화향이 히카루겐지 앞에 놓여있다.(源氏物語画帖, 德川美術館藏)(稲本万里子 外(2009) 『すぐわかる源氏物語の絵画』 東京美術)

연 혹은 실내의 다른 향기와 조화를 이루며 그윽함을 자아낼 때 비로소 그 인물 고유의 것으로 인식되며 가치를 발하는 것임을 이야기한다.

『겐지 이야기』에서 가장 훌륭하다는 평가는 받는 훈의향은 「우메가에梅枝」권의 향 경합 장면에 등장한다. 히카루겐지는 딸 아카시노히메기미明石姫君를 입궁시키기 위한 준비의 하나로 4명의 여성에게 각각 두 종류의 향을 조합해 새로운 훈물을 만들어달라고 의뢰한다. 참가자는 여주인공들 중에서도 가장 격조 높고 교양이 풍부한 여성들이었다.

음력 2월 10일, 촉촉이 내리는 비가 정원에 핀 홍매화의 향기를 돋우는 가운데 아사가오朝顔가 조합한 향이 도착한다. 아사가오가 만든 향은 '구로보'였다. 히카루겐지는 '지주'를, 무라사키노우에紫の上는 세 종류의 향료를 조합해 '매화향'을 만들어냈다. 반면 하나치루사토花散里는 '연꽃향'을, 아카시노키미明石の君는 다른 이들과는 달리 의복에 향기를 입히는 '훈의향'을 만들었다.

화려하고 현대적인 향이 나도록 조합한 무라사키노우에의 매화향은 경합이 치러지는 계절과도 부합하며 가장 호평을 받는다. 이에 반해 아카시노키미는 계절과 상관없는 훈의향을 조합하였다. 다른 여성에 비해 신분이 낮은 아카시노키미가 일견 경합에서 한 발 물러난 듯 보인다. 그러나 내실을 들여다보면 그렇지만은 않다. 경합의 판정을 맡은 호타루 병부경궁螢兵部卿宮은 아카시노키미의 훈의향을 다음과 같이 평하였다.

> 훈의향 중 그 조합법이 뛰어난 것이라 하면 전 스자쿠인께서 조합한 것을 지금의 스자쿠인이 계승하시고 미나모토 긴타다源公任가 특별히 엄선해 만든 백보방百步方을 꼽을 수 있다. 이에 착안해 다시없을 정도의 우미함을 다하여 만드니, 그 고안이 훌륭하다.

전 스자쿠인은 역사상의 천황인 스자쿠朱雀 천황(930~946년)을 가리킨다. 스자쿠 천황의 레시피를 작품의 등장인물인 스자쿠 천황이 전승하고, 여기에 향 조합의 명수인 미나모토 긴타다가 특별히 재료를 엄선하여 조합했다는 백보방에 착안하여 지금까지 맡은 적이 없을 정도로 우미한 향을 조합해냈다는 것이다. 역사적 실재와 허구를 교묘하게 섞은 기술 방식은 허구의 작품에 리얼리티를 부여하며 당대의 독자들에게 더욱 효과적으로 다가갔을 것이다.

6종의 훈물이 비전으로 전해지며 격식이 강조되는 것에 반해 훈의향은 일상적인 온기가 강하고 자유로움이 인정되는 향이다. 그러나 훈의향 중에서도 가장 뛰어난 것으로 평가되는 백보방의 조합법은 간단하지 않다. 구로보가 6종, 지주가 대략 5종, 매화향이 많아도 8종의 향료를 혼합하는 것에 비해 백보방은 11종류를 혼합한다고 한다. 게다가 아카시노키미가 만든 훈의향은 이전 훈물의 명인들이 만든 레시피를 창의적으로 한층 더 발전시킨 것이다.

아카시노키미는 아카시노히메기미의 생모이지만 그리 높지 않은 신분으로 인해 자신의 딸을 무라사키노우에의 양녀로 보낸다. 그러나 그녀는 점잖은 성품과 뛰어난 문화적 소양으로 인해 히카루겐지에게도 높은 평가를 받는 여성이다. 그녀는 특히 여주인공 중에서 당 문화, 나아가 대륙에서 전래된 선진문화를 가장 잘 체현하는 인물로 그려지고 있다. 훈의향이 당나라에서 직수입된 연향에서 발달한 훈물이라는『군슈루이쇼』의 설명에 따르면 훈의향의 조합은 아카시노키미의 문화적 역량을 돋보이게 하는 것이었다고 볼 수 있다. 낮은 신분이라는 결점을 보완하는 아카시노키미의 문화인으로서의 교양이 향 경합에서도 존재를 각인시키는 향을 만든 것이다. 아카시노키미는 히카루겐지의 영원한 반려자인 무라사키노우에에 필적하는 여성으로, 그녀의 뛰어난 교양과 이성이 훈의향으로 형상화된 것이라 할 수 있다.

한편 훈의향 중에는 환약의 형태로 복용하는 것도 있었다고 한다. 일명 체신향錬身香이라고도 칭해졌다.『군슈루이쇼』에 "주야로 3일 동안 13알을 먹으면 입 안에서 자신도 알 수 있을 정도로 좋은 향이 난다. 5일째에는 체향을 자각할 수 있게 되고 10일째에는 입고 있는 옷에도 향기가 밴다. 20일째에는 맞바람을 맞으며 걸으면 그 향이 타인에게도 알 수 있을 정도가 되며, 25일이 지나면 손을 씻은 물이 떨어진 땅 위에서 향기가 난다. 한 달 정도 계속 복용하면 어린아이를 안았을 때 그 아이에게까지 좋은 향이 옮겨 간다."고 그 효능이 설명되어 있다. 고대 중국의 의학서『천금방千金方』이나 일본의 의학서인『이신보醫心方』에도 향을 환으로 복용하여 체취를 향기롭게 하는 처방이 있는 것을 보면 불가능

79

한 일만은 아닌 듯하다.

『겐지 이야기』에는 마치 이 환약을 복용한 듯한 인물이 등장한다. 바로 신체에서 독특한 향을 발산하는 가오루이다. 작품에서 그가 체신향을 복용했는지는 알 수 없다. 그러나 옷에 향기를 입히는 것에서 나아가 향기를 발산하는 신체를 설정함으로써 인물의 교양과 개성에 상응하는 향의 범주를 초월하여 자신도 인식하지 못하는 내면을 표상하는 향이 다다를 수 있는 궁극적인 기능과 의미를 제시한다.

옷에 스민 향기, 기억을 소환하다

인간은 오감을 이용하여 외부세계를 파악한다. 이 중 후각은 인간의 감각 중에서 가장 원시적이고 불확실한 감각으로 치부되며, 가장 언어화하기 어려운 것으로 여겨진다. 따라서 향은 문학 텍스트 안에서 가장 주관적이고 내면적인 것으로 다루어지며, 감성과 정서의 영역에서 이야기되는 경우가 많다. 더구나 의복에 밴 향기는 개인적 성격이 강하기에 때로는 그 사람을 향한 그리움으로 때로는 비이성적인 판단을 이끄는 계기로 작용하기도 한다.

당나라 현종과 양귀비는 여러 일화를 남기고 있는데, 그 중 향에 관한 것도 전해진다. 당나라 현종 때 현재의 베트남인 교지국에서 용뇌龍腦를 진상하였다. 사람들은 그것을 서용뇌瑞龍腦라 불렀다. 현종이 그것을 양귀비에게만 십여 개를 하사했는데 그 향기가 십 보 밖에서도 맡을 수 있을 만큼 강렬하였다.

어느 여름 날, 현종이 종실 사람과 바둑을 두고 있을 때였다. 악공 하회지賀懷智가 옆에서 비파를 연주하고, 양귀비는 바둑판 가까운 곳에 서서 두 사람이 바둑 두는 모습을 지켜보고 있었다. 바둑의 판세가 현종에게 불리하게 전개되는 것을 눈치 챈 양귀비가 안고 있던 강아지를 슬며시 내려놓았다. 강아지는 반갑다는 듯 현종에게 달려가면서 바둑판을 짓밟아버렸다. 이때 바람이 불어 양귀비가 목에 두른 수건이 하회지의 두건 위에 놓이게 되었는데 한참 그렇게 있다가 양귀비가 몸을 돌려 돌아갈 때 풀려서 떨어져버렸다. 하회지는 집에 돌아가 옷을 갈아입으면서 온몸에서 진한 향기가 나는 것을 알아차렸다. 그 뒤로 그 수건을 비단주머니 속에 넣고 다녔다.

안록산의 난으로 양귀비는 죽고 궁으로 돌아온 현종은 양귀비를 무척 그리워하였다. 하회지가 현종 앞에 나아가 갖고 있던 수건을 보여주고 지난날 있었던 일을 들려주었다. 현종이 "이것이 서용뇌의 향기로구나."라고 울면서 말했다고 한다. 현종의 탄식은 서용뇌의 향을 알게 되었기 때문이 아니리라. 수건에 밴 서용뇌의 향은 곧 양귀비의 향취이기 때문이다. 이처럼 의복에 배어든 향은 그리움을 표상하는 것이 일반적이다.

한편 『겐지 이야기』에는 의복에 스민 향이 예상치 못한 결과를 초래하는 장면이 있다. 젊은 날의 히카루겐지는 황족 출신의 고귀한 아가씨가 아버지를 여의고 홀로 살고 있다는 소문을 듣는다. 옛이야기 속 가련한 여주인공처럼 아름다운 아가씨가 애처롭게 살고 있으리라는 환상을 품은 그는 여자를 찾아간다. 그러나 막상 얼굴을 마주하자 히카루겐지의 실망은 이만저만이 아니었다. 그녀의 이름은 스에쓰무하나末摘花. 말라깽이에 앉은키가 크고 긴 얼굴, 창백하고 넓은 이마에 길고 휘어진 코끝은 붉은 기를 띠고 있다. 게다가 세련되지 못한 행동거지며 의상, 진부한 와카 등은 작품 안에서도 웃음거리가 되기 일쑤이다. 그럼에도 히카루겐지는 그녀의 곤궁한 생활을 후원하였다. 그러나 히카루겐지의 스마須磨 퇴거로 인해 차츰 그녀는 잊혀져갔다.

그러던 어느 날 스마에서 도읍으로 돌아온 히카루겐지가 우연히 스에쓰무하나의 저택 앞을 지나가게 된다. 때마침 불어온 바람에 등꽃의 향기가 히카루겐지의 후각을 자극하고, 그는 전의 기억을 되살려 스에쓰무하나를 다시 찾게 된다. 히카루겐지를 맞이하는 스에쓰무하나는 입고 있던 누추한 옷이 부끄러워 다른 옷으로 갈아입는다. 그 옷은 지방 장관의 처가 된 이모가 준 것이었다. 곤궁함 속에서도 히카루겐지를 기다리며 황족으로서의 자긍심을 지키려는 그녀에게 이모는 많은 상처를 준 사람이었다. 그렇기에 이모가 주고 간 옷은 평소 거들떠보지도 않았었다. 이 옷을 시중드는 이가 향을 넣는 궤에 넣어두었고, 자연스럽게 옷에 '그리운 향기'가 스며든 것이다. 히카루겐지는 스에쓰무하나의 소맷자락에서 나는 향기에 아련함을 느끼고 그녀가 전과는 달리 아름답고 품격을 갖추었다는 평가를 내린다. 우연의 산물이지만 옷에 스며든 향기가 히카루겐지에게 그녀를 매력 있는 여성으로 느끼게 한 것이다.

10년 전 스에쓰무하나와 처음 만났을 무렵에도 비슷한 일이 있었다. 그녀와 마주한 히카루겐지는 그녀의 향낭에서 풍기는 향기에 품격을 느낀다. 그리고 그의 환상대로 황폐한 저택에 사는 고귀하고 아름다운 아가씨일 것이라는 오해를 한다. 그런데 마치 데자뷔를 보는 것처럼 히카루겐지는 재회한 스에쓰무하나의 옷에서 풍기는 향기에 끌리고, 다시 그녀를 후원한다. 그리고 자신이 조영한 저택인 니조토인二條東院에 맞아들여 끝까지 그녀를 돌본다. 이후의 이야기를 살펴보면 스에쓰무하나가 성숙해졌거나 세련된 여성으로 변모한 것이 아님을 알 수 있다. 그녀는 히카루겐지를 처음 만났을 때처럼 여전히 촌스럽고 구시대적인 감각의 소유자이다.

스에쓰무하나가 소유한 향은 그녀 아버지의 유품이다. 지난 시절 스에쓰무하나의 저택에는 담비가죽옷을 비롯해 옷감과 종이 등 대륙에서 수입된 귀한 물품들이 가득하였다. 향도 그 하나이다. 다른 물품들이 시대에 뒤처진 고루한 스에쓰무하나를 조형하는 데 사용되는 데 반해 향만은 유일하게 그녀가 황족 출신임을 상기시키며 그 가치를 인정받는다. 『겐지 이야기』의 작자는 향이 갖는 미적, 문화적 가치를 담보하면서 향에 이끌려 오판을 하는 주인공의 모습을 그린다. 의복에 스민 향은 이성이 미치지 않는 감각의 깊숙한 영역에서 기능하며 예상치 못한 결과를 초래하기도 한다.

여성의 탄식, 옷의 향에 스며들다

히카루겐지 열일곱 살의 일이다. 장맛비가 내리는 어느 날 밤, 궁중 숙직실에 귀공자들이 모여들었다. 이런저런 이야기를 나누며 시간을 보내고 있으니 이야기는 자연스레 여성 이야기로 흘러간다. 젊은 날의 이성에 대한 관심은 예나 지금이나 그리고 귀족이나 서민이나 다르지 않은 것 같다. 젊은 귀공자들은 여성 품평을 시작하였다. 중류 귀족 계급에 생각지도 못한 매력적인 여성이 있다는 이야기를 하며, 괜찮은가

싶으면 바람기가 있는 여성, 마늘 냄새를 풍긴 여성 등 흥미로운 체험담이 펼쳐진다.

그중 좌마두左馬頭의 체험담에 등장하는 여성은 좌마두의 손가락을 물어버릴 정도로 질투심이 강한 사람이었다. 그러나 그 여성의 질투는 자신이 남성에게 성실한 만큼 남성도 자신에게 성실하게 대해주기를 요구하는 마음의 표출이었다. 좌마두는 여성의 요구를 받아들이지 못하였고, 여성은 심하게 한탄하다가 그만 죽고 만다. 풍류도 갖추고 있고, 아내로서의 역할도 멋지게 할 수 있던 여성임을 회상하는 좌마두는 이렇게 이야기한다. "하잘것없는 풍류에 관한 일이든 진지한 중요한 일이든 의논을 하면 보람이 있었고, 다쓰다 강龍田江을 단풍빛깔로 붉게 물들이는 다쓰다히메龍田姫라 해도 될 정도로 염색 솜씨도 뛰어나고, 직녀織女의 바느질 솜씨에 뒤지지 않을 정도의 그러한 방면의 기량을 갖춘 뛰어난 여성이었습니다." 그는 반복해서 옷 짓는 솜씨를 칭찬하며 결혼 상대자로 여성이 훌륭했음을 언급한다.

헤이안 당시 남편의 의복은 아내의 집에서 조달하는 것이 일반적이었다. 의복의 염색과 재봉 솜씨는 아내의 기량을 평가하는 중요한 요소였다. 즉 남성의 의복을 조달하고 관리하는 것은 아내의 고유의 영역이라 할 수 있다. 의복에 향을 입히는 것 또한 아내가 해야 할 일 중 하나였다. 그런데 『겐지 이야기』는 의복에 향을 입히는 행복한 아내의 모습을 그리지 않는다.

현 동궁의 외숙부인 히게쿠로鬚黑. 올곧은 성품으로 그를 향한 천황의 신뢰도 두텁다. 당시 세간의 관심은 히카루겐지의 양녀인 다마카즈라가 누구와 혼인을 하는가였다. 아름다운 다마카즈라는 로쿠조인六條院의 히로인으로 히카루겐지의 동생인 호타루 병부경궁을 비롯한 뭇 남성들의 구애를 받고 있었다. 히게쿠로도 구혼자 중 한 사람이었다. 그다지 눈에 띄는 구혼자는 아니었는데 세간의 예상과는 달리 돌연 다마카즈라는 히게쿠로와 결혼하게 된다. 히게쿠로의 기쁨은 이루 말할 수 없었다. 다마카즈라를 맞아들이기 위해 저택을 수리하고 만반의 격식을 갖춰 준비를 하였다. 그런데 그에게는 이미 정처가 있었고 2남 1녀의 자녀까지 두고 있었다. 정처의 애끓는 마음도 평소 귀애하던 아이들도 돌아보지 않고 다마카즈라를 맞이할 준비에만 몰두하는 히게쿠로이다.

히게쿠로의 정처는 친왕親王의 딸로 신분도 인품도 그리고 용모도 누구에게 뒤지지 않는 여성이었다. 그러나 수년간 집념이 강한 모노노케 物の怪로 인해 정신병을 앓고 있었다. 부부사이가 소원해진 지는 이미 몇 해였다. 어느 날 그녀는 다마카즈라를 찾아가려는 히게쿠로를 위해 시녀를 시켜 의복에 향을 입히고 있었다.

의복에 향을 입히는 향로를 가까이 당기시어 한층 향을 피우게 하신다. 본인은 평소에 입어 부드러워진 옷을 입은 특별히 꾸미지 않은 모습으로 더욱 야위어 연약해 보인다. 침울한 모습으로 무척 애처롭다.…… 가련한 모습으로 누워 계시는구나 하며 보는 사이에 갑자기 일어나 의복에 향을 입히던 향로를 집어들고 나리의 뒤로 다가가 휙 하니 재를 쏟아버렸다. 순식간에 일어난 일인지라 히게쿠로는 망연자실하였다. 미세한 재가 눈과 코에도 들어가고 영문을 알 수가 없어 멍하니 있었다. 재를 털어보지만 옷에 묻은 재가 뭉게뭉게 피어올라 입고 있던 옷을 갈아입으셨다.

그녀는 괴로운 마음을 눌러 참으며 남편의 옷에 향을 입히게 한다.

그것이 부족했던 것일까, 다마카즈라에게 가려는 마음에 조바심이 난 히게쿠로는 스스로 조그마한 향로를 집어들어 소매에 넣으며 옷에 향을 입히고 헛 한숨을 쉬며 재촉한다. 옆에서 시중들던 이들이 보기에도 애처롭다며 탄식하는 소리를 들으면서도 그녀는 마음을 억누르며 사방침에 기대 누워있었다. 그러던 그녀가 돌연 커다란 향로의 재를 남편에게 쏟아붓는다. 제정신으로 이런 행동을 한 것이라면 두 번 다시 눈길도 주지 않을 정도의 어이없는 행동이었기에 시녀들은 여느 때처럼 부부사이를 소원하게 하는 모노노케가 한 짓이라고 생각한다.

이와 유사한 장면이 하나 더 있다. 히게쿠로의 정처의 이복여동생인 무라사키노우에紫の上의 이야기이다. 무라사키노우에는 히카루겐지와 정식 혼인을 올린 사이는 아니었지만 히카루겐지의 정처였던 아오이노우에葵の上가 죽은 후 그 빈자리를 대신한다. 히카루겐지가 스마로 떠나가 있던 시절에는 니조인二條院을 잘 갈무리하여 안주인으로서의 역량을 발휘하기도 하였다. 히카루겐지의 영화를 상징하는 로쿠조인이 완성된 다음에는 그와 함께 봄 저택에 살면서 명실상부 로쿠조인의 안주인으로 자리 잡았다. 그러나 히카루겐지가 마흔이 되던 해에 조카인 온나산노미야女三宮와 혼인을 하는 일이 발생한다. 이 소식을 들은 무라사키노우에는 아무렇지도 않은 듯 히카루겐지의 혼례를 치를 준비를 한다.

> 삼일간은 매일 밤 처소에 가시는 것을 보니 오랫동안 이런 일은 없었기에 참는 것이 무척 가슴이 아리도록 아프다. 의복에 한층 공들여 향을 입히게 하시며 생각에 잠겨 계시는 모습이 애처로우면서도 아름답다.……부드럽고 우아한 의복에 형용할 수 없을 정도로 좋은 향이 나게 해 입고 나가시는 것을

배웅하는 것도 실로 평온한 마음으로는 하지 못하겠지.

　혼례를 올린 후 3일간은 여자를 찾아가는 관례로 인해 히카루겐지는 연속해 온나산노미야가 거처하는 곳으로 간다. 그를 위해 옷에 향을 입히게 하고, 그 의복에서 나는 향을 맡으며 무라사키노우에는 히카루겐지를 배웅한다. 그녀의 심정은 어떠할까. 의복에 입히는 향이 남편이 다른 여자에게 어필하기 위한 것인 만큼 그 마음이 어떨지 상상하기 어렵지 않다. 훈의향의 연기에 섞인 여성의 한탄을 충분히 짐작할 수 있다. 히카루겐지와 온나산노미야의 첫날밤, 무라사키노우에는 새벽닭이 울도록 잠을 이루지 못한다. 혹여 곁에 있는 시녀들이 눈치 채지 않을까 하여 몸도 뒤척이지 못한다. 자신이 괴로워하는 모습을 보이면 다른 사람들의 입길에 오르내릴까 저어해서이다. 평온함을 가장하고 있지만 그녀는 자신의 삶을 되돌아보며 근원적인 고뇌에 빠진다.

　무라사키노우에의 아버지는 친왕으로 그녀의 신분은 나무랄 데 없다. 그러나 아버지의 후원을 받지 못하고 외가에도 기댈 데가 없는 그녀는 어린 시절부터 남편인 히카루겐지의 후견을 받으며 살아왔다. 그런데 내친왕內親王이라는 고귀한 신분의, 게다가 상황과 천황의 후견을 받는 온나산노미야가 히카루겐지와 정식 혼례를 올리고 정처가 되었다. 이 사건은 이렇다 할 후견인 없이 애정으로 이어져온 히카루겐지와 무라사키노우에의 관계를 뒤흔들었다.

　다른 여성을 찾아가는 히카루겐지를 배웅하는 것이 이번만의 일은 아니다. 무라사키노우에는 전에도 아카시노히메기미를 무라사키노우에의 양녀로 떠나보내고 적적하게 있을 아카시노키미를 위로하고자 찾아가는 히카루겐지를 배웅한 적이 있다. 히카루겐지는 평소보다 더

공들여 멋을 부린다. 벚꽃 색 겉옷에 멋진 옷을 겹쳐 입고, 옷에 향을 입히고, 몸단장하고는 외출 인사를 한다. 그 모습이 쏟아져 들어오는 저녁놀을 받아 한층 아름답다. 이를 보는 무라사키노우에는 평온하지 않은 마음으로 배웅을 한다. 다른 여자에게 가는 남자를 배웅하는 여자라는 동일한 구도이지만, 무라사키노우에가 의복에 향을 입힌다는 설정은 없다. 질투심도 은폐하지 않고 드러낸다.

그런데 온나산노미야에게 가는 히카루겐지를 배웅하는 장면에서 옷에 향을 입히는 장면을 설정한 것은 무슨 이유에서일까. 히게쿠로의 정처의 경우와 이 경우의 공통점은 정처가 바뀐다는 점이다. 히게쿠로의 정처는 재를 끼얹어버린 후 아이들까지 모두 데리고 친정아버지의 집으로 돌아간다. 사실상 혼인관계의 파탄이다. 무라사키노우에는 히카루겐지와 파탄을 맞이하는 것은 아니지만, 자신이 거처하던 전각을 온나산노미야에게 내어준다. 이후 그녀는 여자의 삶에 대한 깊은 고뇌에 빠진다. 온나산노미야의 유치함에 실망하고 무라사키노우에를 향한 히카루겐지의 애정이 더욱 깊어짐에도, 무라사키노우에의 고뇌의 크기는 줄어들지 않는다. 마음의 고통을 억누르던 그녀는 병을 얻게 된다.

실질적인 일부다처제 제도 하에서 헤이안 시대 여성의 삶은 불안정할 수밖에 없었다. 신분이 높아도, 아무리 든든한 후견인이 있어도, 혹은 남자의 각별한 애정을 받더라도 여성의 삶은 처신하기 어렵고 안쓰러운 것이었다. 남편이 다른 여자를 찾아갈 때 입을 의복에 향을 입히는 장면에는 이러한 여성의 삶의 불안이 배어 있다.

참고문헌

김병숙(2013)「향기가 들려주는 이야기」일본고전독회 편『키워드로 읽는 겐지
　　이야기』제이앤씨
김병숙(2012)『源氏物語の感覚表現研究』인문사
정수일(2001)『씰크로드학』창작과비평사
河添房江(2008)『光源氏が愛した王朝ブランド品』角川学芸出版
三田村雅子·河添房江 編(2008)『薫りの源氏物語』翰林書房
鈴木一雄 監修, 河添房江 編集(2003)『源氏物語の鑑賞と基礎知識No.31 梅枝·藤
　　裏葉』至文堂
宮川葉子(1997)「薫物―梅枝巻の香道論―」『源氏物語の文化史的研究』風間書房
尾崎左永子(1992)『源氏の薫り』朝日新聞社

의식주로 읽는
일 본 문 화

여성의 아름다움을 좌우하는 멋

양 선 희

● ● ● ●

시대에 따라 변화해온 머리모양

'여성의 머리카락髮이 아름다우면 사람의 눈길을 끈다.' 이 말은 일
본 중세의 유명한 수필『쓰레즈레구사徒然草』9단의 서두의 말이다. 여
성의 아름다움을 차지하는 머리카락·머리를 단적으로 표현하는 문장
이라 할 수 있을 것이다. 머리는 남녀노소 불문하고 그 사람의 아름다
움을 좌우하는 신체의 일부이지만, 이 글에서는 여성의 머리에 대해서
주목하고자 한다.

고대 고분의 토우를 보거나, 문학 작품인『만요슈萬葉集』속의 노래 가

【그림 1】 자신의 키만큼 긴머리長垂髮(大
原梨恵子(2008)『黒髪の文化
史』築地書館)

운데 여성의 머리에 대해서 읊은 내용을 보면 일본 여성은 7·8세기 나
라奈良 시대(710~794년)에는 올림머리를 하고 있다. 이것은 중국의 영
향이라고 한다. 이후, 고대 일본 문화의 꽃을 피운 헤이안 시대(794~
1192년)가 되면, 여성들은 머리를 길게 늘어뜨린다. 특히 귀족여성들
의 머리는 검고 길고 풍성해야 아름답다고 여겨져, 그녀들은 자신의 신
장만큼 머리를 길게 늘어뜨렸다. 이에 비해 서민 여성은 자신의 생활환
경에 따라 짧게 자르거나 뒤에서 하나로 묶어버렸다.

중세 시대가 되면 귀족 여성들의 머리 길이에서도 변화가 보인다. 신
장까지 길게 늘어뜨렸던 머리는 활동하기 편하게 허리 정도까지 늘어뜨
리거나 등 뒤 중앙부분에서 하나로 묶거나 하였다. 묶을 때는 긴 머리를
덧대어 묶고 거기에 몇 개의 매듭으로 장식을 한 모습이다. 이와 같은 형
태가 근세에 와서는 한층 더 변신을 한다. 머리의 이마 부분에는 작은 장
식을 하고 앞의 머리를 귀밑머리까지 포함해서 끌어올린 후 뒷목덜미
아랫부분에서 단정하게 하나로 묶고 거기에 긴 머리를 덧댄 후 몇 개의
매듭으로 장식하였다. 한편, 사농공상士農工商을 막론하고 늘어뜨린 머리
에서 묶어 올리는 머리를 하게 되고 묶어 올린 머리는 여러 가지 형태로

아름다움을 추구하면서 분화해 나간다. 시대에 따라 여성의 머리모양은 변화를 가져왔는데 이 글에서는 근세, 즉 에도江戸 시대(1603~1868년)의 여성의 머리와 관련된 이야기를 중심으로 살펴보고자 한다.

머리는 검고 길어야 아름답다

일본의 가장 오래된 역사서인 『고지키古事記』에서는 아름다운 여성을 나타내는 말로 가미나가히메髮長比賣, 구로히메黑比賣라는 이름을 붙여 표현하고 있다. 머리가 긴 여성, 머리가 칠흑 같은 여성을 미인으로 생각한 것이다. 앞에서 말했듯이 이러한 것은 헤이안 시대의 귀족사회의 여성들에게도 그대로 미인의 조건이 되었다. 『겐지 이야기源氏物語』를 비롯하여 귀족 여성들이 등장하는 왕조王朝문학 작품에는 검은 머리를 등 뒤에 길게 늘어뜨린 여성의 모습이 여러 곳에 묘사되어 있다. 이 가운데서 『겐지 이야기』의 주인공인 히카루겐지는 많은 여성과 사랑을 하였는데, 그 중에 「스에쓰무하나末摘花」권의 '스에쓰무하나'라는 여성은 추녀라고 할 정도의 외모를 갖고 있었다.

> 앉은키가 크고 몸통이 길게 보여 겐지는 속이 상했다. 게다가 정말 보기 싫게 생각되는 것은 코였다. ……그 코는 놀랄 만큼 높고 길게 뻗어 있는데, 끝 부분은 조금 처지고 붉게 물들어 있어서 유난히 마음에 걸렸다. 얼굴색은 눈도 무색할 정도로 희고 푸른빛이 도는데, 이마는 더할 수 없이 넓었고 얼굴의 아래쪽 반도 길었다.……그러면서도 자연히 눈이 자꾸 그쪽으로 향했다.

머리의 형태나 머리칼을 늘어뜨린 모양만은 아름다운 여인들과 비교해도 빠지지 않을 정도였다. 머리칼은 웃옷의 옷자락에 탐스럽게 흘러내려 있었다.

비록 얼굴과 외모는 마음에 들지 않을 정도의 흉한 모습이었으나, 스에쓰무하나의 머리만큼은 다른 어떠한 미인에게도 뒤지지 않을 정도여서 히카루겐지는 그녀에게 마음이 빼앗겼다는 것이다.

젊음과 아름다움을 상징하는 검은 머리와 윤기가 나고 탐스러운 긴 머리는 고대부터 여성의 미인의 조건이었던 것이다. 이와 같은 여성의 머리에 대한 인식은 근세의 문학 작품에서도 그 영향과 흔적이 남아 있다. 근세시대의 인기 소설이었던 『호색일대남好色一代男』권4의2에는 유녀가 사랑의 증표로 유곽의 손님에게 자신의 '검은 머리카락'을 잘라주는 것에 대해 이야기하는 내용이 있다.

'지금 여기에서 아름다운 여인이 매장된 것을 파서 검은 머리카락과 손톱을 잘라냅니다.'라고 한다. '무엇 때문에' 라고 물으니, '교토·오사카의 유곽에 매년 몰래 팔러 갑니다.' 라고 한다. '이것을 사서 무엇을 하는 것인가' 라고 물으니, '유녀가 사랑의 증표로 머리카락을 자르거나 손톱을 벗기거나 해서 보내줄 때에 진짜는 정부에게 주고 손님에게는 다섯 명이든 일곱 명이든 "당신을 위해서 잘랐어요."라고 편지 등에 싸서 보내죠. 손님 쪽도 원래는 타인에게 숨기는 일인지라 부적 주머니 등에 소중히 넣어 매우 고마워하는 것은 바보스런 일이에요. 어쨌든 그럴 때에는 꼭 눈앞에서 자르게 하세요.' 라고 한다.

웃음이 나오는 대목이 아닐 수 없다. 손님들은 자신이 사랑하고 열중해 있는 유녀의 사랑을 확인하고 싶고 유녀는 그 많은 손님에게 일일이 자신의 신체의 일부인 검은 머리카락을 전부 잘라 줄 수는 없는 일인 것이다. 그래서 궁여지책으로 다른 사람의 자른 머리카락을 사서 마치 자신의 사랑의 증표인 것처럼 손님의 마음을 달래 준다는 내용이다. 유녀의 머리카락이 사랑의 증표로 인식되었다는 것은 근세인에게 있어서도 윤기 나는 검은 머리카락은 아름다운 젊은 여성이라는 것을 상징하는 것이자, 그러한 여성의 소중한 신체의 일부라는 의미일 것이다. 이와 같은 내용은 유곽의 풍경을 담고 있는 소설이라면 흔히 볼 수 있는 대목이다.

긴 머리에서 올림머리로

길게 늘어뜨린 여성의 머리는 생활하기에 편리하며 합리적인 형태로 그 모습이 바뀌어 왔다. 중세 말기의 머리 모양은 헤이안 시대와 마찬가지로 늘어뜨린 머리이지만 자연히 그 길이는 짧아졌다. 상류계층의 여성은 공식적인 자리에서는 다른 머리를 덧대어서 길게 연장하여 헤이안 귀족의 풍습을 따르고 있었지만, 평소는 짧게 늘어뜨린 머리로 지내고 때로는 등 뒤 중앙에서 묶었다. 이에 비해 서민 여성들은 일하기에 편리한 머리 형태를 하고 있다. 예를 들면, 늘어뜨린 머리를 뒤에서 묶는다던가, 한 번 묶은 머리끝을 한 번 더, 묶은 매듭까지 들어 올려 다시 한 번 묶어 등에 떨어지는 머리카락을 짧게 하는 것이다. 또한 가쓰라마키桂包라고 하여 긴 천으로 머리를 싸매어 앞에서 묶어 늘어뜨리기도 하였다. 이와 같이 각자의 나름대로 궁리해서 노동하기 편한 형태를 하고 있었던 것이다.

【그림 2】 가라와마게(橋本澄子(2003)『日本
の髮形と髮飾りの歴史』源流社)

　중세 말에서 에도 시대 초기에 걸쳐서는 올림머리로 가는 과도기라
할 수 있는 시기이다. 즉 지방영주의 부인, 무사의 아내, 부귀한 상인의
아내와 딸 등은 머리를 여전히 늘어뜨리고 있으나, 일하는 서민 여성들
은 앞머리는 이마 언저리부터 2,3단으로 변화를 주어 짧게 잘라서 양쪽
으로 늘어뜨리고 나머지 머리카락은 전부 뒷목덜미에 모아 작게 하나로
묶어 정리했다. 이것을 다바네가미束髮라고 한다. 또한 다마무스비玉結び
라고 해서 뒷목덜미 밑에 큰 원형 모양으로 머리를 묶기도 했다. 그리고
가라와마게唐輪髷라고 하여 에도시대의 올림머리의 원형이라 할 수 있는
머리 형태가 이때 나타난다. 이 머리 모양은 유곽의 유녀나 여자가부키
배우가 주로 한 머리 형태로 두상頭上에 여유롭게 묶어 올린 상투를 얹은
형태이다. 머리의 정수리 부분에 부채꼴 모양으로 퍼진 상투가 세워져
있다. 이렇게 묶는 방식은 남자의 상투로부터 영향을 받았다고 한다.

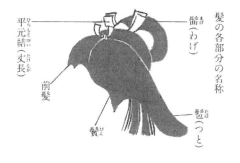

【그림 3】 에도시대 니혼가미의
각 부분의 명칭(大原
梨恵子(2008)『黒髪
の文化史』築地書館)

유행에 따라 변화하는 머리 모양

니혼가미日本髪라고 부르는 일본 특유의 여성의 머리는 에도 시대에 완성되었다. 에도 시대 전반에 걸친 머리 형태의 기초적인 것은 에도 시대 전기에 완성된 것으로, 중기, 후기는 그것에 궁리를 더하고 개량하여 묶어 올린 마게髷, 즉 우리네의 상투와 같은 형태는 끊임없이 고안되어 그 종류는 280여종이 된다고도 말해진다. 이러한 머리모양의 유형에 대해 이야기하기 전에 니혼가미의 각 구성요소의 명칭에 대해 알아보기로 하자.

묶어 올린 머리의 완성을 돕는 양쪽 볼의 머리카락은 빈鬢, 후두부의 머리카락은 타보髱, 앞머리는 마에가미前髪, 정수리 부분에 얹은 상투와 같은 형태는 마게. 이 네 부분이 각각 서로 영향을 주면서 밸런스를 맞추어 여러 형태의 니혼가미가 탄생된 것이다.

앞의【그림 2】에서 본 가라와마게의 다음으로 나타나는 형태가 에도 초기의 효고마게兵庫髷, 시마다마게島田髷, 가쓰야마마게勝山髷, 고가이마게笄髷 등이 있는데, 이들 머리모양은 니혼가미의 원형이라 할 수 있고 이 머리 형태를 기본으로 하여 여러 변화를 거쳐 에도 시대 후기까지의 머리 형태가 나타났다.

이와 같은 각각의 머리 모양은 그 당시의 유녀나 가부키 배우가 묶어 올리기 시작하여 유행을 이끌었는데, 다음은 그런 내용을 엿볼 수 있는 『호색일대녀好色一代女』권3의4의 대목이다.

저도 어느덧 사람들의 차림새를 보고 배워 현대식으로 시마다마게의 상투를 낮게 하고……그 때 그 때 머리 모양은 변하여, 지금은 효고마게도 구식이고 고단마게도 보기 어려워졌어요. 옛날에는 그런 탄탄하게 묶어 올린 머리를 하는 것을 마누라 기풍이라고 했습니다. 최근 몇 년은 일반 아녀자도 수수하지 않고 유녀나 가부키 배우의 차림새를 보고 배워 ……

효고마게는 어느새 구식이 되었고 시마다마게가 유행하였던 시기임을 알 수 있다. 『사이카쿠조쿠쓰레즈레西鶴俗つれづれ』권4의3에서도 그 당시 한창 유행하는 차림새를 한 미인의 모습을 묘사하고 있는데 여기서의 젊은 미인이 또한 시마다마게를 하고 있다.

시마다로 묶어 올리고 머리카락 끝도 뒤도 같은 길이로 해서 그 중간 정도에 종이로 묶어 고정시키고 있다. 장식용 머리빗은 백단의 나무 재질로 산호를 잘라 넣어 매화의 고목 모양으로 정성들여 세공하였다. 앞머리에 고래의 굽은 지느러미를 넣어 머리 형태가 흐트러지지 않도록 궁리하고 고개를 약간 숙여서 목덜미를 뚜렷이 보이고 있다.

시마다마게는 에도 초기부터 중기를 통하여 넓게 사랑받고 그 유행을 지속하여 메이지 시대(1868~1912년)까지 이르고 있다. 통설에 의

【그림 4】 사진의 인물들이 시마다마게를 하고 있다.(橋本澄子(2003) 『日本の髪形と髪飾りの
歴史』源流社)

하면 이 시마다마게는 태평양쪽의 중부 지역을 지나는 간선도로인 동
해도東海道의 시마다라고 불리는 숙소의 유녀들이 묶기 시작했다고 해
서 붙인 명칭이라고 한다. 이처럼 각각의 머리 유형은 고안해 낸 유녀
나 가부키 배우의 이름을 붙이는 것이 특징이기도 하다. 여기에서 하나
더 머리 유형을 소개하고자 한다. 나게시마다投島田에 관해서이다. 나게
시마다는 시마다의 상투 끝이 뒤쪽으로 쓰러진 형태이기 때문에 이 명
칭이 붙여졌다. 유녀나 무희들이 한 머리 형태로 색다른 것을 좋아하는
일반 여성도 이 머리유형을 하기도 하였다. 이 머리 형태의 상투는 견
실하게 묶어 올린 것이 아니어서 만지면 떨어질 듯한 모양으로 불안정
하기 때문에 몸을 파는 직업의 여성들이 선호하였다. 이에 관련하여
『호색일대녀』권1의1에는 다음과 같은 내용이 있다.

열한 살의 초여름 무렵부터 왠지 마음이 들떠서 머리 묶는 일도 남의 손에 맡겨서는 마음에 들지 않게 되었어요. 목덜미 뒷부분에 머리카락이 없는 나게시마다, 상투 묶는 부분을 눈에 띄지 않게 검은색 종이로 묶는 것도 제가 머리를 짜낸 새로운 취향이었죠.

근세 소설 『호색일대녀』의 주인공인 '일대녀'가 자신의 지나온 삶을 회상하는 처음 부분이다. 일대녀는 일생을 살면서 여러 가지 직업을 거치게 된다. 궁녀, 무희, 지방 영주의 첩, 유녀, 승려의 아내, 부유한 상인의 시녀, 늙어서는 거리의 창녀까지. 이렇게 굴곡진 인생을 살게 되는 그녀는 위의 내용에서 보듯이 어렸을 적부터 보통의 소녀와는 남달리 조숙한 여자아이로 그려지고 있다. 그러한 여자 아이의 외모를 아주 잘 드러낸 것이 나게시마다 머리 유형이라 할 수 있겠다.

여성은 머리 모양이 아름다운 것이 제일이다

17세기 에도시대가 되면 여성들은 그 때 그 때의 유행에 따라 묶어 올리는 머리를 하였다. 단순히 머리를 묶는 것이 아니라 머리 정수리 부분에는 상투 형태의 마게를 올리고 뒷목덜미에는 타보를 만든다. 에도 후기가 되면 양볼 쪽의 빈을 바깥쪽으로 부풀려서 팽팽하게 하여 형태를 만든다. 이러다 보니 머리 묶어 올리는 종이, 머리장식용 빗, 비녀, 머릿기름 등이 필요하게 되었다. 하루에 한 번씩 매만지던 머리는 오래 지탱시킬 수 있는 머리 형태가 되었고, 한편으로 혼자서는 머리를 매만질 수 없는 형태가 되었던 것이다. 그래서 머리를 묶어 올려주고 매만 져 주는 가미유이髮結라는 직업이 생겨났다. 여자의 머리는 여자인 가 미유이가 매만져 주었는데 그런 경우는 여자라는 의미인 온나女를 붙 여서 온나가미유이女髮結라고 하여 남자인 가미유이와 구별하였다.『근 세풍속지』에 의하면 가미유이라는 직업이 생겨나기 시작한 것은 18세 기 중반 이후부터이다. 에도막부에서는 여성의 머리는 자신이 묶는 것 이 여성의 바른 몸가짐이라 하였고 금전을 지불해서 묶는 행위를 여성 의 규범으로부터 벗어난 부도덕한 행위라고 보았다. 이러한 중에도 19 세기가 되면 시중의 온나가미유이는 1400여명에 이르렀다고 한다. 그 만큼 여성들의 멋내고 싶은 마음에 생계수단으로서의 온나가미유이라 는 직업이 적절하게 부합된 결과라고 할 수 있을 것이다.

여기에서 '온나가미유이'에 관한 소설의 내용을 소개하고자 한다. 앞서 말했듯이 『호색일대녀』의 주인공 '일대녀'는 여러 직업을 거치게 되는데 그 중 하나가 온나가미유이이다.『호색일대녀』의 시대 배경은 17세기 말로 시중의 온나가미유이가 생겨나기 이전이다. 일대녀가 온 나가미유이로 고용되어 간 집은 신분이 높은 집안인 것으로 되어 있으 니 부유한 상인의 집은 아니고 신분이 높은 무사의 저택인 걸로 짐작할 수 있다. 부유한 상인의 아내와 일반 서민 여성들이 타인에게 머리를 맡기기 이전에도 신분이 높은 가문의 여성들은 자신의 머리를 매만져 주는 전속 온나가미유이를 두었다는 것을 알 수 있는 대목이라 할 수 있겠다. 그리고 온나가미유이라는 명칭 대신 '오칸아게御梳あげ'로 불리 고 있다. 오칸아게는 오가미아게御髮あげ와 같은 말이다. 말하자면 귀인 의 머리를 묶어 주는 시녀인 것이다.

『호색일대녀』권3의4의 주인공 '일대녀'는 타고난 아름다운 긴 머리를 하고 있었다. 아마도 이러한 아름다운 머리카락으로 인해 그녀의 미모는 한층 돋보였을지도 모른다. 일대녀는 고용된 첫날 아침 일찍 안방마님을 뵙게 되고 그녀의 비밀을 듣게 된다.

'신상을 털어 놓을게요. 용모로는 남에게 뒤지지 않지만 머리카락이 적어 보잘 것 없이 듬성듬성 나서 이 보다 슬픈 일이 없어요. 이것을 봐주구려.'라며 묶어 올린 머리를 풀자 덧댄 머리카락이 몇 개나 떨어지고. '태어날 때부터의 머리카락은 열 가닥 정도 밖에 되지 않아요' 라며 한스럽게 눈물이 소맷자락을 적신다.……'혹시 이 묶어 올린 머리가 풀려서는 사랑도 단번에 식어버릴 걸 생각하면 슬프고……여러 해 숨기고 있는 이 애달픈 마음. 결코 다른 사람에게는 말하지 말아 주구려. 여자끼리는 동병상련이잖아요.'

일대녀가 보기에도 젊은 안방마님은 '이 세상에 이런 고상한 분이 또 있을까'라고 느낄 만큼 얌전하고 품위가 있어 같은 여자라도 반할 정도이고 부러웠다. 그러나 위의 글처럼 안방마님에게는 치명적인 약점이 있었던 것이다. 자신의 치명적인 약점으로 인해 남편에게 소박이나 맞지 않을까. 밤늦게 귀가하는 것이 다른 여자가 생겨서 인건 아닌지 앙탈을 부리고 싶을 때가 있어도 자신의 약점이 발각될 걸 우려해 참을 수밖에 없는 신세가 한 없이 속상할 뿐이었다. 그래서일까. 안방마님은 '오칸아게'인 '일대녀'가 자신의 머리의 약점을 감추며 심혈을 기울여서 솜씨 좋게 매만져 주어도 일대녀의 아름다운 머리카락을 보고는 이유 없는 생트집을 잡았다.

'잘라버려'라고 말씀하시는 것은 괴롭지만, 주인의 분부이시니 어쩔 수 없고

머리카락 | 여성의 아름다움을 좌우하는 멋

보기 흉할 정도로 짧게 잘랐지만, '그렇게 해도 원래대로 되기 쉽잖아. 한층
더 이마의 머리숱이 적어지도록 뽑아버려요.'라고 하여 ……

　안방마님의 밤낮 없는 괴롭힘에 너무 괴로운 나머지 일대녀는 고용
살이를 끝내길 원했으나 그것조차 허락해 주지 않는다. 몸은 야위어 가
고 원망은 깊어져 안방마님의 치명적인 약점을 들추어낼 계략을 꾸미
게 되고 그 계략에 의해 결국 안방마님은 이혼당하게 된다.
　일대녀가 첫 대면에서 느꼈던 안방마님의 기품 있는 모습은 온데간
데없고 그녀의 이해할 수 없는 질투와 언행이야말로 반전이라 아니할
수 없다. 위의 이야기에서 알 수 있듯이 아무리 기품 있고 아름다운 외
모를 갖고 있을지라도 아름답고 풍성한 긴 머리카락만큼은 여성에게
있어 가장 중요한 미美의 기준이 된다는 것을 여실히 보여준 단편이다.
　이 단편의 서두에서 '여자는 머리 모양이 용모 중에서 가장 중요하
다' 고 말하고 있다. 즉 여성의 아름다운 용모의 잣대는 여성의 머리 모
양에 달려 있다는 말일 것이다. 이 말은 오늘날을 사는 현대 여성에게
도 해당되는 말이 아닐까. 아름다운 여성의 패션의 시작은 머리 모양으
로부터 말이다.

의복

참고문헌

노선숙(2012) 「古典文学にみる「髪」と女性性」(『日本語文学』54)
横山百合子(2009) 「一九世紀江戸·東京の髪結と女髪結」『パリと江戸』(「別冊都市史研究」山川出版社)
大原梨恵子(2008) 『黒髪の文化史』築地書館
橋本澄子(2003) 『日本の髪形と髪飾りの歴史』源流社
前田金五郎(1996) 『好色一代女全注釈』勉誠社
川上順子(1994) 「江戸時代の結髪について」(『福山市立女子短期大学紀要』20)
麻生磯次 他 訳注(1993) 『西鶴俗つれづれ』(「決定版対訳西鶴全集」16, 明治書院)
麻生磯次 他 訳注(1992) 『好色一代男』(「決定版対訳西鶴全集」1, 明治書院)
飯島伸子(1989) 「古典文学に見る髪の文化史３王朝文学と髪の美学」(『月刊国語教育』9-3)
阿部秋生 他 校注·訳(1970~1976) 『源氏物語』①~⑥(「日本古典文学全集」12~17, 小学館)

의식주로 읽는
일본문화

빗

여자의 일생과 빗

김 효 숙

• • • •

머리카락과 빗

동서고금을 막론하고 인간은 늘 아름다움을 추구해 왔다. 그리고 한 인간이 아름다운지 그렇지 않은지는 참으로 다양한 특징에 의해 판단된다. 눈·코·입의 모양과 크기, 피부 색, 머리카락 길이와 색깔 등인데, 그 중에서도 머리카락은 다른 미적 요소들과는 사뭇 다른 의미를 가지고 있다. 예를 들면 길고 짧음으로 성별을 가름한다거나, 그 형태로 기혼과 미혼을 구별하는 등 사회·문화적인 측면이 대단히 강한 것이다.

고대 일본에서도 머리카락은 미를 상징하는 대표적인 요소였으며,

풍성하고 길고 윤기 있는 머리카락은 여성의 아름다움의 척도가 되었다. 또한 불가에 출가하면 일반인과는 머리모양을 달리 하는 등, 머리카락은 미적은 측면은 물론이거니와 사회적인 역할도 하고 있었다. 그렇기에 그 머리카락을 관리하거나 장식하는 데 사용하는 빗은 여인들이 꼭 필요로 하는 도구였으며 귀한 애장품이기도 했다. 특히 귀족 여성들은 갖은 장식과 세공을 다한 호화로운 빗들을 사용하였는데, 이는 그 여성을 상징하거나 하나의 사회적인 권위로 기능했다.

이 글에서는 고대 일본 사회에 있어서 빗이 어떠한 의미를 가지고 어떠한 기능을 했는지 살펴보고자 한다.

여성의 운명을 상징하는 빗

주로 머리카락을 가지런히 빗어 내리거나 장식하는 용도로 사용되는 빗을 일본어로는 구시櫛라고 한다. 이 어원에 대해서는 아직 이렇다 할 정설이 없지만, 일반적으로 다음과 같이 두 가지 정도로 요약된다. 하나는 '신비하다, 기이하다, 진기하다' 등의 뜻이 있는 구시奇しい이며, 또 하나는 가늘고 길면서 끝이 뾰족한 꼬챙이를 뜻하는 구시串다.

머리카락은 인간 신체의 일부이지만, 다른 신체부위와는 다른 점이 많다. 예를 들면 잘라내도 아무런 고통을 느끼지 않고, 노화함에 따라 색깔이 변해가며, 인간의 생명이 다한 뒤에도 살이나 뼈와는 달리 잘 부패하지 않는다. 그야말로 기이하고 신기한 것, 즉 구시奇しい인 것이다. 한편 꼬챙이를 의미하는 구시串는 현대인들이 머리에 꽂는 헤어핀처럼

고대인들도 머리에 꽂아 머리카락을 고정시키는 역할을 한 데서 나왔다. 또한 고대인들이 토지점유를 표시하기 위해서, 땅에 꽂아 놓거나 지면을 파는데 꼬챙이, 즉 구시串를 사용하였기 때문에, 이와 동음同音으로 어원을 같이 하는 구시櫛에도 점유의 의미가 있다. 우리나라에서도 비녀를 꽂으면 기혼을 의미하는 것처럼, 고대 일본 사회에서도 여성이 빗을 머리에 꽂으면 그 여성을 점유했다는 의사를 표시한 것으로 간주되는 경우가 있다.

이렇게 어원에서도 알 수 있듯이 빗에는 머리를 고정시키거나 관리하기 위한 도구 그 이상으로 깊은 의미성이 함축되어 있는데, 예를 들면 일본에서 가장 오래된 역사서인 『고지키古事記』에는 다음과 같이 빗과 관련된 이야기가 나온다.

일본 전설에 나오는 왕자 야마토타케루倭建命는 동쪽지방을 정벌하라는 명을 받고 출동한다. 그런데 바다를 건너려 하자 갑자기 파도가 거칠게 일어 그의 앞길을 가로막는 것이었다. 거친 파도 때문에 바다를 못 건너고 주저하고 있자, 그의 아내인 오토타치바나노히메弟橘媛가 자신이 대신해서 바다로 들어갈 테니, 야마토타케루는 맡은 임무를 충실히 완성하라고 말하였다. 그러더니 오토타치바나노히메는 바다 위에 가마니를 깔고 들어갔고, 이윽고 파도가 잔잔해지기 시작했다. 해신이 노여움을 거둔 것이었다. 덕분에 야마토타케루는 무사히 성난 바다를 건널 수 있었고, 그로부터 7일 후 해변에 그녀의 빗이 떠올랐다. 사람들은 이 빗을 가지고 묘를 만들고 오토타케히메의 넋을 기렸다. 이 이야기에서 빗이 바다 속으로 사라진 오토타치바나노히메의 분신 역할을 한 것을 알 수 있다. 빗은 단순한 도구가 아니라 여성의 영혼이나 운명을 상징하는 것이었다.

107

장식용 빗과 관리용 빗

일본 고대 사회의 빗에는 머리에 꽂아 장식하기 위한 것과 머리카락을 가지런히 정돈하기 위한 것이 있다. 빗의 재질이나 형태는 일본 조몬縄文 시대 유물을 통해 추정할 수 있는데, 문헌자료에서 빗이 처음 등장하는 것은 『고지키』이다. 다음은 일본 열도를 만들었다는 부부신의 이야기이다.

남성신 이자나기伊耶那岐와 여성신 이자나미伊耶那美는 부부로, 함께 일본의 땅을 만들어내고 많은 신들을 출산했다. 그러던 어느 날 이자나미가 불의 신을 낳다가 화상을 입어 그만 세상을 뜨고 만다. 슬픔에 빠진 이자나기가 황천국으로 가서 그녀에게 다시 이 세상으로 돌아와 달라고 애원하자, 그녀는 그것이 가능한 일인지 황천국의 신들에게 물어보고 오겠다고 한다. 하지만 꼭 지켜줘야 할 것이 있는데, 바로 그녀가 다시 나올 때까지는 자신의 모습을 절대로 봐서는 안 된다는 것이었다. 이자나기는 알았다고 약속을 하고 이제나 저제나 하고 기다렸지만, 그녀는 좀처럼 나오지 않았다. 조급해진 이자나기가 자신의 왼쪽 머리에 꽂고 있던 빗의 살을 하나 꺾어 불을 붙여 안을 들여다보았다. 그러자 그곳에서는 놀랄만한 광경이 펼쳐지고 있었다. 이자나미의 온몸에서 진물이 나서 구더기가 들끓는데다 윙윙하는 이상한 벌레소리까지 나고 있었던 것이다.

그 충격적인 모습에 놀란 이자나기는 아연실색하고 뒷걸음치지 않을 수 없었다. 한편 자신의 추한 모습을 들킨 이자나미는 분노하였고, 급기야 다른 이를 보내서 도망친 이자나기를 뒤쫓기 시작했다. 이자나기는 필사적으로 도망을 쳤지만 어느새 지쳐버렸고, 자신의 오른쪽 머리에 꽂고 있던 빗에서 살을 하나 꺾어 던졌다. 그러자 그 빗살에서 죽

순이 생겨났다. 이자나기를 쫓던 자는 이 죽순을 먹느라 정신이 없었다. 그 틈을 타 이자나기는 다시 도망쳤다. 이자나기를 잡는 데 실패한 이자나미는 또 다시 다른 이들을 보내어 뒤쫓았지만, 이자나기를 따라 잡기에는 역부족이었다. 그러자 이번에는 이자나미가 직접 쫓아오기 시작해, 어느새 언덕 밑까지 따라왔다. 놀란 이자나기가 이번에는 큰 바위를 던져 언덕길을 막아버렸다. 이자나미가 "당신이 이런 짓을 한다면 이제부터 당신 나라의 인간들을 하루에 천 명씩 죽이겠어요"라고 했다. 이 말을 들은 이자나기는 "그렇다면 나는 하루에 천오백 명씩 인간을 만들어 내겠소"라고 대답했다. 이렇게 해서 세상에는 하루에 천 명씩 죽고, 천오백 명씩 태어나는 것이다.

위 이야기에서는 빗이 두 번 나오는데, 이자나기가 머리에 꽂고 있었던 것으로 보아 이 빗은 장식용이었음을 알 수 있다. 또한 이렇게 빗살을 잘라내어 불을 지피고, 잘라 던진 빗살이 죽순으로 변했다는 내용으로부터 일본고대사회에 있어서는 빗이 대나무로 제작되었고 액을 막는 부적을 역할을 했다는 것을 알 수 있다.

이렇게 머리에 꽂는 빗을 사시구시挿櫛라고 한다. 사시구시는 헤이안 平安 시대(794~1192년)에 성립된 작품들에서도 이따금 언급된다. 예를 들면 세이쇼나곤淸少納言이라는 궁녀가 궁중에서 일어난 일들을 수필 형식으로 그려낸 작품 『마쿠라노소시枕草子』에는 사시구시와 관련된 에피소드가 여러 번 등장한다. 다음은 그 일화이다.

정월이 되면 궁중에서 하는 행사를 구경하려고 여기저기에서 사람들이 몰려든다. 주로 우차를 타고 가는데, 길을 가는 도중에 높은 문턱을 통과할 때는 그 충격으로 우차가 흔들려서 사람들 머리가 다 같이 한쪽으로 움직인다. 사람들은 미리 조심을 하지 않은 터라 서로 부딪혀서 머리에 꽂은 빗이 떨어지기도 한다. 세이쇼나곤은 이런 경험 또한 하나의 풍물시로서 재미있다고 감상을 밝혔다. 또『마쿠라노소시』에는 주제별로 에피소드를 모아 놓은 단락이 있다. 그 중에서 '황당한 일'이라는 단락에는 우차처럼 덩치 큰 물건이 뒤집어졌을 때, 창피해서 숨기는 일을 다른 사람이 서슴없이 말해버렸을 때, 밤새도록 사람을 기다리고 있다가 새벽녘에 잠깐 잠들었는데 일어나보니 점심때가 다 됐을 때 등을 소개하고 있다. 현대인들이 읽어도 공감이 가는 일들인데, 특히 이 단락 첫머리에는 머리에 꽂는 사시구시를 예쁘게 갈고 있었는데 다른 물건에 부딪혀서 부러져버렸을 때도 참으로 황당하다는 구절이 나온다. 정성을 들여 사시구시를 갈다가 부러져버리자 애석해 하는 마음이 잘 나타나 있다.

위에 나오는 머리에 꽂은 빗, 즉 사시구시는 정장용 장식 빗을 뜻한다. 즉 일상생활에서 다용하는 것이 아니라, 특별한 날 정식 복장을 요할 때 사용하는 비일상적인 도구인 것이다. 실제로 우차가 흔들리는 바람에 같은 우차에 탄 사람끼리 머리가 부딪혀서 사시구시가 부러진다는 일화는 일 년에 한 번밖에 없는 궁중행사를 보기 위해 한껏 치장을 했을 때를 묘사한 것이다. 이는 바꾸어 말하면 특별한 때가 아니면 머리에 빗을 꽂는 관습이 점점 사라지게 되었다는 것을 뜻한다. 이렇게 머리에 빗을 꽂는 습관이 사라지게 된 것은 헤어스타일과 깊은 관계가 있다. 헤이안 시대 이후에는 헤어스타일이 머리를 묶지 않고 길게 늘어뜨리는 스타일로 변했기 때문에 빗을 꽂아 머리카락을 고정시킬 필요가 없어진 것이다.

이렇게 머리를 묶거나 고정시키지 않고 뒤로 길게 늘어뜨린 헤어스타일은『마쿠라노소시』와 동시대의 장편소설『겐지 이야기源氏物語』를 통해 잘 알 수 있다. 특히 이 작품을 그림으로 표현한『겐지 이야기 에

【그림 1】 머리를 빗는 여성들(『겐지 이야기 에마키』)(佐野みどり(2000)『じっくり見たい『源
氏物語絵巻』』小学館)

마키源氏物語繪卷』를 보면 시각적으로 확인이 가능하다. 위 그림은 여성들
이 머리카락을 길게 늘어뜨리고, 또 한 쪽에서는 그 긴 머리카락을 가
지런히 빗고 있는 장면이다.

　이 그림에서는 빗을 사용해 머리카락을 관리하고 있는 것을 확인할
수 있는데, 이렇게 헤이안 시대에는 긴 머리카락을 흐트러짐 없이 정리
하기 위한 용도로 쓰이는 일이 많았다.

선물로 주고받는 빗

　위에서 말한 것처럼 빗은 관리와 장식의 용도로 사용되었다. 그런데
일본 고대 사회에서는 이러한 실제적인 용도 외에도 중요한 사회적 기

능을 담당하고 있었다. 예를 들면 결혼이나 성인식을 맞이하는 사람에게 축하선물로 보내거나, 작별하는 사람에게 정표로 빗을 보내기도 했던 것이다.

『겐지 이야기』의 남자 주인공인 겐지源氏는 그 아름다움과 재능에 있어서 타의 추종을 불허하는 인물이다. 뭇 여성들의 사랑을 한 몸에 받는 인물로 그려져 있는데, 그런 그에게도 마음대로 되지 않는 여성이 한 명 있었다. 바로 우쓰세미空蟬라는 여성으로 그녀에게는 이미 남편이 있었다. 겐지의 마음을 그대로 받아들일 수 없는 처지였던 우쓰세미는 겐지의 미련을 뒤로 한 채, 남편이 지방으로 부임을 하게 되자 같이 떠나기로 한다. 이 소식을 들은 겐지는 같이 내려가는 여인네들에게 건네라며, 정성이 가득 담긴 선물을 보냈다. 그리고 우쓰세미에게는 특별히 신경 써서 정교하게 세공한 예쁜 빗과 부채 등을 따로 보냈다. 우쓰세미를 떠나보내는 것이 못내 아쉬운 겐지는 특별히 세공한 빗을 선물로 보내며 자신의 마음을 전한 것이다. 이렇게 길을 떠나는 사람에게 빗을 선물하는 것은 이 장면 외에도 나오는데, 이는 빗이 흐트러진 머리카락을 가지런히 풀어내듯이 앞으로 만날 여러 길들을 무사히 통과하기를 기원하는 의미가 있기 때문이다.

빗을 선물하는 것은 이별할 때만이 아니라, 결혼이나 성인식에서도 많이 볼 수 있다. 예를 들면 『겐지 이야기』에서도 성인식을 맞이한 여성에게 축하선물로 보낸 것이 바로 빗이었던 것이다. 또한 『겐지 이야기』보다 한 시대 앞서서 성립된 『우쓰호 이야기うつほ物語』에는 그 동안 재능을 인정받지 못하고 세상의 그늘진 곳에서 소소한 생활을 하던 여성이 천황 보필을 하는 중요관료로 발탁된 것을 축하하는 뜻으로 머리 손질에 필요한 도구들, 머리 장신구, 비녀, 댕기, 빗 등을 선물로 보내는

장면이 여러 번 등장한다. 앞에서 언급했듯이 작별선물로 빗을 보내는 것이 엉킨 머리카락을 풀어내듯이 순탄한 앞길을 기원하는 의미라고 한다면, 성인식, 결혼, 관직 등용 등 새로운 출발점에서 빗을 증정하는 것 또한 같은 맥락에서 비롯된 것이라고 할 수 있다. 즉 빗에는 미래에 만날지 모를 불안을 해소하고 안녕을 축원하는 의미성이 내재되어 있는 것이다.

이별의 빗 의식

또 하나 빗과 관련된 일본고대문화 중에 대표적인 것이 바로 '이별의 빗別れの櫛'이라고 하는 의식이다. 일본의 이세伊勢 신궁은 태양신인 아마테라스오미카미天照大神와 의식주를 관장하는 도요우케오미카미豊受大神를 진좌한 곳이다. 일본 각지에 걸쳐 있는 씨족신을 대표하는 총본산이기도 한다. 이 때문에 역사적으로 중요한 곳으로 간주되어 헤이안 시대에는 천황가의 미혼 여성을 보내 천황 대신에 제사를 모시게 했는데, 이 여성을 재궁齋宮이라고 한다. 천황이 바뀌면 재궁도 새롭게 임명되어 이세 지방으로 떠나게 되는데, 이 때 재궁은 수개월간에 걸쳐 준비를 하면서 법도로 정해진 행사를 치르게 된다. 그 중에서도 천황과 재궁 사이에 행하는 특별한 의식이 있는데, 천황이 직접 재궁의 앞머리에 빗을 꽂아주며 "교토 쪽으로 오지 말거라."라는 말을 건네는 의식이다. 이를 '이별의 빗' 의식이라고 하는데, 이는 천황이 바뀌면 재궁도 임무를 끝내고 교토로 돌아오기 때문에 천황의 재임기간이 오랫동안

태평하게 지속되기를 기원하기 위함이다.

헤이안 시대의 독특한 문화인 '이별의 빗' 의식은 여러 사료史料에서 그 모습을 찾아볼 수 있는데, 문학작품에서도 이야기를 이끌어내기 위한 소재의 하나로 등장한다. 『겐지 이야기』에서는 겐지의 형 스자쿠朱雀 천황이 왕좌에 올라 새로운 재궁을 파견하는 장면에서 등장한다.

파견을 앞둔 새로운 재궁은 이제 열네 살로 원래 태어나기를 귀엽고 예쁜데, 이별의 빗 의식을 하는 날은 예쁘게 치장까지 하니 더욱 아름다웠다. 얼마나 아름다운지 불길하게 느껴질 정도였다. 스자쿠 천황도 그 어여쁜 모습에 감동을 받아 빗을 꽂아줄 때는 가슴이 북받쳐 올라 그만 눈물을 흘리고 만다. 아름다운 재궁의 모습에 감동한 천황은 이렇게 어여쁜 여인을 이별의 빗 의식에서 처음으로 만나게 된 것을 아쉬워하며 빗을 꽂아 준다.

원래 재궁이라는 것은 천황을 대신해 신을 모시는 사람이다. 다시 말하면 신성해야만 하는 존재로, 적어도 재궁으로 재임하는 기간 동안에는 이성으로 보아서는 안 되는 것이다. 『겐지 이야기』는 그러한 신성해야만 하는 재궁에 대해서 천황의 격한 감정을 그려넣음으로써, 어쩌면 이들에게 남녀관계가 싹틀 수 있다는 것을 암시하였다. 다시 말하면 신성해야만 하는 이별의 빗 의식을 오히려 남녀관계가 싹틀지도 모르는 위험한 관계로 묘사함으로써 독자의 호기심을 자극하고 있다고 할 수 있다. 아름다우면 아름다울수록, 그리고 신성하면 신성할수록 혹시나 침범 당할지도 모른다는 의구심을 독자에게 심어줌으로써 작품세계에 긴장감을 부여하고 독자를 작품세계로 끌어당기고 있는 것이다.

이윽고 세월이 흘러 스자쿠 천황이 퇴위하고, 재궁이 되어 이세로 떠난 여인도 다시 교토로 돌아오게 된다. 자유로운 신분이 된 이 여성은 많은 남성들의 관심과 구혼을 받는다. 그중의 한 명이 바로 스자쿠였다. 이별의 의식에서 본 그 아름다운 여인을 잊을 수 없었던 그는 이제 재궁이라는 신분에서 자유로워진 이 여성에게 깊은 애정을 호소한다. 그러나 당대의 실질적인 권력가였던 겐지는 이 여성을 새로운 천황에게 입궁시키기로 결정한다. 이에 스자쿠는 큰 실망을 하고 일절 소식을 전하지 않는다. 그러다가 입궁 당일이 되자 남의 이목도 있고 하여 축하의 선물을 보낸다. 천황이 전前 재궁에게 축하 선물로 보낸 것은 빗 상자를 비롯한 갖가지 장신구들이었다. 물론 빗 상자뿐 아니라 의상과 향 등 여러 가지가 나오지만, 특히 이 장면에서는 빗 상자가 매우 중요한 역할을 한다. 앞에서 언급한 바와 같이 스자쿠는 '이별의 빗 의식'에서 재궁에게 빗을 꽂아 준 장본인으로 스자쿠와 전 재궁은 빗과 깊은 인연이 있다. 특히 위 장면 바로 다음에는 스자쿠가 자신의 쓸쓸한 마음을 토로하는 편지를 써서 이 빗 상자에 넣었다는 대목이 나온다. 이 빗 상자는 단순한 선물이 아니라, 스자쿠와 전 재궁의 관계를 상징하는 것인 것이다.

그리고 또 시간이 흘러 전 재궁은 중궁으로 승격하고, 남자 주인공인 겐지는 온나산노미야女三宮라는 여성을 부인으로 맞이하게 된다. 최고의 권력가인 겐지가 부인을 맞이하게 되자 온 세상이 떠들썩하도록 여기저기에서 경축선물이 온다. 중궁, 즉 전 재궁 역시 온나산노미야에게 축하선물로 빗 상자를 보내는데, 그 안에는 과거에 스자쿠로부터 받았던 빗도 포함되어 있었다. 중궁(전 재궁)이 선물로 받았던 빗이 이번에는 온나산노미야에게 건네진 것이다. 이러한 빗의 이동은 과연 무엇을 의미하는 것일까.

빗의 이동과 연결시켜서 온나산노미야의 일생을 생각해보자. 성대

115

한 축하를 받으며 결혼한 온나산노미야였지만 결국에는 남편 겐지 이외의 남성과 불의의 사랑에 빠지게 된다. 재궁의 빗이 온나산노미야에게 이동한 것이 온나산노미야의 불륜과 어떠한 관계가 있을까. 앞에서 재궁은 신성한 존재여야 하고, 그렇기 때문에 독자는 오히려 혹시나 침범당하지는 않을까 하는 의구심을 갖게 된다고 하였다. 원래 재궁은 신성한 존재임과 동시에 헤이안 시대의 유명한 문학작품『이세 이야기(伊勢物語』를 통해 불륜의 이미지가 항상 따라다녔다. 여기에서 잠시『이세 이야기』에 등장하는 재궁을 살펴보자.

옛날에 어떤 남자가 살고 있었는데, 나라의 명을 받고 이세 지방으로 출장을 갔다. 나라에서 보낸 관료인지라, 이세에 있던 재궁도 그를 맞아 극진히 대접하였다. 남자가 이세로 간 이틀째 밤에 재궁에게 보고 싶다는 편지를 보냈지만, 사람들 눈이 많아 좀처럼 만나기가 어려웠다. 그러자 재궁이 동자를 앞세워서 남자가 머물던 처소에 직접 찾아왔다. 두 사람은 밤을 같이 보냈다. 하지만 너무나 반가운 나머지 이야기도 별로 못하고 아침이 되자 헤어지고 말았다. 그 다음날은 이세 지방의 수령관이 남자를 위한 축하연을 여는 바람에 만날 수 없었다. 그리고 또 그 다음날에는 남자가 옆의 고을로 출장을 가야 했다. 두 사람은 시를 지어 주고받으며 만날 수 없는 아픔과 언젠가 꼭 다시 만나자는 기약을 했다.

위에 나온 이야기는 이세 신궁에서 재궁으로 있던 여성과, 명을 받아 잠시 이세로 파견된 남성의 짧은 러브스토리로, 실제로 존재하는 인물들이 모델이 된 것이다. 이 두 사람의 짧은 만남은 남녀의 흔한 연애담으로 보이지만, 실은 이 여성이 재궁이라는 것에 방점이 찍혀 있다는 것을 고려하면 상당히 심각한 이야기이다. 다시 말하면 이성과의 만남이 금지된 재궁이었기에 독자는 한층 더 긴장감을 가지고 이야기를 읽어나가는 것이다.『이세 이야기』에는 많은 단편 이야기가 실려 있지만, 특히 이 이야기는 훗날까지 회자되며 이후에 성립한 문학작품에도 다수 인용될 만큼 유명하다. 실제 인물을 모델로 한 이야기가 문학작품으로 성립되고, 그 작품이 또 다른 작품에 계속해서 인용됨으로써, 어느새 재궁은 금기의 사랑과 떼려야 뗄 수 없는 불가분의 관계로 인식되기에 이르렀다.

그렇기 때문에 재궁의 빗이 온나산노미야에게 전달된 것은 단순한 경축 선물이라는 의미를 뛰어 넘어 어떤 특별한 상황을 시사하는 것이다. 결과적으로 온나산노미야는 금기의 사랑을 하게 되는데, 어쩌면 재궁의 빗이 온나산노미야에게 이동한 것 자체가 불륜을 암시하고 있었던 것이다.『고지키』의 오토타치바나노히메의 빗이 그녀가 바다에 입수한 운명을 상징했듯이, 금기의 사랑의 이미지가 따라 다니는 재궁의 빗이 최종적으로 온나산노미야에게 전달된 것은 온나산노미야의 불륜을 암시한 것이라고 할 수 있다.

여성성의 상징인 빗

귀족여성들에 대한 특별한 선물이며, 때로는 여성의 운명을 상징하는 빗은 상자에 담아 보관을 하거나 선물을 하는 경우가 많다. 그리고 빗뿐만 아니라 빗 상자도 갖은 세공을 다한 고가품은 하나의 권위로 작용하였으며, 특히 문학작품에서는 작중인물의 성격이나 환경을 설명

【그림 2】 빗 상자에서 빗을 꺼내는 여성(阿部秋生
他校注·訳(1995)『源氏物語 3』新編日
本古典文学全集, 小学館)

하기 위한 소재로 사용된다.

빗과 빗 상자에 어떠한 성질이 내재되어 있는지 『겐지 이야기』에 나
오는 스에쓰무하나末摘花라는 여성을 예를 들어 살펴보자. 스에쓰무하
나의 아버지는 천황의 아들로, 스에쓰무하나는 천황의 손녀에 해당되
는 대단히 높은 신분의 여성이다. 하지만 아버지가 돌아가시자 가세가
기울어 지금은 매일 매일의 생활조차 제대로 꾸려나가기 힘든 신세로
전락하고 만다. 그런 스에쓰무하나가 우연한 기회에 귀공자 겐지와 만
나 인연을 맺게 된다. 이 두 남녀가 사랑에 빠져 오래도록 행복하게 살
았다면 그야말로 전형적인 러브스토리가 되었겠지만, 실은 스에쓰무
하나는 이 작품에서 제일가는 추녀로 등장한다. 더군다나 옛날 아버지
가 살아 계셨을 때의 고루한 전통에 얽매여 센스 있는 대화도 잘 안 되
는 여성인 것이다. 이 때문에 겐지는 그녀에게 애정을 느끼지 못하고,
그녀와의 만남은 겐지 젊은 시절의 실패한 연애담으로 끝나게 된다. 물
론 겐지 특유의 따뜻함과 자상함으로 그녀의 생활 전반을 계속해서 지
원해주기는 하지만 말이다.

어찌 되었든 겐지는 이 여성의 외모와 기지 없는 대화에 무료함을 느
끼고 마는데, 그러던 어느 날 이 여성 집에서 아침을 맞이하게 된다. 잠

에서 깨어난 겐지가 아침 단장을 하는데, 그 때 겐지 앞에 나온 것이 각종 머리손질도구였다. 뭐라 형용할 길 없이 낡아빠진 거울, 중국풍 빗, 빗 상자 등으로 그 안에는 스에쓰무하나의 돌아가신 아버지가 쓰셨던 남자용 도구까지 섞여 있었다. 그런데 여기서 그 도구들을 본 겐지가 그래도 역시 풍류가 있다고 생각하는 것이었다.

겐지가 스에쓰무하나의 집에 있던 빗과 빗 상자 등을 보고 그래도 역시 풍류가 있다고 긍정적인 평가를 한 것을 무엇 때문이었을까. 스에쓰무하나의 매력 없는 모습에 실망한 겐지는 그녀에게 여성으로서의 기대를 전혀 하지 않았다. 그런데 시녀가 꺼내온 빗 상자를 보고는 남녀의 애정관계에 관심이 없을 것 같은 스에쓰무하나였지만, 그래도 역시 외모를 가꾸고 치장에 신경을 쓰는 여성이었다는 것을 깨달은 것이다. 또한 남자용 도구까지 들어 있는 것을 보고, 여느 여성들이 그렇듯이 스에쓰무하나도 언젠가는 연인이 방문하여 빗을 사용할지 모른다는 기대를 품고 빗을 고이 간직해 왔다는 것을 감지한 것이다. 스에쓰무하나는 겐지에게는 무료한 여성이었지만, 그녀 자신은 매력적인 여성이기를 꿈꿔 왔다고 할 수 있다. 이렇게 『겐지 이야기』는 스에쓰무하나라는 여성을 그리는 데 있어서 빗의 소유를 언급함으로써 스에쓰무하나의 여성으로서의 자아를 표현하고 있다. 또한 스에쓰무하나가 빗을 소유함으로써 겐지는 그녀에게서 일말의 여성스러움을 발견했고, 결과적으로 스에쓰무하나가 빈곤한 생활을 하지 않도록 계속적인 지원을 아끼지 않는 것이었다.

한편 10세기 중반에는 성립했을 것으로 추정되는 소설 『우쓰호 이야기うつほ物語』에도 빗의 존재가 작중인물의 상황을 설명하고, 미래를 암시하는 대목이 있다. 지카게千蔭라는 남자는 그 총명함에 힘입어 서른

전후의 젊은 나이에 우대신 자리에 오른다. 그에게는 아름다운 부인과 아들이 있었는데, 어느 날 부인이 병에 걸려 요절하고 말았다. 그는 남겨진 어린 아들만을 키우며 재혼은 생각지도 않았다. 그러던 어느 날 당대의 좌대신도 세상을 떠나자, 오래전부터 지카게의 명성을 들어온 좌대신의 부인이 적극적으로 구혼 공세를 시작했다. 이 좌대신의 부인은 지카게보다 무려 스무 살이나 많고 외모도 추한 편이었다. 때문에 지카게는 처음부터 관심을 두지 않았지만 너무나도 적극적으로 애정을 표현하자, 그 끈질김과 정성에 져서 결국 부부의 연을 맺게 된다. 하지만 결혼을 한 이후에도 이 부인에게 매력을 느끼지 못했던 지카게는 부인을 별로 찾지 않았다. 애가 탄 부인은 갖은 비단옷을 지어서 입히고 세상에서 본 적도 없는 귀한 음식을 준비하는 등 지카게의 마음을 얻기 위해 그 많던 재산을 탕진하기 시작했다. 그리고 급기야는 가지고 있던 논밭은 물론이거니와 '빗 상자'까지도 팔아치웠다. 이후에도 부인은 지카게의 환심을 사기 위해 갖가지 노력을 다 해보았지만 지카게는 점점 더 부인을 멀리할 뿐이었고, 결국에는 부인은 모든 재산을 잃고 영락하고 만다.

부인이 영락해가는 과정과 지카게의 관심이 갈수록 멀어지는 과정을 지켜보면 대단히 흥미로운 점을 발견할 수 있다. 바로 부인이 더할 수 없이 궁핍해진 상황을 표현하는 데 논밭과 '빗 상자'까지 팔았다고 한 구절이다. 논밭은 소득을 지속적으로 공급해주는 원천, 즉 인간이 최소한의 생활을 영위해나가는 데 반드시 필요한 것이다. 그리고 '빗 상자'는 여성의 외적 아름다움을 지속시키기 위해서는 꼭 필요한 도구라고 할 수 있다. 부인이 빗 상자까지 팔아치웠다는 것은 이미 여성으로서 지켜야 할 것이 무엇인지 관심조차 없어졌다는 것을 뜻한다. 부인은 지카게의 애정을 열망한 나머지 정신적인 밸런스를 잃었고, '여성'을 지키기 위해서는 빗이 필요하다는 것을 망각해 버린 것이다. 『우쓰호 이야기』는 여성으로서의 매력을 상징하는 도구로 빗을 사용했다고 할 수 있다.

『겐지 이야기』의 스에쓰무하나와 『우쓰호 이야기』의 좌대신 부인을 비교하자면, 두 인물 모두 아름답지 못하고 매력적이지 않은 여성으로 그려져 있다. 또한 남성으로부터 깊은 애정을 받지 못하는 인물로 묘사되어 있다. 그러나 이 두 여성의 운명의 길은 전혀 달랐다. 낡은 빗을 소중히 간직해온 스에쓰무하나는 겐지의 마음을 조금이나마 얻었고, 천하의 재력가였던 좌대신 부인은 수중에 있던 빗까지 팔아치움으로써 지카게의 마음을 완전히 잃었다. 이렇게 문학작품에서 빗이 어떻게 표현되었는지를 살펴보면, 빗은 단순한 도구가 아니라 여성성을 상징하는 것이었다고 할 수 있다.

참고문헌

阿部万里江·清水久美子(2011)「櫛にみるデザインと漆の文化」『同志社女子大学生活科学』45集

日本国語大辞典第二版編集委員会·小学館国語辞典編集部 編(2003)『日本国語大辞典[第2版]』小学館

中野幸一 校注·訳(1999~2002)『うつほ物語』(『新編日本古典文学全集』14~16, 小学館)

岡田則子(2000)「『源氏物語』斎宮女御の櫛─譲り渡された運命─」『平安朝文学』復刊第9号, 平安朝文学研究会

松尾聡·永井和子 校注·訳(1997)『枕草子』(『新編日本古典文学全集』18, 小学館)

山口佳紀·神野志隆光 校注·訳(1997)『古事記』(『新編日本古典文学全集』1, 小学館)

阿部秋生 他 校注·訳(1994~1998)『源氏物語』(『新編日本古典文学全集』20~25, 小学館)

古代学協会·古代学研究所 編集(1994)『平安時代史事典』角川書店

외식주로 읽는
일 본 문 화

음식

의식주로 읽는
일 본 문 화

신들의 술, 인간의 이야기

이 경 화

• • • •

먼 옛날부터 인간의 삶 속에 환희와 고통의 순간마다 빠지지 않고 언제나 함께 자리를 지켜온 음식 중의 하나가 술이 아닐까 싶다. 밥이 인간의 생명을 유지해주는 육체의 양식이라면 술은 인간의 정신과 마음을 달래주는 영혼의 음료라고나 할까. 동서고금의 이루 헤아릴 수 없이 많은 시인과 묵객들이 술을 예찬했는가 하면, 또 다른 한편에서는 저주와 탄식을 보내기도 했다. 적당히 섭취하면 약이 될 수도 있지만 지나치면 독이 되기도 하는 술은 생명과 죽음, 창조와 파괴, 풍요와 빈곤, 성스러움과 타락 등 여러 면에서 양면적 속성을 지녔다. 그리스 로마 신화에서 풍요와 창조의 원천임과 동시에 가혹한 운명과 격정, 반질서와

인간 내면의 어둠, 방종과 광기를 등을 상징하는 주신酒神 디오니소스
는 그러한 술의 양면성을 잘 보여주는 존재이다. 그런데 이 디오니소스
와 유사한 속성을 지니며 술과 밀접한 관련이 있는 신들이 일본 신화의
세계에도 상당수 등장하지만 그 존재는 상대적으로 덜 알려진 듯하다.

천상의 세계에서 아버지 이자나기의 명에 따르지 않고 죽은 어머니 이
자나미의 나라로 가겠다고 울부짖으며 질서를 어지럽히고 난동을 부리다
추방당한 스사노오는 이즈모出雲 땅에 내려와 거대한 뱀에게 제물로 바쳐
진 소녀를 독한 술을 빚어 구해내고 영웅이 된다. 한편 먼 옛날부터 술을
빚는 주조酒造의 신으로 숭앙받고 있는 미와야마三輪山의 오모노누시大物主
도 풍요의 신이자 재앙의 신이라는 양면적 성격이 뚜렷하다. 밤에만 찾아
오는 남편의 아름다운 모습을 밝은 낮에도 보고 싶다는 아내에게 오모노
누시는 뱀의 형상을 한 자신의 정체를 보여주었다가 여자가 놀라 소리치
자 분노하며 천공을 밟고 떠나버린다. 신의 분노에 놀란 여자는 결국 죽음
에 이른다. 또 지상에 강림한 천손天孫과 가약을 맺은 산신의 아름다운 딸
은 하룻밤 만에 임신을 해 정절을 의심받자 스스로 아기를 출산할 산실을
불태운다. 화염 속에서 무사히 출산을 마친 그녀는 자신이 낳은 아기가 천
손의 혈통임을 증명하고 신성한 술을 빚어 신에게 바치기도 한다.

일본의 신화 속에서 술은 때로 정복과 복속의 표시이기도 하고, 성난
신을 달래는 진혼鎭魂의 의미이기도 하며, 혹은 자신의 존재를 드러내
는 증명이기도 하다. 한 시대나 사회의 구성원들이 술에 대해 어떤 믿
음과 정서들을 가졌는지 들여다보는 것은 그 문화를 이해하는 하나의
방식이 될 수 있을 것이다. 이하『고지키古事記』,『니혼쇼키日本書紀』,『후
도키風土記』,『만요슈萬葉集』 등의 고대 문헌 속에 술과 함께 그려진 신과
인간들의 이야기를 살펴보고자 한다.

그대는 가히 두려운 신, 어찌 대접하지 않으리오

일본 신화에 있어 술과 관련된 가장 강렬한 장면은 스사노오가 거대한 뱀 야마타노오로치를 퇴치하고 희생 제물이 될 뻔한 소녀를 구하는 대목일 것이다. 지상으로 추방당한 신 스사노오는 우여곡절 끝에 이즈모 지방의 히노카와肥河 강 상류에 이르러 어린 딸을 사이에 두고 울고 있는 노부부를 만나게 된다. 그들에게는 본래 딸이 여덟이나 있었는데 해마다 거대한 뱀이 찾아와 다 잡아먹어버렸고 이제 겨우 하나 남은 딸마저도 곧 희생될 시기가 다가왔다는 것이다. 스사노오는 그들에게 독한 술을 빚어 술통 가득 채워놓게 하고 뱀을 기다린다. 노인이 묘사한 거대한 뱀의 모습은 가히 두렵고도 무시무시한 형상이다.

> "그 눈은 빨간 꽈리와 같고 몸뚱이 하나에 여덟 개의 머리와 여덟 개의 꼬리가 있습니다. 그리고 그 몸에는 석송과 노송나무, 삼나무가 돋아나 있고, 그 길이는 여덟 계곡과 여덟 개의 산봉우리에 걸칠 만큼 길며 그 배를 보면 여기저기 항상 피가 흘러 짓물러 있습니다." (『고지키』)

여덟 개의 머리로 여덟 통의 독한 술을 한꺼번에 마신 뱀은 취해 잠이 들고 결국 스사노오가 휘두른 칼에 갈기갈기 베이고 잘려나가 히노카와의 강물은 핏빛으로 변한다. '용맹하고 사나우며 잔인했고 항상 큰 소리로 울기를 일삼아 나라 안의 인민들이 수없이 요절'했을 정도로 난폭한 스사노오조차 정면으로 맞서기는 어려울 만큼 뱀은 위력적인 존재로 그려진다. 여기에서 술은 괴물을 퇴치하기 위한 하나의 수단이기도 하지만 시각을 바꾸어 생각해보면 이는 두려운 신에게 바쳐진 공물로 생각할

127

수 있다. 특히 스사노오가 뱀을 향해 '그대는 가히 두려운 신이니 어찌 대접하지 않을 수 있겠는가'라고 말하는 대목에서는 괴물이기 이전에 신으로서 외경의 대상이었던 뱀의 원형적 모습을 엿볼 수가 있다.

스사노오의 뱀 퇴치 신화에 대해서는 다양한 해석들이 있지만 여기에서 주목할 점은 초월적이고 강력한 힘을 지닌 뱀에게 '술을 바치는 일종의 의식'이 행해졌으며 그 뱀을 물리치고 소녀와 결혼함으로써 스사노오 자신도 거칠고 파괴적인 속성을 지닌 두려운 신에서 제사를 받는 신, 즉 '술을 대접받는 신'이 되었다는 것이다. 뱀을 죽이기 전 딸을 구해주면 그녀를 자신에게 주겠느냐는 스사노오에게 노인은 그의 이름을 묻는다. 신화의 세계에서 이름은 곧 그 사람의 존재이자 신분과 자격을 선언하는 표현이라 할 수 있다. 노인은 그가 아마테라스의 동생인 스사노오이며 하늘에서 내려온 신이라는 것을 확인한 후에야 비로소 딸을 주겠다고 대답한다. 소녀를 구한 스사노오는 이즈모에 궁을 짓고 그녀와 혼인해 자식을 낳아 양육하는데 후에는 노부부에게 궁을 맡기고 네노쿠니根國로 떠난다.

스사노오와 소녀 사이에 태어난 아이는 바로 거친 갈대 벌판 속의 나라로 묘사되는 지상의 세계, 즉 아시하라노나카쓰쿠니葦原中國를 평정하고 국토를 건설하게 되는 오쿠니누시大國主이다. 그런데 스사노오가 구한 소녀의 이름이 구시이나다히메奇稲田姬, 즉 '신성한 논의 여신(또는 그 신을 모시는 신처神妻)'이고 그녀의 부모가 '논의 신을 모시는 사당의 제사를 주관하는 궁주'를 의미하는 이나다미야누시稲田宮主가 되었다는 것은 결국 이 신과 그 자손이 인간에게 가호加護를 내리는 신으로서 제사를 받는 대상이 되었음을 의미한다. 뱀에게 바칠 술을 빚었던 구시이나다히메의 부모는 이제 스사노오와 오쿠니누시 등 신의 후손들을 위해 술을 빚어 제사하는 역할을 담당하게 된 것으로 볼 수 있다. 술은 제를 바치는 자와 받는 자의 약속이다. '복종과 공경'을 바치면 '재앙' 대신 '풍요'를 내리겠다는 서로간의 서약의 자리가 제사의 장이며, 그 서약이 주기적으로 되풀이되며 환기되는 자리에는 언제나 술이 있다.

신이 빚은 술, 미와야마에서 아침을 맞고 싶어라

일본 전통시가에는 마쿠라코토바枕詞라는 수사법이 있는데 어떤 특정 단어 앞에 늘 관례처럼 붙게 되는 수식어를 지칭한다. 주로 고유명사 앞에 붙어 뒤에 오는 신의 이름이나 지명을 칭송하는 주술적 표현에서 기원한다고 알려져 있다. '맛있는 술味酒'은 고대 가요는 물론『만요슈』에서도 바로 '미와' 앞에 붙는 마쿠라코토바이다.

> 향기로운 술의 땅 미와야마 푸르고도 붉은 나라奈良의 산 그 산 끝자락이 가려질 때까지 굽이굽이 몇 겹이고 휘어진 길이 더 이상 보이지 않을 때까지 언제까지나 바라보며 가고픈 산이건만 무정한 구름 저리도 가리우는가
>
> (1-17)

7세기 중엽 동맹국 백제의 멸망, 신라와 당의 위협 등 국내외적으로 복잡한 정세 가운데 덴지天智 천황(626~672년)은 오우미近江로 천도를 단행했는데 당시 도읍이었던 아스카明日香를 떠나는 아쉬움을 읊은 누카타노오키미額田王의 노래이다.『만요슈』에 여러 뛰어난 노래들을 남

긴 누카타노오키미는 덴무天武 천황이 황자였던 시절 그와의 사이에 이미 황녀까지 낳은 사이였는데 덴지 천황의 총애를 받았다는 설이 있는 염문의 주인공이기도 하다. 새로운 땅에서의 새로운 삶에 대한 부푼 희망보다 어쩐지 익숙한 삶의 터전에 대한 미련이 진하게 느껴지는 노래이다.

맛있고 향기로운 술은 단순히 좋은 술맛이 아니라 비옥하고 풍요로운 땅, 그리고 넘치는 맑은 물과 더불어 그 땅에서 동고동락한 정든 이들과의 삶을 의미하는 것이리라. 농경을 주업으로 하는 사회에서 인간의 생명을 유지해주는 곡식은 어느 한 가지만으로 얻어지는 것은 아니었다. 좋은 땅과 물에 신의 은총을 더하고 그 안에서 온갖 풍상을 함께 겪어낸 사람들의 땀이 한데 어우러져 천신만고 끝에 얻어낸 소중한 낟알이 바로 쌀이다. 그리고 그 쌀을 다시 깎아내고 도려낸 후 누룩을 더해 발효시키고 또 정제한 후에 비로소 얻어지는 것이 바로 향기롭고 맛있는 술이다. 누카타노오키미에게 있어서 미와야마가 있는 아스카는 이런 술을 빚어낼 수 있는 신의 가호와 행복했던 삶이 있었던 곳이 아니었을까? 아스카를 떠나는 누카타노오키미의 발걸음이 불안하고 무거웠던 것은 그녀의 예민한 감성이 어쩌면 황위계승을 둘러싸고 이후에 벌어질 골육상쟁의 비극을 예감한 것인지도 모른다.

미와美和, 미모로三諸 등 다양하게 지칭되는 미와야마는 뱀이 똬리를 틀고 있는 것처럼 보이는 원추형의 산으로 산 자체가 오모노누시의 신체神體로 여겨진다. 고대부터 신과 술의 고장으로 이름이 높았던 미와야마의 오미와 신사大神社에는 지금도 매년 11월 14일이면 일본 전역에서 일본주를 양조하는 업주와 양조집단 최고책임자인 도지杜氏들이 모여든다. 바로 양조기원제가 열리기 때문이다. 마쓰리祭가 끝난 후에는 전국의 주

【그림 1】 오미와 신사의 스기타마(三好
和義·岡野弘彦 外(2005) 『日
本の古社 大神神社』淡交社)

조업체로 미와야마의 신성한 삼나무 잎을 공 모양으로 둥글게 엮어 만
든 스기타마杉玉가 배포되어 각 업체 처마에 걸린다. 술의 신에 대한 감사
와 그 해에 새로 빚은 술이 출시됐음을 알리는 의미라고 한다.

　그러나 이 미와야마의 신 오모노누시가 농경의 풍요와 주조의 신으
로 본격적인 숭상을 받게 된 계기를 살펴보면, 이 신이 원래 지닌 재앙
신적 속성을 뚜렷이 확인할 수 있다. 『고지키』와 『니혼쇼키』는 기원전
1세기경에 해당되는 스진崇神 천황의 치세에 전국적으로 역병이 빈번하
게 일어나 인구의 절반가량이 사망하고 남은 백성들도 유민流民이 되어
흩어지거나 조정에 등을 돌리는 자들도 있었다고 전한다. 그런데 국가
존망의 위기를 초래한 이 재난은 놀랍게도 미와야마의 신 오모노누시
의 뜻이었음이 밝혀진다. 재앙의 이유를 묻는 스진 천황에게 오모노누
시는 황녀 야마토토토히모모소비메를 통해 "천황이여, 어찌 나라가 다
스려지지 않음을 걱정하는가? 나를 잘 공경하고 제사하면 분명 평온해

131

질 것을⋯⋯"이라는 신탁을 내린다.

　재위 초기 스진 천황은 "우리 조상들이 황위를 계승하고 정사를 펼친 것이 어찌 일신—身만을 위함이겠는가? 바로 인간과 신을 통제하고 제어하여 천하를 다스리기 위함이다"라는 포부를 드러낸다. 백성들은 물론 신까지 통제하고자 했던 그의 오만함이 신의 분노를 샀던 것일까? 역병으로 인한 국난은 결국 신을 제대로 공경한 후에야 해결된다. 그것도 여러 시행착오를 거친 후 오모노누시의 뜻에 따라 신이 원하는 방식으로 제사를 지내자 비로소 '역병이 가라앉고 나라는 점차 평온을 되찾아 오곡이 온전히 결실을 맺고 백성들은 풍요로워졌다'고 기록은 전한다. 특히 제사 방식에서 주목되는 부분은 오모노누시가 밤마다 아름다운 처녀를 찾아가 회임시켜 낳은 자식인 오타타네코를 제주祭主로 삼게 한 점, 그리고 오모노누시에게 바칠 술을 전담하여 관장할 사카비토掌酒를 따로 두게 했다는 점이다. 사카비토는 신주神酒를 빚어 천황에게 바치며 이렇게 기원한다.

> 이 신주는 제가 빚은 술이 아니옵니다. 야마토倭를 이루신 오모노누시께서
> 빚으신 신의 술! 길이길이 언제까지나 번영을 누리소서! 번영을 누리소서!
>
> (『니혼쇼키』제5권)

　이어서 미와야마에 제를 올리고 주연酒宴이 끝나자 천황의 신료들은 "맛있는 술, 미와야마 신전의 첫 아침을 여는 문, 그 문을 열고 나갔으면 좋겠네!"라고 노래한다. 그러자 천황도 신료들에게 "맛있는 술, 미와야마 신전의 첫 아침을 여는 문, 그 문을 밀고 나가시오! 미와의 문을!"이라고 답가를 보낸다. 미와야마의 아침 문을 연다는 것은 미와야

마에서 신이 빚은 맛있는 술을 아침이 올 때까지 밤새도록 마시고 싶다는 의미이다. 이 노래들은 언뜻 밤새도록 술을 즐기고 싶어 하는 신하들에게 마음껏 술을 마시라고 허락하는 천황의 호탕함과 풍류로 해석할 수도 있다. 그러나 고대인들이 말의 힘에 부여한 막중한 의미를 생각해보면 이 노래들은 모두 단순한 풍류의 차원을 넘어 풍요와 번영을 기원하는 축복이자 신에 대한 감사와 다짐의 의미로 이해해야 할 것이다.

신도神道에서는 인간에게 복을 주기도 하고 재앙을 주기도 하는 신의 양면적 성격을 신이 지닌 두 가지 영혼 때문이라 이해한다. 천재지변을 초래하고 인간에게 병과 황폐한 마음을 일으켜 서로 다투게 하는 것은 신의 거친 영혼인 아라미타마荒魂가 작동한 것이고 반면 적절한 비와 햇볕을 내려 곡식을 무르익게 하고 풍요와 화합을 가져다주는 것은 신의 온화한 영혼인 니기미타마和魂가 발현되는 것이라 보는 것이다. 신이 지닌 이 두 가지 영혼은 때로 별개의 신격神格으로 인식되어 이름까지 따로 붙여지는 경우도 종종 있다. 『니혼쇼키』(제8단 일서 제6)에는 오모노누시가 자기 자신을 오쿠니누시의 온화한 영혼인 니기미타마라고 칭하는 장면이 있어 이 두 신은 때로 동일한 신의 다른 이름으로 간주되기도 한다.

극심한 자연재해나 치료법이 없는 질병 등 인간의 힘으로는 극복할 수 없는 시련을 고대인들은 신의 영역으로 이해했다. 세상의 모든 지식과 기술, 이성적이고 합리적 노력을 동원해도 해결되지 않는 문제에 대해서는 인간의 간절함과 정성을 모으는 것 외에 방법이 없는 것은 과학문명이 고도로 발전한 오늘날에도 마찬가지이다. 옛사람들이 그런 간절함으로 신이 난폭한 영혼을 드러내지 않도록, 다시 재앙의 신이 되지 않도록 고안한 것이 바로 진혼의 제사이며 그 제사의 자리에 빠져서는 안 되는 것이 바로 가장 귀한 곡식으로 만든 술일 것이다. 분노한 신을 달래기 위해서는 인간이 할 수 있는 최고의 공경과 정성을 다해야한다. 사람들의 삶을 풍요롭게 해주는 쌀을 무사히 수확할 수 있게 해주고 그 쌀로 술을 빚을 수 있게 해준 신의 가호를 잊어서는 안 되며, 만약 인간이 그 다짐을 잊고 자칫 오만해지면 신은 언제 다시 탈을 일으키는 재앙의 신으로 변할지 모른다.

술잔 속의 신이여, 네 아버지의 이름은

총명함과 예지력으로 신탁을 전했던 황녀 야마토토토히모모소비메의 이야기는 변화무쌍하고 진노하기 쉬운 신의 모습을 보여주는 좋은 예이다. 오모노누시의 신처神妻가 된 황녀는 어느 날 항상 밤에만 찾아오는 신에게 "내일 아침 당신의 그 아름답고 단정한 모습을 우러러 뵙고 싶습니다"라고 간청한다. 신은 그녀의 소원을 들어주기로 하지만 자신의 모습을 보더라도 놀라지 않기 바란다고 당부한다. 그러나 신의 정체가 아름답고 작은 뱀인 것을 보고 놀란 황녀가 비명을 지르자 그는 수치스러워 하며 순식간에 사람의 모습으로 돌아와 아내에게 이별을 고한다. "그대는 내게 치욕을 주었으니 당신 또한 수치를 당하게 해주겠소"라는 말만 남긴 채 신은 드넓은 천공을 밟고 미모로 산으로 올라가 버린다. 황녀는 이내 자신의 경솔함을 후회하며 바닥에 주저앉고 마는데 그 순간 뾰족한 젓가락에 음부를 찔려 결국 죽게 된다. 그녀를 매장한 무덤을 하시하카箸墓라 하고 미와야마 근방의 고분을 이 무덤으로 추정하기도 한다.

　상대가 준 치욕에 진노하며 죽음의 벌을 내리는 모습은 보지 말라는 금기를 어기고 자신을 욕보인 이자나기에게 저주를 내린 여신 이자나미와 흡사하다. 그런데 여기에서 한 가지 더 주목해야할 점은 이 신의 뇌신雷神으로서의 면모이다. '밤에만 찾아오는' '뱀의 형상' '천공을 밟고' '화살' 등은 일본의 신화나 설화의 세계에서는 뇌신을 묘사하는 상투적인 수식어들이다. 일본어에 번개를 뜻하는 옛말로 이나즈마稲妻, 이나쓰루비稲交尾라는 표현이 있다. 벼가 한창 성장할 무렵 비를 퍼부으며 날카로운 화살처럼 땅에 꽂히는 낙뢰를 옛 사람들은 하늘의 뇌신과 지상의 처녀가 결합하는 것이라 생각했고, 이 교접을 통해 벼 이삭이 알곡을 배게 된다고 믿었다. 이런 믿음을 토대로 농경의 풍요로운 결실과 수확을 예축豫祝하며 뇌신과 처녀의 신성한 결합을 다루는 이야기가 다양하게 전개되었다. 오모노누시와 야마토토토히모모소비메의 이야기는 비극으로 끝났지만 붉은 화살로 변신한 오모노누시와 또 다른 처녀 세야타타라히메의 혼인은 진무神武 천황의 황후인 히메타타라이스케요리히메의 탄생담으로 이어진다. 또 오모노누시와 이쿠타마요리히메 사이에서 태어난 오타타네코는 자신의 아버지에게 올리는 제사를 주관하는 가문의 시조가 된다.

　'미와야마 형'이라고 불리는 이런 유형의 이야기들에서 밤에만 여자를 찾아오는 남성의 정체가 무엇이고 신이하게 탄생한 아이들의 아버지가 누구인지 처음에는 알 수가 없다. 남들과는 다른 자신만의 특별함을 찾고 싶은 어린 시절 출생의 비밀은 누구나 한 번쯤 꿈꿔봤음직한 애달프고도 감미로운 상상일 것이다. 그러나 정말로 비밀을 가지고 태어난 이들에게 자신의 존재를 확인하고 증명해내는 과정은 그들이 신이든 인간이든 결코 달콤하지만은 않다. 때로는 처절하기까지 한 이들의 이야기에도 술은 어김없이 등장한다.

가모와케이카즈치賀茂別雷도 그렇게 아버지의 이름을 모르는 아이 중의 하나였다. 먼 옛날 진무 천황이 동쪽으로 정벌을 떠났을 때 앞장을 섰다는 용맹한 신 가모노타케루노쓰노미賀茂建角身는 여신 이카코야히메에게 장가들어 다마요리히코玉依比古와 다마요리히메玉依比売 남매를 낳는다. 어느 날 실개천에서 물놀이를 하던 다마요리히메는 어디선가 흘러온 붉은 화살 하나를 들고 집으로 와서 침상 곁에 꽂아두고 잠이 든다. 이윽고 그녀는 임신을 하고 사내아이를 낳는다. 아마도 아버지를 모르는 아이는 성장함에 따라 자신의 정체성을 찾고 싶어 했으리라. 외가의 보살핌 속에 자란 아이가 성년식을 치를 나이가 되자 외조부는 큰 집을 짓고 그 집의 모든 문을 닫은 후 많은 술을 빚고 신들을 불러 모아 7일 낮 7일 밤 동안 잔치를 벌인다. 그리고 아이에게 "좌중의 신들 중에서 너의 아비라 생각되는 이에게 이 신주神酒를 마시게 하여라"라고 이른다. 그러자 손자는 곧바로 술잔을 들고 하늘을 향해 제를 올리겠다고 하며 지붕을 뚫고 하늘로 올라가버린다.

여기에서 술은 아이가 신의 자식임을 판정함과 동시에 그 존재를 세상에 선언하는 이른바 '우케이자케盟酒'이다. '우케이'란 신의 뜻을 점쳐 서약을 증명하는 방식을 뜻한다. 다마요리히메를 임신시킨 남성의 정체는 붉은 화살로 변한 뇌신 호노이카즈치火雷였고 그가 있는 곳은 바로 하늘이었다. 성난 오모노누시가 하늘을 밟고 떠났듯이, 그리고 천둥 번개가 하늘을 가르듯이 아이는 술잔을 든 채 지붕을 뚫고 하늘로 솟구쳐 오름으로써 자신이 뇌신의 아들이자 스스로도 뇌신임을 증명한다. 문이 닫힌 집과 7일 낮 7일 밤이라는 시간은 아이가 자신의 신성

神性을 자각하고 뇌신으로 거듭나기 위한 일종의 통과의례의 공간이자 시간이라 할 수 있다. 아이는 외조부의 이름 '가모'와 뇌신의 자식이자 새로운 뇌신임을 나타내는 '와케이카즈치別雷'를 조합한 이름을 부여받게 된다.

이 신을 제사하는 사당이 바로 유네스코 세계문화유산이자 교토京都에서 가장 오래된 신사인 가미가모 신사上賀茂神社이다. 그 외조부와 어머니 다마요리히메를 제사하는 곳은 교토 남쪽에 소재한 시모가모下鴨 신사이다. 헤이안平安 시대(794~1192년)에 풍수해로 인해 흉년이 계속되자 사람들은 그 원인을 폭풍과 뇌우를 관장하는 이 가모의 신들이 내린 재앙 때문이라 여겼다. 이 신들을 진정시키기 위해 천황이 시모가모와 가미가모 양 신사에 칙사를 보내 폐백을 바치는 의례를 행하자 비바람이 그치고 풍년이 들었다고 한다. 아오이 마쓰리葵祭라는 이름으로 더 유명한 가모사이賀茂祭는 이 의례에서 비롯되었다고 한다.

또 다른 예로 『하리마노쿠니후도키播磨國風土記』에도 아버지를 모르는 아이를 낳고 아이 아버지를 찾기 위해 술을 빚는 여신 미치누시히메道主日女의 이야기가 실려 있다. 그녀는 술을 빚기 전에 먼저 양조에 필요한 쌀을 재배할 7정町의 논을 경작한다. 그리고 7일 낮 7일 밤 만에 벼가 자라자 여신은 그 쌀로 술을 빚어놓고 신들을 불러 모은다. 여신의 아이는 외눈박이 대장장이신인 아메노마히토쓰노카미天目一箇神에게 술을 따름으로써 아버지의 이름과 자신의 존재를 세상에 알린다. 이 신화에는 벼 자체도 마치 통과의례를 거치는 신의 자식처럼 여신이 정한 제한되고 정화된 공간에서 일정한 기간을 거쳐 신성한 술로 거듭나는 과정이 잘 나타나 있다. 쌀과 술, 그리고 신을 동일선상에 두고 있는 신화적 발상을 엿볼 수 있어 흥미롭다. 아울러 아이가 지목한 아메노마히토쓰

137

노카미가 간혹 기우祈雨에 감응하는 용신龍神과 동일시되기도 한다는 점에서 낙뢰와 비바람, 물 등을 다스리는 뇌신과 접점이 있는 것도 의미심장하다.

존재의 증명으로서의 술의 의미를 보여주는 또 하나의 예로는 아마노타무사케天甜酒를 들 수 있다. 아시하라노나카쓰쿠니는 자신의 자손이 다스려야 한다는 아마테라스의 뜻에 따라 지상에 강림한 천손 니니기는 해변에서 아름다운 처녀 고노하나노사쿠야비메木花之開耶姬를 만난다. 산신 오야마쓰미大山祇의 딸인 이 여신과 동침을 한 천손은 그녀가 하룻밤 만에 임신을 했다고 하자 의심의 눈초리를 보낸다. "아무리 천신의 아들이라 할지라도 어찌 하룻밤에 임신을 시킬 수가 있겠는가? 분명 내 아이가 아닐 것이오"라는 천손의 말에 치욕과 억울함으로 참담해진 고노하나노사쿠야비메는 곧바로 문이 없는 작은 방을 만들고 서약을 한다. "만약 내가 임신한 이 아이가 다른 신의 아이라면 반드시 불행을 면치 못할 것이고, 이 아이가 진정 천손의 자식이라면 분명 아무런 탈 없이 모두 온전할 것이리라"라고 선언한 여신은 그 작은 방으로 들어가 불을 지핀다. 화염에 휩싸여 불타오르는 산실産室 속에서 여러 명의 자식을 무사히 출산해 정절을 증명한 여신은 이내 점을 쳐서 신성한 논을 정하고 그 논의 벼로 아마노타무사케를 빚어 신에게 바친다.

이 아마노타무사케 역시 여신이 낳은 아이들이 고귀한 천손의 혈통임을 서약하고, 그것을 신과 세상에 증명하는 술이라 할 수 있다. 이 아이들 중 하나는 결국 천황가의 조상이 되기 때문에 이 서약의 무게는 그 어느 때보다 엄중했다. 불을 통해 정화되고 증명된 순수한 혈통은 신성한 논의, 신성한 쌀로 빚은 맑은 술로 다시 한 번 존재를 선언한다.

그러나 산신의 두 딸 중 반석과 같이 영원한 생명을 줄 수 있는 언니 이와나가히메磐長姬를 못생겼다는 이유로 거부하고, 아름다운 동생 고노하나노사쿠야비메만 받아들여 벚꽃처럼 화려하지만 금방 시들어버릴 숙명을 선택한 천손에게 이 달콤한 천상의 술은 어쩌면 그 자체가 재앙이 아니었을까? 그것은 비록 천신의 후예라 할지라도 지상에 뿌리를 둔 어머니의 육신을 거쳐 태어난 이들은 이미 태생적으로 짧고 유한한 생명을 지닌 존재임을 확인시켜주는 술이었기 때문이다.

한편 『히다치노쿠니후도키常陸國風土記』의 구레후시哺時臥 언덕에 얽힌 전설은 술을 빚거나 신에게 술을 바치는 장면이 직접 등장하지는 않지만, 술을 담는 술잔의 의미에 관해 시사해주는 바가 크다. 마을 북쪽의 높은 언덕에 누카비코와 누카비메라는 남매가 살고 있었는데, 여동생의 처소에 이름도 성도 모르는 한 남자가 밤에만 찾아와 구애를 한다. 결국 남자를 받아들인 여자는 하룻밤의 동침으로 임신을 했는데, 나중에 아기를 낳고 보니 작은 뱀이었다. 이전의 이야기들과 달리 여기에서는 아이가 사람의 형상이 아니라, 처음부터 뱀의 형상으로 태어나 아버지의 정체가 뱀이었음을 알 수 있다. 아이는 밤에만 찾아왔던 자신의 아비처럼 낮에는 말을 못했지만 어두워지면 어머니와 이야기를 나누었다. 놀라고 기이하게 여긴 누카비메와 누카비코는 마음속으로는 아이가 신의 자식일 것이라 생각하고 청정한 술잔淨杯에 담아 제단을 마련해 안치한다.

그러나 술잔에 담긴 작은 뱀은 하룻밤 새에 술잔을 가득 채울 만큼 성장해 버린다. 이런 식으로 뱀 아이는 며칠 만에 폭풍처럼 성장을 거듭해 더 이상 담을 수 있는 그릇이 없을 지경에 이른다. 결국 감당할 수 없어진 누카비메는 아이에게 떠나기를 종용한다. "네 기량을 가늠컨대신의 자식임이 자명하구나. 우리 일족의 힘으로는 너를 키울 수가 없으니 마땅히 네 아버지가 있는 곳으로 가야할 것이다. 이곳에는 있을 수 없다"라고 말하는 어머니에게 아이는 슬피 울며 자신을 도와주며 동행할 아이를 한 명 구해달라고 애원한다. 하지만 함께 보낼 아이가 없다는 냉정한 어머니의 대답에 원망을 품고 있던 아이는 떠날 시간이 다가오자 분노를 억누르지 못하고 폭발한다. 결국 이 아이는 벼락을 쳐서 삼촌 누카비코를 죽이고 하늘로 올라간다. 뱀의 모습을 한 아이가 난폭함을 내재한 뇌신이었음이 드러나는 대목이다. 그러나 이 아이는 가모와케이카즈치처럼 지붕을 뚫고 승천하지는 못한다. 오빠의 죽음에 놀란 어머니가 던진 그릇이 몸에 닿자 아이는 마치 용이 되지 못한 이무기처럼 하늘로 오르지 못하고 봉우리에 머무르게 되었기 때문이다.

이 이야기에서 술잔에 술 대신 뱀 아이가 담겼다는 것은 곧 술과 뱀, 그리고 신이 본질적으로 같은 존재임을 암시한다. 술잔은 신성한 술을 담는 그릇일 뿐만 아니라, 신 자체가 깃드는 주기呪器인 셈이다. 여신 미치누시히메가 기른 벼가 이상異常한 속도로 성장한 것처럼 뱀 아이도 이상 성장을 거듭해 자신의 신성神性을 드러냈다. 여신의 벼가 잘 익어 술이 된 것처럼, 뱀 아이도 일정한 조건이 갖춰졌더라면 어쩌면 온전한 신으로 변신해 승천할 수 있었을지도 모른다. 그러나 신의 자식으로서 제대로 대접받지 못한 아이는 신이 되지 못하고 술그릇에 갇힌 채 하늘과 가까운 산에 머무르게 된다. 결국 이상의 이야기들을 정리해보면, 신이 가져다준 생명력으로 잉태되고 신의 가호로 자란 신성한 벼는 밤에 찾아온 뇌신과 처녀가 결합해 탄생한 아이와 같다. 뱀의 형상을 지닌 뇌신의 자식도 뱀의 모습으로 나타날 수 있으며, 신성한 벼와 신성한 아이는 일정한 통과의례를 거쳐 각자 신성한 술과, 더 강하고 더 새

【그림 2】미와야마 산 금족지(禁足地) 제사유적에서 발견된 술잔(三好和義·岡野弘彦 外(2005) 『日本の古社 大神神社』淡交社)

로워진 생명을 지닌 신으로 거듭난다. 술은 신 자체이며, 매해 새로워진 신의 영혼과 생명력을 세상에 증명하고 전해주는 매개체이기도 하다. 그러나 일정한 조건이 갖춰지지 못하면 벼는 술이 되지 못하고, 신의 자식은 온전한 신이 되지 못한다. 인간의 불신이나 냉대로 좌절하고 분노한 신은 죽음과 재앙을 일으키기도 하고 불모의 존재로 영락하기도 하는 것이다.

나의 오쿠니누시여, 이 술 한 잔 받으소서!
그대 말고 저에게 남자는 없습니다

이처럼 신의 자식임에도 어머니와 일족에게 거부당하고 버림받는 이야기가 생겨났다는 것은 그만큼 세상이 신에 대한 경외나 숭배보다 인간의 합리적 사고가 점차 강조되는 시대로 변했음을 짐작케 한다.

141

'부질없는 것들을 생각하느니 차라리 한 잔 탁주를 마시자'라고 했던 오토모 다비토大伴旅人(665~731년)의 찬주가讚酒歌처럼 술은 점차 신들의 신성한 내력보다는 사람들의 다양한 사연과 생각, 정서들을 담게 된다. 때로 신들의 이야기 중에서도 오쿠니누시와 스세리비메 부부가 술잔을 들고 들려주는 사랑의 노래는 오히려 사람의 이야기, 그것도 요즘 사람들의 이야기에 가깝다.

여러 씨족과 호족들을 평정해가며 무수한 처녀들과 혼인을 하고 수많은 배다른 자식들을 둔 남편 오쿠니누시를 향해 아내 스세리비메는 커다란 술잔을 바치며 이렇게 노래한다.

> 나의 오쿠니누시여! 당신은 남자이시기에 가시는 섬, 발길 닿는 해안 그 어디에서나 어리고 어여쁜 아내를 얻을 수 있겠지만 저는 여자이기에 당신 이외의 남자는 없습니다. 당신 이외의 남편은 없습니다. 살랑살랑 흔들리는 비단 장막 안에서 부드러운 비단 금침 아래에서 사락거리는 닥나무 이불 아래에서 가랑눈처럼 희고 싱싱한 나의 가슴을 닥나무 줄기처럼 희디 흰 나의 팔을 꼭 껴안고 사랑하소서. 옥처럼 아름다운 손을 베개 삼아 베고 두 다리를 쭉 펴고 편히 쉬시옵소서. 이 술 한 잔 받으소서! (『고지키』)

질투심이 강하기로 유명했던 스세리비메가 남편을 향해 호소하는 이 노래에는 사랑의 주는 고통과 환희, 그리고 복잡 미묘한 남녀 관계의 본질이 신과 인간을 초월해 꾸밈없이 그려져 있다. 고전문학 작품의 여러 장면에서 여성이 남성에게 바치는 술은 사랑의 서약이나 구속, 남성에 의한 여성의 정복 등을 의미하는 경우가 많지만, 적어도 이 노래에서는 그런 의미보다 남녀의 화합과 결합 쪽에 방점이 놓여있는 듯하다. 이즈모에서 야마토倭로 떠나기 위해 모든 채비를 끝내고 말에 올라 타려던 순간, 오쿠니누시는 아내가 못내 마음에 걸려 발걸음을 멈춘다. 자존심이 강해 '절대로 울지 않을 것이라고 말하지만 산기슭의 한 포기 억새처럼 고개를 떨군 채 울고 있을' 아내를 남편은 너무도 잘 알고 있 었기 때문이다. 모든 이들이 강하다고 하는 아내의 '어린 풀처럼 연약 한' 이면을 알고 있는 오쿠니누시는 어쩌면 그 화려한 여성 편력에 비 해 순정적인 남편이었을지도 모른다. 서로의 진심을 담은 노래를 부르 며 '술잔을 주고받고 서로의 목덜미를 껴안고 지금에 이르기까지 진좌 鎭坐해 있다'고 하는 두 신의 술 이야기는 참으로 인간적이다.

> ▌이 글은 이경화 「일본신화 속 술의 양상과 의미」(『일본연구』제74호, 한국외국
> 어대학교 일본연구소, 2017)를 참고하여 풀어쓴 것이다.

참고문헌

프리드리히 니체 저, 김남우 역(2014)『비극의 탄생』열린책들
지그문트 프로이트 저, 강영계 역(2013)『토템과 터부』지식을 만드는 지식
르네 지라르 저, 김진식·박무호 역(1993)『폭력과 성스러움』민음사
坂口謹一郎(2007)『日本の酒』岩波書店
秋山裕一(1994)『日本酒』『岩波新書』334, 岩波書店

의식주로 읽는
일 본 문 화

길흉화복의 특별식

신 미 진

● ● ● ●

야요이弥生 시대(기원전 10세기경~기원후 3세기중엽) 중국에서 들여온 곡물인 조는 너무 작고 단단해 물을 많이 넣어 끓이는 죽과 같은 형태로 조리해 먹을 수밖에 없었다. 이후 벼가 보급되고 물의 양이 조정되면서 오늘날의 밥과 같은 형태가 생겨나고 떡과 같은 음식물이 만들어졌다. 이후 쌀은 현재에 이르기까지 일본의 식문화에서 중요한 음식물이 된다.

이 중요한 음식물인 쌀, 즉 생명의 상징으로서의 벼를 신의 나라에서 온 것으로 보며, 쌀로 만든 떡과 주먹밥 그리고 죽에 쌀과 같은 영력이 존재한다고 믿었다. 모 하나에서 많은 쌀알이 열매를 맺는 그 벼에 위

대한 생명력을 느끼고 주력이 깃들어 있다고 믿었던 것으로 보인다.

찹쌀이 도래된 후 떡과 같은 형태의 찐밥强飯이 주식이 되었는데 현재의 찰밥으로 볼 수 있다. 현재의 밥 형태는 무로마치室町 시대(1392~1573년), 즉 600년 전에 벼농사가 성행하고 나서 보급되기 시작하였다. 또한 고대 시대 사냥에 나갈 때 휴대식으로 찹쌀을 쪄 굳힌 것을 가져 갔는데 현재의 도시락과 같이 '가지고 가는 밥'이란 의미의 이 '모치이 이持飯'가 '오모치お餅', 즉 떡이 되었다는 설도 있다.

지금은 누구나 쉽게 구입해 먹을 수 있는 죽과 떡은 옛날에는 귀한 음식으로 특별한 날, 연중행사나 집안의 축하행사, 제사 의례 때나 볼 수 있는 음식물이었다. 이 특별식이 오늘날에는 일상식과 같이 쉽게 접할 수 있는 음식물이 되었지만, 그 음식물이 상징하는 의미가 여전히 남아있어 새로 집을 짓거나 이사하거나 경사가 있을 때에 떡을 돌리는 풍습이 아직까지 행해지고 있다.

곡령에 대한 신앙은 만물에 영적인 존재가 머문다고 보는 애니미즘의 일종으로 식물 숭배의 일환이다. 일본 고대에는 음식을 얻는 행위가 사람의 노력과 더불어 신의 조력과 가호에 의해 이루어진다고 믿었다. 자연물, 즉 동식물이든 작물이든 모두 거기에는 신의 위력이 담겨있다고 보았다. 따라서 그러한 것을 먹는다는 것은 신의 영묘한 위력인 영위靈威를 체내로 흡입하여 신의 영위를 나누어 갖는 것을 의미했다. 먹는 행위는 정신적·신앙적 행위로, 사람이 살아간다는 것은 먹는 행위에 의해 늘 영혼을 증식시키고 갱신시키는 것이라고 여겼던 것으로 보인다.

하지만 고대 문학 특히 헤이안平安 시대(794~1192년)의 왕조문학 안에서는 음식을 먹고 마시는 행위를 추한 행위로 여겨 묘사 대상에서 제외해 많이 보이지는 않는다. 그 경시 풍조가 헤이안 시대에 쓰여진 와카和歌를 중심으로 하는 우타모노가타리歌物語인 『야마토 이야기大和物語』 149단에 보인다. 한 남자가 연인 관계에 있던 여인을 오랜만에 찾아갔다가 같이 있을 때의 단정한 모습이 아니라 볼품없는 옷을 입고 긴 머리가 흘러내리지 않게 대충 빗으로 꽂고 하녀를 시키지도 않고 직접 주걱으로 밥을 퍼 먹고 있는 격 떨어진 모습을 엿보게 된다. 이후 여인에게서 정나미가 떨어진 그 남자는 다시는 그 집을 찾지 않아 관계가 끊어졌다는 이야기이다.

신화시대부터 곡령신앙과 함께 특별히 성스럽게 여겨지던 곡물 쌀, 그 쌀로 만들어진 죽과 떡의 모습이 일본 고전문학 작품 안에서 어떠한 형태로 나타나고 있는지 살펴보고자 한다.

죽 끓이는 나무로 만든 지팡이로 여인의 허리를 때리는 행사

죽은 쌀로 만든 죽부터 여러 다양한 곡물로 만들어진 죽의 종류가 보이는데 쌀에 담긴 곡령신앙의 의미로 인해 신생아의 축하의례에 빠지지 않고 등장하는 특별식이었다. 당시 죽은 오늘날의 밥과 같은 형태의 가타카유固粥와 죽과 같은 형태인 시루가유汁粥가 있었다. 그리고 정월 15일에 먹는 죽은 중국에서 도입될 때는 7가지 곡물이 들어간 나나쿠사가유七草粥 형태였지만 일반적으로 팥죽의 형태로 변용되어, 1년의 나쁜 기운을 물리치는 풍습으로 해마다 행해졌다.

이러한 죽에 관한 대표 용례가 헤이안 시대의 수필집인 『마쿠라노소시枕草子』에 당시의 궁중 풍물시로 재미있게 묘사되어 있다.

【그림 1】 죽 지팡이(国会図書館蔵(1972) 『五節句稚童講釈』 『日本古典文学全集 月報18』 小学館)

정월 15일, 7가지 곡물이 들어간 죽을 임금께 올린다. 한편 귀족 저택에서는 죽 끓일 때 사용한 나무를 깎아 만든 막대기를 숨기고, 연장자인 뇨보女房와 젊은 뇨보가 틈을 엿보며 맞지 않겠노라 조심하며 계속 뒤쪽을 살피는 모습이 너무 정취 있다. 그런데 어떤 기술을 썼는지 제대로 때렸을 때는 더욱 흥겨워져 모두 같이 웃는 모습은 정말 눈이 부실 정도로 멋지다.

정월 보름에 벽사용으로 준비하는 죽을 끓일 때 타다 남은 나무를 깎아 만든 죽 지팡이粥杖로 여인의 허리를 때리면 남자아이를 낳는다는 경사慶事로서 행해진 풍습이 그려지고 있는데, 궁중의 여인들이 모두

맞지 않으려고 주위를 살피는 모습이나 몰래 가서 때리려는 모습들이
눈에 선하게 떠올라 웃음이 난다.

이 죽 지팡이의 풍습은 가마쿠라鎌倉 시대(1185~1333년)인 1306년
경에 쓰인 일기·기행문인 『도와즈가타리とはずがたり』에도 보이는데 감
히 천황의 허리를 때리는 이야기가 쓰여 있다. 정월 15일 고후카쿠사後
深草 상황上皇이 흥에 취해 자신만이 아니라, 신하인 남성 관료들까지 불
러 모아 죽 지팡이로 상황의 후궁과 뇨보들을 때리는 유희를 벌였다.
이에 도가 지나치다 생각한 후궁과 뇨보들이 억울해하며 서로 모의해
상황을 유인해 죽 지팡이로 때려 보복한다는 내용이다. 유희이지만 최
고의 신분을 가진 상황을 때리는 일은 그냥 넘어갈 수 없다 하여 때린
당사자 니조二條와 그 친인척이 유희 형태로 주연酒宴을 열거나 선물을
보내어 속죄를 한다는 이야기가 전개된다.

죽 지팡이는 나쁜 기운을 벽제하는 도구로, 그 죽 지팡이로 여성의
허리, 엉덩이 부분을 때리면 아이가 태어난다는 속신이 있었기에 이 행
사만은 궁중에서도 지위나 신분의 고하를 가리지 않고 어울려 즐길 수
있었던 것으로 보인다.

참마죽을 질릴 만큼 먹어보는 것이 소원

근대 소설가 아쿠타가와 류노스케芥川竜之介의 소설 「참마죽芋粥」의 소
재로 유명해진 『곤자쿠 이야기집今昔物語集』권 제26의 제17화 이야기에
죽에 관한 이야기가 나온다.

산에서 캐온 참마를 얇게 깎아내어 잘라, 돌외의 즙을 달여 만든 감미료를 넣어 졸여낸 참마죽은 연회의 주연 후 먹는 디저트와 같은 별미 음식이었던 것으로 보인다. 이 죽을 배부르게 먹는 게 소원이라는 나이 든 한 무사의 이야기가 소개되고 있다.

> 관백関白 고위 관료의 집안에 오랫동안 봉사해 온 오위五位라는 무사가 있었다. 연회가 끝난 후 물려나온 음식을 집안 무사들이 먹는 가운데 오위도 같이 어울려 참마죽을 먹으며 입맛을 다시면서 '부디 어떻게든 배부르게 참마죽 한번 먹어 봤으면 …… '이라고 한다. 이를 후지와라 도시히토藤原利仁가 듣고 …… (도시히토의 부자 처가댁인 쓰루가敦賀에 데려가) …… 지름 십에서 십이 센티미터, 길이 백오십에서 백팔십 센티미터의 참마가 침소 앞 처마 높이까지 쌓여 있다 …… 큰 솥 대여섯 개를 가져와 …… 참마를 끓였다. 이것을 보니 더 이상 먹을 마음도 생기지 않고, 오히려 질려버렸다. 펄펄 끓여 '참마죽이 다 됐다'라고 하니, '그럼 갖다 드려라'라고 한다. 십팔 리터가 들어갈 정도의 큰 토기그릇 세, 네 그릇에 퍼서 가져온다. 한 그릇 조차 다 먹지 못하고 '배가 터질 것 같다'고 하니, 모두 와 하고 웃는다. 그 자리에 모두 모여앉아 '손님 덕에 참마죽을 다 먹습니다'라며 저마다 농담을 건넨다.

이 이야기는 '오랫동안 한 일가에 무사로 봉사한 끝에 사람들로부터 중히 여긴 자에게는 자연스럽게 이런 좋은 일이 오는 것이다'라며 끝을 맺고 있다. 참마죽을 질리도록 먹고 싶었던 것이 소원이었던 나이 든 무사의 꿈이 이루어진 것을 말하고 있는 것으로 보인다. 이에 반해 근대 아쿠타카와의 소설에서는 꿈을 이루고 나서의 상실감이 커, 꿈을 이루기 전, 꿈을 갖고 있을 때가 좋았다는 식의 감상으로 이야기가 끝나는데, 앞의 인용문에서 알 수 있듯이 고전 속 이야기에서는 꿈을 이루어 행복해하는 모습으로 마무리를 짓고 있다. 같은 이야기이지만 시대와 작가에 따라 서로 다른 해석이 이루어지고 있어 비교하며 읽는 재미가 있다. 참마죽과 같은 죽이 당시 쉽게 먹을 수 없는, 특별한 행사 때나 보이는 귀한 음식이었다는 것을 알 수 있다.

떡으로 만든 과녁이 흰 새가 되어 날아간 사연

고대인들은 매해 똑같이 싹이 트고, 성장하여 열매를 맺고, 시드는 곡물과 인간의 일생을 겹쳐서 생각하고, 인간에게 혼이 있듯이 곡물에도 혼이 있다고 여기고, 곡령을 보호하고 모시는 것에 의해 풍작이 이루어진다고 믿었다. 그리고 벼나 쌀의 영력은 그것을 빚어 만든 술이나 찧어 굳혀 만든 떡의 경우에 더욱 증식된다고 생각했다. 떡은 신과 공식共食을 하는 향응 음식이며, 집안사람만이 아니라 주위 사람과의 유대를 강화하는 등의 정신적인 의미가 강한 음식으로 중요하게 여겨졌다.

떡이 예로부터 신묘한 음식이었다는 것을 이야기하는 전설이 나라奈良 시대(710~784년)에 편찬된 『분고노쿠니후도키豊後國風土記』 하야미 군速見郡 다노초田野町의 지명기원에 보인다. 하야미 군은 현 규슈九州의 오이타大分 현에 속한 지역이다.

다노 (군 관청의 서남쪽에 있다). 이 들판은 아주 넓고 토지가 매우 비옥했다. 밭을 개간하기에 이만한 토지가 없을 정도였다. 옛날 군 안의 백성들이 이 땅에 살며, 논농사로 많이 개간했다. 그리고 자신들의 식량으로 쓰고도 남아도는 벼를 베어 밭두둑에 방치해 놓고, 자신들의 부富에 빠져 자만해진 끝에 떡을 만들어 화살의 과녁으로 세우고 놀았다. 그 때 떡이 흰 새로 변해 남쪽으로 날아갔다. 그 한 해 동안, 농민들이 모두 멸족해 논농사를 경작할 사람이 없어져, 결국 황폐한 들판이 되어버렸다. 그 후 논농사에 맞지 않는 땅이 되었다. 이것이 지금 다노(논 들판)라고 하는 지명의 유래이다.

떡은 고대에는 서민에게는 손이 닿지 않을 정도의 귀한 음식으로, 쉽게 먹을 수 없는 것이었다. 그러한 떡을 함부로 다루고 낭비한 결과 신으로부터 벌을 받았다는 교훈적인 요소가 담겨있다. 당시의 과녁은 원형의 편평한 형태가 아니라 입체적인 구형球形이었기 때문에 떡을 과녁으로 삼을 발상이 생겨난 것으로 보인다. 떡을 화살의 과녁으로 세워 맞추려고 하자, 그 떡이 흰 새가 되어 날아가 버렸다는 것에서 흰 떡이 곡령, 쌀의 영혼으로 여겨졌다는 것을 알 수 있다. 떡, 즉 곡물 벼는 결코 함부로 다루어서는 안 되는 것, 신묘한 영성을 가진 것으로 인식되었다는 것을 살펴볼 수 있다.

또한 둥근 형태라는 점에서 오늘날의 정월 행사에 빠지지 않고 장식되는 가가미모치鏡餅가 연상된다. 둥근 떡을 이중, 삼중으로 쌓아 만든 가가미모치는 문자대로 둥근 거울 형태, 심장의 형태, 나아가 둥글고 원만한 인간의 영혼을 형상화하고 있다고 믿었다. 당시 궁중의 정월행사로 신년의 건강과 행운 그리고 장수를 바라는 의미로, 하가타메歯固め 의식과 가가미모치 의식이 같이 세트로 행해졌다. 연령年齢이라는 말에 치아를 뜻하는 한자인 치歯가 들어있는 것처럼, 건강과 장수를 위해서는 튼튼한 치아가 중요하다고 생각했던 것으로 보인다.

신선하고 깨끗한 쌀로 찧어 만든 가가미모치가 연말부터 도코노마床の
間 등에 정월의 상징물로 장식되어 신년 집집의 경건함을 유지하다가 결
국 장식으로서의 기능이 끝나는 마지막 날 단팥죽 등에 넣어져, 그 성스
러운 생명력과 좋은 기운이 사람들에게 나뉘어 부여되는 것이다. 이와
같은 전통적인 행사는 아주 풍취 있는 일본의 전통문화라고 할 수 있다.

이 행사는 헤이안 시대의 왕조 모노가타리王朝物語인 『겐지 이야기源氏
物語』의 「하쓰네初音」권에서 살펴볼 수 있다. 뇨보들이 무, 오이, 꼬치, 눌린
은어, 은어찜, 돼지고기, 사슴고기를 올린 하가타메 상을 차려 이야기의
여주인공 격인 무라사키노우에紫の上의 전도를 축복하고 있다. 그리고
그 옆에 장식된 거울 같이 둥근 떡을 이중, 삼중으로 만든 모치카가미를
감상하면서 축사를 올리며 번영을 빌고 있다. 거울 모양의 떡에는 거울
이 가지는 영혼의 본원으로서의 주술적인 마력과 영력을 가진 신성한
것이라는 의미가, 떡 자체에는 벽사辟邪의 의미가 있다고 생각했다.

공양미로 쌀이 아니라 떡을 바치고 힘이 세진 여인

헤이안 시대의 불교 설화집인 『니혼료이키日本靈異記』중권 제27화에
떡이 공양료供養料의 역할을 하는 이야기가 보인다.

여인은 고향 구사쓰草津 강 선착장에 가 옷을 빨고 있었다. 그 때 상인이 큰
배에 짐을 싣고 지나갔는데, 뱃사공은 이 여인을 보고 이런 저런 상스런 농
담을 던지며 희롱하며 놀렸다. 여인은 '그만 하십시오'라고 하며 '남에게 무

례한 언사를 하면 뺨을 심하게 맞을 것입니다'라고 덧붙여 말했다. 그 말을 들은 뱃사공은 화를 내며 배를 멈추고 여인을 때렸다.……배를 백 미터 정도 육지로 끌어올려 놓았다. 그러자 사공들은 몹시 두려워하며 여인 앞에 무릎을 꿇었다……여인은 사공들을 용서해 주었는데, 그 배는 오백 명이 끌어당겨도 꿈쩍하지 않는다. 그러므로 여인의 힘은 오백 명의 힘 이상이라는 것을 알 수 있다. 어느 경전에 '떡을 만들어 불법승의 삼보를 공양하면 금강나라연金剛那羅延의 힘을 얻는다'라고 설파하고 있다. 이를 통해, 이 여인이 전세前世에 커다란 형태의 떡을 만들어 불법승 삼보를 공양한 덕에 이런 큰 힘을 얻게 되었다는 것을 알 수 있다.

한 여인이 오백 명의 힘을 발휘해 지역질서를 유지하는 이야기로, 경전에서 설하는 것처럼 떡을 만들어 삼보三寶를 공양하는 사람은 힘이 코끼리의 백만 배라고 하는 금강역사金剛力士 나라연那羅延의 힘을 얻는다고 하고 있다. 그리고 그 여인이 강한 힘을 가지게 된 이유를 전생에 많은 떡을 만들어 삼보, 즉 부처님과 경전, 승려를 공양해서라고 이야기하고 있다.

이와 같이 떡을 통해 힘을 얻는 지카라모치力餅 유형의 이야기는 일본 전래동화인 모모타로桃太郎 이야기에서도 엿볼 수 있다. 노부부가 개울가에서 주워 온 복숭아에서 태어난 모모타로는 성인이 되자 노모가 만들어준 수수경단을 가지고 요괴섬의 요괴를 퇴치하러 길을 나선다. 그리고 여정 중에 만난 개, 원숭이, 꿩에게 먹으면 힘이 세지는 수수경단을 나눠 주어 수하로 삼아 요괴를 성공적으로 퇴치하고 돌아온다는 이야기이다. 이 영웅담 안에 떡에 신묘한 힘이 있다는 믿음과, 떡을 나누어 같이 먹는 공식 행위를 통해 같은 동족이 된다는 사상이 잠재되어 있다는 것을 알 수 있다.

혼인 삼일째 떡을 먹어야 공인된 결혼

떡은 인간의 몸에서 가장 중요한 심장의 형상, 혼魂을 형태로 한 것이라고 한다. 고대 사회부터 떡은 하얗고 원형인 구슬 모양의 형태로, 혼魂과 구슬玉은 다마たま라는 근원이 같은 말로 서로 관련성이 컸던 것으로 보인다. 고대인들은 이러한 혼의 상징과 같은 떡을 먹는 것에 의해 혼이 강화된다고 믿었다. 그리고 그 떡을 누군가와 같이 먹는 행위를 통해, 서로의 심신의 일부가 교환되어 섞인다고 생각했다. 즉 동족화 현상이 일어난다고 보았다.

이와 같은 떡은 경사 날의 음식물로, 아이 탄생 후 오십일 째, 백일 째에 부친 혹은 외조부가 신생아의 입에 떡을 물리는 탄생의례에 사용되었다. 그리고 연초에는 길일에 유아의 머리에 떡을 올리고 앞날의 행복을 비는 이타다키모치戴餅라는 의식도 행해졌는데, 이는 헤이안 시대의 일기 작품인『무라사키시키부 일기紫式部日記』에도 소개되고 있다. 또한 신혼 3일 째 신랑신부에게 제공되는 축하 떡을 미카노모치三日餅 또는 미카요노모치三日夜餅라고 하는데『겐지 이야기』안에 중요한 혼인 의식으로 이 떡 준비 장면이 그려지고 있다.

미카요노모치는 현재 황족의 결혼식에서도 행해지고 있는 귀족층의 혼인의례의 핵심이 되는 의식이라고 할 수 있다. 헤이안 시대의 혼인 형태가 신랑인 남자가 3일간에 걸쳐 빠트리지 않고 방문하여 신부와 관계를 갖는 혼례식이 제대로 이뤄져야만 사실혼이 정식 혼인으로 인정되어 혼인이 성립되는 요바이콘夜這い婚이었기 때문에, 3일간의 의례는 아주 중요했다. 그중에서 3일째 날 밤에 행해지는 공식共食 사상의 미카요노모치는 두 사람이 한 가족이 됐다는 것을 나타내는 상징적 의례물로 중요한 역할을 담당했다. 죽은 여신을 찾아 저승까지 온 남신에게 여신은 이미 황천국의 음식을 먹어 황천국 사람이 되었기 때문에 이승으로 돌아갈 수 없다고 하는 요모쓰헤구이ヨモツヘグイ 신화를 통해 공식의 구속성을 설명할 수 있다.

『겐지 이야기』에서 무라사키노우에의 혼인은 당시 남자가 여자의 집을 방문해 만나는 요바이콘과 다른 일탈된 혼인 양상을 보이고 있다. 겐지源氏의 정처 아오이노우에葵の上의 사후 사십구재四十九齋가 지난 후, 겐지는 자신의 저택으로 데려와 양녀처럼 보살피던 무라사키노우에와 사실혼의 관계를 갖게 된다. 그리고 혼인 관계 성립 후 3일 째 되는 날 은밀히 겐지의 충신 고레미쓰惟光에 의해 미카요노모치라는 혼인의 상징적인 의식이 '이노코모치亥子餅' 의례와 겹쳐 요란스럽지는 않지만 정성스럽게 마련된다.

> 그날 밤 이노코모치亥子餅를 준비해 드린다 …… 보시고, 겐지는 (서쪽 별채의) 남쪽으로 나와 고레미쓰를 불러 '이 떡을 이렇게 많이 야단스럽게 만들지는 말고 내일 저녁 이쪽에 준비해 드리도록. …… (고레미쓰는) 그 일을 아무에게도 말하지 않고 손수 자신의 집에서 준비했다. …… (무라사키노우에의 유모) 쇼나곤小納言은 설마 이렇게까지 하실 줄이야 하며 무척 기쁘게 생각하며 (겐지의) 용의주도한 자상한 마음씨에 감격의 눈물을 흘리지 않을 수 없었다. '그렇다 해도 은밀하게 우리에게 (미카요노모치 떡의 준비를) 하명해 줬으면 좋았을 것. 그 사람(고레미쓰)이 어떻게 생각했겠어요.'하며 (뇨보들과) 소곤거린다.

이러한 의식은 겐지의 정처 아오이노우에의 사후 '또 번거로운 다른 분(정처)이 생기는 것이 아닐까'하며 불안해하던 무라사키노우에의 유모 쇼나곤을 안심시키는 역할을 한다. 혼인 3일 째 떡을 먹으면, 이제 둘은 부부라고 공인되어 남자가 도망갈 수 없게 되는 것이다. 하지만 한편으로는 여자 쪽에서 떡을 준비하는 것이 관례인데, 그러한 관례를 무시한 일탈된 행위로 이후 무라사키노우에의 일생에 트라우마가 되어 열등감을 느끼게 하는 한 요인이 된다.

그리고 미카요노모치로 인해 당일에 행해지지 않은 '이노코모치' 행사는 음력 10월 첫 해일亥日에 떡을 먹으면 1년 내내 병에 걸리지 않고 많은 아이를 낳아 자손이 번영할 것이라는 중국에서 유래된 풍습으로, 여인들이 다산을 기원해 서로 떡을 준비해 주고받았다고 한다.

나가며

이와 같이 일본 고전 문학 작품에 보이는 죽과 떡의 모습을 통해 인생의례와 연중행사 속에 남아있는 일본의 식문화 전통의 한 측면을 살펴볼 수 있다.

이 외에도 고대 문학 작품 안에는 많지는 않지만 여러 가지 음식물이 보이고 있다. 고대 일본의 귀족 식사는 오늘날과 같이 하루 세끼가 아니라 하루에 주식을 두 번 먹고, 간식을 먹는 형태였다고 한다. 간식으로는 복숭아, 감 등의 과일, 우유를 끓여 만든 연유와 같은 유제품, 구운 과자 센베이, 기름으로 튀긴 도너츠와 같은 과자, 여름에는 얼음, 밥을 녹차에 말아먹는 오차즈케ぉ茶漬け와 같은 스이항水飯도 별미로 먹었던

것으로 보인다. 『겐지 이야기』「와카나若菜」 상권에 어느 봄날 뜰에서 공차기 놀이인 게마리蹴鞠를 한 후 혈기왕성한 젊은 귀공자들이 편하게 자리를 깔고 앉아 상자 위 쟁반에 수북이 담겨있는 배와 귤 같은 과일과 동백잎으로 싼 떡 등을 떠들면서 집어 먹고 있는 모습이 정취 있게 그려지고 있다.

> ▍이 글은 신미진 「일본 헤이안 시대의 문학작품에 나타난 의례식(儀禮食)의 원형 연구-곡령신앙을 중심으로」(『일본연구』제74호, 2017)을 참고하여 풀어쓴 것이다.

참고문헌

宮崎正勝(2009)『知っておきたい「食」の日本史』角川学芸出版
服藤早苗(2007)『叢書·文化学の越境13 女と子どもの王朝史』森話社
木村重利(1996)「衣·食·住の暮らし─その儀礼文化的視点─」(『儀礼文化』23, 儀礼
　　文化学会)
山中裕(1972)『平安朝の年中行事』塙書房
中村義雄(1968)『王朝の風俗と文学』塙書房
渡辺実(1964)『日本食生活史』吉川弘文館

눈과 입으로 즐기는 생선

손 경 옥

● ● ● ●

우동うどん, 소바そば, 오뎅おでん, 돈까스とんかつ, 라멘ラーメン, 스시すし 등 우리에게도 많이 익숙한 일본음식 간판들이 몰려 있다. 이 외에도 일본 요리를 파는 곳이 몇 군데 더 보이는데 바로 도쿄 하네다 국제공항 여객터미널에 자리 잡고 있는 식당가의 모습이다. 점심을 먹기에는 좀 이른 시간인데도 불구하고 벌써부터 붐비는 곳도 있고, 카운터가 보이는 초밥 가게 앞에는 자리가 나기를 기다리는 손님들이 길게 줄까지 서 있다. 방금 입국한 사람들과 출국할 사람들, 배웅하는 사람들과 마중 나온 사람들이 한데 뒤섞여 있는 듯하다. 한산한 식당을 두고도 굳이 줄을 서서 기다려야 하는 곳을 선택한 사람들은 귀찮거나 피곤한 기색은

커녕 인기 있는 음식을 맛볼 생각에서인지 한껏 들뜬 표정들이다.

많은 일본요리 중에서도 생선이 주재료가 되는 사시미刺身, 즉 생선회와 초밥은 일본을 대표하는 음식인 동시에 일본요리가 발달하게 된 근원지라고 할 수 있다. 이 두 요리는 생선을 자르기만 하는 심플한 조리법만으로 재료가 지니고 있는 특성과 맛을 최대한 살려내고 있고, 게다가 이미 오래 전부터 요리의 한 장르로 자리 잡고 있기 때문이다. 8세기 말에 성립된 일본 최초의 가집歌集 『만요슈萬葉集』에는 참도미眞鯛를 회로 먹는 모습이 등장하는데 이를 보더라도 사시미는 이미 오래전부터 일본요리의 초석에 있었다고 할 수 있다. 그렇다면 근대 이전의 일본 귀족은 어떤 생선을 좋아했고, 오늘날 일본에서는 주로 어떤 생선들을 어떻게 조리해서 먹고 있는지 일본의 식문화를 이끌고 있는 생선에 관하여 살펴보고자 한다.

일본에 귀족문화가 자리 잡기 시작한 것은 약 1,000년 전인 헤이안平安 시대(794~1192년)부터이다. 하여 일본에서 최고로 꼽히는 장편소설이면서 헤이안 귀족들의 일상을 소재로 삼고 있는 『겐지 이야기源氏物語』와 12세기 초에 성립된 것으로 추정되는 설화집 『곤자쿠 이야기집今昔物語集』을 바탕으로 일본 상류층들이 즐겨했던 생선들과 접촉해 보고자 한다. 또 일본의 고전 산문문학을 대표하는 위의 두 작품을 중심으로 살펴보는 만큼 이야기 속에서 생선이 어떤 역할을 하는지도 함께 생각해 보고자 한다.

생선요리가 발달하기까지

'먹기 위해서 사는 것인지, 살기 위해서 먹는 것인지' 누구나 한번쯤은 고민해 봤을 법한 의문이지만 어찌 되었건 인간의 삶은 먹는 것을 떼어 놓고는 이야기 할 수 없다. 각 나라마다 그 나라만의 특성과 풍토를 살린 고유한 식생활 문화가 자리 잡게 된 것도 저마다 처한 환경 속에서 여러 시대를 거치며 끊임없이 음식이 개발되었기 때문일 것이다. 사면이 바다인 일본에서 생선요리가 발달하게 된 것도 그러한 현상들과 결코 무관하지는 않을 것이다.

일본 국토는 사면 전체가 바다에 둘러싸여 있기 때문에 각종 어패류를 손쉽게 구할 수 있는 자연환경에 노출되어 있다. 사시사철 제철에 나오는 어패류를 언제든 신선한 상태로 확보할 수 있는 여건을 갖추고 있는 것이다. 반면에 섬나라라는 지리적 특성상 열매를 맺는 시기나 기후 등에 많은 제약이 따르는 농작물이나 가축 등을 키우기에는 상당한 애로가 있었을 것으로 추정된다. 그에 비해 바다는 식재료를 좀 더 안정적으로 공급 받을 수 있는 터전이었기 때문에 생선을 중심으로 한 식생활이 일찍부터 정착하게 된 것이다. 또 이러한 지리적인 요인 외에도 '육식금지령肉食禁止令'에 의하여 생선을 선호하는 식문화가 계승되면서 생선요리는 더욱 발달하게 된다.

일본에 불교가 정식으로 전래된 것은 6세기, 긴메이 천황欽明天皇의 시대로 알려져 있다. 이때 천황이 불교에 귀의하자 불교를 중시하는 풍조는 차츰 귀족사회로까지 확산되기 시작했고 동시에 식생활도 그 영향을 받게 된다. '살아 있는 것을 죽이지 말라'는 불교 계율에 따라 말이나 개, 소 등의 특정한 동물을 지정하여 육식을 금지하도록 선포한 것인데 이것이 바로 육식금지령이다. 그런 속에서도 약이라는 구실로 먹는 사람들이 있기는 했으나 드물었고, 이처럼 특수한 경우를 제외하고는 점차적으로 고기를 먹던 식습관은 사라지게 되었다. 육식을 기피하는 식단은 문명개화를 맞이할 때까지인 약 1,200년 동안 계속해서 이어졌는데 그로 인해 부족해진 동물성 단백질은 어패류나 콩 등을 통해서 섭취하게 되었다.

이렇듯 지리적인 조건과 더불어 종교적인 영향까지 받으며 계승되어 온 일본 식문화는 자연스럽게 생선 중심의 식탁이 될 수밖에 없었고 그것이 오늘날까지 이어져 일본요리에서는 빠질 수 없는 식재료로 정착하게 된 것이다. 그렇다면 주로 어떤 생선들이 인기가 있었는지 다음 장에서는 『겐지 이야기』를 통해서 헤이안 귀족들의 식생활을 살펴보도록 하겠다.

다양한 볼거리의 고기잡이와 계절감각

고대 일본인들에게 생선이란 먹거리는 부족한 단백질의 공급원이었기 때문에 영양학적인 면에서도 필수 불가결한 식재료였다. 게다가 매년 철따라 보게 되는 제철의 물고기는 순환하는 자연의 계절을 느끼게 하는 매개체적인 존재이기도 했기 때문에 생선은 음식으로 뿐만 아니라 보는 즐거움이 있는 구경거리로도 인기가 많았다. 전체 54권으로 구성되어 있고 일본 고전문학의 최고봉이라 불리는 『겐지 이야기』에서도 이와 같은 물고기의 존재를 확인할 수 있다. 이 작품은 궁중에서 일한 경험이 있는 무라사키시키부紫式部가 집필한 것으로 천황의 기준으로 하면 4대에 걸쳐, 대략 70여 년간에 걸친 귀족들의 이야기가 섬세하고 리얼하게 그려져 있다.

다음의 본문은 『겐지 이야기』 제3부의 45권 「하시히메橋姬」권의 일부이다. 빙어가 언급되는 장면인데 이야기 속에 등장하는 빙어가 어떻게 묘사되고 있고, 작품 속에서 어떤 기능을 하고 있는지 살펴보도록 하자. 가오루薰 중장中將은 이 소설의 주인공인 히카루겐지光源氏의 아내가 밀통으로 낳은 아들인데 그가 우지宇治에 있는 하치노미야八の宮의 저택을 방문하려고 나서는 길이다.

> 10월이 되고 5, 6일쯤, 가오루 중장은 우지를 방문하셨다. "그 무엇보다도 이 계절에는 빙어잡이를 보시는 게 좋을 듯 싶습니다"라고 여쭙는 사람들이 있으나, "뭘. 그 빙어는 아니지만, 하루살이와 허무감을 견주는 기분으로 빙어잡이 구경을 하는 것도 아니겠지"하시고는 그쪽은 생략하시고 여느 때처럼 매우 조용하게 출발하신다.

우지에 살고 있는 하치노미야는 주인공 히카루겐지의 이복동생이다. 한때는 동궁의 후보로까지 물망에 올랐으나 지금은 영락하여 세상 사람들로부터 잊혀진 비운의 인물이기도 하다. 그는 힘든 세상살이로 인하여 출가를 염원하고 있는데 두 딸을 보살펴줄 사람이 없어서 속세를 벗어나지 못하고 있는 처지이다. 이처럼 황자皇子로 태어나고도 의지할 곳 없는 신세가 되어 고단한 삶을 살고 있는 하치노미야는 정식으로 출가만 하지 않았을 뿐 출가한 사람들과 맞먹는 생활을 하고 있다. 가오루는 그런 식으로라도 불도에 전념하고 있는 하치노미야가 존경스럽고, 게다가 그의 아름다운 두 딸에게까지 관심이 있기 때문에 시간이 날 때마다 우지에 다녀오곤 한다. 그래서 10월의 그날도 도읍에서 우지로 가는 길이었다.

그런데 당시의 10월이라 함은 음력을 표기한 것으로 오늘날의 11월 중순 무렵에 해당한다. 연구서에 따르면 우지 강宇治川의 빙어잡이는 상당히 인기가 있었던 겨울철의 볼거리로 도읍에 사는 사람들도 일부러 구경하러 갔을 정도라고 한다. 이렇듯 작품 속에 등장하는 '빙어잡이'나 '빙어'는 그 단어만으로도 '겨울'이라는 의미를 지니고 있기 때문에 겨울의 이미지를 연상시키는 역할을 하기도 한다. 뿐만 아니라 예로부터 시가詩歌가 발달한 일본은 시를 지을 때 계절감을 매우 중시했는데, 그러한 표현을 할 때는 자연의 사물에 빗대는 경우가 많았다. 물고기도 그 중에 하나로 이를테면 일본 특유의 단시短詩인 하이쿠俳句의 계절어로 은어, 즉 아유鮎가 사용되기도 하였다. 봄은 '와카아유若鮎(팔팔한 새끼 은어)', 여름은 '아유' 내지는 '우카이鵜飼(가마우지를 이용한 낚시)', 가을은 '오치아유落ち鮎(가을에 산란하러 바다로 내려가는 은어)', 겨울은 '히오氷魚(은어의 유어)' 등 각 계절마다 정형화된 시적 계절어가 존재했다. 가급적이면 직접적인 계절 표현은 피하고 간접적으로 연상되는 자연의 사물들과 연관 지어 은유적으로 계절감을 연출했던 것이다.

앞의 『겐지 이야기』에서도 예외가 아니다. 10월이라는 시간적 배경이 제시되어 있기는 하지만, '빙어잡이'라는 단어를 첨부함으로써 겨울이라는 계절을 좀 더 사실적으로 생동감 있게 표현 할 수 있게 되는 것이다. 이로써 독자는 마치 그 겨울의 현장에 가 있는 것 같은 착각을 하게 되고, 그러한 생동감을 바탕으로 이야기가 더욱더 생생하고 리얼하게 느껴지는 것이다. 그러므로 빙어는 겨울의 계절감을 은유적으로 강조하는 기능을 하고 있다고 할 수 있다. 또 아무리 재미있는 빙어잡이의 계절이 돌아왔어도 마음이 편치 않아 가고 싶지 않은 가오루의 복잡한 심경을 간접적으로 드러내고 있는 대목이라고도 할 수 있다.

【그림 1】 참도미와 마구로 사시미 및 은어구이

　이처럼 구경거리로 즐겼던 고기잡이는 이 외에도 『겐지 이야기』 제1
부의 33권 「후지노우라바藤裏葉」권에도 등장하는데 장소는 겐지의 광대
한 저택인 로쿠조인六條院이다. 로쿠조인은 토지를 사방四方으로 나누어
각각 봄·여름·가을·겨울이라는 사계절의 정취를 모아 놓은 겐지의 저
택이다. 겐지가 서른다섯 살이 되던 해인 8월에 조영되어 각 계절에 어
울리는 여성들과 함께 살고 있다.

　겐지 나이 서른아홉 살이던 해, 레이제이 천황冷泉天皇과 스자쿠인朱雀
院이 로쿠조인으로 행차를 한다. 음력 10월 20일이 지났을 무렵인데 대
단히 귀한 손님들을 맞이하게 된 겐지는 성대한 접대를 하기 위하여 온
갖 정성을 쏟으며 만반의 준비를 한다. 그중, 다음은 천황들의 행렬이
지나는 곳에 가마우지鵜라는 새를 풀어놓고 물고기를 잡게 하여 그것
을 볼거리로 제공하는 장면이다.

동쪽에 있는 연못에 배를 몇 척 띄워 놓고, 궁중의 어주자소御厨子所(수라간) 소속으로 있으면서 가마우지를 길들이는 수장과 로쿠조인 소속으로 가마우지를 길들이고 있는 양쪽 수장을 불러 가마우지를 풀어놓고 물고기를 잡게 하였다. 가마우지가 작은 붕어를 몇 마리나 물고 있다. 새삼스럽게 보여 드리는 행사는 아니었으나 지나는 길에 보시도록 하나의 재미로 마련한 것이다.

야생인 가마우지는 잠수해서 물고기를 잡는 새이다. 고대부터 일본은 가마우지를 길들여서 물고기를 잡는 낚시도구로 이용했는데 오늘날까지도 전통적인 볼거리로 남아 있다. 위의 본문에서는 가마우지가 붕어를 잡고 있는 모습이지만 붕어뿐만 아니라 은어를 잡는 새로 더 유명하다.

한편 가마우지로 물고기를 잡는 것을 우카이鵜飼い라고 하는데 헤이안 시대는 물론이고 나라奈良 시대(710~794년) 이전부터 이미 행해졌던 것 같다. 일본 최초의 율령서인 대보율령大宝律令(701년)에는 가마우지를 다루었던 여성의 이름이 기록되어 있고, 이 외에도 일본에서 가장 오래된 역사서인 『고지키古事記』(712년)와 『니혼쇼키日本紀』(720년)에 기록되어 있는 가요歌謠 등에서도 우카이의 존재가 확인되기 때문이다. 이러한 자료들을 통해서 우카이는 약 1,300년 전부터 전해져 오는 전통적인 낚시 방법이라는 것을 알 수 있다. 연구서에 따르면 통상적으로 우카이는 '초여름에서 초가을'까지, 그리고 우지 강에서 열리던 빙어잡이는 '겨울'에 매우 성행했다고 한다.

그런데 겐지의 로쿠조인에서는 우카이가 음력 10월 20일이 지난 즈음인 초겨울에 등장하고 있어 시기적으로는 맞지 않는 설정이 되고 있다. 게다가 정확하게 기술하고 있는 날짜는 초겨울이라는 계절을 부각

시켜 우카이의 계절이 아니라는 것을 오히려 더 강조하려는 것처럼 보이기까지 한다. 따라서 이 부분은 작가가 의도적으로 설정한 장면이라고 할 수 있다. 표면적으로는 여름이 제철인 볼거리를 겨울에 기획함으로써 성의를 다하여 특별한 대접을 하고자 했던 겐지의 정성을 표현하고자 했을 것이다. 다른 한편으로는 영화의 극치를 누리고 있던 겐지의 인생에서 생각지도 못한 고뇌와 번뇌가 곧 시작될 것임을 알리는 전주곡으로 우카이가 등장하고 있다고 할 수 있다.

즉 가마우지는 자신이 잡은 물고기를 자기 것으로 취하지 못하고 도로 뱉어내야만 하는데 겐지에게도 이러한 상황이 다가오고 있음을 우카이를 통해서 암시하고 있는 것이다. 마흔 살의 겐지는 바로 다음 권인 34, 35권의 「와카나若菜」상하권에서 열네다섯 살의 어린 황녀인 온나산노미야女三宮와 결혼을 하는데 얼마 지나지 않아 온나산노미야가 가시와기柏木와 불륜을 저지르고 만다. 겐지는 아내로 맞이한 온나산노미야를 온전하게 자신의 부인으로 취하지 못하고 다른 남자에게 빼앗기게 되는 것인데 이는 겐지와 가마우지의 처지가 완전히 일치하는 장면이라고 할 수 있다. 작가는 이러한 이야기의 전개를 위해서 시기적으로 맞지 않았던 우카이의 볼거리를 천황들을 접대한다는 구실로 등장시켰던 것이다.

그것을 뒷받침하고 있는 것이 바로 가마우지의 등장 시기이다. 우카이가 나오는 「후지노우라바」권은 겐지가 최고의 전성기를 누렸던 제1부의 마지막 권에 해당한다. 그 중에서도 이야기가 끝나가는 거의 마지막 부분에서 가마우지가 등장하는데 이것은 다음 권으로 이어지는 제2부의 「와카나」상하권에서 펼쳐질 겐지의 모습을 간접적으로 보여주고 있는 것이다. 따라서 우카이는 가마우지의 모습과 겐지의 모습이 정교하게 맞물려 있는 것으로써 겐지가 곧 겪게 될 고뇌의 시작을 알리는 암시적인 장면이라고 할 수 있다.

이렇듯 메타포적인 요소로도 기능하고 있는 물고기는 눈을 즐겁게 하는 볼거리로 뿐만 아니라 친목 모임이 많았던 헤이안 귀족들의 상차림에서도 빠지지 않는 단골 식재료였다. 히카루겐지도 자신을 찾아온 손님들에게 생선요리를 대접하며 본인도 같이 어울려 먹는 모습을 보여주기도 한다. 다음 장에서는 보는 즐거움뿐만 아니라 먹는 즐거움까지 주는 생선이 이야기 속에서 어떤 역할을 하고 있는지 살펴보도록 하자.

생활을 풍요롭게 하는 생선요리

고대 일본인들이 즐겨 먹었던 생선은 많은 기록으로 남겨져 있다. 앞에서도 확인했듯이 헤이안 시대에는 빙어, 붕어, 은어 등 주로 민물 생선을 즐겼다는 것을 알 수 있다. 겐지의 로쿠조인에서 가마우지가 잡았던 붕어는 그 뒤에 음식으로 조리되어 천황을 비롯한 귀족들의 상에 올려졌다. 이렇듯 생선은 규모가 큰 연회에서는 물론이고 일반적인 접대 음식으로도 두루 사용되었는데 『겐지 이야기』「도코나쓰常夏」권을 통해서 확인해 보도록 하겠다. 다음 장면은 어느 무더운 여름날 겐지가 아들 유기리와 함께 더위를 식히고 있는 중인데 마침 내대신內大臣의 아들들이 찾아오자 생선을 비롯한 여러 음식들을 대접하며 겐지도 함께 먹고 있는 중이다. 로쿠조인의 여름, 겐지와 귀족들은 화기애애한 분위기 속에서 한창 이야기꽃을 피우고 있다.

대단히 무더운 날, 겐지 대신은 동쪽 연못의 정자로 납시어 선선한 바람을 쐬신다. 유기리 중장도 옆에 계신다. 가까이 출입하는 여러 당상관들이 와 있어 가쓰라 강桂川에서 잡아 헌상한 은어와 가까운 가모 강賀茂川에서 잡은 꺽저기 등의 생선을 대신 앞에서 요리하여 올린다. 여느 때처럼 내대신의 아들들이 중장이 있는 곳을 찾아서 이쪽으로 왔다. 겐지 대신은 "심심하여 졸리던 참이었어요. 마침 잘 왔어요"라고 하시며 술을 드시기도 하고, 얼음물을 마시기도 하면서, 찬물에 만 밥을 모두가 먹성 좋게 먹는다.

위의 장면은 '대단히 무더운 날'로 시작되는 「도코나쓰」권의 첫 부분이다. 한여름이란 것을 단번에 알 수 있는데 은어, 얼음물, 찬물에 만 밥 등으로 인하여 무더운 여름이 더욱 강조되고 있다. 이날 모인 사람들은 겐지 부자를 제외하고도 모두들 내로라하는 신분을 가진 귀족들이다. 겐지 집안과 친분이 두터운 내대신의 아들들과 당상관들까지 모여 있는 자리이니만큼 겐지도 융숭한 대접을 하고 있다. 일견 찬물에 만 밥으로 인하여 성의 없는 소박한 대접으로 오인할 수도 있는데 사실은 그렇지 않다.

헤이안 시대에는 당연히 냉장고가 없었다. 그래서 얼음은 한정된 귀족들만이 누릴 수 있는 사치품의 하나였는데 저장된 얼음의 양도 많지 않아서 그야말로 귀한 손님들에게만 대접할 수 있는 것이었다. 은어도 마찬가지이다. 맑게 흐르는 물에서만 사는 은어는 수박이나 오이와 같은 신선한 향을 지니고 있어서 향어香魚라고도 불렸다. 살이 매우 연하면서 담백한데다가 말리거나 조리를 하면 저장도 가능했기 때문에 귀하게 대접받던 생선이다. 특히 이 날은 겐지 대신과 손님들이 보는 바로 눈앞에서 생선을 요리하여 올렸는데 연구서에 따르면 요리하는 모습을 보여 주는 것은 당시로는 대단히 파격적인 행위였다고 한다. 겐지는 천황들이 로쿠조인에 행차했을 때와 마찬가지로 귀한 손님들을 맞이할 때는 진귀한 음식뿐만 아니라 특별한 볼거리까지 제공하여 최대한 성대하고 특색 있는 대접을 하려고 했던 것 같다. 요즘으로 치면 마치 이벤트의 달인 같은 모습이다. 이렇듯 생선은 눈과 입을 동시에 만족시키는 볼거리와 먹을거리라는 즐거움의 요소를 모두 갖추었기 때문에 크고 작은 행사나 접대음식에서 빠지지 않는 존재였던 것 같다.

귀족들이 즐겨 먹던 은어는 나라시대 초기의 지리서인 『후도키風土記』(713년)를 포함하여 8세기 말에 성립된 『만요슈』와 『곤자쿠 이야기집』 등에도 그 기록들이 남겨져 있다. 다음으로는 『곤자쿠 이야기집』 제28권의 23화에서 은어를 먹는 장면을 살펴보고자 한다. 궁중에서 태정관太政官의 차관次官으로 근무하고 있는 중납언中納言의 이야기이다.

중납언은 사려 깊고 현명한데다 학식까지 갖춘 인물이었는데 지나친 비만이라는 것이 흠이라면 흠이었다. 어느새 본인도 괴로울 정도로 뚱뚱해지자 의사에게 처방을 받은 대로 겨울에는 뜨거운 물에 만 밥을, 여름에는 찬물에 만 밥을 계속 먹었지만 오히려 더 살이 찌게 되었다. 그러자 6월의 어느 날, 다시 의사를 불러 본인의 밥 먹는 모습을 보여주게 된다. 의사가 보는 앞에서 하급 무사에게 평소에 먹던 대로 밥상을 차려오게 했더니 썰지도 않은 9cm정도의 말린 오이를 10개 정도, 거기에 더하여 크고 넓적한 은어초밥을 30개쯤 담아 왔다. 그리고 주걱으로 몇 번을 퍼 담아 놓고 수북이 쌓은 밥 가장자리에 물을 조금 부어 놓은 그릇도 있다. 이처럼 평소에 먹던 대로 전부 갖추어지자 중납언은 밥상을 끌어당겨 먹기 시작한다.

우선, 말린 오이를 세 입 정도에 먹어치우는데 세 개 정도 먹는다. 그 다음에는 은어초밥을 두입 정도에 먹어 치우는데, 대여섯 개를 쉽게 먹어 치웠다. 다음에는 물에 만 밥을 끌어당겨 두 번 정도 젓가락으로 휘저으셨다고 생각했을 즈음에 밥이 다 없어졌기 때문에, "더 담아"라고 하고는 밥그릇을 내미신다. 이것을 본 의사는 "물에 만 밥만 계속 드신다 하더라도 이런 식으로 드신다면 앞으로도 살이 안 찔 리가 없습니다"라고 하고는 도망쳐 나왔다. 그리고는 나중에 이 일을 다른 사람에게 말하며 박장대소를 했다.

설화집은 실제 있었을 법한 일을 기반으로 성립하기 때문에 현실의 일상적인 삶의 이야기와 무관하지 않다. 중납언의 다이어트 이야기가 전혀 낯설게 느껴지지 않고 오히려 일말의 공감이 가는 것도 바로 그러한 연유에서 일 것이다. 또 계절적으로 음력 6월은 여름이기 때문에 역시나 은어까지 밥상에 올라와 있다. 이렇듯 특정 계절을 상징하는 생선이나 사물 등은 그 이야기가 마치 진짜인 것처럼 이야기 속에 현실감을 불어 넣는 역할로서 그 기능을 한다. 위의 이야기에서도 은어를 등장시킴으로써 독자들을 이야기 속의 여름으로 좀 더 바짝 끌어들이고 있다고 할 수 있다.

한편 중납언이 먹었던 '은어 초밥'은 우리가 현재 먹고 있는 초밥과는 다른 것 같다. 이 시대의 은어 초밥이란 소금에 절인 은어를 밥과 혼합해서 숙성시킨 음식으로 오늘날 일컫는 초밥하고는 전혀 다른 형태인 발효식품의 하나로 봐야 할 것이다. 그렇게 보면 중납언이 먹었던 은어초밥은 밥반찬으로 먹은 부식이었을 것으로 추정되는데 이처럼 아무리 동일 재료의 생선이라 하더라도 시대에 따라서 조리법의 형태가 약간씩 달랐던 것 같다.

171

길한 생선과 흉한 생선, 그리고 오늘날의 생선요리

생선을 이용한 일본요리의 특징은 재료 본연의 특색이나 맛, 계절감을 살리는 데 중점을 두는 것에 있다. 그래서 제철에 확보되는 신선한 생선을 가지고 대체로 약하게 간을 하는데 교통이나 보관기술이 발달하지 않았던 시대에는 신선한 것은 회, 선도가 떨어지면 구이, 좀 더 떨어지면 조림으로 만드는 것이 일반적이었다. 물론 그러한 문제점이 해결된 오늘날에는 재료의 특성에 어울리는 조리법으로 생선이 지닌 감칠맛을 최대한 끌어내는 것에 중점을 두고 요리를 하고 있다. 그 좋은 예가 붉은 생선살의 왕으로 불리는 마구로鮪, 즉 참치이다.

마구로는 심플하지만 생선 본연의 맛을 최대한 느낄 수 있는 사시미, 즉 '회'로 먹는 대표적 생선 중에 하나다. 오늘날에는 부위에 따라 가격이 천차만별인데 이렇게 귀한 대접을 받기 시작한 것은 의외로 얼마 되지 않았고, 하물며 마구로의 꽃으로 통하는 '오토로大とろ'는 버려지기까지 했다. 고대 일본에서는 마구로를 '시비'라는 이름으로 불렀는데 시비しび는 죽음을 의미하는 '시비死日'의 발음과 같았기 때문에 꺼려지는 흉한 생선으로 분류되었던 것이다. 게다가 흰 살 생선의 담백한 맛을 좋아했던 귀족들의 입맛에도 맞지 않았기 때문에 에도江戸 시대(1603~1867년) 초기까지는 하층민의 생선으로 알려져 있었다. 거기에 더하여 냉장고가 없었던 시대였기 때문에 금방 상하는 점도 저급으로 취급되는 이유 중에 하나였을 것이다. '시비'로 불린 기록은 『만요슈』와 헤이안 시대의 『와묘루이주쇼倭名類聚鈔』 등을 통해서도 확인할 수 있다.

에도시대에 와서야 비로소 에도에서는 '시비'로 부르던 참치를 '마구로'로 바꿔 부르기 시작했다. 또한 에도시대 후기에는 식초를 섞은 밥 위에 어패류를 올린 초밥, 즉 오늘날 우리가 먹고 있는 '스시鮨'가 등장하기 시작하는데 이때부터 마구로도 간장에 절인 형태로 먹기 시작한다. 그러나 마구로는 여전히 하급 생선의 부류였고, 냉동기술이 발달한 근대 이후에 들어서면서부터 드디어 고급생선으로 인정받기 시작한다. 현재 일본에서는 각종 요리의 용도에 맞게 여러 가지 크기로 잘라져 있는 마구로를 아주 소량도 손쉽게 구매할 수 있기 때문에 일반 가정의 식탁에도 자주 올라오는 생선 중에 하나다. 구매한 그대로 회로 먹기도 하고, 마구로를 주사위 크기로 썰어서 갈은 마와 섞은 후 와사비와 간장으로 간하여 먹기도 한다. 또는 마구로와 잘게 썬 오이, 파프리카, 샐러리, 당근, 마 등의 채소에 낫토納豆와 메추리알의 노른자를 섞어서 간장으로 간을 한 후 기름을 바르지 않은 마른 김에 싸서 먹기도 한다.

이외에도 에도시대에는 장어구이, 덴푸라, 스시, 오뎅 등 생선으로 만든 요리가 등장하기 시작한다. 이 음식들은 주로 노점상에서 먹던 것으로 주문하기만 하면 바로바로 나오는 에도시대의 대표적인 패스트푸드였다. 서민생활을 기조로 하여 제작된 우키요에浮世絵「명소에도백경名所江戸百景」에는 행상에서 오뎅을 팔았다는 기록이 남겨져 있다.

한편 이처럼 천대를 받았던 마구로와는 대조적으로 예나 지금이나 길한 생선으로 여겨지며 품격 높은 물고기로 통하는 것도 있다. 바로 흰 살 생선의 왕이라고도 일컬어지는 '참도미真鯛'이다. 참도미는 오늘날의 성인식이나 결혼식과 같은 주요 행사나 축하자리에 메인 요리로 등장하고 있고, 가장 뛰어난 것을 표현할 때도 '생선은 도미魚は鯛'라는 속담을 쓸 정도로 격이 높은 생선이다. 이처럼 오랜 세월 동안 한결같

173

이 최고로 인정받고 있는 이유는 참도미가 지니고 있는 색, 모습, 특성, 맛 등의 가치가 높이 평가되고 있기 때문이다.

참도미의 색깔은 나쁜 기운은 물리치고 좋은 기운을 불러들인다는 붉은 색을 띠고 있다. 게다가 다부져 보이는 머리와 단단하고 견고하게 온몸을 감싸고 있는 커다랗고 딱딱한 비늘은 마치 갑옷을 입고 있는 강한 무사의 형상에 부합되기까지 한다. 또, 긴 수명과 지방이 적어서 쉽게 상하지 않는 성질, 그리고 깔끔하고 담백한 맛과 어떤 조리법과도 비교적 잘 어울린다는 특징 때문에 맛에서도 따라올 만한 생선이 거의 없다고 할 수 있다. 비린내가 거의 없는데다가 회로 먹으면 쫄깃한 식감이 일품이고, 간장으로 졸이면 부드럽고 쫀득하면서도 담백하다. 구우면 탱글탱글하고 통통 튀는 식감과 깔끔한 맛을 느낄 수 있다. 하물며 밥을 지어도 비리지 않고 맛있다.

참도미는 무사 정권이었던 에도 시대에도 참도미만이 지니고 있는 모양과 맛 때문에 지배층이었던 장군들이 즐겨 먹던 생선이다. 보리멸鱚 또한 도쿠가와德川 가문의 장군들이 조식으로 먹던 단골 생선이었는데 보리멸이라는 이름 자체가 '물고기 어魚+기쁠 희喜'의 뜻을 담고 있기 때문에 도미와 마찬가지로 좋은 기운을 불러들이는 길한 생선으로 여겨졌다. 오늘날의 보리멸은 마트에서도 쉽게 접할 수 있는 생선인데 지방이 거의 없는데다가 살이 부드럽고 연해서 굽거나 튀기는 요리에 적당하다. 보통은 덴푸라天ぷら로 만들어서 소금이나 무를 갈아 넣은 튀김간장에 찍어 먹거나, 밥에 올려서 소스를 뿌린 덴동天丼의 형태로 많이 먹는다. 이 외에도 일본요리는 생선을 튀긴 요리가 많은데 붕장어穴子나 전갱이鰺, 광어鮃, 아귀鮟鱇, 복어河豚 등을 튀김 재료로 많이 쓰는 편이다.

【그림 2】 도미 조림 　　　　　　【그림 3】 스시, 덴푸라, 우동 세트 정식

　현대 일본인들이 즐겨 먹는 생선요리는 가열하지 않은 회나 스시를 가장 선호하는 듯 하고, 그 외에는 튀기거나 구이, 또는 조리거나 끓여서 먹는 음식의 형태가 주를 이룬다. 대체로 조식으로는 구이를 선호하는 편인데 계절에 따라 연어, 은어, 고등어, 꽁치, 전갱이 등의 생선을 많이 먹는다. 조림이나 튀김은 주로 점심이나 저녁 메뉴로 즐기며 광어, 고등어, 방어, 볼락, 도미 등 제철에 나는 것으로 먹는다. 그런데 최근에는 튀김요리처럼 재료 손질이나 뒷정리에 손이 많이 가는 음식들은 만들어진 것을 구입하거나 외식하는 경우가 더 많다. 이외에도 가족이나 친지들이 모인 홈파티에서는 커다란 냄비를 테이블 가운데에 올려놓고 먹는 전골요리를 많이 선호하는 편이다. 특별한 음식솜씨가 필요 없고, 즉석에서 끓이면서 먹기 때문에 요리를 해야 하는 부담이 없기 때문이다. 게다가 냄비에 들어가는 주재료만 바꾸면 다양한 전골요리로 즐길 수 있기 때문에 이유 있는 각종 모임에 적격이기도 하다.

나가며

초밥 가게가 보인다. 이른 점심시간이었는데도 사람들이 길게 줄을 서서 기다렸던, 카운터가 보이는 하네다 국제공항 여객터미널의 그 초밥 가게다. 이번에는 점심때가 훨씬 지났는데도 가게 안에는 빈자리가 없을 정도다. 그 근처에 있는 또 다른 음식점으로 고개를 돌려 보니 가게 안은 한산한데 입구에 놓여 있는 음식모형 진열장 앞에는 구경하는 사람들로 제법 붐비고 있다. 가까이 가서 자세히 보니 실물과 똑같이 먹음직스럽게 만들어 놓은 닭꼬치와 덴푸라 그리고 소바의 음식모형이다. 입국한 사람들과 출국할 사람들, 배웅하는 사람들과 마중 나온 사람들이 뒤섞인 가운데 누구라고 할 것도 없이 한 끼 식사가 될 메뉴를 고르는데 의외로 신중한 모습이다. 지금 고르고 있는 음식 메뉴는 오늘, 이 시간이 지나면 과거의 추억으로 남을 것이기에 이왕이면 맛있고 좋은 기억으로 남을 만한 음식을 선택하고 싶어서일 것이다.

그런 의미에서 음식은 '기억의 보관 창고'이다. 어느 장소에서 무엇을 먹었고, 누구와 같이 있었을 때 먹었고, 언제 먹었고, 뭐하고 있을 때 먹었고, 어떤 기분일 때 먹었고, 특별한 음식이었는지 아니면 평범한 음식이었는지 등의 어떤 특정한 음식을 먹음으로써 그 음식을 먹었을 때의 주변 상황에 대한 기억을 떠오르게 만든다. 그래서 음식은 '기억의 보관 창고'이다.

문학작품 속에 등장하는 음식도 마찬가지이다. 이야기 속에서 음식은 등장인물들을 기억하게 하는 또는 기억해 내게 하는 역할을 한다. 그리고는 그 음식을 둘러싸고 모여든 사람들의 행동과 심리가 나타나기도 하고, 술인지 요리인지 등장하는 그 음식의 종류에 따라 이야기 속의 현장 분위기가 바뀌기도 한다. 작가는 음식이라는 매개체를 통해서 전달하고자 하는 메시지를 은근히 숨겨 놓기도 하고 앞으로 일어나게 될 사건을 미리 암시하기도 한다. 또 시간의 흐름을 유도하거나 특정한 계절감을 강조하는 기능 등으로 그 역할을 부여해 놓기도 한다. 가령 제철 음식을 등장시킴으로써 시간의 경과, 즉 순환하는 계절을 입체화시켜 이야기 속의 무대가 진짜인 것처럼 현실감을 불어 넣는 역할을 하게끔 작동시키는 것이다.

그래서 아무리 빙어잡이의 계절이 돌아왔어도 복잡한 심경의 가오루는 그것을 보러 갈 마음의 여유가 없는 것이다. 제철이 아닌 우카이의 진귀한 볼거리는 천황들을 향한 겐지의 마음이 엿보인다. 그러나 잡았던 물고기를 다시 뱉어내야 하는 가마우지처럼 겐지 또한 「후지노우라바」권까지 누려왔던 영화가 서서히 붕괴되는 위기에 처하게 되는 것이다. 요리하는 과정을 지켜본 겐지의 친지들은 생선을 손질하는 칼놀림에 놀라고, 특별한 이벤트로 맞이해준 겐지의 환대에 놀랐을 것이다. 『곤자쿠 이야기집』에서 중납언에게 다이어트 처방을 내렸던 의사는 앞으로도 은어 초밥만 보면 웃음을 참지 못할 것이다.

참고문헌

渡辺実(2007)『日本食生活史』吉川弘文館
野間佐和子(2004)『日本食材百科事典』講談社
日向一雅(2004)『源氏物語-その生活と文化-』中央公論美術出版
池田亀鑑(1978)『平安時代の文学と生活』至文堂

의식주로 읽는
일 본 문 화

돔배기와 상어덮밥으로 보는 한일문화교류

홍 성 목

• • • •

　예부터 바다와 함께 살아온 일본인들에게 상어는 특별한 존재였다. 다른 어류에서는 볼 수 없는 사람을 공격해서 잡아먹는 상어는 대단히 사납고도 위험한 두려움의 대상이었다. 고대 일본인들은 해신이 바다를 지배한다고 믿었다. 그러므로 바다에서 상어와 조우하고도 무사히 살아 돌아온 사람들은 해신에게 대한 감사와 함께 상어를 바다의 신이나 신의 사자로 신성시하는 의식이 생겨났고 상어의 이빨과 뼈에는 마魔를 물리치는 효험이 있다고 믿게 되었다. 이러한 상어에 대한 영적인 신앙은 조몬繩文 시대와 야요이弥生 시대의 유적에서 다량으로 출토된 상어 이빨과 뼈를 이용한 장신구에서도 알 수 있다. 그 중에서도 신생

179

아의 목에 상어 뼈로 만든 목걸이가 걸려 있었는데 이는 태어나자마자 저승으로 떠나간 아이의 혼이 방황하지 않게 해달라는 기원을 담은, 마를 물리치는 위한 장신구였다. 이러한 상어에 대한 인식은 『고지키古事記』와 『니혼쇼키日本書紀』, 『후도키風土記』 등 일본의 신화와 전설을 전하는 책 속에 상어와 관련된 여러 에피소드에 잘 나타나 있으며 동해와 접한 일본의 산인山陰 지방에서는 상어와 관련된 전설과 설화를 비롯하여 상어를 이용한 여러 음식이 현재까지 전해지고 있다.

그렇다면 삼면이 바다인 한국에서는 어떨까. 고대 한국의 신화와 전설을 전하는 『삼국사기』와 『삼국유사』에 상어는 등장하지 않는다. 하지만 고대 한반도, 특히 신라에는 상어와 관련된 특별한 주술적 의식과 관념이 존재했다고 보인다. 이는 경상도 지방에서 해안뿐만 아니라 대구를 비롯한 내륙에 위치한 신라 유적 발굴조사에서 의식과 점복占卜에 사용된 여러 동물의 뼈와 함께 상어 뼈가 다량으로 출토된 점에서 잘 알 수 있다. 경상도 지방에서는 상어고기인 돔배기를 먹는데 신라와 관계 깊은 일본의 산인 지방에서도 상어고기로 만든 여러 요리를 먹는다는 점 또한 흥미롭다. 이 글에서는 일본 신화에 등장하는 상어와 관련된 에피소드와 한일 양국의 상어와 관련된 요리를 소개하고 이러한 상어 이야기에 담긴 고대 한일 문화 교류의 편린을 찾아보고자 한다.

상어를 속이다 가죽이 벗겨진 토끼 이야기

고대 일본에서는 와니ワニ라 하면 상어鮫를 뜻하는 말이었다. 이는 이나바稻羽의 흰토끼素兎 신화나 야마사치우미사치山幸海幸 신화에 등장하는 상어를 와니로 표기한 것에 기인한 것이다. 그런데 현대일본어에서 와니는 파충류인 악어鰐를 뜻한다. 이는 헤이안平安 시대(794~1192년) 중기에 제작된 사전인『와묘루이주쇼和名類聚抄』에 악어鰐를 와니ワニ로 훈독하고 '와니는 자라와 닮았는데 다리는 넷, 주둥이는 3척이고 이빨이 대단히 날카로우며 호랑이나 큰 사슴이 강을 건널 때 이를 공격하여 잡아먹는다'라는 설명에 근거한 것이다. 와니는 현대 일본어로 악어를 뜻하지만 옛날에는 상어로 사용되었기 때문에 대부분 일본어사전의 와니 항목에는 상어의 옛 말이라는 설명이 있다. 그러므로『고지키』,『니혼쇼키』,『후도키』 등에 상어는 대부분 와니라는 이름으로 등장한다. 가장 유명한 것이『고지키』에 전하는 이나바의 흰 토끼 신화인데 그 내용은 다음과 같다.

오쿠니누시大国主神와 형인 야소가미八十神들이 이나바의 야카미히메八上比売에게 청혼을 하러 떠날 때 형들은 오쿠니누시에게 자루를 짊어지고 따라오게 하였다. 형들 일행이 게타노사키気多の前에 도착했을 때 가죽이 벗겨진 토끼가 땅에 엎드려 있었다. 오쿠니누시의 형들이 토끼에게 "바닷물로 몸을 씻고 바람을 맞으며 산 위에 누워있어라"라며 치료법을 가르쳐 주었다. 토끼는 시키는 대로 하고서 산 위에 누워있자 피부가 모두 갈라져 괴로워서 울고 있었다. 그때 형들의 뒤를 따라 온 오쿠니누시가 토끼를 보고 우는 연유를 묻자 "저는 오키淤岐 섬에 있다가 이쪽으로 건너오려고 생각했습니다만 방법이 마땅치 않았습니다. 그래서 바다에 있는 상어和邇에게 '나와 네 일족의 많고 적음을 겨루어보자. 네 일족을 모두 데리고 와서 이 섬에서 게타노사키까지 줄지어 있으면 내가 그 위를 밟고 건너면서 수를 세겠다. 그렇게 하면 누가 더 많은지 알 것이 아니냐'라고 속여 말하자 상어들이 줄지어 엎드렸습니다. 제가 그 위를 밟으면서 이리로 건너 와서 땅에 내리기 직전에 '너희들은 나에게 속은 거다'라고 말하였더니 말이 끝나자마자 마지막에 있던 상어가 저를 붙잡아서 가죽을 모두 벗겨버렸습니다. 때문에 괴로워하고 있을 때 먼저 온 분들이 저에게 바닷물로 몸을 씻고 바람을 맞으며 누워 있으라고 가르쳐 주셔서 그대로 했더니 온몸이 갈라져 괴로워서 울고 있는 것입니다"라고 사연을 말해주었다.

그러자 오쿠니누시는 토끼에게 "지금 서둘러 강가로 가서 담수로 몸을 씻고 나서 부들꽃 가루인 포황蒲黃을 땅에 깔고 그 위에 누워서 뒹굴면 너의 몸은 반드시 원래대로 나을 것이다"라고 가르쳐 주었다. 토끼는 오쿠니누시가 시키는 대로 따랐더니 몸이 원래대로 돌아왔다. 이 토끼가 바로 이나바의 흰 토끼이며 야소가미들이 아닌 오쿠니누시가 야카미히메와 결혼하게 될 것을 예언한다.

이 에피소드의 주인공인 오쿠니누시는 일본 신화의 계보에 의하면 신라와 관계 깊은 스사노오의 아들, 혹은 6세손, 또는 7세손으로 기록되어 있다. 오쿠니누시는 위의 에피소드 이후 이어지는 형들의 박해를 피해 네노쿠니根之国로 도망가 그곳을 지배하는 조상신인 스사노오의 딸과 신기神器를 얻어 지상의 지배자가 된다. 이처럼 오쿠니누시가 지상의 지배자가 되는 데 결정적인 조력을 한 스사노오는 일본 신화의 최고신인 아마테라스와 함께 생겨난 귀한 세 신三貴神의 하나이다. 난폭한 성격과 행동으로 인하여 아마테라스가 동굴로 숨어버리고 세상이 어두워지는 소동이 발생하자 신들이 그 책임을 물어 지상 세계로 추방하였다. 그 후 이즈모에서 야마타노오로치를 퇴치하고 구시나다히메와 결혼하는 등 영웅신적 면모를 보인 후 요미노쿠니黃泉国로 갔다고 전한다. 그런데 스사노오는『니혼쇼키』일서에 의하면 천상 세계(다카마가 하라高天原)에서 쫓겨나 지상으로 내려올 때 먼저 신라로 내려왔다가 그 후 이즈모로 건너갔다고 한다. 많은 선행연구자들은『니혼쇼키』의 이 기술을 근거로 스사노오가 원래 한반도, 특히 신라의 신이었으며 스사노오의 활약은 당시 일본으로 건너 온 신라인들의 활약과 문화 전파를 담고 있으며 후에 불교와 습합하여 우두천왕牛頭天王이 되었다고 본다.

즉 스사노오와 오쿠니누시의 신화는 산인 지방으로 건너 온 신라 사람들의 활약을 어느 정도 반영하고 있다고 볼 수 있으며, 이나바의 흰 토끼 신화에 상어가 등장하는 것은 당시 신라에 존재했던 상어와 관련된 문화가 신라인들에 의해 일본으로 유입되면서 동남아시아의 인도네시아나 동인도 제도 등에 전해지는 지혜로운 동물이 어리숙한 수중 동물을 속여 강이나 바다를 건너는데 성공한다는 동물 전승과 융합되는 과정에서 생겨난 것으로 보인다.

초대 천황의 할머니는 상어

『고지키』와『니혼쇼키』에는 상어에 관한 또 하나의 신화가 실려 있다. 지상 세계를 다스리기 위하여 하늘에서 내려온 천손 호노니니기番能邇邇芸는 산신의 딸인 고노하나노사쿠야비메木花之佐久夜毘売와 결혼하여 세 명의 아이를 낳는다. 이 중 막내인 호오리火遠理命는 형인 호데리火照命의 어구漁具를 빌렸다가 잃어버리게 되고 재삼 반환을 재촉당하게 된다. 호오리는 어구를 찾으러 해신의 궁전을 방문하게 되는데 이때 해신의 딸인 도요타마비메豊玉姫와 만나 혼인하고 해신의 보물을 얻어 형을 복종시키고 지상세계의 지배자가 된다.

그러자 부인인 도요타마비메는 호오리가 있는 곳으로 찾아와 "저는 임신 중인데 출산이 가까워 와서 생각해보니 천신의 아이를 바다에서 낳을 수는 없습니다. 그래서 바다에서 나와 당신을 찾아 온 것입니다"라고 말하며 해변에 가마우지 깃털로 지붕을 이어 산실을 만들었다. 그런데 산실의 지붕이 완성되기 전에 도요타마비메는 산통을 느껴 참을 수가 없었다. 그래서 출산에 즈음하여 남편인 호오리에게 "지상과 다른 세계의 사람들은 출산할 때를 맞이하면 자기 나라에서의 모습이 되어 아이를 낳습니다. 그래서 저도 지금 본래의 모습으로 돌아가 아이를 낳으려고 합니다. 부탁이니 저를 보지 말아 주세요"라고 말하고 산실로 들어갔다.

그러나 호오리는 아내의 말을 이상하게 생각하여 부탁을 듣지 않고 아이를 낳는 장면을 몰래 엿보았더니, 아내가 커다란 상어로 변하여 엎드려 몸을 뒤틀고 꿈틀거리며 움직이고 있었다. 호오리는 너무 놀라고 무서워서 도망쳐버렸다. 그러자 도요타마비메는 남편인 호오리가 자신의 본모습을 엿본 사실을 알고 부끄럽게 생각하여 자신이 낳은 아이를 해변가에 놓아두고는 "저는 평소 바닷길을 통하여 당신이 계신 곳에 왕래하려고 했습니다. 그런데 당신이 약속을 어기고 저의 본모습을 엿본 것이 너무나도 부끄럽습니다"라고 말하고는 지상과 바다와의 경계인 우나사카海坂를 막아버리고 자신의 나라로 돌아가 버렸다. 태어난 아이의 이름은 아마쓰히다카히코나기사다케우가야후키아헤즈노미코토天津日高日子波限建鵜葺草葺不合命라 한다. 이러한 일이 있은 후 도요타마비메는 호오리가 자신의 본모습을 엿본 일은 원망하였으나 그리운 마음을

억누를 수 없어서 아이의 양육을 핑계로 동생인 다마요리비메玉依姬를
남편에게 보내면서 노래를 지어 보냈다. 그 노래가

> 빨간 구슬은 그것을 꿴 끈까지 빛이 납니다만
> 백옥과 같은 당신의 모습은 더더욱 귀하고 훌륭하시네요

남편인 호오리도 노래로 답하기를

> 바닷새인 오리가 모여드는 섬에서 나와 함께했던 당신의 일을 어찌 잊겠습
> 니까
> 세상이 끝날 때 까지

그리하여 호오리는 다카치호 궁高千穂宮에서 580년간 지냈으며 능은 바
로 다카치호 산 서쪽에 있다. 우가야후키아헤즈노미코토와 다마요리
비메 사이에 4명의 아이가 태어나는데 막내가 바로 일본의 초대 천황
인 진무神武 천황이다.

남자가 인간의 모습을 한 이족異族의 여성과 결혼하는 것을 이류혼인
담異類婚姻譚이라 하는데 세계 각지에 널리 퍼져있는 신화, 설화 유형이
다. 주로 동물이 사람으로 변하기 때문에 정체를 감추기 위해서 '보는
것'을 금기로 삼는다는 것이 특징이다. 보통 남자가 보지 말라는 금기
를 어긴 탓에 부부관계가 파탄이 나 단절된다는 줄거리로 이러한 유형
을 금실형禁室型 설화라고도 하며 이렇게 여자의 정체가 밝혀져서 이별
하게 되는 유형을 프랑스 멜루지네 전설에서 가져와 멜루지네형 설화
라고도 한다. 이러한 이류혼인담의 금실형 설화는 일본의 물고기 부인

魚女房, 학 부인鶴女房, 대합 부인蛤女房, 중국의 우렁각시, 베트남의 미인도
에서 나온 여인 등 세계 각지에 다수 전해진다. 도요타마비메의 '원래
의 모습'이 상어였다는 것은 해신의 원래 모습을 상어라 믿은 것이어서
바다를 지배하는 신이 상어라는 신앙을 잘 나타낸 것으로 보인다.

딸을 죽인 상어에게 복수한 아버지와 여신을 연모한 상어

산인 지방에는 상어와 관련된 또 다른 에피소드가『이즈모노쿠니후
도키出雲国風土記』에 전해진다.『이즈모노쿠니후도키』오우 군意宇郡의 상
어에게 딸을 살해당한 아버지의 복수담과 니타 군仁多郡 시타이야마恋山의
여신을 연모한 상어 이야기이다.

오우군 북쪽에 히메사키毘売埼라는 해변이 있다. 아스카飛鳥 기요미하
라 궁淨御原宮에서 천하를 다스리신 덴무天武 천황 2년(673년) 7월 13일,
가타리노오미 이마로語臣猪麻呂의 딸이 히메사키 해변에서 놀고 있을 때
악어가 나타나 이마로의 딸을 먹어 버렸다. 이마로는 딸의 시체를 바닷
가에 묻고 끓어오르는 분노를 억제하지 못하여 하늘을 향해 외치고 땅
을 치며 주위를 혼이 나간 듯 걷다가 앉아 한탄하며 밤낮을 괴로워하며
딸을 묻은 곳에서 떠나지 않았다. 시간이 흘러도 딸을 잃은 고통은 사
라지지 않았다. 원한과 증오가 솟구쳐 올라 화살촉과 창날을 갈며 신에
게 기원하기를 "하늘의 천오백만 신이시어. 땅의 천오백만 신이시어.
이 땅 이즈모出雲의 399신사에 계시는 신이시어. 또한 바다의 신들이시
어. 야마토의 고요한 영혼和御魂은 진정하시고 거친 영혼荒御魂이시어. 이

이마로의 소원을 들어주소서. 진정 신이 계신다면 나에게 원수를 갚게 해 주시옵소서. 제 소원이 성취된다면 진정으로 신이 계시다는 것을 알 수 있겠지요"라며 호소했다.

그러자 백여 마리의 상어가 조용히 한 마리의 상어를 에워싸고 이마로가 있는 곳에 나타났다. 상어들은 나아가지도 물러가지도 않고 단지 한 마리의 상어를 에워싸고 있을 뿐이었다. 이마로는 중간에 있는 상어가 딸을 먹은 원수라 깨닫자 창으로 찔러 죽였다. 이를 확인하는 듯이 지켜보던 다른 상어들은 이마로가 원수를 갚자 흩어져 떠났다. 이마로가 상어의 배를 가르자 속에서 딸의 정강이가 나왔다. 이마로는 상어를 꼬치에 꿰어 길 옆에 걸어 놓았다. 이마로는 야스키安来 마을 사람으로 가타리노오미 아타후語臣与의 아버지이다. 그때부터 오늘에 이르기까지 60년이 흘렀다.

『이즈모노쿠니후도키』 니타 군 시타이야마에 다음과 같은 이야기가 전해내려 온다. 고로古老들의 구전에 의하면 상어 한 마리가 아이阿伊 마을에 계시는 여신인 다마히메노미코토玉日女命를 연모하여 여신을 만나기 위해 강을 거슬러 올라왔다. 그러자 다마히메노미코토가 돌로 강을 막아버리는 바람에 상어는 여신과 만나지 못하고 그리워했기 때문에 이곳을 시타이야마(시타이慕い는 그리워하다는 뜻)라 부르게 되었다고 한다.

니타 군에 전해지는 이야기는 상어가 다마히메노미코토라는 여성을 만나기 위해 강을 거슬러 올라온 것인데 이는 신혼神婚 신화의 한 형태로 볼 수 있다. 오우 군의 상어 이야기 또한 주제는 딸을 잃은 아버지의 복수담이지만 상어와 여성의 신혼과 파탄이 이 이야기의 근본에 깔려 있는 것이다. 신혼신화란 신과 신의 결혼을 말하기도 하지만 일반적으

187

로는 신과 사람이 결혼하여 신의 아들이 태어나는 이야기 형식을 말한다. 대부분 등장하는 신은 남신男神이며 그 신과 결혼하는 여자는 무녀巫女적 성격을 가진다. 즉 신을 맞이하는 무녀와 그녀의 거처를 찾아오는 신, 그리고 신과 무녀사이에서 태어난 아이는 작게는 한 가문 크게는 한 나라의 시조가 된다는 줄거리를 이룬다. 일본에서 가장 대표적인 신혼신화는 붉은 화살형丹塗矢型 신화인데 미와三輪 산의 신인 오모노누시大物主神가 붉은 화살로 변하여 여성의 거처로 흘러들어와 관계를 맺고 신의 아이를 낳았다는 내용이다. 오모노누시는 본모습이 뱀인 신이다. 이처럼 일본신화에서 여성의 거처를 찾아오는 신의 본모습은 대부분 상어나 뱀으로 묘사되는데 이는 이러한 신혼신화의 배후에 토테미즘적인 동물을 시조신으로 모시는 신앙이 존재했었음을 알 수 있다.

보통 신과 무녀의 신혼이 깨지면 신은 떠나고 무녀는 죽음을 맞이하게 된다.『이즈모노쿠니후도키』니타군의 여신을 연모했지만 만나지 못한 상어 이야기와 오우군의 상어에게 복수한 아버지 이야기는 실패로 끝이 난 상어와 인간 무녀와의 신혼이 이와 같은 에피소드로 전해지는 것이라 생각된다. 그리고 이러한 전승은 상어 문화를 가지고 건너온 신라 남성과 일본 여성 사이의 다양한 혼인담이 그 배경에 존재하였음을 짐작케 한다.

돔배기와 상어덮밥

앞서 소개한 『고지키』의 이나바의 흰 토끼 신화의 무대가 되는 이나

바는 현재 돗토리鳥取 현에 있으며 『이즈모노쿠니후도키』에서 상어 이야기가 전해지는 니타군과 오우군은 현재 시마네島根 현에 속해 있다. 일본에서는 돗토리 현과 시마네 현을 중심으로 야마구치山口 현 북부, 교토京都 부府 북부, 효고兵庫 현 북부, 그리고 후쿠이福井 현 남부를 포함한 지역을 통틀어 산인 지방이라 부른다. 이 지방에서는 옛날부터 상어를 현대일본어인 사메サメ가 아닌 와니ワニ라 부르며 여러 음식의 재료로 사용해왔다. 해안지역뿐만 아니라 내륙에서도 상어를 먹었는데 이는 상어가 운송과 저장에 용이하기 때문이었다.

【표 1】 일본 산인 지방의 상어요리

상어요리이름	특징
상어 덮밥ワニ丼	밥 위에 상어고기와 채소를 얹은 덮밥
상어 데침ワニの湯引き	살짝 데친 후 초된장과 함께 먹는다.
상어 묵ワニの煮こごり	간장소스로 만들어 먹는다.
상어 밥ワニめし	쌀에 된장에 절인 상어고기를 우엉, 표고버섯, 당근 등 채소를 함께 넣어 지은 밥
상어 김밥ワニの巻き寿司	상어 고기를 넣어 말은 김밥
상어 햄버거ワニバーガー	고기 패티를 구운 상어고기로 대신한 것
상어 만두ワニまん	돼지고기 대신에 상어고기를 넣은 만두
상어 회ワニの刺身	상어 회를 생강을 곁들여 간장에 찍어 먹는다.
상어튀김카레ワニカツカレー	카레라이스에 상어튀김을 토핑한 것
상어튀김ワニの天ぷら	상어를 한입 크기로 잘라 튀긴 것
상어절임ワニの南蛮漬け	상어고기를 식초, 술, 소금과 함께 절인 것

현재는 냉동기술 발달로 문제가 없지만 옛날에 바다에서 내륙으로 생선을 운반한다는 것은 쉬운 일이 아니었다. 그런데 상어는 삼투압

조절을 위해 체내에 요소尿素를 지니고 있는데 상어가 죽게 되면 요소는 우레아제라는 효소에 의해 암모니아로 변한다. 우레아제는 발효 시 자연적으로 발생되는 유해물질을 감소시키는 역할을 하므로 장시간 상할 염려 없이 운반이 가능했던 것이다. 이렇듯 산인 지방에서 상어를 먹는 풍습은 현재까지 이어져 내려와 다양한 향토 요리로 발전하였다.

그렇다면 한국은 어떨까. 한국에서는 주로 경상도 지방에서 상어를 먹는다. 상어 고기를 돔배기라 부르는데 전라도 지방에서 잔치나 제사 상에 홍어가 빠지지 않고 올라오듯이 경상도 지방에서는 상어고기인 돔배기가 제사상이나 차례 상에 빠지지 않고 올라간다. 돔배기는 '간을 친 토막 낸 상어고기'라는 뜻의 경상도 사투리로 구이와 산적 그리고 조림에 이용한다. 먼 옛날 동해안에서 잡은 상어를 영천으로 옮기기 전에 상하는 것을 막기 위해 발달한 갈무리법과 염장법 기술이 그 기원이다. 경상도에서 보통 명절이나 제사상에 올리는 대표적인 생선이다. 한의학에서 상어를 '교어鮫魚'라고 해서 오장五臟을 보강하는 효능이 있고, 특히 간과 폐를 돕는 작용이 강해 피부 질환이나 눈병에 많이 이용하였다고 한다. 돔배기는 단백질이 많고 지방이 적어 다이어트 목적으로 즐겨 먹는 닭 가슴살과도 비슷하면서도 몸에 필요한 다른 영양소들이 훨씬 뛰어난 것으로 알려져 있다.

이러한 돔배기 문화는 약 1500년 넘게 이어져 내려왔다. 예부터 경상도 지방에서 상어를 이용해왔다는 것은 삼국 시대의 신라 유적 발굴 조사 등에 의해서도 밝혀져 왔다. 경주 월성 남쪽에 자리 잡은 국립경주박물관 부지에서 1998년과 2000년 두 개의 우물이 발견되어 발굴조사가 이루어졌는데 사람과 동물의 뼈 2,300여 점이 발견되었고 그 중 상어의 뼈가 다량으로 발견되었다. 또한 2001년에서 2002년 사이에 이루어진 대구 불로동 신라고분 발굴 조사에서도 닭 뼈 등과 함께 상어 척추 뼈가 다량으로 발견되었다. 또한 경북 경산에 위치한 임당동과 조영동 고분군의 무덤 내부에서는 전국에서 가장 많은 상어 뼈가 출토되었고, 경주 동궁과 월지에서는 상어유체가 발굴되기도 했다. 이처럼 경주와 대구 같은 내륙 지방의 신라 유적에서 상어 뼈가 다량으로 발견된다는 것은 신라에 상어와 관련된 문화가 존재했음을 알 수 있으며 식용과 의례 등에 사용되었으리라 짐작된다.

2015년 9월 22일에서 12월 13일까지 국립대구박물관에서 '상어, 그리고 돔배기'라는 제목으로 상어 전시회를 열었는데, 박물관 자료에 의하면 "삼국시대 고분 중에는 망자亡者가 저승에서 먹으라는 의미로 음식을 넣어두었는데, 귀한 상어고기도 바쳤다. 상어는 삼국시대부터 통일신라시대까지의 고분이나 우물지 등에서 제사나 특별한 의례를 치를 때 사용됐지만 당시로서는 구하기 힘든 귀한 생선이었다"고 설명하였다. 또한 "선조들은 상어를 약으로도 복용했을 뿐만 아니라 상어 가죽을 이용해 다양한 물건들을 만들어 사용했다. 상어 가죽은 질기고 성질이 단단해 내구성이 높은 장점이 있다. 여러 색깔로 염색돼 장식 효과도 높아 왕실이나 높은 신분층에서 주로 사용했다. 상어 가죽을 쓴 유물로는 이층농과 같은 목가구류를 비롯, 인장을 보관하는 통桶, 함函, 화살집箭筒, 안경집과 같은 공예품이 있다. 상어 가죽은 왕실에서도 애용했다. 상어는 포유동물인 고래를 빼면 크기도 가장 커서 물고기의 왕이라 할 수 있다. 상어 가죽을 계속해서 문지르면 방패 모양의 비늘이 마모되면서 동그란 모양이 나타난다. 이 무늬는 마치 상서로운 느낌을 주는 구름처럼 보여 왕실에서도 애용했다. 왕실에서는 왕실 권위를 상

191

징하는 의례용 도장을 보관하는 어보 외함이나 왕이 소지하는 어검 등을 상어 가죽으로 만들어 사용했다”고 설명하였다. 이는 신라에서 상어가 여러 다양한 용도로 사용되어져 왔음을 잘 알려주고 있다 하겠다.

한국의 경상도와 일본의 산인 지방에서 예부터 상어를 먹는 풍습이 존재한다는 것은 무엇을 의미하는 것일까. 고대 일본에서 한국과 교류를 담당한 주된 지역은 규슈九州였다. 신라나 백제에서 일본으로 건너가는 사신이나 사람들은 보통 규슈를 거쳐 왕래하였다. 그런데 산인 지방은 양국의 지도를 보면 삼국 중 신라와 가장 가까이 접해있어 두 지역 간의 왕래나 교류가 있었음을 추측할 수 있다. 실제로 산인 지방은 예부터 신라와 가장 관계가 깊은 땅으로서 신라계 씨족과 관련된 전승과 전설이 많이 전해내려 올 뿐만 아니라 신라新羅라는 이름이 붙은 신사 또한 많이 남아있다.

이를 방증하는 전승이 앞서 소개한 『이즈모노쿠니후도키』 오우 군에 전해지는 상어 이야기이다. 오우 군은 예부터 신라와 관계 깊은 지방이었다는 것은 『이즈모노쿠니후도키』에 전하는 구니비키 신화에서 잘 알 수 있다. 신화에 의하면 이즈모의 땅이 덜 만들어져서 야쓰카미즈오미즈노미코토八束水臣津野命라는 신이 신라에 남는 땅이 있으니 이를 끌어와서 완성해야겠다고 하며 가래로 신라 땅을 걸어 끌어와 이즈모를 완성하였다고 한다. 그 내용은 다음과 같다.

이곳에 오우라는 이름이 붙은 이유는 땅을 끌어 온 신이신 야쓰카미즈오미즈노미코토가 말씀하시길, “많은 구름이 피어오르는 이즈모는 덜 짠 폭이 좁은 천처럼 미완성인 땅이구나. 이곳을 처음 만든 신께서 너무 작게 만드셨구나. 그렇다면 새로 만들어서 이어야겠다.”고 하시며 “신라의 곶을 보시고 저 땅에 남는 부분이 있나 하고 보니까 남는 부분이 있구나."고 말씀하시면서 동녀童女의 가슴처럼 생긴 가래를 들어 큰 물고기의 아가미를 찌르듯이 땅에 찔러서 넣고 물고기의 살을 때어 내듯이 땅을 잘라내어, 세 겹으로 꼬아 만든 그물을 던져 신라 땅에 걸고, 상자를 감아올리는 것처럼 배를 끄는 것처럼 천천히 힘차게 끌어당기며 "땅아 오너라. 땅아 오너라." 하면서 끌어와서 이은 땅이 고즈去豆 해안의 가장 안쪽부터 야호니키즈키八穂米支豆支의 미사키御埼까지이다. 이렇게 해서 끌어온 땅이 움직이지 않도록 박은 말뚝이 이시미 지방石見国와 이즈모 지방出雲国의 경계이다. 사히메佐比賣 산이 바로 이것이다. 또한 신께서 사용한 그물은 사히메 산 앞에 펼쳐진 소노노나가하마薗の長浜이다.

　이처럼 이즈모 지방을 만드는 데 신라에서 땅을 가져왔다는 위 전승은 고대 이즈모 지방에서 사람들이 정착하고 살아가는 단계에서부터 신라와 관계가 깊었음을 짐작케 한다. 앞서 언급했듯이 이 지방에 상어와 여성과의 신혼과 관련된 에피소드가 전해지는 것 또한 당시 신라 사람들이 가져온 상어 문화에 영향을 받은 것으로 추측할 수 있을 것이다. 또한 산인 지방과 그 주변 지역에는 신라계 도래인들의 전승과 함께 신라계 신사 또한 많이 남아 있다. 일본에서 신라는 시라키シラキ라 읽는데 다음과 같은 한자 '白城, 信露貴, 白石' 등을 사용한다. 이는 오행사상에서 서쪽이 흰 색인 것에 기인한 것으로 일본의 서쪽에 위치한 신라를 흰 색을 나타내는 백白자를 사용하여 표기했다는 것이 일반적인 견해이다. 산인 지방에 전해지는 신라와 관련된 에피소드와 현재까지 다수 남아있는 신라 신사의 존재들로부터 고대에 신라와 이 지방의 문화적 교류와 신라인들의 활약을 짐작할 수 있다.

나가며

삼국시대에 신라 지방인 현재 경상도 지방에서는 제사상에 반드시 상어고기인 돔배기를 올리고 반찬으로 먹는다. 그런데 지리적으로 신라와 관계 깊은 일본의 산인 지방에서도 상어고기로 만든 여러 요리가 지금까지 널리 전해져 내려오며 다양한 요리로 개발되어 소비되고 있다. 또한 『고지키』, 『니혼쇼키』와 『후도키』의 전승에서 신라 사람들의 활약이 다양한 형태로 전해져 내려오며, 산인 지방에 다수 남아있는 신라 신사의 존재들로부터 고대에 신라와 일본의 문화적 교류와 신라인들의 활약을 짐작할 수 있다.

한반도의 신라 또한 통일신라를 거쳐 고려 왕조의 탄생과 더불어 역사 속으로 자취를 감추게 되지만 경상도와 산인 지방에는 아직도 옛 신라와 일본이 공유했던 상어 문화가 돔배기와 상어요리의 형태로 현재까지 전해 내려오며 한일 양국 교류의 편린을 우리에게 알려주고 있는 것이다.

> 이 글은 홍성목 「일본 신화에 나타난 고대 한일 교류의 편린-상어(와니)를 중심으로-」(『日本語文學』77輯, 日本語文學會, 2017)을 참고하여 풀어쓴 것이다.

참고문헌

戸部民生(2013)『神様になった動物たち』だいわ文庫
中村啓信・谷口雅博・飯泉健司(2006)『風土記を読む』おうふう
寺島良安(1998)『和漢三才図会』東洋文庫
植垣節也 校注・訳(1997)『風土記』(新編日本古典文学全集 5, 小学館)
山口佳紀・神野志隆光 校注・訳(1997)『古事記』(新編日本古典文学全集 1, 小学館)
小島憲之 他 校注・訳(1994~1998)『日本書紀』(新編日本古典文学全集 2~4, 小学館)
山尾幸久(1983)『日本古代王権形成史論』岩波書店
矢野憲一(1979)『鮫 ものと人間の文化史35』法政大学出版局
三品彰英(1972)『増補日鮮神話伝説の研究』平凡社
두산백과 http://terms.naver.com/entry.nhn?docId=1260899&cid=40942&categoryId=
    32136

의식주로 읽는
일 본 문 화

서민의 풍성하고 다양한 먹거리 이야기

강 지 현

• • • •

　지금으로부터 20여 년 전의 일본유학 시절, 텔레비전을 틀면 시간대를 불문하고 매일 같이 방송되는 요리 관련 프로그램에 놀란 적이 있다. 요즈음 우리나라 예능프로에서 전개되는 속칭 '먹방과 쿡방' 대세 현상은 그 시절을 떠올리게 한다. 일본에서는 최근 새로운 직종으로 '채소 소믈리에'가 양성되고 있다는 뉴스를 접한다. 이들은 포도주에 관한 정보와 선택을 도와주는 '와인 소믈리에'처럼 채소에 관한 상세한 정보를 고객들에게 제공하고 맛있는 채소를 골라준다. 실은 이러한 지금의 맛집 탐방, 요리 레시피의 향연 등은 일찍이 에도시대 대중소설에서도 이미 찾을 수 있다. 그러한 18·19세기 대중소설 속의 풍성하고 다양한 먹거리 이야기를 추적해보고자 한다.

2013년 12월에 '일식-일본인의 전통적 식문화'가 유네스코 무형문화유산으로 등록되었다. 유네스코 무형문화유산은 예능이나 전통 등, 형태가 없는 문화로서, 특정 지역의 역사나 생활풍습 등과 밀접히 연관되어 있는 유산을 말한다. 음식과 관련된 것으로는 프랑스요리, 지중해요리, 멕시코요리, 터키요리가 기등록되어 있었으므로 다섯 번째 등재인 셈이다.

이 '일식-일본인의 전통적 식문화'가 유네스코 무형문화유산에 등록된 것을 기념하여, 국문학연구자료관이 자체적으로 구축한 '일본 고전적 종합목록 데이터베이스'에 수록된 데이터 중 요리 및 음식과 관련된 자료 일람표를 정리, 공개하였다. 에도 시대 말기, 즉 1860년대까지 집필 제작된 이 서적들은 1174종이라는 방대한 양을 자랑한다. 1174종 중 전문 요리서적과 사전류를 제외하고, 고전문학·문예에 포함시킬 수 있는 작품들을 세어보면, 만담집(하나시본噺本) 6종, 가집(교카狂歌 등) 3종, 풍속화(우키요에浮世絵 등) 4종, 각본(가부키歌舞伎, 조루리浄瑠璃, 노能, 교겐狂言) 11종, 배우평판기 3종, 그림소설(구사조시草双紙: 황표지黄表紙와 합권合巻) 14종을 헤아릴 수 있었다. 여기서는 지금의 만화처럼 스토리와 삽화가 매 페이지마다 절묘하게 어우러진 '그림소설'이라는 장르 및 '골계소설滑稽本'에 나타난, 에도서민의 먹거리 인식에 대해 살펴보고자 한다.

꽃미남 고구마와 악당 경단의 대결

오사카大阪 소네자키에서 발생한 다섯 명 연쇄살인사건에 취재한 가부키를 꽃미남 고구마와 악당 경단이 대결하는 이야기로 바꾼 산토 교덴山東京伝 작 1804년 간행 그림소설 『다섯 조각수박판매五人切西瓜斬売』가 있다. 주군 찹쌀떡(다이후쿠모찌)의 부하인 고구마(사쓰마 게이모베)가 주군의 따님인 창포경단(아야매 단고)과 사랑하는 사이가 되어, 이를 질투한 동료 경단(사토 단고베)이 음모를 꾸민 데서 벌어지는 사건으로, 한마디로 가부키의 등장인물들을 음식으로 의인화한 복수물이라고 할 수 있다.

삽화에 그려지는 그들은 인간과 다를 바 없는 형상이나, 단 자신이 표상하는 각종 먹거리를 머리에 달고 의복에 이름표를 붙인다. 당시 에도 서민들이 집에서 또는 시중 포장마차에서 쉽게 먹을 수 있었던 먹거리들을 등장시켜, 그 요리법의 이유 내지 원조를 골계스런 에피소드로 견강부회하여 웃음을 자아낸 작품이라고 할 수 있다. 가령, 전어가 붕어인냥 위장하는 에피소드 마지막에 '포장마차의 고부마키(청어 등을 다시마로 말아서 익힌 요리)는, 전어를 사용하면서도 붕어인 것처럼 꾸미는데 이때부터 시작된 것이다'라든지, 고구마와 경단의 결투 장면 뒤에 '경단에 된장을 바르고, 고구마를 된장국으로 삶는 것도 이로부터 비롯된 것이다'라는 식이다.

주인공은 악당 경단과 꽃미남 고구마, 그 애인 문어이다. 조역은 착한 사람 쪽에 찹쌀경단, 초밥, 오징어, 밥풀과자(오코시), 달걀, 악인 쪽에 양갱이, 쇠귀나물뿌리, 곤약, 어류(붕장어, 메기, 전어)등, 단역으로 떡, 과자, 여뀌蓼, 생강, 산초열매, 미꾸라지, 전어, 단팥죽, 다과용 과자, 감주, 풍경메밀국수, 갈분 떡, 토란, 풋콩, 검은콩, 흰콩까지 그려진다.

이와 같이 삽화에 그려지는 식품은 다음 장에 거론하는 작자 짓펜샤 잇쿠十返舎一九의 동일한 의인화 기법에 의한 먹거리물 작품들에 비해 품목이 월등히 많다고 할 수 있다. 게다가 삽화에 그려지지 않더라도 본문과 대사에는 동음이의어를 노린 식자재가 수없이 등장한다. 그 결과, 번잡해져버린 스토리 전개를 감수하고서라도 작자 교덴은 식자재의 향연을 목적으로 한 그림소설을 창작하고자 했던 것이다.

나쁜 남자 호박과 호색녀 당근의 몰락

그리하여 교덴의 작품은 식자재 본연의 성질보다는 발음에 기인하는 웃음이 많다면, 잇쿠의 다음 두 작품은 마찬가지로 식품의 의인화물이면서도 본연의 식료품 성질에 연유하는 스토리가 펼쳐진다. 먼저 1797년 간행된 나쁜 남자 호박이야기『속담 호박줄기諺柬埔寨掌』를 보자. 과채(과일과 채소)가문의 낭인 '늙은 호박'의 아내 '월과白瓜'를 흠모한 옆집 호박이, 그녀의 남편 늙은 호박을 살해하고 월과에게 자신을 따를 것을 강요하나 거절당하자 살해한다. 부모님의 원수를 갚고자 유녀가 된 딸 '가지'는 오히려 호박에게 살해당하고, 친구 호박을 배신한 수박과 조롱박의 도움으로 월과의 아들 '참외'는 이윽고 부모님의 원수를 갚는다는 복수물이다. 여기서 호박으로 하여금 외간 여자를 탐하는 나쁜 남자로 설정한 이유가, 호박 줄기는 옆집으로 뻗는다는 성질에 기인함을 본문에서 밝히고 있으며, 소설 제목 또한 이에 근거해서 붙인 것임을 짐작할 수 있다.

이로부터 22년 후, 같은 작가에 의해 동일하게 채소를 의인화한 이야기가 간행되었다. 1819년에 간행된 호색 당근녀 이야기『채소요리

【그림 1】 쇠귀나물(『八百屋料理靑物語』 규슈대학소장본
및 일본동경도립중앙도서관소장본)

푸성귀이야기八百屋料理靑物語』이다. 이 작품에는 보양식품과 약초, 즉 독
이 되는 음식 약이 되는 음식이라는, 식재료의 효능에 대한 에도서민의
시선이 고스란히 담겨있다.

줄거리를 한마디로 요약하자면 쇠귀나물의 아내 호색녀 당근이 의
사 진피(말린 굴껍질)와 불륜을 저질러 몰락하는 이야기이다. 충성스
런 우엉, 미남 연근 등이 등장하면서 채소 또는 약초와 관련된 비속하
고 외설적인 동음이의어가 웃음을 주는 포인트가 되고 있다. 짓펜샤 잇
쿠의 제자 잇펜샤 짓쿠─返舍+九가 쓰고 있는 본 작품의 서문은, 본문에
등장하는 주요 채소의 총출동으로, 당시 서민들에게 믿어지고 있던 식
품의 효능을 단적으로 보여주고 있으므로 전문을 소개하고자 한다.

검약과 인색이란 수선화와 파 같도다. 검약에는 사랑스러운 꽃이 있고 인색
에는 가증스러운 악취가 있네. 모든 냄새나는 것 매운 것은 절문으로 들어오
면 안 된다고 선가禪家 문전에 이를 금한다. 무 지황의 효능을 없애고, 우엉
기력을 증가시킨다고 하지만, 쇠귀나물烏芋 정력을 감퇴시킨다. 당근胡葡葡
음란함을 조장하고 토란 방귀를 낳는다. 산초열매 작아도 맵고 땅두릅나무独

201

瓜 덩치는 커도 아무 쓸모없고, 고추 촌스럽게 맵고 고구마 아주 달콤하다. 어차피 호박南瓜 늙은 호박唐茄子이 된다고 하지만, 오이 줄기에 가지 열린 적 없네. 제각기 그 본성으로 하는 부분을 골라서 '올해의 채소이야기'라고 제목을 붙인 것은 짓펜샤 잇쿠의 식단일세. 나 또한 이 요리를 맛보고 약간의 서문을 덧붙이게 되었다.

우리나라 전통한식에서는 입춘 날 다섯 가지 매운 맛과 색깔이 나는 오신채 혹은 오신반이라 불리는 햇나물 모둠음식을 반드시 먹었다고 한다. 즉 파, 마늘, 달래, 부추, 염교(락교) 라는 자극적이고 향이 강한 식물들인데, 위 서문에 입각하면 불교나 도교에서는 금하는 식자재였음을 알 수 있다. 그러면 위 서문에 등장하는 채소들은 본문에서 실제로 그 본성이 어떻게 이용되고 있는지, 이른바 당시 서민들에게 어떤 효능이 있다고 믿어지고 있었는지 몇 가지만 살펴보자. 스토리는 다음과 같이 시작된다.

부유하고 고상한 쇠귀나물은 호색녀 당근을 아내로 맞이한 후 기력이 쇠해 병이 든다. 진피의사는 지황을 처방한다. 회임한 아내당근은 진피의사 집에서 밀회를 즐긴다. 지황으로 쾌차 기미를 보이는 남편쇠귀나물에게 무를 먹이는 게 좋다는 말을 들은 아내당근. 시녀 무에게 남편 다리를 주무르게 지시한 결과, 의도대로 무와 쇠귀나물남편은 동침하여 남편은 중환을 다시 앓게 된다.

이 전반부 스토리의 중심에는 쇠귀나물慈姑·烏芋이 정력을 감퇴시킨다는 속설이 자리 잡고 있다. 쇠귀나물뿌리는 우리나라에서는 한약재로만 쓰이는데 비하여 일본에서는 대표적 명절요리 재료이다. 이듬해 봄이 되면 뿌리에서 싹이 돋는(메가데루) 대표적 채소로서 행운의 상징

【그림 2】 당근녀(『八百屋料理青物語』규슈대학소장본 및
일본동경도립중앙도서관소장본)

으로 여겨졌기 때문이다. 풍미가 고상하여 지금도 일본에서는 고급 요리로 여겨진다는 점이, 부유하고 고상한 쇠귀나물남편이라는 설정에 녹아 있다.

두 번째로 본 작품은 호색녀 당근이라는 설정이 중심축을 이룬다. 어디에서 유래한 성격일까. 당근녀는 머리에 지금의 당근과 다를 바 없는 모양의 당근을 이고 있으며, 소매에는 '호胡'라고 적혀있다. 이는 호나복胡蘿葍, 즉 당근人參·Carrot의 한문식 호칭이라고 할 수 있다. 당근은 호나복 외에도 당나복唐蘿葍·홍나복紅蘿葍이라고도 한다. 본 작품의 두 여주인공이라고 할 수 있는 무녀와 당근녀의 그림이 유사한 것으로부터 추측컨대, 당시 무와 당근은 동일한 과로 인식되었음을 알 수 있다.

전반부 스토리에서 진피의사가 무를 쇠귀나물남편에게 먹이라고 처방한 것은 『에도 음식지』에서 '무 : 강장 한방약 지황의 적' 항목에 소개되는 재담을 보면, 당시 무가 지황의 효능을 없앤다는 통념에 근거한 처방임을 알 수 있다. 즉 호색녀당근을 아내로 맞아 쇠약해진 남편에게, 의사는 처음에는 본분에 입각하여 지황을 처방했고 그에 따라 점차 쾌유기미를 보인다. 그러나 그 와중에 당근과 바람난 의사가 이번에는

【그림 3】 무녀(『八百屋料理青物語』 규슈대학소장본 및
일본동경도립중앙도서관소장본)

무를 처방하여 지황의 효능을 떨어트려 다시 쇠약하게 하려고 한 것이
다. 지금도 한약 복용 시에 무는 금기음식으로서 주의사항에 적히는 대
표 식자재이다. 에도시대에도 상극의 음식으로 여겨졌음을 알 수 있다.
이른바 한약의 약성을 없앤다는 면에서 무는 일종의 독이라고 할 수 있
는 존재이다. 무뿐만 아니라 호색한 당근 또한 원기가 약한 쇠귀나물에
게 있어서는 독이 되는 음식인 셈이다.

그리고 본 작품에서 무를 여자로 설정한 이유는 여자의 하얀 다리를
무에 비유하는 경우가 많기 때문일 것이다. 무 시녀가 뿌리가 둘로 나
눠진 무, 즉 후타마타 다이콘을 머리에 이고 있는 모습으로 그려지고
있다는 점에서도 추정가능하다.

이윽고 스토리 중반부에 접어든다. 쇠귀나물나리의 총애를 받게 되
자 마누라처럼 행동하는 무 시녀를 못마땅하게 여긴 당근마님은 시어
머니 머위(후키)에게 고자질한다. 한편 정력이 넘치는 우엉지배인은
무 시녀를 유혹하지만 넘어오지 않자 고구마 하인에게 중매를 부탁한
다. 무에게 거절당해도 끈질기게 구애하는 우엉. 마침 구애하는 모습을
목격한 당근마님이 사내연애금지원칙을 어긴 둘을 쫓아내는데, 우엉

【그림 4】 머위(『八百屋料理青物語』 규슈대학소장본 및
일본동경도립중앙도서관소장본)

의 충심, 즉 쇠귀나물나리의 질병의 근원이 무임을 알고서 한 행동임을
짐작하고 있던 시어머니머위는 우엉을 재고용한다. 우엉은 진피의사
와 당근마님의 불륜을 밝혀내고 둘은 추방당한다. 무 시녀 네리마 다이
콘이 집을 나간 것에 낙담하는 쇠귀나물나리에게 다른 맛있는 무도 많
이 있다고 격려하는 우엉지배인.

몰락한 진피에게 싫증난 당근은 근처 의사 땅두릅나무와 바람이 난
다. 진피 부재중에 밀회를 즐기던 둘은 들통나고, 큰 체격도 소용없이
땅두릅나무는 진피에게 흠씬 두들겨 맞는다. 진피는 술친구인 파에게
부탁해서 토란이 운영하는 기생집에 당근을 팔아치우는데, 당근은 크
게 인기를 얻게 된다. 금품을 요구하러 온 진피를 당근유녀 매몰차게
대하고, 기생집의 종업원 고추와 고추냉이에게 흠씬 두들겨 맞는 진피
와 파. 진피는 빚 독촉에 목매 죽는다. 한편 이제는 몸가짐을 바로 해야
겠다고 결심한 당근이었으나, 유객인 미남자 연근에게 빠져 원래대로
문란해진다. 방탕한 연근은 무일푼이 되어 한밤중에 혼자 야반도주해
버린다. 당근은 기생집을 몇 번씩이나 바꾸다가 호박의 마누라가 되어
가난에 시달리다 죽는다. 친정으로 돌아간 무는 네리마에서 무말랭이

부친을 모시고 살고 있었는데, 쇠귀나물나리가 쾌차하자 우엉지배인은 그동안의 사정을 밝히고 네리마를 찾아가 무 부녀를 데리고 상경한다. 쇠귀나물은 쑥부쟁이와 우엉은 무와 부부가 된다.

여기서 쑥부쟁이의 요메나嫁菜, 즉 색시나물이라는 이름처럼, 효능보다는 명칭에 입각하여 스토리에 등장시킨 채소도 있으나, 주요 인물들은 식자재 본연의 성질에 입각하여 이용되고 있음을 알 수 있다. 진피, 즉 말린 굴피는 거의 모든 생약에 들어가는 약재이고, 땅두릅나무·독활도 에도시대부터 해열 및 진통제로 사용한 한약재이므로 이들의 직업을 한의사로 설정한 것이다. 토란을 기생집주인으로 설정한 것은 큰 토란 주위에는 많은 작은 토란들이 기생하는 성질을 이용한 것이다. '인삼 먹고 목맨다'는 일본속담이 있다. 즉 고가의 고려인삼을 먹고 병은 고쳤지만 분수에 넘는 지출로 인해 빚이 생겨 갚을 수 없게 되어 목을 매야 하는 신세가 된다는 의미이다. 인삼과 당근이 같은 발음 '닌진'인 것을 이용하여, 외간여자와의 불륜의 결과 목을 매어 자살한다는 진피의사의 스토리가 도출되었다고 할 수 있다. 이와 같이 본 작품은 주요 식자재 인물들의 기승전결이 명확하여 스토리 구성이 면밀하다고 할 수 있다.

음식과 약은 근본이 같다, 따라서 좋은 음식은 약과 같은 효능을 지닌다는 약식동원藥食同源 사상이 한식에 있는데 이는 인류보편적인 철학이 아닐까. 본 작품에 등장한 약용작물로는 지황, 진피, 땅두릅나무가 있었다. 원기회복을 위해서는 지황이 약이었으나, 정력이 약한 쇠귀나물에게 있어서 당근과 무는 독이 되는 음식이라는, 즉 나물과 약초의 독성 또는 약성에 연유하는 '기력보강을 위한 보양식'이라는 관점에서 18·19세기 대중소설의 스토리 또한 성립되고 있기 때문이다.

향토음식여행기『동해도 도보여행기』로 보는 전국음식자랑

『동해도 도보여행기東海道中膝栗毛』는 1802년 제1편 간행 후 속편에 속편을 거듭하면서 1822년까지 간행된 장편소설이다. 제1편부터 5편 추가까지가 동해도를 걸어 도착하는 이세신궁참배길, 6편·7편이 교토 구경길, 8편(1809년 간행)이 오사카 구경길이다. 속편에서는 시코쿠, 규슈까지 걷는다. 이와 같이 21년간 잇쿠라는 대중소설가에 의하여 간행된 골계소설『동해도 도보여행기』는 우스운 짧은 이야기가 모인 옴니버스적 구성으로 되어 있는 가운데, 주인공 야지 기타의 여행은 먹거리 여행이라고도 할 수 있다. 종래의 여행기처럼 빼어난 풍광을 논하는 대신, 주인공들은 일단 먹거리에 시선을 빼앗기기 때문이다.

도쓰카 역참에서는 제법 좋은 여관에 묵게 된 두 남자. 기타 "캬아, 좋은 술이다. 그런데 안주는, 호오! 어묵이 에도식 특제 백판白板이네. 싸구려 상어 어묵일 리가 없지. 매실초로 절인 생강에 보리새우라, 끝내주는군. 저기 아버지! 이 소금에 절인 깻잎 열매가 제일 맛있네. 당신은 이것만 먹으라고." 찌기만 한 어묵은 하얀색이 유지되므로 백판이라고 하는데, 에도식 어묵이 도쓰카 역참의 고급여관에서는 제공되었음을 알 수 있다. 교토, 오사카에서는 찐 다음 굽기 때문에 희지 않다.

후지사와 역참에서는 야지 "그건 말야 네놈이 말하는 집은 오른쪽이지? 왼쪽 집은 괜찮다고. 작년에 내가 갔을 때는 팔팔한 도미구이에다가 팔딱대는 새우 녀석이 담긴 큰 접시에, 계란과 쇠귀나물과 큰 표고버섯까지, 그리고 ……"라고 나열하는 이 요리들은 이 역참에서 실제로 대접받은 요리가 아니라 받고 싶다는 희망사항이 담긴 상차림의 나열이다.

207

【그림 5】 우이로

다음은 오다와라 역참에서 야지로가 읊은 교카.

> 매실 절임이 명물이어서일까 손님 끄는 여자
> 입에 신물이 나도록 여행객을 부르네

현재도 오다와라의 특산품인 푸른 매실 절임은 신맛으로 유명한데, '입이 닳도록'에 해당하는 표현과 '입에 신물이 나도록'이라는 표현을 이중으로 활용한 노래이다. 또한 특산품으로 현재도 오다와라 특정 가게에서만 시판되고 있는 거담제 알약인 우이로外郎를, 쌀가루에 흑설탕 등을 넣어서 찐 떡인 '우이로모찌'라고 착각하는 에피소드도 있다. 다음 교카.

> 우이로를 떡이라고 오해해 잘도 속고서
> 이건 약이잖아 라고 쓴 표정을 짓네

시즈오카의 마리코 역참, 참마 가게의 부부싸움은 본 작품 중에서도 명장면으로 꼽을 수 있는데, 주된 소재가 바로 '참마즙'이다. 이 일화로 인해 요리법까지 상상할 수 있는 '도로로지루'는 지금도 시즈오카의 향토음식으로서 마리코의 조지야丁子屋라는 식당에서 이 일화와 동일한 레시피로 판매중이다. 마, 참마 등을 갈아서 양념을 가미한 즙 요리인데 김을 뿌려서 먹는다. 야지가 읊었던 다음 교카도 조지야 가게 마당에 세운 작자 짓펫샤 잇쿠 추모비에 적혀 있다.

　　싸우는 부부 뾰족이 입내밀고
　　소리개처럼 도로로 울면서 참마에 미끄러지네

'후후'라는 '부부'와 입을 오므리고 내는 소리, 여기에 뾰족한 주둥이의 솔개를 연상시키고, '도로로'는 '솔개 울음소리'와 '참마'등, 연상법에 의해 동음이의어를 중첩시킨 교카이다.

현재 시즈오카현静岡縣 후지에다시에 있는 시로코마을의 찻집여자 "데운 술을 올립니꺼?" 야지 "그러게. 그런데 안주는 뭐가 있을란가?" 주인 "예이, 네부카(줄기의 흰 부분이 긴 대파)와 참치 끓인 것만 ……" 기타 "야아 네기마(파와 참치를 함께 끓인 냄비요리)의 후로후키(무를 둥글게 썰어 푹 삶은 것에 양념된장을 발라서 먹는 음식)! 거 참 좋지." 네기마가 에도의 지명 네리마와 유사음인 것을 이용한 말장난을 한다. '네기마'니까 네리마의 명물인 네리마 무로 만든 후로후키 요리겠지라고 한 말장난이다. 그러나 이 언어유희를 알아차리지 못하는 주인 "아뇨. 후로후키가 아닙니다. 그저 간장으로 졸였당께요"라고 하면서 술병과 잔을 꺼내오고 참치도 접시에 담아 가져온다. 야지 "아하~ '네기마'

라고 하길래 에도에서 만드는 것과 같다 생각했건만, 이건 뭐 꿩 구운 것을 조린 거나 같네." 네기마는 에도에서는 냄비에 가로로 자른 파를 깔고 날 참치토막을 얹어 다랑어포를 뿌려서 간장조미로 끓인다. 간편한 냄비 요리로 에도토박이의 기호품이다. 그런데 이 찻집에서는 미리 참치토막을 양념 없이 구운 뒤, 손님이 주문하면 파를 첨가해서 끓이는 것으로 보인다. 꿩 구이도 날 꿩 토막에 간장을 발라 굽기도 하지만, 시골찻집에서는 본문과 같이 양념 없이 굽는 것이 일반적이라고 한다.

후지에다 역참 세토마을 변두리 찻집에서는 기타 "아니 우선 술로 합죠. 이크 넘칩니다, 넘쳐요. 한데 이 국은 뭐지? 새끼멸치 말린 포 다타미이와시에, 무 넣고 끓인 탕요리 센바니인가. 보통 이 다음은 짓이긴 호박을 깨와 된장으로 버무린 호박국이나, 고구마 무침이 나오겠지." 다타미이와시는 멸치새끼를 김처럼 붙여서 말린 포, 센바니는 오사카의 센바지역에서 발생한 요리로 소금으로 절인 고등어자반과 직사각형으로 썬 무를 다시마국물로 끓인 냄비 요리, 호박국과 고구마무침 등, 이들은 전부 시골음식으로, 얕보는 발언이라고 할 수 있다.

하마마쓰의 여관호객꾼에게 야지 "묵을 테니 밥도 먹여 주나?" 여관호객꾼 "드리고 말고요." 기타 "이봐 반찬은 뭘 먹게 할 텐가?" 호객꾼 "예, 이곳 특산품 참마라도 드립지요." 기타 "그게 대접에 담는 기본요리인가? 그것만은 아니겠지." 호객꾼 "예, 거기에다 표고버섯 쇠귀나물 같은 것을 곁들여서 ……" 기타 "두부된장국에다, 또 곤약과 으깬 두부 버무린 게 나오려나." 야지 "뭐 가볍게 먹어두는 게 좋겠지. 그 대신 법요 끝나는 백 일째는 선심 좀 쓰게." 호객꾼이 채소류 반찬만 늘어놓으므로 사망 후 100일간 치르는 법요의 정진요리라고 놀려, 마지막 날인 백 일째는 요리를 푸짐하게 대접하는 관습대로 해달라는 뜻이다.

이상은 3편까지에 등장하는 향토음식의 일부분으로, 이후 8편까지 교토, 오사카에 이르는 도보여행에 있어서 먹거리 여행은 이어진다. 교토의 예만 잠깐 들어보면, 7편 첫머리에서

후시미의 부채에 향긋한 바람 부는 교간지行願寺 향당香堂·革堂 앞의 조릿대 잎에 싸서 찐 찹쌀떡 지마키, 찹쌀가루에 설탕을 섞어 부풀려 구운 마루야마의 달콤한 전병 가루야키 센베이 과자, 위에 불상모양을 찍어 만든 호코지方広寺 앞의 다이부쓰 모찌, 다이고 지역의 땅두릅나무 순, 구라마지역의 산초나무 순 소금절이, 도지東寺·고코쿠지護国寺 지역의 순무, 미부지역 채소인 미부나壬生菜는 배추와 같은 종류이나 잎이 좁게 갈라져 있고 마디가 없어서 절임거리 또는 국거리 등으로 사용되는 겨자과의 채소로서 명물선집 책에도 버젓이 적혀있다,

라고 나열되는 것은 과연 천년의 고도다운 전통음식의 향연이라고 하겠다.

그리고 교토사람 요타쿠로가 야지 기타에게 하는 말 "가쓰라강의 어린 은어, 팔팔한 것을 소금구이나 양념된장을 발라 구운 생선꼬치구이로 하면 정말이지 너무나 맛있응께로 말로 표현할 수 없을 정도다 아이가. 야아 차라리 시조四條의 양식장이 가깝다면 모시고 갈 것을. 그 곳 장어는 가모강에 씻겨서 참말로 다르데이. 억수로 맛있다 아이가. 그리고 거긴 달걀부침을 진짜로 맛있게 부쳐서 먹게 해준다 아이가. 뭐랄까 이 만큼 크게 잘라서 김이 폴폴 나는 것을, 얇은 중국 남경풍 대접에 담아서 내오는디, 그 맛이란 정말이지 입안에서 녹는 것 같다 아이가. 실로 그것보다 또 가을에 오시면 가지각색의 송이버섯이데이. 이곳 명물

로 이게 또 다른 곳에는 없다 안카나. 싱싱한 것을 맑은 장국으로 해서 고추냉이 약간 떨어뜨려 술안주로 할 것 같으면 정말이지 아무리 먹어도 전혀 질리지 않는다 안카나"라는 말뿐인 진수성찬에도 교토의 대표음식이 나열된다. 그 밖의 기요미즈 언덕길가 찻집의 두부꼬치구이 덴가쿠 요리, 파를 넣은 난바우동이 등장한다. 도후덴가쿠는 꼬치두부에 양념된장을 발라 구운 음식이고, 난바우동은 오사카 난바의 명물인 굵고 흰 파를 길게 썰어서 넣은 우동인데 교토에서도 판매했던 것이다.

이와 같이 천년고도의 전통음식 뿐만 아니라 나라 엽차에 말아먹는 밥부터 시작하여 푸른 매실 절임, 우이로모찌, 장어구이, 전갱이 고등어 초밥, 설탕떡, 전복구이, 소라통구이, 아베카와모찌, 참마즙, 꿩 구이, 호박국, 고구마무침, 물엿떡, 무말랭이국, 표고버섯무침, 쇠귀나물무침, 두부된장국, 곤약두부버무림 등등, 초편에서 3편까지 즉 현재의 관동지역에 속하는 향토음식만 보더라도 그 지역을 여행하고자 하는 여행객들의 식욕을 돋우는, 여행 팸플릿이자 정보지의 역할을 본 작품이 담당하고 있는 셈이다. 속편에서는 규슈, 시코쿠까지 여행하니 전국노래자랑이 아니라 가히 전국음식자랑이라고 할 만하다.

〈충신장〉과 메밀국수

지금도 동경에서는 메밀국수가, 오사카에서는 우동이 더 많은 사랑을 받는다. 역사를 거슬러 올라가면 동경, 즉 에도에는 지금의 야마나시현山梨縣과 나가노현長野縣으로부터 메밀가루가 대량으로 유입되면서 시중에 저렴하게 보급되었고, 그 담백하고 개운한 맛이 에도시민의 취향에 잘 들어맞음으로써 메밀국수가 대표적 서민음식으로서 에도시대 중엽인 17세기 중반부터 자리 잡더니 현재에 이르게 된 것이라고 할 수 있다. 단 18세기 중반까지는 '모리소바'라는 형태로만 먹었는데 메밀 면을 나무그릇(세이로: 바닥이 대발로 되어있는 나무찜통)에 담아 장국에 찍어 먹는 식이었다. 오늘날 대발을 깐 네모 나무그릇에 담은 일본식 메밀국수가 바로 그와 같은 형태의 잔재이다. 한편 우려낸 뜨거운 국물을 메밀 면에 뿌려 먹는 것은 '가케소바' 또는 '붓가케소바키리'라고 하여, 1789년의 문헌에 최초의 기사가 보인다는 연구결과(『에도센류음식사전』)가 있다. 18세기 후반에는 이미 이 두 가지 시식 형태가 민간에서 동시에 이루어졌음을 알 수 있는데, 손님이 메밀국수집에 들어가자마자 "모리요? 가케요?"라고 가게주인이 묻는 게 관례로 그 물음에 재빨리 대답해야 했다고 한다. 1794년에 나온 그림소설『충신장즉석요리忠臣蔵即席料理』에서 모로노의 부엌을 기습 공격한 46인의 요리사가, '모리냐? 가케냐?'라고 모로노 측 사람들에게 다그치는 장면이 바로 그러한 관례를 말해준다.

또한 메밀국수가 에도라는 특정지역만의 음식이 아니라 이미 전국적인 기호품이었다는 것을 에도시대의 대표적 통속소설이자 베스트셀러였던『동해도 도보여행기』가 잘 보여준다. 가나가와 다이마치에 도착한 두 남자 야지와 기타하치. 가게 앞에 여자가 서서, "따끈따끈한 찬밥 있어요~. 막 조린 안주가 식은 것도 있어요~. 면발 굵은 메밀국수(소바) 드세요~. 면발 굵은 우동도 있어요~"라고 호객하고 있었다. 당시는 우동이든 메밀국수든 면발이 가는 것이 맛있다고 여겨졌으므로 반대되는 형용사를 붙여서 일부러 장난스럽게 외치는 소리인데, 맛없는 것을 나열하고 있는 격이다. 이 경우는 요리찻집에서 메밀국수를 곁들여 판매하는 형태인데 반하여, 메밀국수가게에서 벌어진 메밀국수를 주된 취향으로 한 일화도 있다. 현재 시즈오카 현 누마즈 시에 속하는 하라 역참에 도착한 두 남자. 메밀국수집에 들어가 메밀국수 두 상을 주문한다. 여비가 없는 그들은 굵은 메밀국수가 나오자 차라리 면발이 굵은 만큼 배를 채워주니까 먹는 보람이 있어서 요깃거리로 좋다고 자위한다. 그리고 메밀국수 삶아낸 물 소바유라도 실컷 마셔두자고 생각하여 '메밀 국숫물'을 한 잔 두 잔 계속 요구하는 것이다.

에도시대 서민들의 값싼 음식이었던 메밀국수는 이렇게 골계소설뿐만 아니라, 그림소설에도 등장한다. 그런데 그 중에서도 47인의 사무라이가 주군의 복수를 한다는 충신장忠臣蔵을 세계로 하는 그림소설에 종종 등장하는 이유는 무엇일까. 충신장과 메밀국수는 무슨 관계가 있는 것일까. 바로 소설 제목부터가 『잘 아시는 야습의 메밀국수御存夜討蕎麦』인, 갖가지 메밀국수 관련 사안이 나열되는 충신장물이 1790년에 간행되었다. 발단을 보면 원작『가나본보기충신장仮名手本忠臣蔵』(이하 '원작')에서는 가오요가 투구를 감정하는데, 본 작품에서는 투구모양을 한 국수그릇을 감정하고, 감정 대가로 한 그릇 가득 메밀국수를 하사받는다. 원작에서처럼 가오요를 연모해서가 아니라, 그 국수를 먹고 싶어서 치근대는 모로노, 거절하는 가오요 라고 하는 식으로 모든 사건과 사물을 메밀국수와 연관시켜 원작 스토리를 변경하며, 결론에서는 수타국수(테우치소바) 아닌, 야습국수(요우치소바)를 모로노에게 배달해서 경사스럽게 새봄을 맞이한다. 이러한 스토리전개의 큰 틀은 원작을 따르면서도 원작에서의 참극이 일어나지 않도록 취향을 바꾸는 데에 본 작품의 개성이 있다 하겠다. 즉 수많은 먹거리 중 하필이면 왜 '메밀국수

(소바)'가 충신장 세계의 소재로서 본 작품에서 선택받았는지 생각해 보면, '야습(요우치)'과 비슷한 발음을 지닌 음식이 '수타국수(테우치 소바)'였기 때문이 아닐까 생각된다.

이로부터 4년 뒤인 1794년에는 앞서 언급한 교덴작 『충신장즉석요리』가 나온다. 충신장의 에피소드와 도구를 철두철미하게 요리 및 요리도구에 견강부회해 가는데, 그 대략적인 내용은 다음과 같다. 나오요시공이 희귀한 요리를 원하여 엔야판관과 모모노이를 요리사로, 모로노를 그 상관으로 임명한다. 그리고 원작처럼 모로노가 엔야판관의 트집을 잡자 상처를 입히고 마는 소동이 벌어지고, 연극무대에서 대사를 잘못 말한 사람은 대기실에서 메밀국수를 사비로 대접해야한다는 관례를 따라 판관이 사비로 모두에게 대접한다. 잉어, 복어국, 장어 등의 요리가 등장하면서 스토리가 진행되는 가운데, 드디어 판관의 부하 유라노스케가 원작에서처럼 46인의 무사는 아니지만, 46인의 요리사를 대동하고 모로노 저택을 습격하여, 즉석요리를 선보임으로써 판관의 숙원을 대신 이룬다고 하는 내용으로 막을 내린다. 이 대단원 부분에 등장하는 주된 요리가 다음과 같이 메밀국수인 것이다.

모로노 부엌에 쳐들어간 46인의 요리사는 '모리(대발을 깐 그릇에 담은 메밀국수)냐' '가케(장국을 뿌려먹는 메밀국수)냐'라고 다그치면서 모로노측 사람들에게 계속 대접하는데, 질릴 정도로 대접받던 모로노는 더 이상 먹으면 목숨이 위태로울 정도가 되자, "기막히게 맛있네"라고 그 맛을 인정하며 항복한다는 결말이다. 이 장면에 그려진 삽화에는, 모로노 집에 있던 가신들이 원작에서는 칼날을 피하여 도망쳤다면, 여기서는 메밀국수를 더 이상 먹기 싫어서 도망치다가 붙잡힌 이들이 칼부림대신 국수를 강요받는 장면이 골계스럽게 그려진다. 본 작품 또

215

한 야습장면에 등장하는 메밀국수라는 점에 비추어 생각하면, '야습'과 비슷한 음을 지닌 음식이 '수타국수'였기 때문이 아닐까 생각된다.

그렇다면 발음이 비슷하다는 점 때문에 야습장면에서만 메밀국수가 이용되는 것일까? 그렇지도 않다. 충신장 세계의 다른 장면에서도 메밀국수는 주요한 취향으로 이용되기도 한다.

『충신장즉석요리』로부터 2년 후인 1796년, 다양한 요리나열 취향을 외래문물나열 취향으로 변경한 『중화본보기 당인장中華手本唐人蔵』이 간행된다. 원작에서는 모로노저택 습격을 위해 오늘밤 가마쿠라를 출발하고자 하는 유라노스케 일행에게 '앞날을 축복하여 수타국수(데우치노 소바키리). 야아 손수 처형(데우치)이라니 길조일세.'라는 짤막한 문구가 있다. '데우치'가 손수 반죽하다는 뜻과 더불어 손수 처형한다는 뜻도 지녔으므로 앞날을 축복하는 음식으로 원작에서 짧게나마 이렇게 사용했다고 할 수 있다. 그리고 본 작품『중화본보기 당인장』에서는 이를 과장·확대해석하여 기헤라는 인물로부터 손수 뽑은 메밀국수를 대접받는 일화가 그려진다. 기헤는 원작에서는 충신장 인물들의 무기를 조달하는 무기상 같은 존재인데, 본 작품에서는 하인 이고가 메밀국수를 충신장 인물들에게 열심히 나르고 있다. 외래문물나열이라고 하는 본 작품의 취지에 입각할 때 외래음식이 아닌 일본식 메밀국수로 잔치를 벌이는 장면을 그려 넣을 만큼, 메밀국수는 충신장 세계에서 의미 있는 음식이었던 셈이다.

이듬해인 1797년에 간행된 『충신셋집보증서忠臣店請状』는 『충신장즉석요리』의 '요리도구'를 민간에서 사용하는 '취사도구'로 변경한 작품이라고 할 수 있다. 그 중 유라노스케가 먹는 메밀국수를 유녀 오카루와 밀정 구다유가 노리는 장면이 있다. 원작에서의 가오요 마님이 보냈던 장문의 밀서를, 기다란 메밀국수에 빗댄 삽화는 과연 기발하다. 외관상의 유사성에 착안했을 뿐만 아니라 이사에 필요한 각종 살림살이 및 재료의 나열이라고 하는 본 작품의 취지와 잘 들어맞는 소재라는 점에서 더욱더 그러하다. 원작에서 가오요의 밀서를 엿보았던 오카루와 구다유의 상황을, 본 장면에 등장하는 동일 인물들은 더할 나위 없는 메밀국수 애호가라고 설정하여, 유라노스케가 맛있게 먹고 있는 모습에 참을 수 없게 된 오카루와 구다유가 한 젓가락이라도 맛볼 기회를 노린다고 교묘하게 원작 상황을 패러디한다. 한편 작자인 잇쿠 스스로가 메밀국수 애호가였음을 『적중 소설책방的中地本問屋』 말미에서 '잇쿠 책 발매를 기념하여 출판사 무라타에게 초대받아 메밀국수 대접을 받는다. 아주 좋아하는 음식으로, 얼마든지 먹을 수 있다' 라며 기쁜 듯이 메밀국수를 먹는 자화상까지 싣는다. 작자가 좋아하는 음식이었기에 그 관심이 충신장물의 소재로 이어졌던 것이 아닐까.

잘 알려진 연극 세계를 요리와 연관 지은 첫 그림소설은 이상의 작품들보다 훨씬 앞선 1777년에 간행된 『희귀한 식단 소가珍献立曾我』였다. 소가 세계를 철저히 요리에 견강부회함으로써 원작의 테마를 파괴한 소설이다. 아버지의 원수를 갚기까지의 소가 형제의 갖가지 고난을 일일이 먹거리와 관련된 사안으로 바꿈으로써, 당시 숭고하게 여겨졌던 '복수담'이라고 하는 테마는 완전히 탈바꿈하여 비속화하는 것이다. 이 작품의 '소가'세계를 충신장의 세계로, '아버지'의 원수를 주군의 원수로, '소가형제'를 47인의 가신으로 바꾸어 보면, 음식을 소재로 한 충신장물들과 그대로 부합됨을 알 수 있다. 『희귀한 식단 소가』에서는 소가 형제가 후지富士 산 자락에 면류를 파는 가게를 오픈, '소가네(소가야)'라는 간판을 내거는데, 이는 '메밀국수가게(소바야)'를 의식한 표현이 아닐까. 이러한 발음의 유사성이 소가의 세계를 요리에 결부시키는 최초의 착안점으로 작용하지 않았을까 상상해본다.

나가며

이상, 18·19세기의 대중소설인 그림소설 및 골계소설에 나타난 풍성하고 다양한 먹거리 이야기를 통하여 에도서민의 먹거리 인식에 대해 살펴보았다.

번잡한 스토리 전개를 감수하고서라도 식자재의 향연이라는 목적하에 의인화 기법으로 창작된 먹거리물 그림소설에서는, 식품 본연의 성질보다는 식재료의 이름, 즉 발음에 기인하는 웃음을 찾을 수 있었다. 마찬가지로 식품의 의인화물이면서도 본연의 식료품 성질에 연유하는 스토리가 펼쳐지는 가운데, 보양식품과 약초, 즉 독이 되는 음식 약이 되는 음식이라는, 식재료의 효능에 대한 에도서민의 시선을 고스란히 담아내는 그림소설도 있었다. 가령 쇠귀나물이 정력을 감퇴시킨다든지 반대로 당근과 무는 원기회복에 도움이 되나 기력이 약한 쇠귀나물에게 있어서는 독이 되는 음식이라는 시선으로 기승전결이 명확한 스토리가 펼쳐진다. 독성 또는 약성에 연유하는 보양식의 관점을 엿볼 수 있었다.

종래의 여행기처럼 빼어난 풍광을 논하는 대신, 주인공들이 일단 길거리음식에 시선을 빼앗기고 보는 B급 맛집 탐방기도 있었다. 그들이 다투며 먹는 향토음식의 향연만 보더라도 가히 전국음식자랑여행기라고 할 만하며, 독자들의 식욕을 돋우면서 여행을 권유하는 광고지이자 정보지의 역할까지 톡톡히 하고 있는 먹방쿡방소설인 셈이다.

에도시대 서민들의 값싼 일상식품이었던 메밀국수는 골계소설뿐만 아니라 그림소설에도 등장한다. 그런데 그 중에서도 충신장을 세계로 하는 그림소설에 종종 등장하는 이유는 무엇일까. '소가'라는 연극 세계가 발음이 비슷한 '메밀국수' 요리와 연관되는 단초를 제공했다면, 충신장 원작에서는 '수타국수. 야아 손수 처형'이라는 식으로 잠깐이나마 사용되었다는 점, '야습'과 비슷한 발음을 지닌 음식이 수타국수라는 점, 외관의 유사성으로 인하여 장문의 밀서를 기다란 메밀국수에 빗댈 수 있다는 점, 등등이 메밀국수로 하여금 충신장 세계의 한 가지 취향으로 등장할 수 있게 한 모태가 되지 않았을까 추측해본다. 이리하여 작자 잇쿠 뿐만 아니라 에도서민의 기호품이자, 에도라는 특정지역만이 아닌 전국적인 기호품으로, 앞날을 축복하는 음식, 또는 경사스런 날 먹는 음식, 섣달그믐날 반드시 먹어야하는 음식으로 사랑받게 된 것이다.

참고문헌

강지현(2016) 「合卷『八百屋料理靑物語』における俗信による食材の效能攷 — 野菜尽し異類物としての趣向の機能について」(『비교일본학』37, 한양대일본학국제비교연구소)

_____(2013) 「에도토박이의 포복절도 교토여행」 『공간으로 읽는 일본고전문학』 제이앤씨

_____(2010) 『근세일본의 대중소설가, 짓펜샤 잇쿠 작품 선집』 소명출판

渡辺信一郎(1996) 『江戸川柳飮食事典』 東京堂出版

興津要(1995) 『江戸食べもの誌』 朝日文庫

의식주로 읽는
일 본 문 화

주거

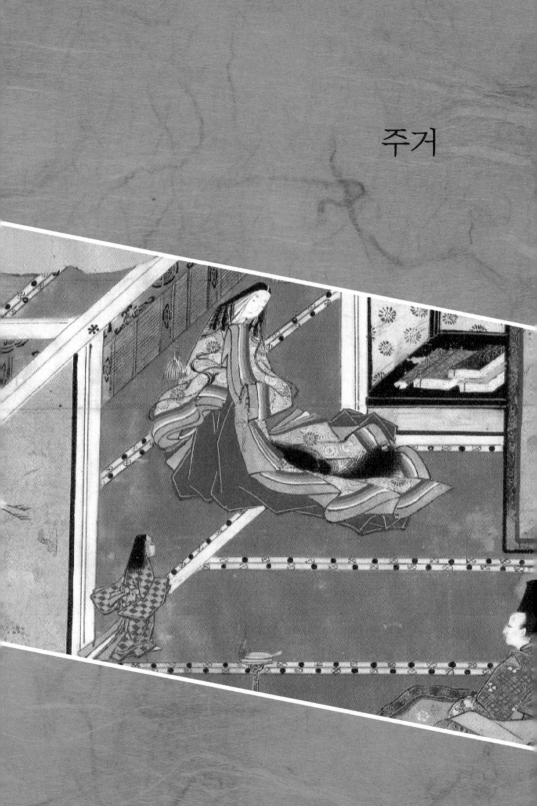

의식주로 읽는
일 본 문 화

으스름 달빛 아래 궁궐을 거닐다

이 미 령

● ● ● ●

온통 아수라장이었다. 엔초延長 8년, 그러니까 서기 930년 7월 24일
오후 2시 30분 경, 궁궐에 벼락이 떨어졌다. 한 시간 반 전부터 번개를
동반한 거센 비가 내리기 시작하더니 급기야 사달이 난 것이다. 낙뢰落
雷는 궁궐 내 전각 중 하나인 청량전淸凉殿 남서쪽 기둥에 내리꽂혔는데,
이로 인해 주변에 있던 대납언大納言 후지와라 기요쓰라藤原淸貫와 우중변
右中弁 다이라 마레요平希世가 각각 가슴과 얼굴에 화상을 입고 즉사한다.
이어 옆 건물인 자신전紫宸殿으로 옮겨간 낙뢰는 5명의 추가 희생자를
더 발생시키고 난 뒤에야 그 기세가 멈춘다. 다행히 청량전 안에 있다
가 화를 면한 다이고醍醐 천황(885~930년)은 황급히 북쪽에 위치한 상

【그림 1】 청량전 낙뢰사건(東京国立博物館 外 編(2001)『北野聖廟縁起 北野天神縁起(承久本) 完全復刻本』大塚巧藝社)

녕전常寧殿으로 피신하지만, 너무 놀란 탓인지 3개월 뒤 붕어崩御한다. 유례가 없는 일이었다.

그런데 이 사건의 배후에 스가와라 미치자네菅原道眞의 원령怨靈이 있다는 소문이 파다하게 돈다. 오늘날 일본 전국 각지의 신사에서 학문의 신神으로 떠받들어지는 바로 그 인물이다. 다이고 천황 시절 우대신右大臣이었던 그를 좌대신左大臣 후지와라 도키히라藤原時平가 참소讒訴해 다자이 부大宰府(지금의 규슈九州)로 좌천시켰고, 그런 미치자네의 동향을 감시하고 도키히라에게 보고했던 인물이 바로 벼락을 맞고 즉사한 기요쓰라였기 때문이다. 사실 미치자네의 원령에 대한 두려움은 그가 죽고 난 이듬해(904년)부터 잇따른 천재지변과 주변인물의 갑작스런 죽음에 의한 것으로, 당시 사람들은 그들에게 닥친 재난을 억울하게 죽은 미치자네의 원혼이 저지른 짓이라 생각했다. 원인이야 어찌 되었든 간에 천황의 거처를 직격한 낙뢰는 엄청난 충격과 혼란을 야기했고, 사람들은 살기 위해 궁궐 내 여기저기로 내달렸다.

이즈음에서 도대체 청량전이 어떤 곳이기에 천황과 주요관리들이 모여 있었는지, 또 그 옆에 있다는 자신전과 북쪽의 상녕전은 얼마나 떨어져 있고, 무엇을 하는 곳인지 궁금해질지도 모르겠다. 그래서 이 글에서는 헤이안平安 시대(794~1192년) 천황이 거처했던 궁궐의 이모저모를 당시대 문학작품인『겐지 이야기源氏物語』를 통해 살펴보고자 한다.

평안을 기원하는 도시, 헤이안

일본의 제50대 천황인 간무桓武 천황(737~806년)은 794년, 헤이안平安(지금의 교토京都)으로 천도를 단행한다. 약 70년간 수도였던 헤이조平城에서 나가오카長岡로 옮긴지 불과 10년만의 일이었는데, 여기에 또 원령이 등장한다. 지금에야 전염병이나 자연재해 등의 발생 원인에 관해 과학적이고 합리적인 해석이 가능하지만 당시에는 국가나 개인의 신변에 닥친 불행을 모두 한을 품고 죽은 모노노케物の怪, 곧 원령의 탓으로 돌렸다.

헤이조를 기반으로 한 귀족과 사원세력의 강력한 영향력에서 벗어나고자 새로운 수도 나가오카를 조성했던 간무 천황은 생각지도 못한 상황에 직면한다. 신도시 조성책임자인 후지와라 다네쓰구藤原種継가 암살당하고 마는데, 이 사건에 간무 천황의 동생이자 당시 황태자였던 사와라早良 친왕親王이 배후세력으로 지목된 것이다. 사건과의 관련성을 부인하며 억울함을 호소하던 사와라 친왕은 유배지로 가는 도중 분을 이기지 못하고 죽고 만다. 친왕의 죽음 이후 기근이 발생하고 역병이 돌아 수많은 사람이 목숨을 잃는다. 또 황후를 비롯해 천황의 주변인물들이 줄지어 죽어나가고 급기야 황태자까지 병에 걸리자 결국 불길하기 짝

이 없는 나가오카를 버리고 새로운 도시로 이주를 감행했던 것이다. 바로 '平安'이라 명명된 헤이안 경平安京의 탄생이다. 새로운 곳에서는 부디 불행한 일 없이 평화롭게 살아갈 수 있기를. 간절한 기원을 담은 이름 덕분인지 헤이안 경은 이후 천 년간 일본의 정치적 중심지가 된다.

헤이안 경은 중국 당나라의 장안을 모방하여 조성된 계획도시로, 동서 4.5㎞, 남북 5.2㎞의 장방형長方形으로 구획되었다. 도시의 북쪽 중앙에 궁성宮城인 다이다이리大內裏가 위치하고, 그곳을 기점으로 중심 도로인 주작대로朱雀大路가 남북으로 뻗어 있었다. 이 주작대로의 남쪽 끝에 위치해 헤이안 경의 관문역할을 했던 것이 바로 라쇼몬羅城門이다. 왠지 친숙한 이 이름은 1951년 베네치아 국제영화제 황금사자상을 수상한 구로사와 아키라黑澤明 감독의 영화 〈라쇼몬〉 때문일 것이다. 영화의 첫 장면과 마지막 장면의 무대가 바로 이 문인데, 창건 당시의 화려한 모습을 상상했다가는 크게 실망할지도 모르겠다. 이미 헤이안 시대 중기에 이르면 수차례의 태풍과 폭우로 파괴된 문의 재건을 포기하고 방치해버리기 때문이다. 이는 시대에 따라 천황의 세력이 약화되는 것과 궤를 같이한다고 생각하면 된다.

한편 역대 천황이 살았다던 지금의 교토 고쇼京都御所는 애석하게도 헤이안 시대의 궁궐이 아니다. 당시의 건물은 거듭되는 화재로 인해 전부 소실되었고, 천황이 화마를 피해 임시로 거주했던 곳을 14세기 후반부터 정궁正宮으로 삼은 것이다. 이후에도 여러 차례 소실과 재건을 반복하다가 에도 시대 말에 이르러 지금의 모습으로 정비되었다.

여하튼 우리가 지금부터 살펴볼 궁궐 이야기는 헤이안 시대, 화려한 귀족문화가 찬란하게 빛나던 시기를 배경으로 한다. 자, 그럼 무슨 이야기가 펼쳐질지 『겐지 이야기』 속으로 들어가 보자.

전각의 이름으로 불리는 여성들

헤이안 시대 귀족여성들은 이름이 있기는 했지만 공식적으로 불리는 일은 거의 없었다. 본명을 부르면 그 사람에게 좋지 않다는 당시의 금기 탓인지는 몰라도 신분이 높은 일부의 여성을 제외하고는 실명의 사례는 찾아보기 힘들다. 그래서 당시 여성의 호칭은 주로 자신과 관계가 있는 남성의 관직명을 붙여 부르는 경우가 많았다. 예를 들어 헤이안 중기의 유명한 가인歌人이었던 아카조메에몬赤染衛門의 '위문', 역시 가인이었던 이세노타이후伊勢大輔의 '대보', 그리고 『겐지 이야기』의 작자 무라사키시키부紫式部의 '식부' 등은 모두 아버지의 관직명이다. 또 거주하는 곳의 명칭을 붙여 부르는 경우도 많았는데, 『겐지 이야기』에 등장하는 후지쓰보 중궁藤壺中宮이나 고키덴 여어弘徽殿女御, 기리쓰보 갱의桐壺更衣 등이 바로 그러한 예다. 다시 말해 자신이 살고 있는 처소의 이름에 각자의 직위를 붙인 것으로 후지쓰보 중궁은 후지쓰보에 거처하는 중궁, 고키덴 여어는 홍휘전에 기거하는 여어라는 뜻이다. 그렇다면 후지쓰보나 홍휘전, 기리쓰보 등은 도대체 어디일까?

천황이 살았던 궁궐을 보통 '다이리內裏'라고 부르는데, 앞서 언급한 '다이다이리'는 이러한 다이리와 주변의 관청가를 포함한 헤이안 궁성 전체를 일컫는 말이다. 우리가 지금부터 살펴볼 다이리는 크게 천황의 공간인 자신전, 청량전, 인수전仁壽殿과 황비皇妃의 공간인 칠전오사七殿五舍로 나뉘어져 있었다. 천황의 공간은 후술할 내용에서 보다 구체적으로 살펴보기로 하고, 여기서는 황비의 공간인 칠전오사에 대해 알아보자.

칠전오사는 일곱 개의 전殿과 다섯 개의 사舍로 구성된 공간이다. 우

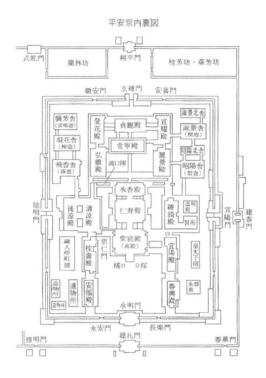

【그림 2】 헤이안 경의 다이리(阿部秋生 他 校注(1994) 『源氏物
語』① 新編日本古典文学全集 小学館)

리가 흔히 '후궁'으로 알고 있는 곳인데, 여기는 천황의 황비를 비롯해
동궁과 동궁의 비妃, 친왕, 내친왕內親王 등이 거주했던 공간이다.

　그림에 따르면 중앙을 기점으로 남쪽이 천황의 공간이고, 북쪽이 후
궁인 황비의 공간이다. 구체적으로 천황의 공간인 자신전과 인수전의
뒤쪽에 위치한 홍휘전弘徽殿, 승향전承香殿, 여경전麗景殿, 등화전登華殿, 정
관전貞觀殿, 선요전宣耀殿, 상녕전常寧殿을 '칠전'이라 하고, 칠전의 양옆으
로 위치한 비향사飛香舍, 응화사凝花舍, 소양사昭陽舍, 숙경사淑景舍, 습방사襲

芳舍를 '오사'라 한다. 그런데 오사는 각 건물의 안뜰에 심어져 있는 꽃이나 나무의 이름을 딴 명칭으로 더 유명하다. 즉 비향사는 '등나무 안뜰'이라는 뜻의 '후지쓰보藤壺'로, 응화사는 '매화 안뜰'인 '우메쓰보梅壺', 소양사는 '배나무 안뜰'인 '나시쓰보梨壺', 숙경사는 '오동나무 안뜰'인 '기리쓰보桐壺'로 불린 것이다. 예외적으로 습방사를 '간나리노쓰보雷鳴壺'라 하는데, 이는 안뜰에 벼락을 맞은 나무가 있다 하여 그렇게 불렀다고는 하지만 확실하지는 않다.

어찌 되었든 간에 앞서 잠시 언급한 후지쓰보 중궁, 고키덴 여어, 기리쓰보 갱의가 궁궐의 어디쯤에 거처하고 있는지, 또 천황의 공간과는 어느 정도 떨어진 거리에 위치하고 있는지 대략 알 수 있으리라. 그런데 천황을 둘러싼 여성들의 지위는 천황의 일상생활 공간인 청량전과의 거리에 따라 고하高下로 나뉘었다. 즉 청량전과 가장 가까운 거리에 위치한 홍휘전이 대대로 후궁 중에서도 제일 높은 지위의 여성이 거주했던 곳이다. 또 비향사, 곧 후지쓰보는 헤이안 초기에는 칠전에 비해 격이 낮았지만 청량전과 근접한 거리에 위치한 관계로 헤이안 중기 이후부터는 중궁이나 유력한 여어의 거처가 되었다. 이곳에 거처했던 역사적으로 가장 유명한 인물로는 헤이안 시대 최고의 권력자 후지와라 미치나가藤原道長의 딸이자 이치조一條 천황의 중궁이었던 후지와라 쇼시藤原彰子가 있다. 바로 『겐지 이야기』의 작자 무라사키시키부가 모셨던 인물이다.

이처럼 청량전과의 거리를 고려해보면, 『겐지 이야기』의 기리쓰보 갱의는 후지쓰보 중궁이나 고키덴 여어와 어깨를 나란히 할 정도의 인물이 결코 아니다. 바로 여기서 비극적 사랑이 잉태된다.

집단따돌림의 무대

『겐지 이야기』는 주인공 히카루겐지가 본격적으로 등장하기에 앞서 그의 아버지 기리쓰보 천황과 어머니 기리쓰보 갱의와의 애절한 사랑이야기로 시작된다. 기리쓰보 천황은 많은 여어와 갱의들을 두고 있었지만, 그 중에서 기리쓰보 갱의라 불리는 여성을 가장 사랑했다. 당시 최고권력자 우대신의 딸이자 동궁의 어머니였던 고키덴 여어는 천황이 자신이 낳은 동궁보다 기리쓰보 갱의와의 사이에서 얻은 황자皇子를 더 애지중지하자 이러다 동궁이 바뀌는 것은 아닌지 의심의 눈초리를 거두지못한다. 여하튼 그녀에 대한 천황의 총애가 얼마나 대단했던지 신하와세상 사람들이 당나라 현종과 양귀비의 사랑에 빗대어 나라 걱정을 할정도였다. 자고로 정치적 관계를 고려하여 사랑에도 전략적으로 대처해야만 하는 천황이 특정 여성만을 편애했을 때, 일차적으로 발생하는 문제는 단연코 여성들 간의 암투다. 게다가 논란의 중심에 서있는 여성이머물고 있는 곳은 청량전에서 가장 먼 숙경사, 곧 기리쓰보였다. 그녀에대한 주변의 질투와 해코지가 어떠했을지 상상이 가지 않는가?

갱의의 처소는 기리쓰보이다. 주상이 다른 많은 여어와 갱의 분들의 처소를 그냥 지나치셔서 그리로 뻔질나게 발걸음을 하시니, 그분들이 마음을 끓이시는 것도 무척이나 당연한 일인 듯이 여겨진다. 갱의가 주상을 뵈러 올라가실 때도, 너무나 그런 일이 잦을 때는 건물 사이에 걸쳐둔 다리와 회랑 길 위 이곳저곳에 괘씸한 짓을 하기에, 배웅하고 마중하는 사람의 옷자락이 참기 어려울 정도로 볼꼴이 사나울 때도 있다. 또 어떤 때는 반드시 지나가야만 하는 건물 안을 가로지르는 판자가 깔린 복도 양쪽 문을 단단히 잠가놓고, 이쪽저쪽에서 서로 짜고 나아갈 수도 물러날 수도 없게 만드실 때도 많다. 일이 있을 때마다 헤아릴 수 없이 괴로운 일만 쌓여가는지라, 주상께서는 갱의가 무척이나 괴로워하는 모습을 더욱더 안됐다고 여기신다. 후량전에 원래부터 기거하며 주상을 모시고 있던 다른 갱의의 처소를 딴 곳으로 옮기도록 하시고, 그곳을 웃전으로 내리신다. 그곳을 내준 다른 갱의의 한은 다른 분들보다 깊은지라 풀 길이 없다.

당시에는 건물과 건물 사이를 지붕이 달린 복도인 회랑이나 널빤지로 만든 임시다리로 연결했는데, 이러한 공간 곳곳에 오물을 뿌려 놓거나 문을 걸어 잠그거나 해서 이동을 방해한 것이다. 그 모습이 안쓰러워 천황이 기리쓰보 갱의를 청량전의 부속건물인 후량전後涼殿으로 옮기게 하니 그녀에 대한 다른 여성들의 원한이 하늘을 찌를 듯 커져갔다.

그런데 여기서 방해공작 중의 하나인 바닥의 오물은 당시 귀족여성들의 의복과 머리 스타일을 생각하면 당황스럽기 그지없다. 보통 그 시대 여성들은 길이가 긴 여러 벌의 옷을 겹쳐 입었고, 바닥에 끌릴 정도의 긴 머리카락을 지니고 있었다. 자, 그럼 상상해보자. 천황을 알현하기 위해 한껏 치장한 갱의와 그러한 윗분을 모시고 동행하는 여성들이 길게 늘어뜨린 아름다운 옷과 치렁치렁한 머리카락으로 바닥의 오물을 쓸고 다니는 모습을 말이다. 이러한 경험은 갱의에게 말할 수 없는 비참함과 모욕감, 더 나아가 자신을 향한 원한의 깊이를 새삼 느낄 수 있게 했으리라.

결국 주위의 질투와 원망을 감당하지 못한 갱의는 시름시름 앓다가 끝내 숨을 거둔다. 그녀의 죽음은 천황 입장에서야 회한 가득하고 가슴을 칠 일이겠지만, 갱의의 입장에서는 화병으로 인한 비명횡사나 다름 없었다. 천황의 지독한 사랑이 초래한 최악의 결과였다.

화려한 궁정행사의 장

『겐지 이야기』에는 황자의 성인식을 비롯해 궁정에서 열린 여러 행사에 관한 서술이 곳곳에 보인다. 궁정을 무대로 화려하게 개최되는 갖가지 행사는 태평성대를 구가하는 기리쓰보 천황의 천황으로서의 자질과 인격을 상징하는 장치이자 세상 사람들이 입을 모아 극찬하는 주인공의 뛰어난 외모와 교양을 확인할 수 있는 무대로 활용된다. 또 주인공의 이루어질 수 없는 사랑과 자기파멸적 사랑이 교차하는 공간이기도 하다.

기리쓰보 갱의가 죽고 궁궐 밖 사가에서 외조모의 손에 길러지던 어린 황자는 할머니의 죽음을 계기로 입궐한다. 하지만 황자의 재주와 미모가 지나치게 뛰어나 동궁의 입지를 위협할 지경에 이르자 정국이 어지러워질 것을 우려한 기리쓰보 천황은 결단을 내린다. 황자에게 겐지源氏 성을 주어 신하로 강등시킨 것이다. 황자의 지위를 계속 유지할 경우, 정적들에게 그들의 권력을 위협하는 잠재적 불안요소로 인식될 것을 우려한 보호조치였다. 여하튼 황자의 빛나는 아름다움은 어디 비길 바 없이 사랑스럽고, 이에 세상 사람들은 겐지를 '히카루키미光る君'라 부른다. 드디어 주인공 히카루겐지가 이야기의 전면에 등장한다.

청량전에서 열린 황자의 성인식

열두 살이 된 히카루겐지는 궁궐에서 성인식을 치른다. 천황과 동궁의 성인식은 궁중의 정전正殿인 자신전에서 열리는 데 비해, 황자인 히

清涼殿・後涼殿図

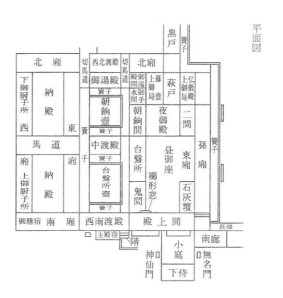

【그림 3】 청량전과 후량전의 내부(阿部秋生 他 校注(1994)
『源氏物語』① 新編日本古典文学全集 小学館)

카루겐지의 성인식은 청량전에서 거행되었다. 당시 청량전은 천황이 상주하며 일상생활을 하던 건물이었다. 헤이안 시대 초기에는 인수전이나 상녕전이 그 역할을 했지만 우다宇多 천황(867~931년) 이후로는 청량전이 사용되었다. 그런데 여기서 일상생활이라고 하면 천황의 사적인 생활만을 생각할 수도 있지만 그렇지 않다. 청량전은 크게 공적인 공간과 사적인 공간으로 양분된다. 위의 청량전 내부구조를 보자.

중앙을 기점으로 천황이 업무를 보는 남쪽의 '히노오마시昼御座'와 그 아래 당상관들의 대기소인 '덴조殿上', 그리고 몸채에 붙은 조붓한 방인 동쪽의 '히사시庇' 등은 공적인 공간이다. 반면 천황의 침실인 북쪽의

233

'요루노오토도夜御殿'와 천황의 침소에 들기 전 후궁들의 대기실인 '우에노미쓰보네上御局', 그리고 천황의 식사를 준비하는 '다이반도코로台盤所' 등은 사적인 공간이다. 따라서 히카루겐지의 성인식은 당연히 공적인 공간에서 이루어졌을 것이다.

기리쓰보 천황은 청량전 동쪽 몸채에 붙은 조붓한 방에 마련된 옥좌에 앉아 그 앞에서 진행되는 성인식 행사를 지켜본다. 양 갈래로 묶었던 어린 시절의 머리카락을 자르고 상투를 틀어 관을 쓴 아들이 옷을 갈아입고 뜰로 내려가 절을 올린다. 이 모습을 보며 죽은 기리쓰보 갱의를 향한 사무치는 그리움과 아들의 성인식을 함께 하지 못하는 아쉬움에 천황은 슬픔을 견디지 못하고 눈물을 흘린다. 성인식을 치른 이날, 히카루겐지는 좌대신의 딸 아오이노우에葵の上와 혼인한다. 천황은 외가가 변변치 않은 히카루겐지의 후견을 좌대신에게 맡김으로서 아들의 장래를 굳건히 한다.

청량전 앞뜰의 가을 단풍 연회

세월은 흘러 히카루겐지 열여덟 살 가을, 청량전 앞뜰에서 시악試樂이 열린다. 선제先帝를 위한 축하연의 예행연습으로, 본 행사는 스자쿠인朱雀院에서 열릴 예정이었다. 이번 시악은 궁궐 밖 행사에 참석하지 못하는 여러 후궁들을 배려한 천황의 지시였다.

겐지 중장中將께서는 청해파靑海波에 맞춰 춤을 추셨다. 상대는 좌대신 가의 두중장頭中將이다. 용모와 태도가 보통 사람과는 다른데도 겐지 님과 나란히 서니 역시 꽃 옆에 있는 깊은 산속 나무와 같다. 서쪽으로 지는 햇살이 환하

게 비치는데, 아악雅樂 소리가 더욱더 높아지고 흥이 한창일 때 같은 춤인데
도 겐지 님의 발놀림과 표정은 이 세상에서 볼 수 없는 모습이다. 영詠 등을
하시는 목소리는 이거야말로 부처님 나라의 가릉빈가迦陵頻伽의 소리인 듯
들린다. 흥겹고 감동적이라, 천황께서는 눈물을 닦으시고 공경과 친왕들도
모두 눈물을 흘리셨다. 영을 마치고 소매를 고쳐 펄럭이시니, 기다렸다는 듯
요란스러운 음악 소리에 겐지 님의 얼굴색은 더한층 빼어나 보통 때보다도
빛나 보이신다.

청량전은 남향南向인 자신전과는 달리 동향東向이었다. 동쪽을 바라보
고 앉은 건물의 정면에는 하얀 모래가 깔린 정원이 펼쳐지고, 거기에는
건물과 나란히 하여 두 그루의 대나무가 심어져 있을 뿐이다. 건물을
따라 맑은 물이 흐르는 도랑이 있어, 탁 트인 개방감과 청량감이 느껴
지는 정원이었다. 바로 이곳에서 히카루겐지가 궁중연회에 화려하게
데뷔한 것이다. 물론 이전에도 히카루겐지의 아름다운 외모와 재주를
극찬하는 장면은 『겐지 이야기』 곳곳에 등장한다. 하지만 이 장면에서
청해파에 맞춰 춤을 추는 그의 모습은 두고두고 인구에 회자될 정도의
강한 인상을 남긴다.

천황의 아들이자 좌대신의 사위 히카루겐지와 좌대신의 아들이자
우대신의 사위인 두중장. 절친한 벗이자 경쟁관계인 이 두 사람은 하얀
모래를 배경으로 석양빛을 받으며 아름다운 음악에 맞춰 춤을 춘다. 용
모와 태도가 보통 사람보다 월등한 두중장이지만, 히카루겐지에 비하
면 화려한 꽃 옆의 수수한 산속 나무에 불과하다. 히카루겐지의 탁월한
발놀림과 표정은 이미 이 세상 사람의 것이 아니다. 심지어 시구를 읊
는 그의 목소리는 마치 극락정토에 산다는 새소리처럼 들린다. 오죽하

235

면 바라보던 모든 사람들이 감동의 눈물을 흘리겠는가. 이 와중에 동궁의 어머니인 고키덴 여어는 하늘이 감탄할 용모여서 불길하다는 칭찬 아닌 칭찬의 말을 남긴다. 히카루겐지의 평탄하지 못할 미래를 대변하는 듯하다.

자신전에서 열린 봄 벚꽃 연회

히카루겐지 스물 살 봄, 이번에는 자신전에서 벚꽃 연회가 열린다. 사실 자신전은 헤이안 시대 초기에는 천황의 사적인 공간이었다. 하지만 당시 정전이었던 다이다이리 안의 대극전大極殿이 1177년의 화재로 소실되고 이후 재건되지 않으면서 그 역할을 대신하게 된 것이다. 이곳에서는 천황의 즉위식, 동궁의 성인식, 신년하례 등의 행사와 계절 독경, 인왕회 등의 불교행사, 그리고 외국사절의 알현 등, 국가 주요행사가 빈번하게 열렸다. 바로 여기서 화려한 벚꽃 연회가 펼쳐진다.

자신전 중앙에 마련된 옥좌에는 기리쓰보 천황이 자리하고, 그 좌우로 후지쓰보 황후와 동궁이 자리 잡는다. 후지쓰보 중궁은 한 해 전 동궁의 어머니인 고키덴 여어를 제치고 황후가 된 참이었다. 하늘이 맑게 갠 화창한 봄날, 친왕과 공경公卿을 비롯하여 한시문에 정통한 관인들이 모여 천황이 내린 운자韻字를 받아 시문을 짓는다. 점차 해가 저물고, 춘앵전春鶯囀이라는 춤이 시작된다. 남향인 자신전의 앞뜰에는 건물 중앙의 계단 좌우로 벚꽃과 귤나무가 심어져 있는데, 활짝 핀 벚꽃 너머 하얀 모래가 깔린 넓은 정원을 배경으로 화려한 춤사위가 펼쳐지는 것이다. 이를 관람하던 동궁은 문득 히카루겐지가 청량전 시악試樂 때 추었던 춤을 떠올리고는 다시 한 번 보여 달라 간절히 채근한다. 마지못해 일어나 조용히 소맷자락 한 번 휘둘렀을 뿐인데 그 아름다움은 어디 비할 데 없다. 게다가 그가 지은 시문은 어떠하랴. 그 훌륭함에 강사는 한 구 한 구 야단스레 해석을 붙이고, 박사들은 혀를 내두른다. 또다시 '빛나는' 분이라 극찬을 받는 주인공이다.

늦은 밤이 돼서야 연회가 끝나고 밝은 달이 떠올라 깊은 정취가 느껴지는 이 때, 히카루겐지는 혹시나 그 분을 만날 수 있을까 비향사 근처를 서성인다. 후지쓰보 중궁의 거처다. 사실 후지쓰보 중궁은 죽은 기리쓰보 갱의의 용모와 자태를 쏙 빼닮았다는 이유로 입궐한 여성이었다. 기리쓰보 천황의 사랑이 그녀에게 집중되는 것은 당연한 일이리라. 다행히 그녀는 선제先帝의 넷째 황녀라는 최고의 신분이었기에 기리쓰보 갱의와 같은 험한 꼴은 당하지 않았고, 오히려 천황의 전폭적인 지지와 사랑 속에 고키덴 여어를 제치고 황후가 된 것이다. 그런데 여기서 예기치 못한 문제가 하나 발생한다. 그녀가 기리쓰보 갱의를 닮았다는 사실은 갱의의 아들인 히카루겐지에게 막연한 동경의 싹을 심어주었던 것이다. 어머니를 닮은 여성에 대한 동경은 연모의 감정으로 급변하고, 이루어질 수 없는 사랑에 집착하던 히카루겐지는 결국 선을 넘고 만다. 황권에 대한 심각한 도전이었다. 더욱이 둘 사이의 아들이 버젓이 천황의 아들로 둔갑하여 동궁의 뒤를 잇게 되는 상황이었으니 그들의 죄책감이 오죽했으랴. 특히 후지쓰보는 천황의 두터운 총애와 비례하여 죄책감은 더욱 커져가고 히카루겐지를 강하게 거부한다. 그러던 중 자신전에서 연회가 열린 것이었다.

후지쓰보에 대한 그리움에 비향사 근처를 서성이던 히카루겐지는

【그림 4】 히카루겐지와 오보로즈키요
의 만남(湯原公浩 編(2006)
『王朝の雅 源氏物語の世界』
平凡社)

굳게 닫힌 처소의 문을 당겨보지만 소용이 없다. 탄식하며 비향사 동쪽
에 인접해 있는 고키덴 여어의 처소인 홍휘전으로 발길을 옮기던 히카
루겐지는 건물 몸채에 붙은 조붓한 방에 문이 하나 열려 있는 것을 발
견한다. 고키덴 여어는 연회가 끝난 후 바로 천황의 침소에 들고자 청
량전의 대기실로 올라간 참이라 이곳은 조용했다. 열린 문을 통해 방
안을 엿보던 그의 눈앞에 젊고 아리따운 여성이 나타난다. "으스름한
달밤과 비슷한 건 없네"라고 와카를 읊으며 다가온 탓에 이 여성은 '오
보로즈키요朧月夜'라고 불린다. 우대신의 여섯 번째 딸이자 고키덴 여어
의 동생으로, 이미 입궐이 예정된 여성이었다. 이후 우대신 가에서 열
린 등꽃 연회에서 재회한 두 사람은 걷잡을 수 없이 서로에게 빠져들
고, 밀회를 거듭하다 우대신에게 발각된다. 동궁의 여어로 입궁하여 우
대신의 정치적 기반을 공고히 해야 할 막중한 임무가 부여된 여성을 어
찌 보면 정적관계인 히카루겐지가 범하고 만 것이다. 이를 빌미로 결국
실각의 위험에 처하게 된 히카루겐지는 스스로 정계를 떠나 경京에서

멀리 떨어진 스마(須磨)에 칩거한다. 이로써 헤이안 경의 궁궐을 무대로 펼쳐지던 히카루겐지의 화려했던 청년 시절이 막을 내리고 시련의 시간이 찾아온다. 이후 『겐지 이야기』는 스마와 아카시(明石)에서 인고의 세월을 보내고 경으로 화려하게 복귀한 히카루겐지가 태상천황에 준하는 지위에 올라 영화(榮華)의 극치를 누리는 이야기가 그려진다.

자고로 한 나라의 최고 권력자가 살고 있는 공간에는 그를 둘러싼 인물들의 흥미로운 이야기가 펼쳐지기 마련이다. 지금껏 살펴본 헤이안 시대 궁궐도 예외는 아니어서, 그곳은 천황의 사랑과 신임을 얻기 위한 시기와 질투, 음모가 난무하는 암투의 장임과 동시에 남녀의 애절한 사랑이 교차하는 로맨스의 장이기도 했다. 물론 그러한 이야기 자체도 흥미롭지만 무대가 되고 있는 궁궐이라는 비밀스런 공간이 갖는 매력도 한몫하는 것이라 생각된다.

옛이야기를 읽다보면 종종 품게 되는 궁금증이 있다. 이곳은 어디일까? 여기는 지금 어떤 모습일까? 지금 찾아가면 이야기 속 정취를 느낄 수 있을까? 다행히 우리나라 옛이야기라면 직접 찾아가보는 것도 좋은 방법일 테지만, 먼 이국(異國)의 땅에서 펼쳐지는 이야기라면 좀처럼 감도 오지 않고 궁금증만 더해진다. 바로 이럴 때, 이야기 속 무대에 대한 배경지식이 조금만 더해진다면 작품을 보다 입체적으로 이해할 수 있으리라. 이 글이 바로 이런 궁금증을 해소하는 데 좋은 길라잡이가 되길 기대해본다. 그리고 한번 쯤 생각하게 될지도 모르겠다. 먼 옛날 이국의 땅에서 펼쳐진 애틋하고 절절한 사랑이야기를 말이다.

참고문헌

무라사키시키부 지음, 이미숙 주해(2014)『겐지 모노가타리 1』(문명텍스트 22,
　　서울대학교출판문화원)
湯原公浩 編(2006)『王朝の雅　源氏物語の世界』平凡社
小町谷照彦 編(2003)『源氏物語を読むための基礎百科』(別冊國文學 56, 學燈社)
林田孝和·原岡文子 他 編集(2002)『源氏物語事典』大和書房
東京国立博物館 外 編(2001)『北野聖廟縁起 北野天神縁起(承久本) 完全復刻本』
　　大塚巧藝社
秋山虔·小町谷照彦 編(1997)『源氏物語図典』小学館
阿部秋生 他 校注·訳(1994)『源氏物語』①(新編日本古典文学全集 14, 小学館)
山中裕·鈴木一雄 編(1994)『平安貴族の環境 平安時代の文学と生活』至文堂

문틈으로 들려오는 옛이야기

이 부 용

• • • •

아침 일찍 집을 나서 역으로 향한다. 지하철이 플랫폼으로 들어오는 소리가 들려온다. 잰 걸음으로 계단을 내려가니 눈앞에서 문이 닫혀버린다. 문이 잠깐 열렸다 닫힌다. 문에 가방이나 옷자락이 걸린 사람이 있나보다. 그 틈에 어떻게든 발을 집어넣고 지하철에 타려는 사람이 있다. 그리고 문이 다시 재빨리 닫힌다. 아아, 다음 차를 타야겠다. 문 안으로 들어가는 데에 성공한 사람들은 각자의 목적지를 향해 떠났다. 승강장에 남은 사람들은 다시 고개를 내리고 다음 차를 기다린다. 조금 전까지 같은 공간에 있었지만 스크린 도어의 경계를 넘은 사람들은 다른 세계를 향해 출발했다.

　헤이안平安 시대(794~1192년) 상류귀족들은 크고 넓은 저택을 짓고 살았다. 정원을 향해 탁 트인 넓은 공간이 특징이지만 그곳에 설치된 문은 문 안과 밖의 세계를 구별하는 역할을 했다. 저택을 배경으로 펼쳐지는 문학작품은 문을 경계로 문 안의 사람, 문 밖의 사람, 문을 열고 닫는 사람, 문을 통과하는 사람들의 이야기를 담고 있다.

　그들이 살던 주택양식은 신덴즈쿠리寢殿造라 불린다. 이는 침전이라는 중심건물에 주목한 조어造語로 에도江戸 시대(1603~1868년) 사와다 나타리沢田名垂가 『가옥잡고家屋雜考』에서 명명한 용어이다. 신덴즈쿠리는 침전을 중심으로 양쪽에 두 개의 별채가 마주하고 있으며, 침전은 정원을 향해 넓게 열려 있었다. 신덴즈쿠리의 가장 큰 특징은 훤하고 넓은 공간에 병풍이나 휘장 등의 이동가능한 칸막이를 설치해 공간을 나누어 사용하는 점이다. 이는 저택에서 의식이 열릴 때 침전이 관객석이라고 할 수 있는 정원을 향해 무대처럼 사용되기 때문이다.

　그러나 신덴즈쿠리에도 침전의 귀퉁이에 일종의 문이 마련됐고 때로는 누리고메塗籠라는 독립된 방을 만들기도 했다. 건물 사이 혹은 건물 내부에 설치되는 문은 개방과 폐쇄라는 두 속성을 아울러 지니고 있었다. 개방적 성격이 강한 헤이안 시대의 저택 내의 대문, 중문, 누리고메의 문, 방과 방 사이의 장지문, 가운뎃문, 격자문 등은 문학작품에서 어떤 기능을 할까. 『마쿠라노소시枕草子』, 『다케토리 이야기竹取物語』, 『겐지 이야기源氏物語』 및 『곤자쿠 이야기집今昔物語集』 등에 나타난 문의 안팎에서는 어떠한 이야기가 펼쳐지는지 작품 속으로 들어가 보자.

들고나는 사람들

동서고금을 막론하고 대문은 그 저택에 사는 사람의 사회적 지위를 상징하는 듯하다. 가령 일본의 에마키繪卷(그림 두루마리)에도 높은 관직을 가진 인물의 저택은 웅장하고 화려한 대문으로 상징되어 있다. 마찬가지로 작고 소박한 문 또한 거기에 사는 사람의 지위나 생활태도를 보여준다. 헤이안 시대에 중궁의 뇨보女房로 일했던 세이쇼나곤淸少納言의 수필 『마쿠라노소시』에는 중궁 데이시定子가 다이라 나리마사平生昌 집에 방문했을 때의 대문에 관한 일화가 실려 있다. 나리마사는 중궁을 보필하는 업무를 담당하는 신하였다. 그는 자신의 집으로의 중궁 행차가 정해지자 동문을 솟을대문으로 개조해서 중궁의 가마를 들어오게 했다고 한다. 솟을대문은 대신이나 친왕親王 정도의 집에 사용하는 문으로 중궁직의 3등관으로 일하는 나리마사 집 본래의 대문은 가마의 출입을 고려하지 않은 작은 문이었던 것이다.

한편 궁중의 뇨보들이 탄 우차는 따로 북문으로 들어갔는데 비로 우차檳榔毛車가 문에 걸려서 그녀들은 우차를 타고 문을 통과할 수가 없었다. 세이쇼나곤은 어쩔 수 없이 내려서 문으로 걸어 들어가야 했다. 얄밉게도 남자 귀족들은 눈을 크게 뜨고 구경하고 있다. 왜냐하면 당시의 남성들은 가족이 아닌 여성의 얼굴을 쉽게 볼 수 없었기 때문이다. 형제간에도 남자와 여자는 발을 치고 이야기했으며, 궁중에서 일하는 뇨보라고 하더라도 완전히 얼굴을 드러내는 일은 거의 없을 정도였다. 풍부한 감성을 지닌 재기발랄한 여성이었던 그녀는 나이 들어 머리가 다 빠져 볼품없이 느껴지는 자신의 모습을 어쩔 수 없이 남자 귀족들에게 보여야 했다는 점에 분통을 터뜨린다. 결국 집주인인 나리마사에게

"정말 작은 문을 달아놓고 사시네요"라고 따지며 대놓고 불만을 표시한다. 그러자 나리마사는 "우리 집은 제 수준에 맞추고 있습죠"라며 자신의 처지에 맞는 문이라고 응수한다. 그리고는 문을 크게 만들어서 자손이 번창했다는 중국의 옛 고사를 언급하며 나리마사와 이야기를 주고받으며 서로의 지식을 자랑하기도 한다.

그런데 이렇게 작은 문 안의 저택에 사는 나리마사의 집에 방문한 이야기는 다른 각도에서 바라볼 수도 있다. 역사적 사실을 참고로 하면 중궁 데이시는 출산할 장소로 신하의 집을 방문한 셈으로 이곳에서 아쓰야스 친왕敦康親王을 낳았다. 중궁의 아버지 후지와라 미치타카藤原道隆는 섭정·관백에 오를 정도로 최고위 귀족이었다. 그러나 이때는 아버지가 병으로 사망하고 두 오빠는 권력다툼에서 패배하여 유배를 간 상황이다. 황자를 임신했지만 친정이 이미 몰락해 그녀를 후견해줄 사람 하나 없는 슬픈 처지가 된 것이다. 세이쇼나곤은 시종일관 밝은 문체를 유지하며 침착하게 행동하는 중궁 데이시의 모습에 초점을 맞춘다. 뇨보들을 태운 우차조차 그대로 통과할 수 없는 좁고 낮은 대문에 사는 신하의 집에서 간신히 황자를 출산해야 했던 비극적 분위기는 전혀 나타나 있지 않다. 그렇지만 작은 문에 주목함으로써 중궁 데이시와 그 측근들의 침통한 마음을 읽어낼 수 있다.

한편 『겐지 이야기』 제1부의 마지막 권인 「후지노우라바藤裏葉」 권에는 천황의 행차 때 중문을 새롭게 만든 내용이 보인다. 때는 음력 10월 20일에서 며칠 지났을 무렵이었다. 단풍이 아름답게 핀 시기에 레이제이 천황冷泉帝과 스자쿠인朱雀院이 겐지의 로쿠조인六條院을 방문한다. 레이제이는 겐지와 후지쓰보藤壺 사이에서 밀통으로 태어나 이후 황위에 올랐다. 천황의 행차는 오전 10시경 시작되어 오후 2시경에는 동쪽의 연못에 띄워둔 배를 구경한다. 그 후 단풍구경이 이어진다.

> 정원에 만들어 둔 산의 단풍은 저택의 동서남북 어느 쪽이나 뒤떨어짐이 없
> 지만 아키코노무 중궁秋好中宮이 정성껏 만들어 둔 서쪽의 단풍은 각별하다.
> 그래서 서쪽과 남쪽을 가로막고 있는 담을 허물어서 중문中門을 열어두었다.
> 천황들은 조금의 막힘도 없이 단풍을 감상하실 수 있다. 자리를 두 개 준비
> 하고 저택 주인인 겐지는 한 칸 아래 앉았는데 레이제이 천황의 선지宣旨로
> 자리를 고치어 동렬에 앉게 하셨다. 경축스러운 일이다. 천황은 그럼에도 불
> 구하고 겐지에게 예를 갖추는 데에는 한계가 있음을 안타깝게 생각하신다.

겐지는 천황들의 행차 때에 단풍 감상에 편하도록 평소에 막혀 있던
로쿠조인의 담을 허물어 문을 만들어둔 것이다. 저택을 개조하는 공사
를 할 만큼 정성을 들인 겐지의 태도를 볼 수 있다. 레이제이 천황 또한
일부러 로쿠조인을 방문하고 또한 준태상천황 겐지에게 예를 다하여
그를 동렬에 앉게 한다. 겐지가 중문을 낸 것은 마치 후견인과 주군 사
이로 대해야 했던 겐지와 레이제이의 관계에 통로가 생긴 것과 같다.
겐지와 레이제이는 서로를 배려하여 레이제이는 겐지에게 아버지로서
의 예의를 갖출 수 있게 된다. 이 장면은 『겐지 이야기』의 제1부가 끝나
는 결절점이 된다. 부자간의 관계 회복이 중문으로 상징되어 있다고 하
겠다.

한편, 설화집인 『곤자쿠 이야기집今昔物語集』에는 말을 타고 남의 저택
의 중문을 통과한 대담한 남자의 이야기가 나온다. 옛날에 동쪽 지방에
살던 남자가 도읍으로 와서 상황 가잔인花山院(968~1008년)이 머무르던
저택의 문을 말을 탄 채 통과하려고 했다. 저택에서 일하는 사람들은

말 탄 남자를 발견하고는 활을 빼앗았다. 그리고 말을 멈추게 하여 저택 안으로 끌고 들어왔다. 그 과정에서 중문 근처가 시끄러워졌다. 저택 주인인 가잔인은 저택이 소란한 이유를 물은 뒤 "감히 내 저택 문을 말을 탄 채로 통과하려는 자가 있다니" 하고 분개했다. 그 자를 말에 태운 채로 남쪽 별채로 데려오게 했다. 그런데 의외로 남자는 늠름하고 어엿한 모습을 하고 있다. 말도 젊고 건강하게 보인다. 말이 난폭하게 날뛰자 잡고 있던 고삐와 등자를 풀어주게 했다. 그러자 그 남자가 말을 능숙하게 다루기 시작하는데 놀랍게도 말이 얌전하게 무릎을 꿇고 인사하는 시늉을 하는 것이었다.

중문 부근은 말과 남자를 구경하기 위해 모인 사람들로 북적해졌다. 구경거리를 놓치지 않으려고 다들 열심히 남자가 탄 말을 보고 있었다. 남자의 승마와 조련술에 감동한 가잔인은 마침내 빼앗았던 남자의 활도 돌려주게 했다. 말을 탄 그 남자는 정원을 도는 척하더니 중문으로 말을 몰기 시작했다. 말이 날아오르듯이 질주하니 중문 부근의 사람들은 말에 밟히지 않기 위해 앞 다투어 도망쳤다. 말에 밟혀서 쓰러진 사람들도 있었다. 가잔인의 부하들이 그 남자를 붙잡으려고 했지만 결국 그의 행방을 찾을 수 없었다.

이야기의 결말부에는 도망치려고 한 그 남자의 배짱이 두둑함을 칭찬하는 내용과 함께 우스운 이야기만 남기고 떠난 그 남자에 대해 아쉬워하는 평어가 보인다. 편자編者는 신덴즈쿠리의 별채 사이를 연결해주는 통로인 중문을 통해 말을 자유롭게 부리며 나는 듯이 달려간 남자의 기개에 초점을 맞추고 있는 것이다.

그런데 가잔인이 역사 속에 실재했던 인물임을 생각해보면 이 이야기의 해석의 폭은 좀 더 넓어질 수 있다. 그는 열일곱 살의 이른 나이에 천황이 되었지만 약 2년간 재위하고는 출가하여 수행하는 삶을 살았다. 와카和歌에 뛰어났으며, 한편으로 여성편력과 많은 기행이 설화 속에 전하고 기인奇人으로 유명하기도 하다.

가잔인 저택 문 앞을 예를 표하지 않고 지나가려 한 남자는 멀리 동쪽 지방에서 온 사람이라고 되어 있으니 도읍의 예법을 잘 모르는 사람이라고 볼 수도 있지만, 가잔인 입장에서 보면 일개 무사에 의해 저택이 혼란에 빠진 셈이다. 가잔인은 그 남자가 말을 다루는 솜씨를 칭찬하며 감탄했음에도 불구하고 무사는 가잔인을 비웃기라도 하듯 말을 타고 저택을 가로질러 달아나버린다.

이 이야기를 통해 겉으로는 상황으로서 큰 저택에 살지만 권력 다툼으로 젊은 나이에 천황의 자리를 내려놓고 은퇴하여 지내야 했던 가잔인의 심정을 읽어낼 수 있을 것 같다. 동쪽 변방에서 온 무사조차 가잔인에게 무례를 범한 것이다. 한편 그 무사 입장에서 보면 그는 저택을 가로질러 나감으로써 가잔인의 세계에 편입되기를 거부하고 다른 세계로 가버렸다고 해석할 수 있겠다.

누리고메의 문이 열렸을 때

누리고메란 안채의 일부를 독립적인 공간으로 만든 방이다. 칸막이를 만들지 않는 신덴즈쿠리 양식에서는 예외적인 구조를 가지고 있었다. 흙으로 두껍게 벽을 바른 폐쇄적인 방으로 경우에 따라서는 빛이 들어오는 창을 내기도 하였으나 보통은 침실 또는 의복이나 가구 등 물건을 보관하는 용도로 쓰였다.

어린 시절에 붙박이 벽장 안에 들어가 숨바꼭질을 한 경험이 있는 사람이라면 또는 이불이 쌓여 푹신한 장롱 속이나 기어 올라간 다락방에서 잠들어 버려 부모님을 걱정하게 했던 적이 있는 사람이라면 일종의 밀실密室인 누리고메에 들어간 느낌을 상상할 수 있을 것이다. 장난기 많은 아이의 행동은 부모님을 놀라게 하고 걱정하게 한다. 그런데 일본의 옛 이야기 속에는 자진해서 수양딸을 누리고메에 가둘 수밖에 없었던 노인과 노파의 사정이 그려져 있다.

모노가타리 문학의 조상이라고 일컬어지는 『다케토리 이야기竹取物語』의 한 부분이다. 결말부에는 달에서 가구야 아가씨를 데려가려는 사람들이 오는 이야기가 전개된다. 그녀를 20여 년간 키워온 노부부는 아가씨를 누리고메에 들어가게 한다. 할머니는 누리고메 안에서 가구야 아가씨를 꼭 끌어안았다. 할아버지는 문 밖에서 지키고 있다. 할아버지는 "이렇게 지키고 있으니 하늘나라 사람이 온다고 해도 질 리가 없다"라고 용기를 낸다. 지붕 위에 있는 사람들에게 "조금이라도 하늘을 나는 것이 있다면 바로 활을 쏴서 죽여버려라"라고 지시한다. 수비하는 사람들은 "이렇게 굳게 지키고 있는 곳에 박쥐 한 마리라도 있으면 바로 쏘아 죽이고 밖에 내걸어 모두가 보게 하겠습니다"라고 자신있게 대답한다. 할아버지는 이 말을 듣고 든든하게 느꼈다.

부부는 아가씨를 누리고메에 가두고 문 앞에서 지키면 아무도 그들의 사랑하는 딸을 빼앗아가지 못할 것이라고 생각한다. 그런데 막상 천상의 사람들이 왔을 때 일은 예상과 다르게 진행되어버린다.

"자, 가구야 아가씨, 부정한 곳에서 어째서 오래 머무르십니까"라고 한다. 그러자 아가씨가 들어가 지내던 누리고메의 방문도 스르르 열려버렸다. 격자문도 사람이 손대지 않았는데 열려버렸다. 노파가 안고 있던 가구야 아가씨는 밖으로 나간다. 막을 수도 없어 노파는 올려다보며 눈물을 흘릴 뿐이다.

즉 가구야 아가씨를 보호하기 위해 노부부가 굳게 지키던 누리고메와 격자문은 천상의 사람들에 의해 스르르 열려버렸다. 그 결과 아가씨는 본래 그녀가 속한 장소인 달나라로 되돌아가게 된다. 열려버린 누리고메의 문은 달로 되돌아가야 하는 가구야 아가씨를 더 이상 붙잡을 수 없음을 상징적으로 표현하고 있다고 하겠다.

한편 스스로 자신을 보호하기 위해 누리고메로 숨어드는 여성의 이야기도 보인다. 『겐지 이야기』 「유기리夕霧」권을 참고로 해보자. 가시와기柏木는 친구인 유기리에게 홀로 남을 아내 오치바노미야落葉の宮를 부탁하며 죽는다. 그 후 유기리는 그녀를 찾아가 위로하다가 정취있고 교양있는 태도에 반해 사랑에 빠지게 된다. 남편과 사별한 그녀는 불도佛道에 들려고 했지만 아버지의 훈계로 출가의 뜻을 이루지 못했다. 어머니 또한 갑자기 돌아가시자 의지할 곳 없는 처지가 되었다.

시중드는 뇨보들은 대부분 유기리와의 재혼을 권하며 화려한 혼인용 옷을 준비하는 등 분주하게 움직인다. 이런 상황에서 오치바노미야는 어쩔 수 없이 이치조노미야一條宮로 주거를 옮기게 된다. 이미 가정을 이룬 유기리이지만 그는 그녀에 대한 연심을 억제하지 못한다. 여러 번 거절해도 소용이 없다. 관계를 맺으려고 다가오는 유기리를 피해 그녀는 누리고메에 숨는다. 사람의 마음이란 한심스럽고 믿을 수 없는 것이라고 생각되니 슬프고 괴롭다. 그녀를 지켜줄 사람은 아무도 없다. 남들이 어리석은 행동이라고 떠들며 비웃든 말든 괘념치 않는다. 누리

【그림 1】 유기리와 오치바노미야(日本古
典文学会(1988) 『絵本 源氏物
語』 貴重本刊行会)

고메에 다타미疊를 한 장 깔게 하여 안쪽에서 걸쇠를 잠군 후 누웠다.
이런 것도 언제까지 가능할까. 그녀는 이 정도로까지 마음이 바뀌어버
린 뇨보들에 대해서도 슬프고 아쉽게 생각한다.

　유기리는 누리고메 문 밖에서 와카를 보내며 그녀를 말로 달랜다. 그
래도 오치바노미야는 계속 모른 체 한다. 그러나 결국 유기리에게 넘어
간 뇨보의 안내로 누리고메의 문은 열려버린다. 이때 이야기는 독자들
눈앞에 누리고메 속의 배치를 보여준다.

　　누리고메에도 특별히 자잘한 물건들이 많지는 않고 향료를 넣는 궤짝이나
　　장厨子 정도인데 그것들을 이쪽저쪽으로 밀어서 자리를 마련해두셨다. 방
　　안은 다소 어둡게 느껴지는데 아침해가 나오는 기색으로 빛이 스며들어온
　　다. 유기리는 옷 속에 파묻힌 듯이 하고 있는 오치바노미야의 옷을 끌어당

기며 심하게 흐트러진 머리카락을 얼굴 옆으로 넘겨주며 미야의 얼굴을 보
신다.

그녀의 세간이 넉넉하지 않은 것을 상징하듯 물건이 많지 않다. 누리
고메에 들어가 있던 오치바노미야가 자잘한 가구들을 밀어야 했으니,
넓지는 않은 공간이었던 모양이다. 연구서에서는 이 부분의 누리고메
는 아마도 평소에 '잡품수납실'로 쓰였던 방이었을 것이라고 해석한다.
새벽이 되자 조금씩 빛이 새어 들어온다고 하니 이곳에는 아마도 격자
창이 붙어 있었나 보다. 유기리는 결국 미야에게 손을 댄다. 누리고메
의 문이 열림과 함께 옷 속에 얼굴을 파묻고 있던 오치바노미야의 몸
또한 유기리에게 열려버린다.

가운뎃문을 열고

이번에는 옛이야기의 방과 방 사이의 문에 대해 살펴보자.『겐지 이
야기』에는 외사촌간인 유기리夕霧와 구모이노카리雲居雁의 사랑이야기
가 그려져 있다. 두 사람은 할머니 품에서 함께 자란다. 유기리의 생
모인 아오이노우에葵の上는 구모이노카리의 아버지인 내대신의 여동
생이다. 유기리는 어머니 아오이노우에가 출산 시 사망했기 때문에
외가에서 자란 셈이고, 구모이노카리는 어머니가 안찰 대납언按察大納言
과 재혼해버렸고 아버지에게는 본처와 가족이 있어 친할머니 오미야
大宮 슬하에서 자란 셈이다. 두 사람은 어린 시절의 우정이 점점 깊어

251

져 사랑하는 사이가 되었다. 후에 이를 알게 된 내대신은 크게 화를 내고 할머니의 감독이 소홀했다고 원망하며 구모이노카리를 자신의 집으로 데려간다.

> 이제부터는 편지를 주고받는 일도 어려울 것이라고 생각하니 한탄스럽다. 오미야가 식사에 부르셔도 유기리는 밥을 먹지도 않고 자는 것처럼 하고 있지만 마음은 딴 곳에 가 있었다. 사람들이 잠들어 조용해지자 중장지를 밀어보는데, 예전 같으면 특별히 잠그지 않았을 텐데, 지금은 확실히 걸쇠가 걸려 있고 사람 소리도 들리지 않는다. 정말로 처량한 마음이 되어 장지에 기대어 있자니, 바람이 대나무에 부딪쳐 산들거리고 기러기가 울며 날아가는 소리가 희미하게 들려온다. 어린 심정에 어쨌든 마음이 어지러워진다. 장지문 안 쪽에서
>
>   (구모이노카리) 구름 위의 기러기 내 몸과 같이
>
> 라고 혼잣말하는 기색이 어리고 귀엽게 들려온다.
>
>   (유기리) 이 문을 열어주시오. 소시종은 있는가.
>
> 라고 물어도 대답도 없다.

마치 줄리엣의 창문 밖에서 세레나데를 부르는 로미오와 같은 유기리의 모습이다. 다만 위 장면의 배경은 헤이안 시대로 장지문 안쪽의 기색이나 소리가 어렴풋이 들려온다. 장지문 안쪽에서 구모이노카리 역시 유기리를 그리워하고 있음을 알 수 있다. 아버지가 시종들에게도 문을 열어주지 말라고 엄하게 단속해 두었기 때문에 이날 밤 둘은 결국 만나지 못한다.

그런데 이 장면에서 주목하고 싶은 것은 중장지라는 설정이다. 즉 이

전까지는 아무렇지도 않게 열 수 있었던 중장지에 걸쇠가 걸려 있어 유기리는 한탄하게 되는 것이다. 여자 쪽의 아버지가 금지하기 전까지 아이들은 중장지를 사이에 두고 자유롭게 왕래하며 자랐음을 알 수 있다. 유기리 12세, 구모이노카리는 14세가 된 지금 중장지에 가로막혀 둘 사이는 단절되게 되었다. 쓱 밀었을 때 열렸던 중장지는 둘 사이의 순수한 사랑을 의미했다. 굳게 닫혀 걸쇠가 걸린 중장지는 둘 사이에 시련이 닥쳤음을 상징한다.

그러나 이후 이야기 전개에서 부모의 반대라는 난관을 극복한 후 둘은 결국 결혼에 성공하게 된다. 애당초 두 인물의 거주공간은 다른 건물이라든지 넘을 수 없는 벽으로 설정된 것이 아니었다. 방 가운데가 중장지로 설정되어 있는 점은 두 인물 사이가 유연하게 연결되어 있음을 알려주는 듯하다. 결혼 후에도 구모이노카리는 남편에게 화가 날 때면 아이들을 데리고 친정으로 가버린다. 티격태격 다투는 모습이 보이는 두 사람이지만, 장지문이 열렸다 닫히듯이 그 관계가 친밀했다가 소원해졌다가 하면서 아이를 일곱 명이나 낳으며 부부 사이를 유지해 간다.

한편 중장지보다는 조금 더 단단한 나무로 만드는 가운뎃문中の戸 또한 이야기 속에 보인다. 겐지는 첫 번째 정처인 아오이노우에가 죽은 후 수많은 여성을 만났다. 그러다가 할머니 품에서 자라던 어린 무라사키노우에紫の上를 데려와서 니조인二條院에서 함께 지낸다. 겐지는 어린 그녀와 그림을 그리며 놀아주기도 하고 와카의 습자나 악기 연주 등을 가르치며 친해진다. 둘은 친밀한 부부 사이가 되었고 무라사키노우에 본인이나 남들이 생각하기에도 그녀는 겐지의 첫째가는 아내였다. 겐지는 스마須磨로 퇴거하게 되었을 때 곳간의 열쇠를 맡기며 재산관리를 그녀에게 일임할 정도였다.

그런데 겐지가 마흔 즈음에 황녀인 온나산노미야女三宮를 정처로 맞이하자 정식으로 결혼하지 않은 그녀는 슬픈 처지가 되었다. 겐지는 형인 스자쿠인朱雀院의 딸인 온나산노미야를 정실로 맞아들여 로쿠조인 봄 저택의 서쪽 채에 살게 했다. 무라사키노우에는 어느 날 겐지에게 같은 저택에 살지만 만난 적이 없는 온나산노미야와의 만남을 청한다. 온나산노미야는 그녀보다 훨씬 어린 소녀이다. 그렇지만 황녀이기 때문에 무라사키노우에가 예의를 갖춘 것이다.

> (무라사키노우에) "온나산노미야 공주님께도 가운뎃문을 열어서 인사드리고 싶습니다. 이전부터 그렇게 생각했지만 뭔가 계기가 없이는 조심스러운 점도 있어서 이런 때에 친해져두면 스스러움도 없겠지요"라고 겐지에게 말씀드린다.

결국 겐지는 두 여성의 만남을 주선하게 된다. 그때 무라사키노우에는 가운뎃문을 열어서 온나산노미야와 대면한다. 무라사키노우에는 아내로서의 자리를 온나산노미야에게 빼앗기고 숨죽여 울며 가슴앓이를 하고 있다. 그렇지만 온나산노미야에게 먼저 인사를 건넨다. 그녀의 성숙함을 알 수 있는 부분이다. 이때 무라사키노우에가 청해서 열린 가운뎃문은 남편의 어린 아내를 받아들이려고 노력하는 그녀의 마음과 소통하려고 하는 자세를 상징한다고 하겠다.

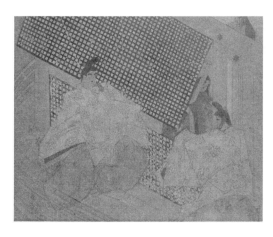

【그림 2】 격자문 안쪽의 여성
(中野幸一 編(1990)
『源氏物語』「新潮古
典文学アルバム」8,
新潮社)

격자문 안쪽의 그녀

격자문은 일본어로 고시格子라고 한다. 보통 마루방과 복도 사이에 설치했다. 문에 나무를 가로세로 격자모양으로 짜 넣고 때로는 장지를 붙였다. 한 장짜리와 위 아래로 나누어진 두 장짜리 형식이 있었고 위 아래로 나누어진 격자문에 판자를 붙여 빈지문半蔀으로 사용하기도 했다. 아침에 일어나면 창문을 열어 환기를 하듯이 헤이안 시대의 뇨보女房 또한 잠에서 깨면 힘껏 격자문을 끌어올렸다. 그리고 나서 휘장을 설치해 여주인이 있는 안쪽이 밖에서 보이지 않게 했다.

『마쿠라노소시』에는 눈이 쌓여 있는 정월 아침 혼자서 격자문을 여는 저자 세이쇼나곤의 모습이 묘사되어 있다. 여주인인 중궁 데이시가 아직 자고 있을 때이다. 이른 아침 가모賀茂의 재원齋院으로부터 편지가 왔다. 답장을 보내려면 중궁을 깨워야 한다. 일단 위쪽 격자문을 열어 보려고 한다. 그런데 높은 격자문까지 손이 닿지 않는다. 바둑판을 끌어와서 밟고 올라가 격자문을 힘껏 밀었다. 정말 무겁고 힘이 든다. 게다가 문의 위아래가 맞물려서 삐걱삐걱 소리까지 난다. 중궁도 그 바람에 잠이 깨어 아침부터 무슨 일이냐고 묻는다.

이렇게 세이쇼나곤은 생활인의 모습을 하고 있지만 자연의 변화나 계절의 정취를 즐기는 풍류인의 면모도 가지고 있었다. 태풍이 불던 때의 일이다. 문을 열어보니 전날 밤 강한 바람이 정원의 풀과 나무를 온통 흩어놓았다. 부러진 나뭇가지며 쓰러진 풀들을 정리하려면 한숨부터 나올 것 같다. 그렇지만 그녀는 우선 격자문으로 시선을 옮긴다. 격자문의 격자마다 나뭇잎이 하나씩 꽂혀있다. "난폭한 바람의 소행으로는 생각할 수 없을 정도로 그 모습이 정말 아름답다."

그녀가 현대인이었다면 얼른 사진을 한 컷 찍었을지도 모르겠다. 그러나 카메라가 없었던 그녀는 마음에 새겨진 태풍 다음 날의 아침풍경을 아름다운 글로 남겼다. 그녀처럼 넓은 저택에서 격자문을 올려두고 방 안에서 바람을 맞으며 뜰도 감상할 수 있으면 참 좋겠다. 그렇지만 보통 사람이 살던 집은 꼭 그렇지도 않았던 것 같다.

겐지와 유가오夕顔(박꽃이라는 의미)의 사랑이야기는 길가에 인접한 민가의 빈지문과 하얀 박꽃 한 송이에서 출발한다. 겐지는 나이가 들어 병을 앓고 있는 유모의 병문안 가는 길이었다. 유모는 겐지의 심복인 고레미쓰惟光의 어머니이기도 하다. 수행원 몇 명만 데리고 소박한 우차를 타고 나선 단출한 행차였다. 겐지 일행은 우차를 탄 채 그대로 유모의 집 안쪽까지 들어갈 생각이었다. 그런데 예상치 못하게 문에 걸쇠가 걸려 있었다. 그 집 아들인 고레미쓰가 문을 열게 하기 위해 분주한 동안 겐지는 길에 우차를 세워둔 채로 잠시 기다리게 되었다.

주변을 둘러보니 유모의 집 옆에 상하로 된 빈지문의 위쪽을 올린 후

【그림 3】 유가오 집 앞에 멈춰선 겐지 일행
(日本古典文学会(1988)『絵本 源氏
物語』貴重本刊行会)

발로 가려진 집이 보인다. 겐지는 '소박한 우차를 타고 나왔으니 자신의
존재를 아는 사람도 없겠지'라고 안심하고 있다. 우차 안에서 눈을 크게
뜨고 그 집을 엿본다. 발로 가려놓기는 했지만 위로 올려둔 빈지문을 통
해 전체가 다 들여다보일 정도로 좁은 집이다. 안쪽에는 여자들이 몇 명
있는 듯하고 서 있는 것인지 그녀들의 허리 위쪽 실루엣이 비쳐 보인다.

　겐지의 호기심은 점점 커져간다. 그 집의 초라한 판자 울타리에 꽃
한 송이가 환하게 피어 있다. '무슨 꽃일까'라고 혼잣말로 중얼거리니
수행원이 박꽃이라고 알려준다. 수행원을 시켜 꽃을 한 송이 꺾으려 하
자 집 안쪽에서 어린 소녀가 나왔다. 와카가 적힌 부채를 내밀며 꺾은
꽃을 여기에 담아 가시라고 건넨다. 겐지가 정신없이 문 안쪽을 엿보며
박꽃에 홀려 있는 중에 고레미쓰가 나타났다. 열쇠를 찾는 데 시간이
걸렸다며 너저분한 곳에 우차를 세우고 기다리게 한 것을 황송해한다.

　이 부분에서는 굳게 잠가둔 유모네 집과 문을 올려둔 유가오의 집이

대조적으로 그려져 있다. 나이 든 유모가 사는 고레미쓰네는 문단속에 철저하다. 대문을 굳게 잠가두어 아무나 들어가지 못하게 해두었다. 그 집 아들인 고레미쓰가 사람들에게 물어물어 열쇠를 찾는 데 한참 걸릴 정도이다. 반면에 유가오네 집은 빈지문 안쪽에 있는 여자들의 모습이 지나가는 사람인 겐지의 눈에 뜨인다. 그쪽에서도 집 앞에 차를 댄 사람을 의식하며 와카를 보내오는 여유를 갖고 있다. 그 멋스러움에 매력을 느낀 겐지는 유가오 집에 드나들게 되고 둘은 서로 사랑에 빠진다. 굳게 잠긴 유모의 집이 병과 죽음을 상징한다면, 밖을 향해 활짝 올려둔 빈지문은 건강하고 젊은 유가오와 함께 앞으로 전개될 싱그러운 사랑을 상징하고 있다고 하겠다.

나가며

문은 경계이다. 경계는 넘는 일은 다른 세계로 들어가는 일을 뜻한다. 공항의 출국 게이트 앞에는 이별하는 사람들이 눈에 뜬다. 방금까지 같이 있었던 사람들은 유리문 하나를 사이에 두고 갈라져버린다. 길든 짧든 문 안으로 들어간 사람들은 문 밖의 사람들과 다른 시간과 공간을 경험할 것이다. 그렇기 때문에 국경을 넘기 위한 수속은 냉정하고 엄격하다. 쉽게 번복되지 않는다.

비행기의 문이 닫힌다. 일단 닫힌 문은 착륙할 때까지 열리지 않는다. 이륙한 비행기의 문을 여는 일은 허락되지 않는다. 문을 열고자 하는 이의 존재조차 담보할 수 없는 일이다. 문이 열릴 때까지 기체 안의 시간을 감내해야 한다. 마침내 문이 열렸을 때 그곳에는 다른 세계가 기다리고 있다.

밀실인 누리고메의 문이 열리는 것은 문 안의 사람에게는 그들이 살고 있는 세계의 변화를 의미한다. 가구야 아가씨는 지상의 삶을 두고 달로 향해야 한다. 달에서는 그 세계의 삶이 기다리고 있을 것이다. 오치바노미야는 좋든 싫든 유기리의 아내로 살게 될 것이다. 그에게 얼굴을 들켰으니 말이다. 말 탄 남자는 저택에 머물렀다면 가잔인의 측근이 되어 도읍에서 새로운 삶을 살았을지도 모른다. 그러나 중문을 통과해 나가버린 남자는 다른 세계를 잠깐 경험하고 서둘러 떠난 셈이다. 유가오가 문을 꽁꽁 닫아두었다면 겐지라는 새로운 남자와 사랑에 빠지지 않았을 것이다. 헤이안 시대 문학작품들은 이처럼 문에 관한 여러 이야기를 들려준다. 대문, 중문, 방문, 창문. 여러 문들은 옛이야기들을 하나씩 보여주는 것 같다. 가만히 귀를 기울이니 이야기 속 인물들의 사연들이 문틈으로 쏟아져 나온다.

❙ 이 글은 이부용「일본 중고문학에 나타난 문(門)의 일고찰」(『日本學』第42輯, 東國大學校文化學術院日本學研究所, 2016.5)을 참고하여 풀어쓴 것이다.

참고문헌

倉田実 編(2007)『王朝文学と建築・庭園』(平安文学と隣接初学 1, 竹林舎)
増田繁夫(2000)「源氏物語の建築」『源氏物語研究集成』12, 風間書房
田島智子(1998)「物語中の屏風・障子」『講座平安文学論究』13, 風間書房
玉上琢彌(1991)「「六條院復原図」覆考」『源氏物語とは何か』(源氏物語講座 1, 勉誠社)
池浩三(1989)『源氏物語—その住まいの世界—』中央公論美術出版

발 너머 살며시 보이는 풍류

고 선 윤

● ● ● ●

『이세 이야기伊勢物語』는 10세기 중엽에 성립한 작품인데, '옛날 한 남자'를 주인공으로 125개의 이야기가 수록되어 있다. 여기에 도읍지 교토京都의 세련된 미의식으로 포장된 남자가 지금의 규슈九州인 쓰쿠시筑紫에 갔을 때의 이야기가 있어서 소개하겠다. 변방의 여자들에게 교토의 이 남자는 얼마나 매력적이었을까. 남자가 묵은 집의 여자들이 마루에 발簾을 내리고 "교토의 그 남자는 바람둥이라는 소문이 자자합니다"라는 이바구를 떨고 있는데, 마침 그 앞을 지나던 남자가 이 말을 듣는다. 아니, 발 너머 이 남자가 지나가는 것을 알아본 아낙네들이 남자에게 들리도록 일부로 소리를 높여서 바람둥이 운운했고, 남자는 이 말을 들었다고 하는 것이 더 정확한 이야기일 수도 있겠다. 여하튼 이 말을 들은 남자는 "나만이 아니라 세상사람 다 바람둥이"라면서 자신을 변호하는 시가를 읊었고, 이 시가를 들은 여인은 "변명하지 말라"는 답가를 보냈다.

발을 사이에 두고 같은 공간이라고도 다른 공간이라고도 할 수 없는, 함께 이야기를 나눈다고도 아니라고도 할 수 없는 무대가 설정된 셈이다. 발은 이렇게 묘한 존재다. 길게 드리워서 안과 밖을 구분하지만, 두 공간은 완벽하게 구분된 것도 아니고 그렇다고 마구 침입할 수 있는 그런 설정도 아니다. 살랑거리는 바람에 보일 듯 말 듯 비치는 속살인지라 발 너머 공간은 더욱 궁금하다. 여기서는 고전 속 이야기의 배경에 자연스럽게 등장하는 발을 조명해보고 싶다. 그러기 위해서는 자신의 키보다도 길고 풍성한 머리를 늘어뜨리고 가지각색 배합의 옷을 겹겹이 걸친 아가씨들의 수다소리가 들리는 주거지 깊숙한 곳으로 들어 가야 한다. 먼저 대문을 두드리고 안으로 들어가보겠다.

헤이안의 풍류를 담은 주거지

헤이안平安 시대(794~1192년)는 교토를 중심으로 귀족들의 화려한 미의식이 펼쳐진 시대다. 먹을거리, 입을거리만이 아니라 생활용품 하나하나에도 의미를 부여해서 풍류를 즐겼다. 하물며 그들의 미의식을 담고 연출하는 무대라고도 할 수 있는 주거지는 어떠했을까.

당시 귀족들은 상당히 넓은 부지에 조성한 '신덴즈쿠리寢殿造'라는 양식의 저택에 살았다. 길이 1정町의 벽을 사방에 두른 부지, 이른바 약 4천 평에 이르는 크기가 기본인데, 신분에 따라서 그 배이기도 하고 반이기도 했다. 부지의 북쪽 중앙에 중심 건물 '침전寝殿'을 두었다. 침전의 동쪽과 서쪽과 북쪽에 각각 별채를 마련했는데, 건물과 건물은 회랑으로 이었다. 침전 앞으로는 연못을 가진 정원이 넓게 펼쳐진다. 동쪽과 서쪽 별채에서는 남쪽으로 다시 길게 회랑이 이어지고, 그 끝에 각각 누각이 있다. 연못가에 세운 것으로 경관을 감상하는 건물이다. 전체적으로 보아 건물이 연못을 ㄷ자 형태로 둘러싼 형국이다. 침전은 주인이 거처하는 공간이며 때로는 손님을 접대하는 넓고 화려한 공간이기도 했다. 침전 뒤쪽, 그러니 북쪽의 별채는 부인이 기거하는 건물이다. 동과 서의 별채는 자녀와 시종들의 공간이다.

부지의 남쪽, 이른바 침전 앞으로 정원을 조성했는데, 연못 가운데 인공 섬을 두고 대자연의 축소판을 만들었다. 교토의 미의식을 중시하고 교토 밖으로 나가기를 극도로 꺼렸던 당시 귀족들에게 정원은 그들의 미의식을 담을 수 있는 풍류의 기반이라고 할 수 있다. 신덴즈쿠리의 저택에서는 어디에서라도 정원의 인공 자연을 즐길 수 있었다. 일본 최고의 작품이라고 일컫는 『겐지 이야기源氏物語』의 겐지의 저택 로쿠조인六條院은 유난히 크고 특별한 저택이기는 한데, 「고초胡蝶」권에 아름다운 봄날 연못에 배를 띄우고 늦은 밤까지 풍악을 울리면서 노는 장면이 있다. 여기서 "봄날의 햇살이 화창하게 비치는 연못을 노 저어 가는 배, 이 배 장대에 맺힌 물방울마저 지는 꽃잎 같다"는 시가를 읊으니, 그 풍류를 알 만하다.

드디어 건물 안으로 들어가보겠다. 건물에는 벽이 없고 차양이 설치되어 있는 것이 특징이다. 특히 안채라고도 할 수 있는 중심부를 '모야

母屋'라고 하는데, 모야를 사방으로 빙 둘러 또 하나의 공간 '히사시廂'가 있다. 히사시는 차양 아래에 마련된 공간이다. 그 둘레에 다시 툇마루가 있다. 벽이 없는 대신 격자창이 히사시와 툇마루를 구분하고 여기에 발도 늘어뜨린다.

신덴즈쿠리 양식의 건물에서 '모야'나 '히사시'는 그래도 지붕 아래에 있는 실내인데, 그럼에도 불구하고 기본적으로 벽이 없고 둥근 기둥만 나열되어 있는 트인 공간이다. 따라서 병풍, 휘장几帳과 같은 칸막이를 가지고 공간을 구분해야만 했다. 칸막이는 건물의 한 부분이라고 해도 과언이 아닐 만큼 없어서는 안되는 소중한 것이었다. 또한 상황에 따라 다양한 역할을 담당했다. 연회 때에는 넓게 이용했고, 사생활을 위해서는 가림막 역할을 확실하게 했다. 고로 이 시대의 칸막이는 그들의 미의식을 연출하는데 아주 중요한 도구였다.

휘장은 목제 받침대에 T자형 기둥을 세우고 그 위에 비단을 입혀서 이동가능한 칸막이로 이용했던 것이다. 천과 천의 세로 이음새를 완전히 봉하지 않아서 바람을 통하게 했는데, 이 틈을 통해서 살짝 바깥세상을 엿볼 수도 있었으니 호기심 가득한 여자들의 바깥세상은 여기에 있다고 해도 과언이 아니다. 병풍은 말 그대로 바람을 막는 도구다. 칸막이 역할은 물론이고 미술품으로의 가치도 한몫했다.

모야와 히사시 사이, 히사시와 툇마루 사이에는 발을 내렸다. 우차와 같은 탈것에도 발을 늘어뜨렸다. 안과 바깥을 구분 짓는 자리에는 항상 존재했던 것 같다. 가늘고 긴 대를 줄로 엮거나 만든 물건인지라 발을 내렸다고 해도 대와 대 사이로 살짝살짝 바깥세상이 보인다. 이것이 발의 특성이라면 특성이라고 할 수 있다. 그러니 발을 내려서 안과 밖을 가린다고 완전히 차단되는 것이 아니다. 대낮에 발을 내리면 안에서는 밖이 보이지만 밖에서는 안이 보이지 않는다. 어두운 밤이라도 달 밝은 날에는 어렴풋이 바깥세상이 보였을 것이며, 반대로 방에 촛불이라도 밝히면 그 실루엣이 바깥으로 흘러나갔을 것이다. 귀족 여성은 가족이나 하인 이외의 사람에게는 얼굴을 보이지 않았다고 하는데, 그래서 발은 참으로 도움이 되는 물건이었다. 바깥세상을 활보할 수 없었던 시대의 여자들에게 세상은 항상 발 너머에 있는 또 하나의 세계였는지도 모른다.

발을 사이에 둔 남녀지사

발을 사이에 두고 남녀의 만남은 어떠했을까. 고전 속에서 몇 가지 찾아보고자 한다. 먼저 우연찮게 말려 올라간 발 때문에 금지된 사랑이 시작되는 『겐지 이야기』「와카나若菜」상권의 가시와기柏木와 온나산노미야女三宮의 이야기부터 하겠다.

삼월 어느 날 겐지의 저택 뜰에서 젊은 귀공자들이 공놀이를 하는데, 여인들은 여기저기서 발을 내리고 구경을 한다. "꽃이 하염없이 지는군요. 부는 바람도 꽃만큼은 비껴가면 좋으련만." 가시와기는 이렇게 말하고, 이전부터 연정을 품어왔던 온나산노미야의 처소를 힐끔 바라보았다. 이 안에서도 여인들의 움직임이 느껴지고, 발 아래로 갖가지 색상의 소맷자락과 치맛자락이 언뜻언뜻 비친다. 휘장을 아무렇게나 한쪽으로 밀어놓고 한데 모여서 공놀이 구경에 빠져있는 모양이다. 이 때 갑자기 작은 고양이가 발 밑 틈새로 뛰어나오고 그 뒤를 쫓아 다소 큰 고양이가 따라 나온다. 슬픈 결말의 사랑은 여기서 시작된다.

265

고양이는 아직 사람을 잘 따르지 않는지 긴 목줄을 매달고 있었는데, 그 줄이 뭔가에 휘감겼다. 고양이가 도망치려고 줄을 당기자 발의 옆 자락이 말려 올라 안이 훤히 보이고 말았다. 허나 이것을 내리는 눈치 빠른 시녀도 없었다. 휘장 안쪽으로 소례복 차림의 안주인의 모습이 보인다. 기둥과 기둥 사이에 있어서 숨을 곳도 없다.……가시와기는 고양이 울어대는 소리에 뒤돌아보는 여인의 천진난만한 표정과 귀여운 모습에 온나산노미야라는 사실을 알았다.

이 상황을 본 겐지의 아들 유기리夕霧도 어찌할 줄 모르는데 점잖은 체면에 직접 뛰어가서 발을 내릴 수도 없다. 시녀들에게 알리기 위해서 헛기침만 해대는데, 고양이의 목줄이 풀리고 발이 다시 내려오면서 한숨을 돌린다. 고양이 때문에 발이 말려 올라가고 다시 내려오는 잠깐의 시간, 공차기 구경에 빠진 시녀들이 안이 훤히 내다보이는 것을 알아차리지 못하는 시간, 가시와기의 눈에는 온나산노미야의 모습이 한 장의 사진처럼 확실하게 보였던 것이다. 자홍색 겹옷, 짙고 옅은 색을 겹겹이 쌓은 치맛자락, 탐스러운 머리카락이 등 뒤에서 나부끼는 그 모습까지도 놓치지 않았다.

일찍이 가시와기는 천황의 딸인 온나산노미야에게 연정을 가지고 청혼한 적이 있었는데, 그녀가 당대의 세력가인 겐지의 아내가 되면서 더 이상 만날 수 없는 사이가 되었다. 그런데 이날 고양이의 사건으로 발이 말려 올라가고 안이 들여다보이면서 가시와기의 연정은 다시 불붙기 시작했다. 죽음과 출가로 비극의 결말을 가지고 오는 이 만남은, 발이 말려 올라가는 순간 시작된 것이다. 발 너머 보아서는 안 되는 사람을 보았다. 작은 고양이의 움직임에도 말려 올라가는 발이지만, 이것은 태산만큼이나 큰 가림막이 되어서 두 공간을 나누고 있었던 것이다.

일본에는 부인을 가리켜 '항상 발 안에 존재하는 사람'이라는 뜻을 가진 '고렌주御簾中'라는 단어가 있다. 이렇게 항상 발 안에 존재해야 하는 사람의 모습이 드러나는 순간, 생각지도 못한 이야기가 만들어진다.

13세기에 성립한 중세 일본의 설화집『우지슈이 이야기宇治拾遺物語』제34화에도 발을 사이에 두고 만난 남녀의 이야기가 있다. 후지와라 다다이에藤原忠家가 젊었을 때의 이야기다. 아름답다고 소문이 난 여인을 만나기 위해서 밤에 찾아갔다. 매력적인 여인으로 많은 남성으로부터 사랑의 편지를 받고 있는 여인이다. 다다이에도 공을 들이고 들여서 몇 번의 편지를 주고받은 다음 어렵게 허락을 받고 찾아간 것이다. 낮과 같이 밝은 달밤, 남자는 툇마루보다는 안쪽에 위치한 히사시에 방석을 깔고 앉아서 발을 사이에 두고 여자와 대면하지만 여자는 보이지 않는다. 발 너머 여자의 인기척만 느끼면서 자신의 마음을 주저리주저리 이야기한다. 이거야말로 얼마나 사람의 마음의 애태우는 순간일까. 같은 공간에 있지만 같은 공간이 아닌, 닿을 것 같지만 닿을 수 없는 공간 설정은 길게 내리운 발 하나 때문이다.

> 발을 사이에 두고 들리는 여자의 목소리, 그리고 몸을 살짝 움직일 때마다 바스락거리는 소리와 함께 전해오는 진한 향. 직접 보고 또한 만지고 싶다는 마음이 더해간 남자는 급기야 한손으로 발을 들어 올려서 어깨에 지고 다른 한손으로 여자를 잡으려고 했다.

남자는 이 상황을 도저히 참지 못하고 행동으로 옮긴 것이다. 발을 들어 올리고 여자를 잡는 남자, 그리고 예상하지 않은 바는 아니지만 "어찌 이러십니까"라면서 돌아서는 여자. 그런데 여기서 사건이 발생

【그림 1】 공간과 공간을 구분하는 발(佐藤昭 編(1988)『伊勢物語』学習研究社)

한다. '아주 크게 울렸다.' 크게 방귀소리를 내고, 여자는 부끄러운 나머지 긴 머리를 뒤로 하고 숨어버렸다. 아름다움의 극치였던 여성이 이 한순간의 소리와 함께 무너져버린 것이다. 남자는 "너무나 비참한 상황이라 더는 살 수 없으니 출가를 해야겠다"면서 다시 발을 내리고 살금살금 빠져나오는데, 생각해보니 '여자가 실수를 했다고 내가 출가할 일은 아니다'는 생각에 마냥 도망쳤다. 이야기는, '이 여자는 이후 어떻게 되었는지 모른다'는 것으로 끝을 맺는다.

발을 사이에 두고 밀고 당기는 공간이 남자에게만 안달이 나는 초조한 시간의 공간이었을까. 여자 역시 갑옷을 입은 듯 어색하고 딱딱한 시간이었을 것이다. 그러니 남자가 발을 올리는 순간, 마치 팽팽하게 당겨진 활시위가 풀어지듯 긴장감에서의 해방이 '방귀'로 표현된 것 같다. 허무하게 끝나버린 사랑이야기이긴 하지만 이 속에서 꼭꼭 숨어 있는 헤이안 여성의 사람냄새를 그대로 느낄 수 있어서 재미나다. 역시 발을 걷어 올려야만 그녀들의 모습이 제대로 보이는 것이다. 신덴즈쿠리라는 양식의 주거지, 사방이 트인 공간, 발로 나뉜 안과 밖의 세계, 이런 특별한 공간 속에서 남녀가 만들어내는 이야기는 참으로 재미나다.

발을 흔드는 바람, 사랑하는 님이 오는 길

발을 소재로 하는 시가가 많은데, 『만요슈萬葉集』에 누카다노 오키미
額田王의 유명한 시가가 있다.

> 당신을 사랑하는 마음을 가슴에 담고 기다리고 있는데
>
> 가을바람에 장지문의 발이 흔들리네   (권4·488)

내 님이 이제나 저제나 언제 올지 몰라서 기다리고 있는데 장지문에
걸려있는 발이 흔들린다. 바람이 불어서 발이 흔들린 것인데, 님이 찾아
오는 발걸음 때문이라고 잠시나마 생각했던 거 같다. 그것도 가을바람이
라니 외로움이 더 사무친다. 님이 아니라 가을바람만 불어오는 긴 밤, 이
렇게 작은 바람 하나에도 흔들리는 여자의 마음을 담담하게 그리고 있
다. 여기서 누카타노 오키미가 기다리는 대상은 덴지天智 천황이다.

2015년 사토나카 마치코里中満智子의 만화 『천상의 무지개天上の虹』가
완결되었다. 1983년 잡지에 연재를 시작했을 때부터, 나는 이 작품에
매료되었다. 단행본으로 23권에 이르는 만화책을 손에 넣고 고대 여성
의 사랑이야기에 푹 빠졌다. 나는 이 작품 속에서 덴지·덴무天武 두 천
황으로부터 총애를 받은 삼각관계의 주인공 누카타노 오키미를 만났
다. 만화 작가의 상상력까지 가미되어서 절세미인 누카타노 오키미의

사랑은 21세기 여인의 마음도 설레게 한다.

　누카타노 오키미는 오아마海人 황자(훗날 덴무 천황)와 결혼해서 황녀를 출산하는데, 오아마 황자의 친형인 덴지 천황이 그녀를 탐해서 결국 오아마 황자와 이별하고 덴지 천황의 후궁이 된다. 이 세 사람의 삼각관계는 숱한 이야기를 만들기에 충분한데, 두 남자로부터 정열적 사랑을 받은 '전설의 여성'으로 기억되는 것은, 『만요슈』에 수록된 누카타노 오키미와 오아마 황자의 시가에서 비롯된다. 이 두 수의 시가는 고대인의 사랑을 만들어나가기에 충분했던 거 같다.

　　　자초 무성한 들판을 그리 뛰어다니면서 손을 흔들면 들판을 지키는 파수꾼에게 들키지 않을까요.
　　　당신이 나를 향해서 손을 흔드는 그 모습을　　　　　(권1·20, 누가타노 오키미)

　　　자초 풀 향을 품은 당신을 미워한다면
　　　어찌 다른 남자의 여자인 당신을 사랑할 수 있을까　　(권1·21, 오아마 황자)

　누가타노 오키미에 매료되어서 너무 많은 이야기를 한 것 같다. 다시 발을 가지고 노래하는 시가에 대해서 이야기하겠다. 여하튼 이 시가(488번 노래)를 통해서 누가타노 오키미가 덴지 천황의 총애를 받고 그 재능을 꽃피웠던 시절이 지나고 이제는 외로움이 밀려오는 시간을 견디면서 살고 있는 처지를 느낄 수 있다.

　여기서 보다 깊은 이해를 위해서 당시의 결혼에 대해서 언급해둘 필요가 있겠다. 당시 귀족여성은 남성에게 얼굴을 보이지 않았기 때문에, 남성은 소문이나 '가이마미垣間見' 이른바 엿보기로 여성의 존재를 알았다. 마음이 가는 여성이 있다면 먼저 시가를 담은 사랑의 편지를 보내고 여성으로부터도 긍정적 편지를 받은 다음, 좋은 날을 택해서 밤에 찾아간다. 함께 밤을 보내고 다음날 아침 서로 글을 주고받으면서 마음을 확인하기를 3일간 이어진다면 두 사람은 떡을 먹고 축하한다. 여기서 결혼이 성립된다. 이후 남자가 여자의 집으로 찾아가는 결혼생활이 시작되는데, 정처일 경우는 둘이서 집을 마련하기도 하지만 대부분의 부인은 자신의 집에서 남자가 오기만을 한없이 기다리는 생활을 한다. 남자가 오지 않는 것을 '요가레夜離'라고 하는데, 이것이 반년 이어지면 자연히 헤어지는 것이고, 여자는 다른 남자를 맞이할 수 있다. 현대에 비해 비교적 자유로운 만남과 이별이 있었다는 것은 애정이 중요한 의미를 가졌다는 뜻이다. 아무래도 기다리기만 해야 하는 여성의 입장에서는 기다림에 사무쳐 슬픔이 되기도 하고 원한이 쌓이기도 했을 것이다. 그래서 님이 찾아오는 발자국 소리에 귀를 기울이는 나날이 이어졌을 것이고, 이것은 발을 흔드는 작은 바람에도 신경이 쓰였을 것이 분명하다.

『만요슈』에는 누가타노 오키미의 시가만이 아니라, 발을 소재로 하는 숱한 시가가 있다.

예쁘게 늘어뜨린 발 사이로 들어오십시오.
어머니가 무엇이냐고 물으면 바람이라고 말하지요   (권11·2364)

예쁘게 늘어뜨린 발 사이로
혼자서 바라보는 저녁달이여   (권7·1073)

위의 시가에서는 사랑하는 님이 찾아오는 것을 방에 친 발의 움직임

271

과 바람으로 꾸미고 있다. 아래의 시가 역시 님이 찾지 않는 외로움을 이야기하는데 발을 등장시킨다. 『이세 이야기』에 여자와 아직 만나지 못해서 그 여자가 어디에 있는지도 알지 못하는 남자가 "이 몸이 바람이라면 발 사이의 틈을 지나 방 안으로 들어갈 수 있을 텐데"라는 시가를 읊자, 여자가 "바람을 멈추게 할 수는 없지만, 누구의 허락을 받고 발 사이로 들어오려 하는가"라는 거절의 시가를 보내는 이야기가 있는데, 이것도 같은 맥락에서 이해할 수 있다.

한시의 영향 속에서 발이 그리는 풍류

누카다노 오키미의 '당신을 사랑하는 마음을 가슴에 담고 기다리고 있는데, 가을바람에 장지문의 발이 흔들리네'라는 노래는 중국 육조시 六朝詩의 영향을 받았다는 지적이 있다. 양나라 때 서릉徐陵(507~583년)이 편찬한 것으로, 남녀의 정을 담은 시가를 집성한 한시집 『옥태신영 玉台新詠』에 '바람에 흔들리는 발'과 '찾아오지 않는 남자'를 연관짓고 있는 시가가 있다.

청아한 바람이 발을 흔들고	清風動帷簾
새벽달이 조용히 방을 비추고 있다.	晨月燭幽房
당신은 멀리 떠나	佳人處遐遠
내 방에는 당신의 모습이 보이지 않는다.	蘭室無容光

(『옥태신영』 권2, 장화)

　고스코인後崇光院의 『사쿄쿠와카슈沙玉和歌集』에 수록된 '집에 달아놓은 발을 흔드는 바람 때문에, 안방 깊은 곳에서 달빛마저 흔들린다'는 시가 역시 같은 영향을 받은 것으로 보인다. 이 방에는 역시 외로움만 가득하다.

　또 하나 중국의 한시를 바탕으로 풍류를 자아내는 이야기를 하겠다. 세이쇼나곤淸少納言의 수필집 『마쿠라노소시枕草子』에 있는 이야기다. 눈이 많이 내리는 날, 평상시와는 달리 격자창을 내려서 닫고 화롯불을 피우면서 옹기종기 이야기를 나누고 있는데, 중궁中宮 데이시定子가 "향로봉香爐峰의 눈은 얼마나 쌓였을까"라고 물었다. 이에 세이쇼나곤이 아무 말 없이 일어나서 사람을 시켜 격자문을 열게 하고, 직접 발을 둘둘 말아 올리니 중궁은 만족스러운 웃음을 보인다. 주변 사람들도 "백거이白居易의 한시를 소리 내어 읊을 수도 있었을 텐데, 이렇게 행동으로 옮기다니 역시 세이쇼나곤은 중궁 옆에 두기에 적합한 사람이다"라고 칭찬했다는 이야기다. 여기서 말하는 백거이의 한시는 '유애사의 종소리는 베개에서 귀 기울여 듣고, 향로봉의 설경은 발을 들어 올려 바라본다遺愛寺鐘欹枕聽　香爐峰雪撥簾看'는 구절이다. 중궁 데이시는 물론이고 그 주변의 사람들이 모두 이 한시를 알고 있다는 전제하에 말없이 행동으로 옮긴 세이쇼나곤의 자랑담이다.

　『겐지 이야기』에도 백거이의 한시를 염두에 두고 전개된 이야기가 있다. 눈이 내리는 날 밤 겐지가 "사계절 중 사람의 마음을 유혹하는 벚꽃이나 단풍의 계절보다 눈 내리는 겨울밤이 으뜸이다. 청명한 달빛에 눈이 반사되어 하늘은 신비로운 무채색의 세계를 만드는데 이것은 사람의 마음을 저미게 하며 내세의 일까지 생각하게 하니 그 정취가 한이 없다. 겨울밤이 재미없다는 사람은 참으로 천박하다"고 한 다음, 발을 걷어 올리라고 명했다. 이후 겐지는 여자아이들을 마당으로 내려 보내 눈사람을 만들게 하니, 아이들은 더 큰 눈덩이를 만들겠다면서 난리가 아니다.

'향로봉의 설경은 발을 들어 올려 바라본다'는 백거이의 한시가 아니더라도 눈이 내리면 창을 열고 바깥으로 나가고 싶은 것이 인지상정이다. 발은 실내에서 바깥의 세상과 일체화하는 공간을 연출하면서도 외부로부터의 침입을 막는다는 심리적 거리를 두는 작용을 했다. 즉 정신적으로 안정된 느낌을 가질 수 있는 공간을 만들어 주었다. 그러나 이것으로는 만족할 수 없는 때가 있으니, 그때가 바로 눈이 내리고 쌓이는 날이 아니겠는가. 그리고 과연 그날만이겠는가.

> 몸이 아파 고생하고 있을 때, 바람을 쐬지 않으려고 모든 것을 닫고 칩거했다. 이때 꺾어다 화병에 꽂아 둔 벚꽃이 시들어가는 것들 보고 읊음.
> 발을 내리고 틀어박혀서 봄이 가는 것도 모르고 있는 사이에
> 기다리던 벚꽃도 이제 지고 말았네 　　　　　　　　(『고킨와카슈』권2·80)

『고킨와카슈古今和歌集』에 실린 시가다. 이 시가에서 알 수 있듯이 아무리 꽃이 피는 아름다운 날이라고 해도 발을 내린 공간 속에서는 차마 느낄 수 없는 바깥세상이 존재하는 법이다.

수레에 내리운 발, 그리고 살짝 내민 옷자락

수레에도 앞뒤로 발을 내렸는데, 수레 밖으로 길게 내리운 발을 '시타스다레下簾'라고 했다. 가라 우차唐車, 이토게 우차糸毛車, 비로 우차檳榔

毛車와 같은 상품上品의 수레에는 적색으로 물들인 대나무를 주홍색 실로 엮은 소방색 발을, 아지로 우차網代車, 하치요 우차八葉車와 같은 하품下品의 수레에는 청색 계열의 발을 늘어뜨렸다. 이것은 아래로 갈수록 색이 진하게 물들어지는 것으로 멋을 더했다. 수레의 발 역시 바깥세상과 거리를 두기 위한 것이다. 그런데 비단 수레에서 내리지는 않지만 바깥으로 나온 여인들은 몸을 숨기지만은 않았다. 발 밑으로 살짝 밀어 내보이는 옷자락이 수레 안 여인의 향기를 더욱 진하게 풍겼다.

『겐지 이야기』「아오이葵」권에, 고키덴弘徽殿 황후의 황녀가 가모賀茂 신사의 신을 모시는 재원齋院으로 뽑혀서 예를 치르는 날의 풍경이 있다. 겐지의 정처 아오이노우에葵の上의 수레가 겐지의 정인 로쿠조미야스도코로六條御息所의 수레를 밀치고 자리를 잡는 이야기가 중심이 되는데, 여기서 헤이안 귀족이 연출하는 풍류를 한껏 엿볼 수 있다. 먼저 재원을 모시는 수행자들은 모두 명망이 높고 용모도 탁월한 자들로 선별했고, 그들이 받쳐 입은 속옷의 색이며 겉옷의 무늬, 말의 안장까지 모두 훌륭했다. 겐지도 이 자리에 있었다. 이 행차를 보기 위해서 많은 사람들이 자신의 수레를 장식하고 대로로 나와서 혼잡했다.

> 양쪽 길가에는 온갖 치장을 한 여인네들의 알록달록한 소맷자락이 발 사이로 내비치니 그 또한 볼거리였다.…… 여기에 애써 사람의 눈을 피하려는 기색이 역력한 수레가 있었다. 수레는 새것이 아니었지만 드리워진 발이 예스럽고 아담했다. 사람은 깊숙이 몸을 숨기고 있지만, 발 사이로 살짝 비치는 소맷자락과 옷자락 그리고 한삼 등의 색조는 기품이 있고 아름다웠다.…… 겐지는 예년보다 곱게 단장한 수많은 수레의 발 밑으로 옷자락을 내보이고 앉아있는 여인네들을 못 본 척하면서도 가끔은 힐끔 곁눈질을 했다.

행렬의 주인공들만 아니라 구경나온 여자들까지 한껏 멋을 부린다. 그래봤자 수레 밖으로 나오지 않을 터인데 말이다, 사람들은 수레와 그 늘어뜨린 발의 모양새를 가지고 여자의 취향과 품격을 이야기한다. 본문의 예스럽고 아담한 발을 내린 수레는 겐지의 정인 로쿠조미야스도코로의 수레다. 수레는 그녀의 고상하고 우아한 인품을 그대로 반영하고 있다. 여자들은 수레 속에 숨어서, 수레에 내린 발 밑으로 살짝 내민 옷자락을 가지고 온갖 볼거리를 제공한다. 이렇게 살짝 내민 아주 작은 정보가 세상 사람들과의 소통을 담당하고 있다. 발 밑으로 내보이는 여성의 옷자락에 대해서 '이다시기누出衣,' 그 수레에 대해서 '이다시구루마出車'라는 단어가 따로 있다는 것도 재미나다. 살짝 바깥으로 내보낸 옷자락이 행사의 화려함을 더한다.

'눈에도 차지 않는 형편없는 수령의 딸조차 한껏 멋을 부리고 수레에 탄 채 자태를 뽐내니 이것도 흥미로운 볼거리다'는 구절에서 웃음이 나오는 것은, 정해진 모양, 정해진 길이의 검정색 교복 안에 갇혀서 나만의 특별한 멋을 보이고 싶다고 보일 듯 말 듯 치마폭을 늘이고 허리선을 줄이는 그 부지런함이 여기서도 느껴지기 때문이다.

16살에 동궁과 결혼을 했지만 20살에 동궁이 죽어 미망인이 된 로쿠조미야스도코로는 겐지와 사랑을 나누는 사이가 된다. 그런데 앞에서 기술한 바와 같은 수레의 자리다툼으로 원한을 품고 생령生靈이 되어서, 산후의 아오이노우에를 죽음에 이르게 한다, 이런저런 사건을 뒤로 하고 로쿠조미야스도코로는 이세伊勢 신궁의 재궁齋宮이 되어서 떠나는 딸을 따라 이세를 향하게 되는데, 이때에도 모녀의 모습을 보기 위해서 많은 사람들이 모였다. 귀엽고 앙증맞은 14살의 재궁은 화장까지 해서 아름다웠다. 사람들은 관료들의 건물 앞뜰에서 재궁이 나오기를 기다

리는데, 시녀들의 가마 밖으로 흘러나온 소맷자락의 색깔 조합이 화사
하고 그윽하기 그지없다. 관료 중에는 아끼는 시녀와의 헤어짐을 아쉬
워하는 자도 적지 않았다. 날이 어두워지자 가마와 수레가 하나둘 움직
이기 시작했다.

여기서도 가마 밖으로 흘러나온 소맷자락 '이다시기누'를 이야기하
는데, 그 색의 조합에 대해서 칭찬한다. 당시 특히 옷을 겹으로 입는 것
을 '가사네襲'라고 했는데, 겹으로 입는 옷의 배색이 귀족들의 미의식을
반영하는 것으로 중요시되었다. 특히 큰 행사가 있거나 손님이 오는 날
또는 잔칫날, 소맷길을 발이나 휘장 밑으로 흘러 내보어서 툇마루까지
아름답게 늘어뜨리고 배색을 자랑했다. 수레에서만이 아니라 저택에
서도 이런 '보이기'의 풍류를 즐겼던 것이다.

『오카가미大鏡』는 노인이 옛일을 회상하면서 역사를 기술한 책인데,
정전政戰에서 밀려난 불우한 무라카미村上 천황의 제4황자 다메히라 친
왕爲平親王을 불쌍히 여겼던 것일까, 그가 13살이던 해(964년) 2월 야외
에서 행사를 치른 영화로운 한 시절의 이야기를 한다. 여기서도 수레와
그 안의 보이지 않는 여인들의 아름다움으로 화려함을 대신한다.

> 궁궐 안 후궁의 거처에 내린 발 밑으로 자연스럽게 내민 여인들의 옷자락은
> 너무나 아름다웠다.……그것만이 아니다. 큰길에도 황후의 시녀들이 옷자락
> 을 내보이는 수레가 10대 정도 정차하고 있었다. 아름다움을 경쟁하는 이 자
> 리는 멋진 볼거리였다고, 노인이 그 옛날의 수레에서 내비친 옷자락의 배색
> 까지 자세하게 기억하고 있어서 놀라웠다,

수레에 내리운 발 속의 여인은 숨어만 있는 것이 아니었다. 발 밑으

277

【그림 2】 수레에 드리운 발
(佐藤昭 編(1988)
『源氏物語』学習研
究社)

로 내민 옷자락, 발 사이로 비치는 모습이 뭇 남성의 마음의 설레게 했
으며, 여기서도 시가를 주고받고 만남이 이어지는 기회를 만드는 순간
을 놓치지 않았다.

그 하나의 이야기가 『이세 이야기』에 있다. 옛날에 마장에서 활쏘기
가 있는 날, 마장의 맞은편에 세워놓은 수레의 내려진 발 사이로 여자
의 얼굴이 어렴풋이 보였다. 그래서 남자가 "어디서 본 것도 같고 아닌
것도 같은 당신이 그리워지니, 오늘은 당신 생각을 하며 지낼 것 같습
니다"는 시가를 읊으니, 여자가 "아느니 모르니 말을 하지만 나를 향한
당신의 사랑만이 만날 수 있는 길입니다"라는 답가를 보낸다. 이들의
이야기가 어떻게 이어졌는지 알 수 없지만, '이후 이 여자가 누군지 알
았다'는 글이 남아있다.

당시 수레에 대한 견해를 세이쇼나곤이 딱 부러지게 설명한 것이 있
으니, 이것을 기술하는 것으로 수레에 대한 이야기를 마무리하겠다.

구경거리가 있다고 보잘 것 없는 수레에 볼품이 없는 장식을 하고 나오는 사람을 좋아하지 않는다. 설법을 들을 때는 죄를 줄이기 위한 것이니 어쩔 수 없다고 하지만, 그래도 너무 초라한 것은 보기 싫다. 하물며 축제의 날 이런 모습이라면 나오지 않는 것이 더 좋을 텐데.…… 나는 이 날을 위해서 수레의 발도 새롭게 마련하고 이 정도면 나쁘지 않을 것이라고 생각하지만, 막상 나보다 훌륭한 수레를 보면 '왜 나왔을까' 후회한다. 그런데 저 보잘것없는 수레의 사람들은 대체 어떤 마음으로 축제장에 나타나는 것일까. (223단)

나가며

가로로 된 긴 두루마리를 '마키모노卷物'라고 하는데, 문학작품 특히 모노가타리物語 같은 것을 연속해서 표현한 것을 '에마키繪卷'라고 한다. 그림과 그것을 설명하는 글이 있는 것도 있고, 그림만 있는 것도 있다. 세로 30cm의 것이 가장 많고 15cm의 작은 것도 있으며, 50cm의 것도 있다. 길이는 10m 전후의 것이 가장 많고 20m나 되는 작품도 있다. 헤이안 시대 전반에 상당히 많은 에마키가 제작된 것으로 추정되나 현존하는 것은 없다. 현존하는 100여개의 에마키는 대개 12~14세기에 제작된 것으로 알려져 있다. 헤이안 시대 모노가타리 에마키는 '후키누키야다이吹拔屋臺', 이른바 하늘에서 지붕을 뚫고 내려다보는 투시법으로 그려져 있어서 그 시대의 건물 안 모습을 볼 수 있다. 에마키는 미술적 가치만이 아니라 역사 민속자료로서의 가치도 주목된다. 에마키에 그려진 복장, 건물, 음식 등이 반드시 제작된 그 시대의 것을 반영했다고는 할 수 없지만 그래도 상당히 많은 시각적 정보를 제공한다.

279

앞에서 발을 가지고 이것저것 많은 이야기를 했는데, 백문이 불여일견이라고 하지 않는가. 국보로 지정된 헤이안 시대 말기의 『겐지 이야기 에마키』의 그림을 가지고, 발 너머 헤이안의 풍류를 상상하기 바란다.

참고문헌

고선윤(2014)『헤이안의 사랑과 풍류』제이앤씨
신선향(2008)『헤이안 시대의 物語 문학과 和歌』제이앤씨
松本童男(2010)『業平ものがたり』平凡社
秋山虔(1998)『源氏物語を行く』小學館
秋山虔·小町谷照彦 編(1997)『源氏物語図典』小學館
横尾豊(1976)『平安時代の後宮生活』柏選書

의식주로 읽는
일본문화
수레

여성문학과 탈것의 남녀관계학

이 미 숙

• • • •

탈것과 남녀관계학

일본의 대표적인 고소설로 널리 알려진『겐지 이야기源氏物語』는 헤이
안平安 시대(794~1192년)의 작품이다. 그 첫째 권인「기리쓰보桐壺」권에
는 이 작품의 남자 주인공인 히카루겐지光源氏 양친의 가슴 절절한 사랑
이야기가 기술되어 있다. 이 시대는 친정 집안과 부친의 사회적인 위상
에 따라 천황에게 입궐하여도 여어女御와 갱의更衣 등으로 궁중 내 신분
이 갈렸다. 여어는 중궁 다음가는 천황의 비妃로서 공경의 여식이며, 중
궁은 여어 가운데서 뽑혔다. 갱의는 여어 다음가는 천황의 비이다. 기

281

리쓰보 천황桐壺帝의 둘째 황자인 히카루겐지의 모친인 기리쓰보 갱의
는 정3위에 상당하는 안찰 대납언按察大納言인 친정아버지가 세상을 뜬
탓에 후견을 해줄 사람이라고는 홀어머니밖에 없는 의지가지없는 불
안한 처지였다.

그런데도 기리쓰보 갱의는 알뜰살뜰하게 친정의 후견을 받고 있는
첫째 황자의 모친인 고키덴 여어弘徽殿女御 등 다른 후궁들이 무색할 정
도로 천황의 총애를 한 몸에 받았다. 그녀는 결국 궁중 내 시기와 괴롭
힘을 견디다 못하여 심로가 쌓여 병들게 되고 더 이상 손 쓸 방도가 없
어져 궁중 밖 친정으로 퇴궐하게 되었다. 황후와 후궁이 궁중 내에서
죽는 것은 부정을 탄다고 여겨 임종 전에는 궐을 나가는 것이 관례였던
것이다. 이에 천황은 법도가 있어 궁중에 붙잡아둘 수는 없기에 연輦을
사용하여도 좋다는 선지宣旨를 내리고 견딜 수 없는 심정으로 퇴궐을
허락하였다. 연은 손으로 끄는 지붕이 있는 수레로 황자, 대신, 여어, 승
정僧正 등이 선지를 받아 천황의 허락을 얻어야만 타고 궁궐 문을 출
입할 수 있었다. 갱의의 신분인 기리쓰보 갱의에게 천황이 선지를 내
려 연을 타도록 허락한 것은 파격적인 대우라고 할 수 있다. 이는 기
리쓰보 갱의에 대한 천황의 지극한 마음을 표현한 것으로 볼 수 있을
것이다.

이처럼 『겐지 이야기』를 비롯한 헤이안 시대 여성문학에는 인간관
계, 특히 남녀관계의 역학구도를 탈것의 묘사를 통해 형상화하고 있는
예가 많다. 작품 내에 형상화되어 있는 탈것은 단순한 이동수단으로서
만이 아니라 타고 있는 사람의 처지와 상황을 독자로 하여금 인식할 수
있도록 하는 지표가 되기도 한다. 이 글에서는 헤이안 시대 사람들, 특
히 귀족들이 타고 다닌 탈것에는 어떠한 종류가 있었는지를 살펴보고,

輦車 (石山寺縁起)

【그림 1】『이시야마데라 연기石山寺縁起』에 나오는 연(秋山虔 他 編(1997)『源氏物語図典』
小学館)

탈것의 묘사를 통해 읽어낼 수 있는 남녀관계의 구도 등에 대해 살펴보
도록 한다.

헤이안 시대의 탈것

헤이안 시대 귀족들은 궁궐 등의 특별한 장소나 각별히 초라하게 꾸
며 정체가 드러나지 않도록 하려는 경우 이외에는 직접 걷는 일이 드물
었다. 이 시대 사람들의 대표적인 이동수단으로는 배와 말을 비롯하여
가마와 수레 등을 들 수 있으며 탈것에 따라서는 이용하는 데 제약과
격식이 있었다. 배는 먼 길을 눈에 띄지 않고 빨리 이동하는 데 이용된

【그림 2】『가스가곤겐겐키春日権現験記』에 수록된 가마(秋山虔 他 編(1997)『源氏物語図典』 小学館)

물길의 이동수단이었고 말은 사람 눈을 피하거나 험한 길을 갈 때, 천황의 거둥이나 마쓰리祭 행사에 배행할 때 이용되었다. 물길의 이동수단인 배나 남성 전용의 이동수단인 말을 제외하고 남녀 모두 일상생활에서 이용하던 지상의 탈것으로는 크게 사람이 메고 가는 가마輿와 수레車로 나눌 수 있다.

그중 일기나 모노가타리物語 등 헤이안 시대 작품에 자주 등장하는 대표적인 탈것은 수레이다. 헤이안 시대에 수레는 위아래 모든 일반 사람들에게 애용되던 탈것이다. 999년부터는 6위 이상에게만 허락되었으며 신분과 연령 등에 따라 다양한 제한이 있었다. 수레란 수레바퀴 위에 가마를 얹거나 지붕 있는 고형물을 얹어 그것을 사람의 힘이나 소의 힘으로 끄는 것을 말한다. 사람의 힘으로 끄는 것을 연輦車이라고 하며 신분이 높은 사람 중 선지를 받은 사람만이 탈 수 있었다. 기리쓰보 갱의가 사가로 퇴궐할 때 탔던 것이다. 소가 끄는 것을 우차牛車라고 하

【그림 3】『요샤즈코후즈與車図考附図』에 수록된 비로 우차(秋山虔 他 編(1997)『源氏物語図典』小学館)

며 연처럼 특별한 수레와는 달리 귀족들이 일상적으로 이용하였다.

우차의 정원은 네 명이다. 타고 내릴 때는 수레 대를 발판에 걸쳐두고 뒤쪽으로 타고 앞쪽으로 내렸다. 우차에는 여러 종류가 있으며, 비로 우차檳榔毛の車와 아지로 우차網代車가 대표적이다. 비로 우차는 종려나무와 비슷한 비로나무 잎을 햇볕에 쬐어 희게 바래게 하여 차체에 씌운 우차로, 상황·천황 이하 4위 이상이거나 신분이 높은 승려나 부인이 이용하였다. 아지로 우차는 노송나무를 가늘게 잘라 엮은 아지로라는 발을 수레 지붕에 입힌 것으로, 신분이 높은 사람은 가벼운 외출 시에 타고 중류귀족은 평상시 타고 다니던 우차이다. 신분이나 상황에 따라 우차를 구별하여 타는 것은 작품 속에서도 확인할 수 있는 사실이다.

예를 들어 미치쓰나의 어머니道綱母가 쓴 『가게로 일기蜻蛉日記』를 보

자. 972년 3월 미치쓰나의 어머니를 포함한 일행 네 명은 비로 우차 한 대에 같이 타고 이와시미즈하치만 궁石清水八幡宮의 임시 축제인 야와타 마쓰리八幡の祭를 구경하러 나갔다. 비로 우차는 마쓰리라는 경사스럽고 타인의 시선이 집중되는 날에 대납언 후지와라 가네이에藤原兼家의 부인 이라는 미치쓰나의 어머니가 타기에는 신분에 걸맞은 우차라고 할 수 있다. 이에 반해『가게로 일기』에서 아지로 우차는 972년 2월 미치쓰 나의 어머니가 양녀로 데려오기로 한 가네이에의 여식을 마중 보낼 때 등장한다. 부친의 인지도 받지 못하고 산골에 모친과 지내던 양녀를 데 려오기 위해 미치쓰나의 어머니는 사람들 눈에 띄지 않도록 깔끔한 아 지로 우차와 말에 탄 남정네 네 명, 그리고 하인들을 많이 딸려 양녀가 살고 있는 히에이 산比叡山 남쪽에 있는 시가 산志賀山 중턱으로 보냈으며, 우차에는 아들인 미치쓰나가 탔고 뒷좌석에는 양녀를 소개해준 사람 을 태워 보냈다고 기술되어 있다. 남들 눈에 띄지 않도록 평상시 중류 귀족들이 타고 다니는 우차를 마중하는 데 보냈다는 사실은 현재의 양 녀의 처지와 상황에 걸맞은 선택이라고 할 수 있다. 이와 같이 헤이안 시대 사람들, 특히 귀족들은 신분과 상황에 따라 우차를 구별하여 탔다 는 것을 알 수 있다.

지나쳐 가는 우차 소리와 멀어져가는 부부관계,『가게로 일기』

『가게로 일기』는 10세기 후반 가나 문자仮名文字로 여성이 쓴 일기문 학으로 현존하는 일본 최초의 여성 산문문학이다. '일기문학'이란, 남성들이 하루하루의 공적인 사실을 한문으로 기록한 '일기'와는 달리 여성(또는 여성으로 가장한 남성)들이 가나 문자로 자신의 삶을 회상하여 풀어쓴 작품을 이른다. 귀족문화의 그늘 속에서 중류귀족 출신인 궁정 나인이나 결혼하여 집안에 안주해 있던 여성들이 자신들의 불안정한 삶 속에서 생성된 삶에 대한 불안과 고뇌 등을 문학적으로 형상화할 수 있었던 것은 자기 내면을 있는 그대로 표현할 수 있는 가나 문자가 있었기에 가능하였다.

『가게로 일기』는 미치쓰나의 어머니라는 중류귀족 출신의 여성이 집필하였다. 그녀는 지방관 출신인 후지와라 도모야스藤原倫寧의 딸로서 뒷날 섭정 태정대신으로 최고 권력자가 되는 상류귀족 후지와라 가네이에와 결혼하여 미치쓰나라는 외아들을 두었기에 보통 미치쓰나의 어머니로 일컬어진다. '가게로'라는 서명은 상권 발문에 나오는 "있는지 없는지도 모를, 아지랑이처럼 허무한 여자의 처지를 기록한 일기"라는 표현에서 비롯된 것으로, 허무하게만 느껴지는 자신의 삶을 '아지랑이'에 비유한 것이다. 이 작품은 법제적으로는 일부일처제가 규정되어 있었지만 실질적으로는 일부다처제 사회였던 헤이안 시대의 혼인 제도를 배경으로 하여, 20여 년간에 걸친 결혼생활 속에서 생성된 미치쓰나의 어머니의 고뇌와 그 전개과정을 기록한 것이다. 즉 『가게로 일기』는 천 년 전 일본 헤이안 시대라는 한 시대를 살다가 간 한 여성의 삶과 그 마음풍경이 기록된 자기서사自己敍事라고 할 수 있다.

미치쓰나의 어머니를 고통스럽게 하였던 고뇌의 원인으로는 남편인 가네이에와 결혼생활을 영위하면서 이루고 싶었던 기대가 좌절된 점을 들 수 있다. 그녀가 결혼생활에서 꿈꾸었던 기대는 남편인 가네이에의 사랑을 독차지하고 정처가 되고자 하였던 신분 상승 욕구였다. 그러

나 실질적인 일부다처제였던 당시의 혼인제도 속에서 오로지 자기 집에서 남편이 자기를 찾아와주기만을 기다리며 결혼생활을 영위할 수밖에 없었던 '기다리는 여자待つ女'였던 그 시대 여성들에게 이것은 도저히 실현될 수 없는 이상이었다. 정처의 지위 또한 자기보다 먼저 남편과 결혼한 3남 2녀의 자식을 두었던 도키히메時姬라는 여성이 차지하였다. 자신의 꿈이 좌절되어가면서 미치쓰나의 어머니의 고뇌는 생성되었고, 뛰어난 미모와 시적 재능에서 배태된 강한 자의식은 그녀의 고뇌를 더욱더 심화시키는 요소로 작용하였다.

기다리는 여자로서 집에서 남편을 기다리며 겪는 미치쓰나의 어머니의 고뇌는 자기 집 앞을 지나쳐 가는 남편이 탄 우차 소리로 형상화되어 있다. 가네이에가 입궐과 퇴궐을 하는 길목에 집이 있어 밤중이고 새벽이고 가네이에의 동정에 귀 기울이며 그가 탄 우차가 자기 집에 들르지 않고 지나갈 적마다 미치쓰나의 어머니의 고뇌는 더욱 깊어졌다.

다음 기술은 미치쓰나의 어머니가 결혼한 이듬해 아들인 미치쓰나를 출산한 직후 알게 된 가네이에와 마치노코지 여자町の小路の女의 관계에 관한 이야기이다.

> 그 세도 있는 여자는 출산할 때가 되었다고 좋은 방위를 골라, 그 사람과 같은 우차를 타고 온 장안이 뜨르르할 만큼 무리지어 다니며 참으로 듣기 괴로울 정도로 야단스러운데, 그것도 꼭 내 집 앞으로만 지나가는 게 아닌가.
>
> (상권·957년)

가네이에가 다른 여자에게 써둔 편지를 발견하고 사흘 밤 잇따라 모습을 보이지 않을 때가 있었는데, 어느 날 저물녘에 가네이에는 "궁 안에 피치 못할 일이 있어서."라며 그녀의 집에 있다가 길을 나섰다. 이상하게 여겨 사람을 시켜 뒤따라가 보게 하였더니, 가네이에의 우차가 마치노코지 어디쯤에서 멈추었다는 전언이었다. 마치노코지는 교토京都에 있는 거리 이름으로 좁은 골목길을 이른다. 미치쓰나의 어머니를 제외하고 작품 속에 언급되고 있는 가네이에와 관계를 맺고 있는 여성은 다섯 명이다. 이 중 마치노코지 여자는 미치쓰나의 어머니가 가장 행복하던 시절에 가네이에와 연을 맺은 여자라는 점 때문에 가장 심적 타격이 컸다. 결혼한 이듬해 외아들 미치쓰나의 출산과 그즈음 가네이에가 보여주던 배려 깊은 태도에 미치쓰나의 어머니는 무척 행복해하던 터였다. 그러나 그 행복은 가네이에의 새로운 여성인 마치노코지 여자의 존재가 밝혀지면서 갑작스레 끝나게 되었다. 미치쓰나를 출산하고 행복에 젖어 있던 직후의 일인 데다 자신보다 훨씬 못해 보이는 마치노코지 여자의 존재는 미치쓰나의 어머니의 자부심에 생채기를 내고 깊은 분노와 슬픔에 빠지게 하였다.

그러한 미치쓰나의 어머니의 마음을 상징적으로 보여준 에피소드가 가네이에와 마치노코지 여자가 한 우차를 타고 그녀의 집 앞을 지나쳐 간 일이었다. 당시 상류귀족이 애인과 우차를 함께 타고 공공연하게 외출하는 것은 흔한 일이 아니었다. 이즈미시키부和泉式部와 아쓰미치敦道 황자가 달 밝은 밤에 같은 우차를 타고 다른 사람의 눈을 의식하지 않아도 되는 곳으로 가서 하룻밤을 함께 보낸다는 『이즈미시키부 일기和泉式部日記』의 한 장면에서도 볼 수 있듯이, 이러한 행위는 두 사람의 깊은 애정을 드러내주는 징표로 볼 수 있다. 그런데 미치쓰나의 어머니는 자기 집 앞을 지나가는 두 사람이 함께 탄 우차 소리를 들으며 남편과 자신의 거리, 자신에 대한 남편의 사랑의 정도를 온몸으로 느낄 수가 있었던 것이다. 당연히 이처럼 배려 없는 가네이에의 무신경한 처사에 미치쓰나의 어머니의 좌절은 더욱 깊어만 갈 수밖에 없었다.

　미치쓰나의 어머니의 집 앞을 지나가는 가네이에의 우차 소리로 상징되는 두 사람의 마음의 거리는 971년 정초에 최고조에 이르게 된다.

> 초나흗날도 신시 무렵, 초하룻날보다도 더욱 요란스럽게 행차를 알리며 오는데, "오십니다, 오십니다"라고 아랫것들이 계속 말하는데도, 초하루 같은 일이 또 벌어지면 어쩌나, 민망할 텐데라고 생각하며 그래도 가슴 졸이며 기다리고 있었다. 그런데 행차가 가까워져 우리 집 하인들이 중문을 활짝 열고 무릎 꿇고 기다리고 있는데도, 아니나 다를까 그대로 또 스쳐 지나갔다. 오늘 내가 어떤 마음이었는지 상상에 맡기겠다.　　　　　(중권·971년)

　위의 기술에 비록 우차 소리라는 직접적인 표현은 없지만, 교토 내 일상적인 행차가 우차라는 이동수단으로 이루어지고 있다는 것은 너무나 당연한 사실이다. 결혼한 후 한 번도 거르지 않고 새해 첫날이면 꼭 방문해 오던 가네이에가 자기 집 앞을 그냥 스쳐 지나갈 때, 미치쓰나의 어머니는 아랫사람에 대한 민망함과 무정한 가네이에에 대한 섭섭함으로 몸 둘 바를 모르게 된다. 이는 결혼 초 출산을 앞둔 마치노코지 여자와 가네이에가 미치쓰나의 어머니 집 앞을 우차를 함께 타고 스쳐 지나가던 장면을 연상시킨다.

　이러한 가네이에의 행동으로 미치쓰나의 어머니의 고뇌는 절정에 이르게 되고, 나루타키鳴滝의 한냐지般若寺에 칩거하게 되는 결정적인 계기가 되었다. 971년은 미치쓰나의 어머니의 고뇌가 최고점에 이르러 표출된 해로서 『가게로 일기』 작품 전체의 클라이맥스에 해당된다.

970년에 가네이에와 오미近江라는 여자의 관계는 점점 더 깊어갔으며, 미치쓰나의 어머니와 가네이에 사이에 틈이 벌어져 있는 만큼 오미의 존재는 두 사람의 관계를 더욱더 멀어지게 하였다. 급기야 971년 정월 초하룻날에는 가네이에가 결혼 후 처음으로 방문조차 하지 않았고, 미치쓰나의 어머니의 집 앞을 스쳐 지나가는 일이 일어난 것이다. 이는 실질적인 일부다처제 속에서 여성이 가장 굴욕감을 느낄 만한 행위였다.

이에 미치쓰나의 어머니는 친정아버지 집에서 기나긴 정진기간을 보내고 가네이에가 자신의 집 앞을 그냥 지나쳐 가지 않는 세계를 찾아서 한냐지로 참배여행을 떠난다. 조용한 산사에 머물며 미치쓰나의 어머니는 자연과 깊이 교감하면서 자신의 내면을 응시하는 시간을 갖는다. 비록 3주 만에 가네이에에게 이끌려 산사를 내려오면서 한냐지 칩거는 막을 내리고 미치쓰나의 어머니와 가네이에의 결혼생활에 즉각적인 변화를 가져오지 못하였지만, 이를 계기로 미치쓰나의 어머니의 마음속에는 가네이에와의 결혼생활을 있는 그대로 받아들이려는 체념의 심경이 싹트게 되었다.

남녀관계의 거리와 여성 간의 갈등을 비추는 수레, 『겐지 이야기』

『가게로 일기』의 문학적인 성과를 이어받아 11세기 초 집필된 『겐지 이야기』에도 탈것을 매개로 하여 남녀관계의 멀고 가까운 거리를 묘사하는 서사기법이 눈에 띈다. 『겐지 이야기』는 정편 41권과 속편 13권으로 구성되어 있는데, 정편의 남녀 주인공인 히카루겐지와 무라사키

노우에紫の上의 관계 또한 탈것을 통해 살펴볼 수 있다.

무라사키노우에는 어릴 적에 어머니를 여의고 교토 외곽의 북쪽 산기슭에서 외할머니 손에 자라다가 히카루겐지의 눈에 띈 여성이다. 그녀는 외할머니가 세상을 뜬 뒤 열 살 때 히카루겐지의 손에 이끌려 히카루겐지의 저택인 니조인二條院으로 와 살게 되고, 몇 년 뒤 그곳에서 그와 부부의 연을 맺게 된다.

다음 기술은 어린 무라사키노우에를 병부경 친왕이 데려갈 것이라는 소식을 들은 히카루겐지가 외할머니를 여의고 시녀들과 함께 살고 있던 어린 무라사키노우에를 데려오는 「와카무라사키若紫」권의 한 장면이다.

> 겐지 님께서는 아무것도 모른 채 주무시고 계시는 아가씨를 껴안아 깨우시니, 놀라서 친왕께서 데리러 오셨나 보다 하고 잠결에 생각하신다. 머리를 쓰다듬어 다듬거나 하신 뒤, …… 수레를 가까이 대도록 하신다. 기가 막히고 이를 어찌하여야 하나 하고 모두들 생각한다. 어린 아가씨 또한 이상한 일이라 생각하셔서 우신다. 소납언은 말릴 방도가 없기에, 전날 밤 바느질해둔 아가씨 옷 등을 손에 들고 본인도 괜찮은 옷으로 갈아입고 수레에 탔다. 니조인은 가깝기에, 아직 날이 밝기도 전에 도착하셔서, 서쪽 채에 수레를 대고 내리신다. 어린 아가씨를 아주 가뿐하게 안아 내려놓으신다.

히카루겐지가 직접 안아 수레에 태우고 함께 타고 와서 니조인에 도착하여 안아 내리는 모습은 이후 두 사람의 관계구도를 상징적으로 보여주는 모습이다. 남성이 여성과 같은 수레를 탄다는 의미에 관해서는 『가게로 일기』와 『이즈미시키부 일기』의 예를 통해서도 살펴보았듯이 두 사람의 관계와 마음의 거리가 가깝다는 것을 드러내는 척도라고 할수 있다. 「아오이葵」권에서 히카루겐지와 무라사키노우에가 함께 마쓰리를 구경하러 나온 모습을 보고 사람들이 "겐지 님께서 누군가와 함께수레를 타고 있어 발조차 올리지 않으시는 것을 못마땅하게 생각하는사람이 많다. 일전에 멋지셨던 모습에 비하여 오늘은 꾸미지 않고 편안한 차림으로 나오신 거로구나, 누구일까, 나란히 탄 사람은 그저 그런 사람은 아니겠지 하며 이리저리 추측한다"는 기술에서도 그 의미를 확인할 수 있다. 이미 히카루겐지가 니조인에 누군가를 데려다놓았다는 소문은 모든 사람들에게 퍼져 있었지만 이렇게 같은 수레를 타고 마쓰리를구경 나왔다는 데서 히카루겐지에게 그 여성이 어떠한 존재인지를 모두들 알게 된 것이다.

그런데 「아오이」권에서 수레는 한 남성을 사이에 둔 두 여성의 갈등을 나타내는 잣대로도 쓰이고 있다. 아오이 마쓰리葵祭가 열리기 전에가모 신사賀茂神社에 봉사하는 새로 임명된 재원齋院이 목욕재계 의식을치르는 날, 히카루겐지의 정처인 아오이노우에葵の上와 히카루겐지와내연관계인 로쿠조미야스도코로六條御息所가 구경하러 나갔다가 좋은 자리에 서로 수레를 대려다가 하인들끼리 싸움을 벌인 것이다. 아오이 마쓰리는 가모 신사에서 열린다고 하여 정식 명칭은 가모 마쓰리이지만, 관冠이나 우차牛車, 판자를 깔아 높게 만든 관람석에 늘어뜨린 발 등에족두리풀二葉葵을 장식하였다고 하여 아오이 마쓰리로도 불리었다.

로쿠조미야스도코로는 어느 대신의 여식으로, 동궁비로 입궐하여딸 하나를 두었지만 동궁과 사별하고 홀로 되었다. 궁중을 나와 로쿠조교고쿠六條京極에 살게 되어 로쿠조미야스도코로라 불리었다. 미야스도코로御息所란 황태자비를 이르기도 하고 또는 황자나 황녀를 낳은 여어나 갱의를 가리키는 호칭이다. 그녀는 고상하고 우아한 인품으로 세상의 평판이 높았다. 그러던 중 일곱 살이나 아래인 히카루겐지의 집요한 구애를 받고 그와 인연을 맺게 되었다. 이미 그때 히카루겐지에게는 좌대신의 여식인 아오이노우에라는 정처가 있었던 데다 로쿠조미야스도코로 또한 전 동궁비라는 신분이었기에 히카루겐지와 정식으로 결혼할 수는 없었다. 두 사람 사이는 세상 사람들에게 드러내놓고 공식적으로 인정받지 못한 어중간한 상태였다. 그러나 막상 연인관계가 되자 히카루겐지는 그녀의 기품 있는 태도에 압박감을 느껴 발걸음이 뜸해졌고, 이 때문에 그녀는 히카루겐지에 대한 집착과 자부심에 상처를 받으면서 탄식하는 나날을 보내게 되었다.

그러던 중 히카루겐지를 가운데 둔 채 조용히 긴장관계를 유지하던 아오이노우에와 로쿠조미야스도코로는 음력 4월에 개최되는 아오이마쓰리에서 전기를 맞게 되었다. 교토를 대표하는 마쓰리인 만큼 이날은 온 교토 사람들이 나와 행렬을 구경하는 큰 행사였다. 로쿠조미야스도코로 또한 히카루겐지가 끼어 있는 마쓰리 행렬을 남몰래 구경하러 수레를 타고 나왔다가 그의 정처인 아오이노우에 쪽 하인들과 그녀의 하인들이 자리다툼을 벌이게 되었다. 로쿠조미야스도코로의 하인들이 수레를 세우고 구경하기 좋은 자리를 찾던 중 마찬가지로 마쓰리를 구경하러 나와 좋은 자리를 물색하고 있던 정처인 아오이노우에의 하인들이 수레로 자리싸움을 벌인 끝에 로쿠조미야스도코로 쪽이 밀려나게 된 것이다. 많은 구경꾼들이 지켜보는 가운데 자리다툼에서 밀려난 로쿠조미야스도코로는 전 동궁비이면서도 히카루겐지의 정처에게 밀려난 자신의 처지에 큰 상처를 입었다. 이날 로쿠조미야스도코로가 탄 수레는 자신을 드러내지 않기 위해 고른 소박한 아지로 우차였다.

【그림 4】『요샤즈코후즈與車図考附図』에 수록된 아지로 우차(秋山虔 他 編(1997)『源氏物語図典』小学館)

전 동궁비로서 자부심이 높았던 로쿠조미야스도코로는 이 사건으로 세상 사람들의 입길에 오르며 남들의 비웃음거리가 되었다며 큰 충격을 받았다. 좁은 귀족사회 내 얽히고설킨 인간관계 속에서 타인의 입길에 오르내리고 사람들의 비웃음을 받는다는 것은 자신에 대한 긍지가 크면 클수록 더 큰 치욕으로 받아들여졌다. 많은 사람들 앞에서 사랑하는 사람의 정처에게 모욕을 당하고 자존심에 상처를 입은 그녀는 굴욕감에 몸 둘 바를 모르게 된다. 게다가 그때 아오이노우에는 히카루겐지의 장남을 임신 중이었다. 아오이노우에가 임신한 사실까지 알게 되면서 로쿠조미야스도코로는 자신의 마음을 제어할 수 없게 되었다. 그리고 그녀의 이성과는 상관없이 혼이 자신도 모르는 사이에 몸에서 빠져나와 생령生靈이 되어 아오이노우에의 죽음에 결정적인 역할을 하게 되었다. 이 일에 충격을 받은 로쿠조미야스도코로는 히카루겐지에 대한 집착을 끊어내고 이세 신궁伊勢神宮에 봉사하기 위해 재궁齋宮이 되어 이세로 내려가는 여식을 따라 교토를 떠나게 되면서 히카루겐지를 둘러싼 두 여자의 갈등은 막을 내리게 된다.

이렇듯 수레라는 탈것은 헤이안 시대 여성문학 속에서 남녀관계의 멀고 가까운 거리를 자연스레 드러내거나, 한 남성을 사이에 둔 여성들 간의 갈등 또한 비추는 잣대의 하나로 쓰이고 있다는 것을 알 수 있다.

수레를 타지 않아도 되는 거리를 꿈꾸는 여성들

하지만 헤이안 시대 여성들이 진심으로 원하던 바는 같은 수레를 타는 것보다도 수레를 탈 필요 없이 가까운 거리에서 남성과 함께하기를 꿈꾸었던 것으로 보인다. 10세기 후반 헤이안 시대는 법제적으로는 일부일처제가 규정되어 있었지만 실질적으로는 일부다처제 사회였다. 당시의 결혼풍습은 남성이 여성의 집을 방문하는 방처혼訪妻婚 또는 초서혼招婿婚이었다. 궁중 나인으로 출사하지도 않고 높디높은 담장 안에서 한 남자와의 결혼생활에 인생 전부를 걸었던 귀족여성들은 이제나저제나 남편이 찾아오기만을 기다리는 '기다리는 여자'의 입장에 처해질 수밖에 없었다. 따라서 남편과 늘 한집에서 지내기를 바라는 기대는 실현되기 어려운 꿈이었다. 그러나 『겐지 이야기』에서 히카루겐지의 평생의 반려인 무라사키노우에는 니조인과 사계절 저택인 로쿠조인六條院의 봄 저택에서 히카루겐지와 함께 거처하면서 수레를 타지 않고 함께 거처하는 부부관계를 누렸다. 이러한 동거는 제대로 된 후견인이 없는 무라사키노우에의 열등한 결혼조건을 드러냄으로써 그녀의 열등감을 부추기는 요인이기도 하였지만 남성의 사랑을 드러내는 잣대이기도 하였다.

『가게로 일기』에는 미치쓰나의 어머니가 몇 번에 걸쳐 이사를 다니는 장면들이 있다. 그중 결혼한 지 13여 년이 지난 967년 아직 남편과의 관계가 좋았던 시절, 남편과 가까운 거리로 이사하였다는 다음과 같은 기술이 있다.

> 중장中將이 되었다느니, 3위三位로 승진하였다느니 하며 잇따라 경사가 겹친 그 사람은 "따로따로 떨어져 있는 것은 여러 모로 지장이 많고 불편하였는데, 가까이 맞춤한 곳이 나왔소"라며 나를 이사시켰다. 탈것을 이용하지 않고 걸어서 올 수 있을 정도로 가까운 곳인지라, 세상 사람들이 보기엔 내가 만족하고 있을 것이라고 생각할 것이다. 그것은 십일월 중순쯤의 일이었다.
>
> (상권·967년)

967년 11월, 승진을 거듭하던 남편이 탈것도 필요 없을 정도로 자기 집과 가까운 곳에 거처를 마련하여 미치쓰나의 어머니를 이사시켰다는 기술이다. 자신에 대한 마음을 잘 드러내주고 있는 가네이에의 처사에 "세상 사람들이 보기엔 내가 만족하고 있을 것이라고 생각할 것이다"라고 생각하는 미치쓰나의 어머니의 내면을 통해, 세상 사람들의 기준에 만족하지 못하고 자신에 대한 남편의 사랑을 더욱더 갈구하는 모습과 함께 그렇기는 하여도 한편으로는 남편의 사랑을 확인하며 안도하는 한 여성의 모습을 확인할 수 있다.

그러나 미치쓰나의 어머니는 969년에는 남편의 집과 더 떨어진 곳으로 이사를 가게 되고, 970년에는 남편이 멋들어지고 호화스럽게 개축한 새 저택인 히가시산조인東三條院에 자기보다 먼저 남편과 결혼한 도키히메가 자식들과 들어가 부인으로서의 지위를 확고히 하면서, 남편과 한집에서 살기를 꿈꾸었던 미치쓰나의 어머니의 바람은 이루어지지 못하였다. 그리고 끝내는 973년 7월 말을 끝으로 미치쓰나의 어머니를 찾아오던 가네이에의 발길이 끊어지면서 두 사람의 관계는 회복하기 어려운 지경에 이르게 되고, 결국 그녀는 8월 하순에 친정아버지의 주선으로 나카 강中川 근처의 히로하타나카가와広幡中川 근방의 집으로 이사를 가게 된다. 교토 중심에서 멀어 수레를 타고 남편이 찾아오기 어려운 외곽으로 주거를 옮김으로써 미치쓰나의 어머니와 가네이에의 20여 년에 걸친 결혼생활도 막을 내리게 되었다.

탈것을 잣대로 바라보았을 때 헤이안 시대의 남녀관계는 구도 상 수레를 함께 탈 수 없고 남성이 찾아오기만을 기다리는 관계, 수레를 함께 탈 수 있는 관계, 수레를 타지 않아도 바로 만날 수 있는 가까운 거리에 여성이 거처할 수 있는 관계, 한집에서 동거하는 삶 등으로 남성과 여성의 관계, 남성과 여성의 거리를 조감할 수 있다.

> ▌이 글은 이미숙 「일본 헤이안 시대의 여성문학과 일상 정경의 남녀관계학」(『문학치료연구』 제44집, 한국문학치료학회, 2017)을 참고하여 풀어쓴 것이다.

참고문헌

무라사키시키부 지음, 이미숙 주해(2017)『겐지 모노가타리 2』(문명텍스트 30, 서울대학교출판문화원)

이미숙 지음(2016)『나는 뭐란 말인가:『가게로 일기』의 세계』(문명지평 5, 서울대학교출판문화원)

무라사키시키부 지음, 이미숙 주해(2014)『겐지 모노가타리 1』(문명텍스트 22, 서울대학교출판문화원)

미치쓰나의 어머니 지음, 이미숙 주해(2011)『가게로 일기』(문명텍스트 3, 한길사)

이미숙(2015)「〈겐지 모노가타리〉(源氏物語) 로쿠조미야스도코로의 '모노노케' 서사」(『문학치료연구』제37집, 한국문학치료학회)

小町谷照彦 編(2003)『源氏物語を読むための基礎百科』(別冊國文學 56, 學燈社)

林田孝和·原岡文子 他 編集(2002)『源氏物語事典』大和書房

秋山虔·小町谷照彦 編(1997)『源氏物語図典』小学館

山中裕·鈴木一雄 編(1994)『平安時代の信仰と生活』至文堂

의식주로 읽는
일본문화

무사들의 삶과 공간

김 인 혜

. . . .

   우리의 하루 일상이 시작되고 끝나는 삶의 공간, 주거 공간은 사회 환경이나 사람들의 생활 변화와 더불어 변화한다. 주택양식 역시 다른 시대적 요소들과 함께 환경과 삶의 방식이 변천되어 왔고 편의에 의해 시대의 대표적 주택양식들이 성립되었다.

   일본의 주택 양식 역시 마찬가지다. 일본의 헤이안平安 시대(794~1192년)에는 지배계층인 상류귀족들에 의해 잠자는 공간이 그대로 접객실이 되는 침전寢殿을 중심으로 한 신덴즈쿠리寢殿造라는 건축 양식이 발달하였다. 신덴즈쿠리는 공간 나눔이 적고 바닥이 나무로 깔린 형식이었다.

   시대가 바뀌어 일본 중세(1192~1603년)로 들어오며 귀족 중심이던 사회는 무사를 중심으로 세력의 변화를 맞이하게 된다. 이에 주택양식도 자연스럽게 무사들의 생활의 편리에 맞는 주택양식이 발달하게 되어 그들만의 회합이나 의식, 연회의 장이 필요하게 되었다. 이러한 무사사회의 필요성에 의해 접객공간으로 혹은 연회의 장으로 쓰이는 공간인 서원書院을 중심으로 하는 쇼인즈쿠리書院造 건축양식이 발달하게 되었다. 이는 무사의 사회적 지위의 변천과 함께 공적공간의 중요성이 강조된 것이다.

쇼인즈쿠리는 일본 중세 무로마치室町시대(1338~1573년)부터 근세 초기에 걸쳐 성립된 주택 양식이다. 침전을 중심으로 한 신덴즈쿠리에 비해 접객공간인 서원을 건물의 중심으로 한 무사주택 형식으로, 서원이란 서재를 겸한 거실의 중국풍 호칭이나 일본 중세 무로마치 건축양식에서는 접객공간을 일컫는 의미가 되었다. 이후의 일본 주택은 쇼인즈쿠리의 여러 요소들의 영향을 받고 있다. 특히 쇼인즈쿠리 양식의 도코노마床の間는 현재 일본의 주거 양식에서도 찾아볼 수 있을 정도로 주택 양식의 하나로 보급된 요소이다.

평온했던 헤이안 왕조와는 달리 전란의 시대였던 무사정권시대에는 객실이 교섭이나 정보교환, 연회 등 접객의 장으로서 중요성이 강조되었기에 시대의 흐름에 맞춰 객실의 발달이 이루어졌을 것이다. 쇼인즈쿠리 양식의 중심인 서원은 접객 공간인 동시에 문예의 장이기도 했다. 당시에는 이 공간을 장식하는 것이 유행하였다. 이러한 객실 장식이 묘사되어 있는 문학 작품을 통해 무사들의 주택양식인 쇼인즈쿠리 양식의 모습과 생활을 살펴보자.

무사들의 주택 양식인 쇼인즈쿠리 양식

쇼인즈쿠리 양식의 중심이 되는 서원은 장지문이나 칸막이로 사용되는 미닫이문을 모두 걷어내면 넓은 객실이 되는 구조이다. 일본의 무사영화에서 회합이 열리는 장면이나 연회가 베풀어지는 예능의 장으로도 그 모습을 엿볼 수 있고 현대의 료칸旅館 온천장의 넓은 연회장에서도 쇼인즈쿠리 양식의 흔적을 느껴 볼 수 있을 것이다. 장지문으로 건물 내부를 구분하여 사용할 수도 있는 일본의 독특한 건축양식이 쇼인즈쿠리 양식이다.

쇼인즈쿠리의 대표적인 건축물로는 일본 중세 무로마치 8대 장군인 아시카가 요시마사足利義政(1436~1490년)에 의해 창건된 은각사銀閣寺의 동인재同仁齋로 가장 오래된 쇼인즈쿠리 양식이다. 이 양식은 도코노마床の間, 지가이다나違い棚, 쓰케쇼인付書院이라는 쇼인즈쿠리의 구성 요소를 갖추고 넓은 공간을 미닫이 장지문으로 구분하고 바닥을 다타미로 깔았다는 것이 특징이다. 헤이안 시대 신덴즈쿠리가 원형기둥이었던 것과 달리 쇼인즈쿠리는 각진 기둥이라는 것도 특징이다.

이러한 쇼인즈쿠리 양식은 일본 무가주택으로 대표되는 건축양식이라 할 수 있겠다. 무사들의 정권이 계속되었던 에도江戸 시대(1603~1867년)에 이르러서는 이러한 무가주택 양식을 간소화하여 다이묘大名의 신하 무사들의 주택으로 만들어 사용하게 되었다. 무사들의 주택은 다이묘의 성을 중심으로 형성되었고 이들의 주택을 부케야시키武家屋敷라 하였다. 부케야시키란 에도시대에 다이묘의 성을 중심으로 성립한 도시인 조가마치城下町에 무사들의 거주지를 만들고 무사들의 신분에 따라 주군이 하사하는 집이었다. 현재에도 많지는 않지만 무사들의 주

거지로 곳곳에 존재하는 부케야시키 유적이나 부케야시키 도오리通り
를 통해 근세 무사들의 주거생활을 엿볼 수 있다.

그럼 무사들의 대표적인 주거양식인 쇼인즈쿠리 양식의 중심이 되
었던 서원의 모습과 현재에도 이어져 오고 있는 서원 장식에 대하여 무
사들의 이야기 속에서 그 모습들을 살펴보자. 일본 중세에 쓰여진 무사
이야기인『다이헤이키太平記』와 무사들의 교양이었던 차문화에 대한 이
야기를 기록한『난포로쿠南方録』에 나타난 모습을 통해 그 특징들을 이
해해 보기로 하자.

쇼인즈쿠리의 중심이 된 서원

일본 중세는 전란의 시기로 정치적·군사적 사항을 결정하는 회합도
많았고, 연회를 열거나 많은 사람이 모여 함께 즐기는 문예도 발달된
시기였다. 많은 사람들이 함께 모여야 할 때 가장 중요한 것이 공간이
다. 중세의 권력자들인 무사들은 필요에 의해 접객을 위주로 하는 서원
이라는 공간이 필요하였고 이 공간이 중심이 된 쇼인즈쿠리 양식이 성
립된 것이다.

건축물의 중심이 되는 공간인 만큼 서원에는 자시키카자리座敷飾り,
즉 객실 장식이라 하여 도코노마, 지가이다나, 쓰케쇼인이라는 것을 갖
추어 장식품을 장식하는 중요한 풍습이 성립되었다. 장식에는 장식의
규정이나 방법이 정해져 있을 만큼 서원이라는 공간과 장식을 중요시
하였다.

여러 기능을 지니고 있는 서원의 용도 중 문학 작품 속에 문예를 중심으로 한 모습들도 그려지고 있다. 이를 군사 이야기인 『다이헤이키』와 일본 중세에 발달한 차문화를 기록한 다서茶書인 『난포로쿠』를 통하여 살펴보자.

일본 중세에 발달 된 여러 예능은 특히 접객공간을 중심으로 여러 사람이 모여 집단적으로 행하는 요리아이寄合의 문예가 발달하였다. 대표적인 것이 차요리아이茶寄合와 렌가 모임連歌会라는 것이었다. 서원이 성립되기 전 서원의 모습을 찾아볼 수 있는 곳이 바로 요리아이가 행하여지던 가이쇼会所라는 공간이다. 가이쇼는 중세 무로마치 초기 무사의 저택에 출현하여 발전하였고 무사문화의 상징이 되던 곳으로 이곳에서 초기 서원, 즉 무사들의 접객 공간의 모습을 엿볼 수 있다. 당시 유행하던 중국에서 들여온 고가의 수입품으로 공간을 장식하고 와카和歌, 렌가連歌, 극 등 모든 유흥과 예능이 행하여졌다.

쇼인즈쿠리 양식의 특징이라 볼 수 있는 장식을 하는 물건들은 당시 활발했던 중국과의 무역에 의해 중국 문물에 대한 동경을 동반하여 무역으로 일본에 들여온 수많은 회화, 문방구, 차도구, 장식품 등이었다. 당시 권력층이었던 무사들에 의해 중국 문물을 수집하는 사원이나 상류 무사 사회에서는 중국 문물을 감상하는 취미가 유행하였고 감상하는 전시공간을 주택 안에 만드는 쇼인즈쿠리 양식이 늘어나게 되었다. 장식의 유행은 장군이나 다이묘의 저택 등에 만들어진 가이쇼의 장식으로 정착하게 되었다. 이러한 가이쇼의 장식에 쓰케쇼인, 지가이다나가 더해지며 서책, 문구, 그릇, 차도구 등을 장식하고, 도코노마의 벽면에 족적이나 서화를 걸고 촛대, 화병, 향로를 장식하는 등 쇼인즈쿠리의 중심인 서원이라는 공간을 구성하는 요소들이 성립하였다.

서원 장식으로 발전된 가이쇼 장식을 통해 무사들의 서원 장식이 어떠한 모습이었는지 알아보자.

우선 중세 남북조의 동란을 그린 무사이야기『다이헤이키』37권「화려한 다이묘의 실내장식バサラの室礼」에서 다이묘 사사키 도요佐々木導譽가 낙향할 때 둔세자를 집에 남겨 두고 술과 안주를 준비하여 손님대접을 대비 해 두고 떠나는 이야기에 객실의 모습과 중국 수입품으로 장식된 객실공간의 모습이 잘 나타나 있다.

> 넓이 6평(다타미 12장 정도) 쇼인즈쿠리의 가이쇼에는 큰 무늬의 가선을 두른 다타미를 나란히 깔고 불상本尊, 족자脇絵, 화병, 향로, 차관, 차 쟁반에 이르기 까지 형식대로 모두 갖추어 장식해 두고, 서원에는 중국 동진의 서예가 왕희지王羲之의 초서체 경문을 걸고 중국 당나라 한유韓愈의 문집을 갖추어 놓아두고 침실에는 침향 베개에 화려한 비단 침구까지 골고루 갖추어 놓았다.
> 넓이 12평(다타미 24장 정도)을 깐 경비 무사들의 방에는 새나 토끼, 꿩, 고니를 3자루의 장대에 걸어 나란히 놓고 커다란 대통에 술을 가득 담아놓고 다이묘의 시중을 들며 관리와 접대의 역할 등을 하는 둔세자 2명을 남겨놓아 누군가 이 집에 방문한 손님에게는 술을 권하고 대접하도록 상세히 일러두었다.

1361년 남조南朝의 군사 공격에 쫓겨 사사키도요가 낙향할 때의 이야기로 손님의 접대 공간인 가이쇼의 모습이 묘사되어 있다. 족자를 걸고 불사에 쓰이는 도구 미쓰구소쿠三具足인 화병, 향로, 촛대의 세 가지를 장식한 가이쇼, 서원, 침실이 그려져 있다. 귀중한 장식물의 모습과 자신이 낙향할 때 손님에 대한 대접을 소홀히 하지 않고 이전과 같은 실내 장식을 갖추어 두는 모습이 그려져 있다.

『다이헤이키』33권 「귀족과 무사의 성쇠가 바뀌는 일公家武家榮枯易地事」
에서도 무사들의 공간 장식에 대하여 그려지고 있다. 다이묘인 사사키
도요를 비롯한 도시의 다이묘들이 모여 차모임을 열고 당시 인기 있었
던 중국 수입품들을 가지고 와서 가이쇼의 공간을 화려하게 장식해 놓
고 자신들의 부를 과시하며 연회를 즐기는 모습을 이야기 하고 있다.

서원이란 이러한 장식이 가능한 가이쇼의 공간에 장식 선반인 지가
이다나라는 것과 작은 장식 책상인 쓰케쇼인이라는 것이 더해진 형태
였다. 지가이다나란 도코노마 옆에 두 장의 나무 판을 좌우 단 다르게
하여 만든 선반이며 쓰케쇼인은 도코노마 옆 햇볕이 드는 방향으로 창
문을 마주하여 붙박이책상을 만든 것이다.

그럼 지가이다나와 쓰케쇼인은 어떠한 용도로 쓰여졌는지 초기 쇼
인즈쿠리양식의 대표건축물인 은각사의 서원 장식이 기록되어 있는
『인료켄니치로쿠蔭涼軒日錄』의 기록을 통하여 살펴보자.

1486년 3월28일 아시카가 요시마사님께서 동구당東求堂의 서원(동인재同仁
齋)의 2중 지가이다나에 놓는 서적을 고르라는 명령을 하시어 대면소의 서쪽
여섯 평(다타미 12장의 크기)짜리 방에서 이 서책을 선택했다. 송나라 시인
『소동파문집蘇東坡文集』20권, 송나라 축목祝穆의 지리서『방여승람方輿勝覽』15
권, 원나라 웅충熊忠의 자서字書『고금운회거요古今韻會擧要』10권, 당나라 시인
이백의 시문집『이태백집』7권, 송나라의 진팽년陳彭年 등이 칙명을 받아 1013
년에 중수본『대광익회옥편大廣益會玉篇』5권. 이상 5종류의 서적을 올렸다.
4월 17일 도구도 서원의 쓰케쇼인으로 설치한 작은 책상에 놓을 책으로 불
경이나 스님들의 가르침이 아닌 것으로 한 권 찾아 진상하도록 하라는 명령
이 있어『연실집蓮室集』한 권을 올렸다.

서원인 동인재는 4첩 반의 크기로 북쪽으로 쓰케쇼인과 지가이다나가 나란히 만들어졌고 서원으로서의 장식이 갖춰져 있다. 쓰케쇼인이나 지가이다나에 올려놓아야 할 서적을 신중히 고르고 있는 모습을 통하여 장식으로서의 중국 서적에 대한 가치도 판단할 수 있다. 서원의 장식품으로 물건뿐 아니라 책, 특히 중국의 책이 장식으로서의 가치가 높았음을 알 수 있다. 서책의 장식과 함께 이후 발달하는 서원 장식에서는 수많은 중국 장식물이 유행하며 무사들에게 중요한 가치를 지니는 물건이 되어 갔다.

이와 같이 가이쇼의 장식이 서원 장식으로 발전하게 되었으며 서원은 회합의 장소이기도 하였으나 한편으로는 장식의 공간이기도 하였다. 무사들이 결의를 다지고 문예를 즐기고 값비싼 장식을 통하여 부와 명예, 권력을 과시할 수 있는 여러 기능을 가진 장소가 접객실이었던 서원이었다. 즉 서원이라는 공간은 장식을 가능하게 했고 무사들에게 자신들의 권세와 부를 과시할 수 있는 수단과 장이 되었다. 이러한 여러 기능을 가진 서원을 중심으로 쇼인즈쿠리 건축양식이 발달하게 되었다.

서원의 객실 장식

쇼인즈쿠리 건축양식의 중심은 서원이며, 서원의 객실 장식은 쇼인즈쿠리 양식의 특징 중 하나이다. 이 서원의 객실 장식을 '자시키카자리座敷飾り'라 한다. '자시키'란 접객이나 주연을 위한 다타미를 깐 방으로 손님 접대를 위한 객실 공간을 의미한다. 이 공간에 장식을 하는 것

【그림 1】 서원 내부의 객실 장식으로 오른쪽의 쓰케쇼인은 빛이 들어오는 창문 쪽으로 설치되어 있으며 중간에 족자가 걸려있는 도코노마, 그 오른쪽에 지가이다나가 배치되어 있다.(世界文化社 編(2011)『茶の湯 基本用語集』「茶の湯 便利手帳③」世界文化社)

을 '자시키카자리', 즉 '객실 장식'이라 하고, 객실 장식으로는 후에 도코노마가 되는 오시이타押板, 지가이다나, 쓰케쇼인을 말하며 이 세 가지가 주요한 객실장식 요소를 형성하였다. 이러한 객실 장식에 여러 장식품들을 전시하여 사용하였다.

무로마치 시대의 아시카가足利 장군가를 중심으로 확립된 '객실 장식'에는 당시 중국으로부터 일본으로 건너온 문물들, 귀중한 묵적이나 장식품 등을 전시하여 감상하는 무사들의 문화가 생겨났다. 또한 중세의 예능인 다도, 와카, 렌가 등이 서원이라는 공간, 즉 자시키라는 공간에서 '자시키의 예능'으로 전개되며 객실 장식에 전시된 장식품들의 가치를 통해 무사들은 자신들의 권력과 재력을 과시하기도 하였다.

신덴즈쿠리 내부에는 적절한 장식 장소가 없었다. 그러나 쇼인즈쿠리 양식에서는 오시이타(도코노마의 전신), 지가이다나, 쓰케쇼인 이라는 '객실 장식'이 만들어졌다. 생활공간 안에 미술품이나 공예품을 전시할 공간을 만들어 이들을 감상을 할 수 있게 만든 건축양식인 것이다. 중국에서 수입된 회화나 묵적, 장식품을 세련되게 배치하는 '객실 장식의 규칙' 등도 생겨났다. 당시의 쇼인즈쿠리 장식에 대한 시각을 『난포로쿠』 서원 장식 기술 부분에서 엿볼 수 있다.

> 서원의 장식 등은 무로마치 막부 8대 장군 아시카가 요시마사장군의 장식이 기본이 된다. 사계절 때때 맞춰 장식이 있고, 혹은 축하의식, 시가회詩歌会, 게마리蹴鞠의 연회, 혹은 연중행사의 의례 등 모임의 취지에 따라 형형색색의 장식이 있고 그 훌륭함은 말할 수 없을 정도다.

서원 장식, 즉 객실 장식인 오시이타, 지가이다나, 쓰케쇼인에 장식되는 장식품은 계절이나 연회의 취지에 맞아야 하는 등의 장식 규범이 만들어져 있었고 보기에 훌륭했음을 이야기하고 있다.

또한 주요한 '객실 장식'의 장식물로는 중국 수입품이 유행하고 있었는데 이는 당시 일본의 승려이자 문학자였던 요시다 겐코吉田兼好의 『쓰레즈레구사徒然草』120단에 나타난 시각을 통해서도 알 수 있다.

> 중국으로부터 들여오는 것들 중 약 이외에는 없어도 불편하지 않다. 중국의 서책은 일본에 널리 퍼져 있으니 얼마든지 필사할 수 있을 것이다. 일본과 중국 간의 뱃길은 어려운 바닷길인데 계속 쓸 데 없는 것만 배로 가득 실어 나르는 것은 매우 바보 같은 짓이다. 먼 나라의 것은 보물로 치지 않는다. '얼

기 어려운 재물은 소중하지 않다'라고도 고서에 쓰여 있다.

요시다 겐코는 약 이외에는 바다를 건너오는 위험을 무릅쓰고까지 중국물건을 취할 필요는 없다는 것이다. 그러나 겐코가 그렇게 말할 정도로 당시 중국 것에 대한 동경, 취미는 사회 각층 전반에 퍼져 있었던 것이다.

권력이 귀족에서 무사로 옮겨가며 무사들에게 값비싼 중국 물건은 소유를 통한 재력과 권력의 과시로 사용될 수 있었을 것이다. 이러한 장식품의 장식이 가능한 객실 장식이 무사주택양식으로 유행되어가는 원인 중 하나였을 것이다.

접객 공간인 서원에서는 도코노마가 있는 쪽을 상석上席, 그 반대는 하석下席이라 하였다. 주인이 있는 상석에 '객실 장식'을 만들고 주인의 권위를 연출하였다. 사람들의 재산, 신분, 격식 등에 의해 장식이 달랐다.

도코노마는 객실의 바닥을 한단 높게 하여 회화를 걸고 장식 등을 거는 곳, 양쪽에는 쓰케쇼인과 지가이다나를 놓는 것이 정식이었다. 다서인『난포로쿠』에는 서원의 '객실 장식'과 장식품에 대하여 상세히 기술되어 있다. 객실 장식의 장식 물품으로 어떠한 것들이 진열되었는지 요약해보면 다음과 같다.

초기 서원에는 현재의 도코노마와 같은 역할을 하는 오시이타에 향로, 화병, 촛대 세 가지를 장식하였다. 그리고 벽에는 족적이나 서화를 걸어 장식하였다. 오시이타는 두께 10㎝, 폭50㎝ 정도의 두꺼운 판을 벽면 밑바닥에 놓고 그 위에 향로와 화병, 촛대로 장식하며, 그 벽면에 불화 등을 걸었던 장치에서 발전하여 도코노마로 고정화되었다.

쓰케쇼인은 도코노마 옆 햇볕이 드는 방향으로 창문을 마주하여 붙박이로 책상을 만든 것이다. 책을 읽거나, 글을 쓰거나 했지만 장식이 발달함과 함께 이곳도 장식 선반과 같은 기능을 하게 되어 문방구 등을 장식하게 되었다. 진열 품목으로는 번뇌를 떨쳐버리기 위한 불자拂子, 벼루, 붓, 먹, 수적水滴, 붓을 씻는 필세筆洗, 종이, 와카에 관한 서적인 가서歌書, 두루마리 모양의 책, 명필도감, 경대 등 작은 화병을 놓는 것도 가능했다.

지가이다나는 도코노마의 다른 쪽 옆에 위치하며 장식하는 것은 에마키(두루마리 그림), 가서, 시서詩書, 명필도감, 그림도감, 쟁반에 올린 향도구 일체, 벼루와 종이, 천목 다완, 거울, 경대, 향로상자, 침상, 오리·원앙·사자 등 여러 모양의 향로 등이다. 아래 선반에는 쟁반에 장식한 돌을 세우는 경우도 있고, 인형이나 작은 화병에 꽃을 꽂는 경우도 있다.

오시이타나 지가이다나, 쓰케쇼인은 서로 관련이 깊기 때문에 이들 장식의 배합을 고려하여 같은 종류의 물품을 장식하는 일이 없도록 신경 써야 했다. 또한 이곳에 장식하는 도구들의 수는 합하여 홀수가 되는 것이 좋다.

위의 요약문을 통해 서원의 '객실 장식'인 오시이타, 쓰케쇼인, 지가이다나와 장식품의 목록, 배치의 문제 상·하·좌·우의 문제 등을 기술하여 장식의 진열에 세심한 주의를 기울이는 규칙이 정해져 왔음을 엿볼 수 있다. 서원이라는 공간에 장식품을 진열하는데 필요한 '객실 장식'은 무사들에게 있어 여러 목적으로 사용되었고 그들에게 빼 놓을 수 없는 중요한 요소로 자리잡고 있으며, 무사 주택양식인 쇼인즈쿠리 양식의 특징 중 하나로 자리매김하고 있다고 할 수 있다.

무사들의 교양, 다도 속의 도코노마

쇼인즈쿠리 건축양식은 현대 일본 주거 양식에까지 많은 영향을 미치고 있다. 그 중에서도 '객실 장식' 중 하나였던 도코노마는 근세의 서민 주택에까지 보급될 정도로 확산되었고 현대 일본의 주거 양식에서도 찾아볼 수 있다. 현대적 건축물이 보급되고 있는 오늘날에 도코노마는 점점 무용지물이 되어가고 있기는 하나 일본 건축양식을 이야기하는데 있어 빼 놓을 수 없는 요소이다. 도코노마는 방바닥을 약간 높여 벽에 족자를 걸고 그 앞에 꽃꽂이와 향로, 장식품 등을 놓는 공간으로 중세 무로마치에 확립된 쇼인즈쿠리의 건축양식에서 비롯되었다.

도코노마는 단지 장식의 장만은 아니었다. 공식적인 예식의 장, 회합의 자리, 연회의 자리에서는 도코노마를 중심으로 사람이 앉는 서열이 정해져 있었고 지금도 지켜지고 있다. 도코노마는 장식 공간인 동시에 '위계'를 상징하는 공간으로 2중의 의미가 내포되어 있는 것이다.

쇼인즈쿠리의 객실 장식으로서 도코노마가 더욱 의미를 가지게 된 것은 일본 다도에 의해 도코노마의 공간이 성스러움의 상징으로 의의를 지니게 되었기 때문이다. 옛부터 일본 주택에서 도코는 침전이기도 했지만 불교에서는 좌선의 장을 도코라 하고, 오시이타에 불화를 걸었다. 이 때문에 객실 장식인 도코노마는 고귀한 공간이라는 인식이 강했다.

쇼인즈쿠리 객실 장식의 하나인 도코노마는 특히 일본 중세에 발달한 다도 안에서 그 의의가 컸다. 무사들의 교양으로 발달한 다도 속에서 도코노마는 어떠한 의의를 지니며 발달되어 왔는지 살펴보자.

다도에서는 도코노마의 양식을 간소화하고 다양하게 변화시켰는데 이것은 오히려 이 공간을 상징적인 의미로 만들었다. 도코노마의 장식으로는 불교, 특히 선禪적 의미가 있는 서화와 생화, 향로로 제한되었고 동시에 그 도구는 전통적이고 문학적인 의미를 갖는 것 등 매우 엄격한 규정과 제한이 있었다. 도코노마 장식은 성스러움의 상징적 공간으로 의미가 심화되었다 .

일본 중세에 유학 승려들에 의해 중국으로부터 들여온 차문화는 승려들과 친분이 깊었던 무사들 사이에 자연스럽게 유행하며 무사들의 예능과 교양으로 자리잡아갔다. 이러한 차문화는 중세 쇼인즈쿠리의 건축양식 속에서 발달한 장군將軍과 다이묘들에 의한 화려한 장식의 쇼인차書院の茶, 武家の茶를 시작으로 발전하여 와비차ゎび茶의 대성자라 일컬어지는 센 리큐千利休를 거쳐 현재 일본 다도에 이르고 있다.

다도에는 많은 규범과 규칙이 전해졌고, 특히 도코노마의 장식에 대한 부분은 현재 일본 다도의 특징으로 남아 있다. 일본 중세 사회의 실내 장식은 여러 의미에서 중요한 부분을 차지했던 요소였고 다도 안에서의 도코노마 장식은 더욱 의미를 두고 있었다. 다도에서 명물이라 일컫는 족자를 도코노마에 걸 때 그 족자에 대한 예의를 다서인『난포로쿠』에서 엿볼 수 있다.

> 명물이라 불리는 족자를 소지한 다인茶人에게는 도코노마에 대한 소양이 필요합니다. 그 족자가 옆으로 길고 상하가 짧으면 도코의 천장을 내려서 조절하는 게 좋습니다. 또한 세로가 긴 족자로 길이가 남을 정도면 천장을 올리는 게 좋겠죠. 다른 족자를 걸었을 때 모양새가 안 좋은 것은 조금도 신경 쓸 필요가 없습니다. 비장의 명물 족자만 멋지면 그걸로 된 것입니다. 또한 족자에는 오른쪽 그림 왼쪽 그림이라는 것이 있습니다. 객실 방향에 따라 도코의 위치를 생각하면서 건축해야 합니다.

【그림 2】 다도에서 다도의 예법 중 하나인 도코노마에 대한 예의를 갖추고 있다.(黑田宗光(2004)『茶道具鑑賞便利手帳』淡交社)

도코노마에 장식하는 명물 족자들에 대한 마음가짐으로 천장을 조절해서라도 명물 족자를 걸고 감상하고자 했던 모습을 보여주고 있다. 이러한 족자가 걸리는 곳이 도코노마인 것이며 족자를 걸기 위해 도코노마라는 공간을 중요하게 생각하고 있다. 객실의 한부분인 도코노마에는 원래 유명한 스님의 묵적을 걸고 꽃꽂이와 향로를 장식하고 주인과 손님이 함께 접객실에 장식된 장식품 등을 감상하는 형태로 장식의 관습이 이어져왔다.

또한 도코노마 장식품에 대한 감상은 어떻게 이루어지는지 와카의 형식을 빌려 오늘날 일본 다도의 완성자라 불리는 센노리큐가 다도에 대한 사항을 읊은 와카(도가道歌)에서 그 모습을 상상해보자.

도코노마의 족자나 놓인 꽃을 볼 때 삼척 정도 물러나 떨어져서 보거라

　　도코노마의 족자나 꽃을 볼 때에는 약 90센티 정도 떨어져서 보아야 뚜렷하게 볼 수 있다. 이러한 기준은 장식되어 있는 족자나 꽃까지도 제대로 보고 느끼게 하기 위해서 일 것이다. 족자나 꽃을 볼 때 그 가치를 충분히 살리기 위해 거리를 두고 보게 한 것이다.

　　도코노마라는 공간이 일본 다도에서는 장식의 공간이자 감상의 공간이었다. 현대 일본 다도의 예법 중 하나는 차도구에 대한 감상으로 일본 다도만의 특징이다. 도코노마의 장식 역시 마찬가지로 도코노마 벽에 걸린 족적, 꽃꽂이, 촛대, 향로 등에 대한 감상도 예법 중에 하나이다. 이는 도코노마에 대한 일본인들의 감정을 잘 나타내고 있는 것이다. 이와 같이 쇼인즈쿠리의 서원 장식, 즉 객실 장식 중 하나로 발달한 도코노마라는 공간은 일본 다도에서 중요한 예법의 공간으로 그려지고 있다.

　　현대에는 실용주의적 생활방식이 발달하면서 도코노마는 다도라는 전통 문예에서 다도 공간의 하나로 이어지는 것 외에는 점차 일반 주택에서는 필요 없는 공간이 되어가고 있는 추세이다. 그러나 쇼인즈쿠리 양식에서 발달된 도코노마는 전통적인 다도라는 문예 속에서 성스러움과 전통적인 가치를 지니며 이어져왔고 앞으로도 일본을 대표하는 다도라는 문화 속에 그 가치는 계속 보존되고 이어질 것이라 생각된다.

나가며

　　주택은 삶의 가장 중요한 공간이며 삶을 실용적이고 편리하게 살아가기 위한 터전이다. 주택양식은 그 시대의 사회 현상을 엿볼 수 있는 중요한 요소가 된다. 일본 중세 무사들의 쇼인즈쿠리라는 주택양식은 헤이안 시대 귀족들의 주택양식과 차별화된 실용적이고 효율적인 공간 활용을 통한 주거양식으로 헤이안 시대의 신덴즈쿠리와 함께 일본 전통 주택을 대표하는 건축양식이 되었다.

삶의 공간은 그 시대를 살아가는 사람들의 편리에 따라 변화, 발전하기 마련이다. 현대를 살아가는 우리들에게 조선시대의 가옥에서 살라고 하면 많은 점이 불편할 것이다. 이렇듯 주택양식은 시대상의 많은 부분을 포함하여 발전해 오고 있다. 일본 중세 무사 정권시대로의 변화는 무사 주택양식이라 불리는 쇼인즈쿠리 주택양식을 성립시켰고 이러한 건축양식이 확립된 과정과 공간의 기능, 용도 등을 통하여 무사들의 생활상을 그려볼 수 있다. 또한 무사들의 공간 장식을 통해 그들의 취미, 유행도 알아볼 수 있다. 그 시대의 문학이나 문예 작품 속에 그려진 실생활의 모습이나 기록들은 시대의 사회적, 정치적, 문화적 상황에 좀 더 친근하게 다가갈 수 있는 동기가 될 수 있다. 중세 쇼인즈쿠리 건축 양식에서 발달하기 시작한 '객실 장식'은 무엇인지, 중국 장식이 왜, 어떻게 유행하게 되었는지를 알면 무사들의 삶의 공간에서의 생활상을 좀 더 이해하기 쉬울 것이다.

특히 일본 전통 문화 중 하나인 다도에서의 도코노마라는 공간은 쇼인즈쿠리양식의 중요 요소로 발달하여 주택양식과 다도의 중요한 공간장식으로 이어져오고 있다. 이것은 단지 공간으로서의 역할뿐이 아닌 걸려 있는 족자나 서화, 놓여있는 향로, 꽃꽂이, 촛대에 대한 감상 등을 통해 경건함과 위상이 강조되고 있다. 이러한 도코노마 장식의 근원이 어디서부터 어떻게 시작되었는지를 알아가는 것 또한 쇼인즈쿠리 건축양식에서 찾아볼 수 있는 것이다. 이러한 요소들은 일본 문화를 이해하는 하나의 키워드로 작용하여 일본을 이해하는 데 도움이 될 것이라 생각된다.

참고문헌

茶の湯文化学会(2013)『講座 日本茶の湯全史 1』思文閣出版
熊倉功夫(2009)『南方錄をよむ』淡交社
筒井紘一(2007)『南方錄』講談社
村井康彦(1991)『武家文化と同朋衆』三一書房
二木謙一(1989)「中世の武家儀禮と茶の湯」(『文學』57-2, 岩波書店)
井口海仙著 綾村坦園書(1973)『利休百首』淡交社
後藤丹治 他 校注(1960~1962)『太平記』(日本古典文学大系 34~36, 岩波書店)
西尾実 校注 (1957)『方丈記 徒然草』(日本古典文学大系 30, 岩波書店)

불교와 민중을 맺어주는 사원

이 예 안

● ● ● ●

일본 불교와 사원의 특징

사원은 불교신앙의 장으로써 불교와 함께 발달해왔다. 이곳은 불상
이 안치되고 출가한 승려들이 기거하며 수행하는 시설로, 건축물은 원
래 석가나 부처의 무덤을 뜻하는 당堂과 탑塔, 그리고 승려들이 거주하
는 승방으로 나뉜다. 사원의 중앙에는 본존本尊을 모시는 본당本堂이 있
는데, 이것을 일본에서는 금당金堂이라고 하는 경우도 있다.

금당이라는 명칭은 주로 아스카飛鳥 시대에서 헤이안平安 시대(794~
1192년) 전반에 만들어진 사원에서 많이 사용되고, 그 후에 만들어진 사원에서는 일반적으로 본당이라는 표현을 쓴다. 그러나 선종 계통의 사원에서는 본당 이외에 불전佛殿이라는 표현도 사용하고 있다. 현존하는 세계에서 가장 오래된 목조 건축불인 호류지法隆寺는 607년에 창건되었는데, 본존을 안치한 곳을 금당이라고 한다. 우리에게도 잘 알려진 금당 벽화는 바로 금당에 그려져 있는 벽화를 의미한다.

일본의 사원을 이해하기 위해서는 일본 불교의 특징을 이해할 필요가 있다. 일본에 불교가 전해진 것은 552년으로, 백제 성명왕聖明王이 석가상과 경전, 그리고 경전의 주석서 등을 보낸 것이 시발점이라고 한다. 불교의 유입을 둘러쌓고 당시 조정에서는 큰 대립이 있었으나 불교의 수용을 용인하는 소가蘇我 씨와 그들을 지지한 쇼토쿠 태자聖德太子가 승리함으로써 일본 불교는 본격적으로 발달하게 되었다. 그 후에는 많은 백제인들이 일본으로 건너가 일본 불교의 융성에 크게 기여한다.

일본의 불교는 독특한 특징을 가지고 있는데, 이를 신불습합神佛習合이라는 용어를 통해서 이해할 수 있다. 불교가 전래되기 전에 일본은 모든 만물에는 신이 깃들어 있다는 토테미즘이 발달하여, 마을과 씨족의 안녕을 꾀하는 중요한 믿음으로의 기능을 하였다. 그렇기 때문에 이 신앙은 매우 폐쇄적이었는데, 불교가 사회에 침투하기 위해서는 이 토테미즘과의 융합이 필요했다. 따라서 부처는 타국의 신으로 여겨져 신과 부처는 하나라는 신앙체계가 만들어진 것이다. 이것이 바로 신불습합으로, 이러한 독특한 일본 불교의 형태는 건축을 통해서도 확인해볼 수 있다.

6세기 말부터 일본에서는 신궁사神宮寺라는 것이 만들어지기 시작했다. 신궁사란 신사神社의 경내나 그 부근에 세운 신사에 부속하는 사원을 말한다. 나라奈良 시대(710~794년) 초부터는 국가가 건립하는 신사에서도 신궁사를 만들기 시작하여 가모 신사賀茂神社, 이세 신궁伊勢神宮 등의 경내에도 신궁사가 만들어졌다고 한다. 그 후 9세기경에는 신의 몸이 보살의 형태로 나타나기도 하고, 신 앞에서 독경을 외우기도 하는 신불습합이 더욱 발달하기에 이른다. 이러한 형태는 메이지 유신明治維新(1868년)에 의해 신과 불의 강제적인 분리가 이루어질 때까지 계속되는데, 이 메이지 유신을 계기로 대부분의 신궁사는 파괴되었다.

이 글에서는 고대의 불교설화를 수록한『니혼료이키日本靈異記』를 중심으로 이 시기의 사원의 기능과 역할을 집중적으로 살펴보고, 이것이 일본의 불교 발전과 어떠한 관련이 있는지에 대해서 살펴보고자 한다.

타국에 대한 인식과 기적이 일어나는 승방

사찰의 구조에서 살펴본 대로 이곳에는 승려들이 기거하는 승방이 있다. 고대 동아시아는 불교 공동체라고 할 만큼 삼국 간의 교류가 활발하였는데, 특히 백제에서 온 승려나 중국에 불법을 배우러 갔다가 돌아온 유학승들에 대해서는 그들이 가진 영험함에 대한 설화가 전해 내려오고 있는 것이 특징이다. 고대 사찰에서 승방은 수행을 통해 영험함을 발휘하는 승려들이 기거하는 장소였으며, 따라서『니혼료이키』에서는 다음과 같은 백제에서 온 승려, 유학승 등의 기적에 대한 설화가 소개되고 있다.

샤쿠籍 법사의 제자인 엔세円勢는 백제에서 온 유덕有德한 승려로, 일본 야마토大和지방에 있는 다카미야高宮라는 절에 머물고 있었다. 이때 어떤 법사가 그 절의 북쪽 승방에서 지내고 있었는데, 이름은 간가쿠願

321

覺라고 하였다. 이 간가쿠 법사는 항상 아침 일찍 사찰을 나가 마을에 갔다가 저녁쯤에 돌아와서 방으로 들어갔다. 이것을 일과로 하고 있다. 어느 날 엔세의 제자는 그것을 보고는 스승에게 알렸으나, 그는 아무 말도 하지 말고 지켜보라고 제자를 타일렀다. 그러나 제자는 호기심에 몰래 승방의 벽을 뚫고 엿보았더니, 방 안에서 빛이 가득 넘쳐나고 있었다. 그는 또 이를 스승에게 알렸다. 스승은 그런 일이 있을 줄 알았다고 이야기 했는데 그 후 바로 간가쿠는 갑자기 세상을 떠났다. 엔세는 그의 시신을 화장하도록 명하였다.

그러나 괴이한 일은 그 이후에도 일어났다. 엔세의 제자는 오미近江라는 곳으로 가서 살게 되었는데, 이 지방 사람들이 이곳에 간가쿠 법사가 있다고 하였다. 그가 가서 직접 확인해 보니 과연 그 간가쿠 법사로, 비로소 엔세의 제자는 성자가 환생한 모습임을 알 수 있었다.

이 설화에서 간가쿠는 일본인 승려로 입에서 빛을 뿜고 환생하는 등 수행을 통해 성자가 된 것을 알 수 있다. 그러나 재미있는 사실은 엔세의 제자는 이 사실을 전혀 알지 못했으나 백제의 승려인 엔세는 간가쿠가 성자가 된 것을 일찌감치 알아차렸다. 즉 이 설화는 성인은 성인을 알아보지만 범인은 몰라본다는 교훈을 담고 있는 것이다.

이와 같이 백제에서 온 승려들은 『니혼료이키』안에서 몸에서 빛을 발하는 신비한 모습을 보이는 예가 공통적으로 보인다. 다음의 백제 승려 기카쿠義覺 역시 입에서 빛을 발하는 성인의 모습을 하고 있다.

기카쿠는 일본에 들어와서 오사카大阪 지방의 구다라百濟라는 절(일본어로 구다라는 백제를 가리킴)에 머물렀다. 그는 키가 크고 불교를 두루 배웠으며『반야심경』을 늘 암송하였다. 그때 같은 절에 에기慧義라는 승려가 있었는데, 밤중에 혼자 방을 나섰다가 기카쿠의 방에서 환한 빛이 새어나오는 것을 보았다. 이상하게 여긴 에기가 기카쿠의 방 창호지를 뚫고 몰래 들여다보니 법사는 단정하게 앉아서 경전을 외우고 있었다. 빛은 법사의 입에서 나오고 있었다. 에기는 깜짝 놀라며 두려워하였고 이튿날 몰래 남의 방을 엿본 죄를 뉘우치고는 이 사실을 사찰 경내 승려들에게 알렸다. 그러자 기카쿠이 제자에게 "하루 저녁에『반야심경』을 백 번쯤은 외울 수 있다. 그런 뒤에 눈을 떠서 살펴보면 방 안의 사방 벽이 훤히 뚫리면서 뜰에 있는 것이 다 보인다. 그러면 나는 참으로 신기한 마음이 일어나 방을 나가 사찰 안을 빙 둘러본다. 그러다가 돌아와서 방 안을 들여다보면 벽과 문이 모두 닫힌다. 그래서 이번에는 밖에서『반야심경』을 외우면 앞서처럼 벽과 문이 뚫리면서 밖에서 실내가 다 보인다"라고 이야기했다.

이 설화는『반야심경』의 불가사의한 힘에 대해서 이야기하고 있다. 이 경전의 진리를 깨우치면 물질은 모두 무, 즉 없는 것이 되어 주변에 있는 것을 모두 뛰어넘을 수 있다는 것이다. 그렇기 때문에 방안에서 밖이 훤히 보이고 문이 있어도 그냥 지나갈 수 있는 것이다. 그렇지만 여기에서 유의해야 할 것은 누구나『반야심경』의 영험함을 보여줄 수 있는 것은 아니라는 것이다. 역시 기카쿠라는 도래승이 수행을 열심히 했기 때문에 이러한 경전의 영험함을 몸소 보여줄 수 있었던 것이라고 이해해야 할 것이다.

위 2개의 예는 성자로서 성자를 알아보고, 입에서 빛을 내는 놀랄만한 모습을 백제의 승려들이 보여주고 있는데, 다음의 예는 한 발 더 나아가 중생에게 백제에서 온 승려가 덕행을 행함으로서 불교를 전파하는 모습을 보여주고 있다.

백제에서 온 고승인 다라조多羅常는 야마토 지방의 호키야마法器山라는 절에 머물면서 불교 계율을 굳게 지키고 법력으로 병을 치료해 주었다. 거의 죽음에 이른 사람도 그의 영험에 힘입어서 다시 살아났다. 모든 사람들이 그를 우러러보며 항상 공경하였는데, 이 작품에서는 이것을 다라조이 수행으로 얻은 공이라고 설명하고 있다.

이와 같은 설화에서는 우선 일본과 백제 사이에 불교의 교류가 얼마나 활발했는지를 알 수 있다. 그러나 중요한 것은 이 설화집 속에 백제승의 영험함이 기록되어 있다는 사실로, 그들이 일본에서 수행한 일본인 승려와는 다르다는 점에서 그 이유를 찾을 수 있을 것이다. 고대에 배를 타고 다른 나라로 간다는 것은 목숨을 건 행위이다. 당시의 배를 만드는 기술이 아무리 발달하였다고 해도 거친 파도와 폭풍우를 헤치고 다른 나라에 무사히 도착하는 사람들은 극히 드물었다. 따라서 그러한 위험을 무릅쓰고 일본으로 건너가 불교를 전파하고 수행을 하며 중생을 구제한다는 것은 일반인은 물론, 일본의 승려에게도 보통 일로는 여겨지지는 않았을 것이다. 그러한 이유 때문에 백제에서 온 승려들의 활약상은 불교에 관한 설화를 기록하고 있는 이 작품에서 빼놓을 수 없는 중요한 요소이며, 그들이 기거하고 있는 승방에서의 기적은 주위 일본 승려와 제자들뿐만 아니라 중생들을 감화시키는 데 중요한 작용을 했을 것으로 생각된다.

이와 같이 외국인 승려들에 관한 인식과 관련하여 중요한 것은 당나라까지 불교의 교리를 배우기 위해 건너간 일본인 유학생에 관한 이야기이다. 일본의 불교 설화에서는 목숨을 걸고 중국이나 한반도까지 건너가서 유학을 한 유학승이 가진 영험함을 기록한 것들도 눈에 띈다. 예를 들어 다음과 같은 이야기.

도쇼道照라는 법사는 천황의 명을 받들어 불법을 구하러 중국에 건너갔고 그곳에서 유명한 현장삼장玄奘三藏을 만나 제자가 되었다. 공부를 마친 뒤에 그는 일본으로 돌아와서 젠인지禪院寺를 짓고 거기에 머물면서 제자들에게 당나라에서 갖고 온 갖가지 경전의 의미를 풀이해주었다.

입적할 때는 목욕하고 옷을 갈아입은 뒤에 서쪽을 향해 단정하게 앉았는데, 그 때 환한 빛이 방 안을 가득 채웠다. 도쇼는 눈을 뜨더니 제자인 지초知調를 불러서 빛을 본 것을 퍼트리지 말라고 당부한다. 새벽이 가까워졌을 때, 빛이 방에서 나와 절의 뜰에 있던 소나무를 환하게 비추고는 잠시 후 서쪽을 향해 날아갔다. 제자들은 아주 놀라며 기이하게 여겼는데, 도쇼는 서쪽을 향해서 단정하게 앉은 채 숨을 거두었다.

위에서 살펴 본 백제 승려들과 성인인 일본 승려와 공통적인 것은 빛이 방안을 채웠다는 점이다. 도쇼는 그 후 숨을 거두었는데, 이것은 그가 성인이 되었음을 의미한다. 이와 같이 이국에서 불교를 배운 사람, 또는 이국인 승려의 특별함은 당시 다른 세계를 접할 기회가 드물었던 사람들에게는 강렬한 인식을 남겼을 것이며, 따라서 그들이 기거하는 승방을 중심으로 성인으로서 보여주는 여러 가지 신비한 기적을 기록하고 있는 것이다.

목숨의 구제와 사원의 건립

인간은 절대절명의 위기에 처했을 때 신이나 부처 등 초월적인 존재에게 이 위기를 헤쳐 나갈 수 있도록 기도를 한다. 고대 설화에서도 이러한 예는 많이 등장하는데, 그들을 자신의 소원이 이루어지면 그것에 대한 보답으로 사원을 건립할 것을 약속했다.

이요伊豫 지방에 사는 오치노아타에越智直는 백제를 구원하기 위해 파견되었는데 각지를 전전하다가 당나라 군대에 붙잡혀서 당나라로 끌려갔다. 포로가 된 일본인 여덟 명은 같은 섬에 머무르면서 함께 협력하여 관음보살상을 마련하고 우러러 받들었다. 여덟 명은 마음을 합하여 몰래 소나무를 베다가 배를 한 척 만들었다. 그리고 보살상을 받들어 배에 안치한 뒤 각자 본국으로 무사 귀환할 수 있도록 관음상에게 기원했다. 그리하여 서풍을 따라서 곧바로 쓰쿠시筑紫로 돌아왔다. 조정에서는 그 소식을 듣고 불러들여서 자초지종을 물었고, 이에 오치노아타에가 새로 고을을 세워 여기에 관음을 안치하겠다고 아뢰었다. 그리하여 새로 오치라는 고을을 세우고 절을 짓고는 관음상을 두었다.

이는 관음보살의 힘과 그에 대한 신앙심의 결과임을 알 수 있다. 고대 설화에는 이와 같이 불교에 대한 신앙심으로 극적으로 구원을 받고 그로 인해 사원을 건립함으로써 마을에 불교를 전파한 이야기가 수록되어 있다.

백제 사람으로 일본에 절을 세운 백제 사람 구사이 선사弘濟禪師의 이야기도 눈에 띈다. 백제가 신라와 당나라의 침략을 받았을 때 빈고備後의 미타니三谷 마을 군장郡長의 선조가 백제를 구하기 위한 파견군의 한 사람으로 출정했다. 그는 전장으로 떠나며 만일 무사히 살아 돌아오면 제신諸神과 제불諸佛을 위해 사찰을 짓고 불당을 만들겠다고 서원을 했다. 살아 다시 고향에 올 수 있을지 알 수 없는 상황에서 이국으로 떠나며 부처의 힘을 빌리고자 한 것이다.

그러한 간절한 기도가 받아들여졌기 때문일까. 그는 전쟁에서 재난을 면할 수 있었고 무사히 고향에 돌아오게 된다. 그는 구사이 선사와 함께 돌아왔고 약속한 대로 여러 절을 세우게 된다. 미타니지三谷寺는 그 중 하나이다.

절을 창건할 때의 일이다. 구사이 선사는 불상을 만들기 위해 먼저 도읍으로 갔다. 가지고 간 물건들을 팔아 황금과 붉은 색 안료 등을 샀다. 미타니지로 돌아오는 도중 나니와難波 나루터까지 왔을 때 해변에서 어떤 사람이 커다란 거북이 네 마리를 팔고 있었다. 선사는 공덕을 쌓기 위해 그 거북이를 사서 바다에 방생했다.

그 후 집으로 돌아오려고 배를 빌려서 두 명의 동자를 데리고 바다를 건넜다. 날이 저물고 밤이 깊었을 때였다. 선원들은 선사가 불상을 만들기 위해 운반 중인 황금에 욕심을 냈다. 비젠備前 지방의 가바네骨 섬 근처에 다다랐을 때이다. 그들은 선사를 수행하는 동자 두 명을 붙잡아 바다에 던졌다. 선원들은 차마 선사까지 직접 던지지는 못했지만 선사에게도 바다에 뛰어들 것을 종용했다. 선사가 간곡하게 타일렀지만 도적들은 듣지 않았다. 그러자 선사는 하는 수 없이 기원을 하고 천천히 바다 안으로 들어갔다.

허리춤까지 물에 잠겼을 때이다. 문득 돌이 발에 닿는 것 같았다. 선사는 서서 바다 속에 반쯤 잠긴 상태로 호흡을 할 수 있었다. 어떻게 된 일일까. 날이 밝아 살펴보니 거북이 등 위에 타고 있었다. 거북이가 선사를 빗추備中 지방 해안까지 무사히 건네준 것이다. 그리고 선사를 태워 준 거북이가 나머지 세 마리 거북이들과 함께 떠났다. 이것은 아마 방생해 준 거북이들이 은혜를 갚은 것이겠다.

한편 배의 그 도적들 여섯 명은 훔친 황금과 붉은 안료 등을 팔기 위해 미타니지에 왔다. 사찰 신도들이 먼저 나와 값을 매겨 흥정하고 있는데 조금 후에 선사가 안쪽에서 나왔다. 도적들은 바다에 뛰어들게 한 선사가 살아서 나온 것을 보고 너무 놀라 어쩔 줄 몰랐다. 진퇴유곡의 상황이 되었다. 그러나 자비로운 선사는 도적들을 불쌍히 여겨 어떤 형벌도 가하지 않았다. 그 후 불상을 무사히 완성하고 탑을 장식해 충분히 낙성 공양을 끝냈다.

이 설화에 따르면 불상이나 건물에 칠할 금이나 그림물감인 안료는 지방에서는 입수가 곤란했지만, 한편 불상 제작은 그 지역에서 이루어졌음을 추정할 수 있다. 미타니지가 준공된 후에 구사이 선사가 산간 마을 사찰을 떠나 해변에 옮겨와 중생을 교화했다고 하는데, 그 대상은 세토나이瀨戶內를 항해하는 뱃사람이었을 것이다.

빈고의 미타니 마을 군장의 선조가 구사이선사를 초대해 선사와 함께 돌아와 미타니지를 지었다는 기사에서 미타니지 건립을 위해 조각·회화·건축 등의 장인이 구사이 선사와 함께 일본에 건너왔으리라고 추측할 수 있다. 구사이 선사가 황금과 붉은 색 안료 등을 도읍에서 구입하고 있는 사정도 이 사실을 암시하고 있다. 미타니지는 야마토大和와 아스카飛鳥의 불교가 빈고에까지 파급되어 건립된 것이 아니라 한반도에서 직접 백제 불교가 전해진 그 거점으로써 조영되었을 것임을 암시한다고 하겠다.

일본에 불교가 전래된 것은 538년의 공식적 전래 한 번뿐만 아니라 6, 7세기에 걸쳐 상당히 빈번히 이루어졌음을 알 수 있다. 그리고 루트도 소가蘇我 씨 및 야마토 조정이 장악하여 고정화된 것 이외에 해변 여러 지방의 호족과 조선반도 여러 제국과의 직접적인 루트를 생각할 수 있다. 그리고 사이메이·덴지天智 조정에서 백제를 돕기 위해 파견한 지방호족들은 백제의 불교문화를 접할 기회를 얻은 셈이다. 그들은 새롭게 접한 백제의 불교를 본국에 전하는 역할을 한 셈이다.

사찰, 역사의 풍우를 겪다

다이케이오토모노야스노코大華位大部屋栖野古의 무라지連는 기노쿠니나쿠사紀伊國名草 마을 우지宇治의 오토모노무라지大伴連들의 선조이다. 천성이 맑고 불·법·승의 삼보三寶를 믿고 숭앙했다. 야스노코의 전기傳記에는 다음과 같이 쓰여 있었다고 한다. 비타쓰敏達 천황 시절에 이즈미和泉 지방 바다에서 악기 소리가 들려왔다. 그 소리는 어느 때는 피리·쟁·거문고·공후 등을 합주하고 있는 소리 같았다. 또 어떤 때는 천둥치는 소리 같기도 했다. 낮에는 울리고 밤에는 빛나며 그 소리나 빛은 동쪽을 향해 흘러갔다.

오토모노야스노코 무라지는 이를 듣고 천황에게 말씀드렸다. 그러나 천황은 묵묵무답으로 믿지 않았다. 그래서 이번에는 황후에게 말씀드렸다. 황후는 이를 듣고 야스노코에게 가서 조사할 것을 명했다. 명을 받고 가서 보니 정말 들던 대로 소리나 빛 등이 있고 낙뢰에 맞은 녹나무가 떠내려 와 있었다. 야스노코는 도읍에 돌아와 다카아시高脚 바닷가에 녹나무가 떠내려 와 있음을 전하고 그 녹나무로 불상을 만들도록 허락해 달라고 청했다. 그러자 황후는 소원대로 하라며 청을 들어주었다.

야스노코는 황후의 허락을 얻어 크게 기뻐하며 즉시 소가 우마코蘇我馬子 대신에게 황후의 명을 전했다. 대신도 기뻐하고 이케노베 아타에 히타池辺直永田를 초대해 불상을 조각하고 보살삼체상菩薩三體像을 완성했다. 불상은 도요라豊浦라는 절에 안치하여 많은 사람들이 참배하며 숭상하였다.

겨우 황후의 허락을 얻어 불상을 안치했는데 이번에는 모노노베 유게노모리야物部弓削守屋의 오무라지大連가 불상 안치를 반대하며 나섰다. 황후에게 애당초 불상 등을 나라 안의 수도 가까이에 안치해서는 안 된다는 것이다. 그리고 아주 멀리에 버려 달라고 진언했다. 황후는 이것을 듣고 야스노코에게 빨리 예전의 불상을 숨길 것을 명했다.

야스노코는 명을 받고 히타노아타에永田直에게 불상을 볏짚 안에 숨기게 했다. 그러자 유게노모리야는 불을 붙여 절을 태우고 많은 불상을 찾아내어 나니와의 하천에 버렸다. 그리고 야스노코에게 지금 나라에 재해가 일어나는 것은 이웃나라 백제에서 온 객신客神의 상을 일본 국내에 모셨기 때문이라며 빨리 객신의 상을 찾아내어 바로 본래대로 한국으로 보내라고 맹렬히 공격했다. 이 부분에서는 백제의 불교문화가 일본에 들어갔을 때 처음부터 쉽게 수용된 것은 아니며, 토착문화와 충돌이 있었음을 보여준다.

그러나 야스노코는 완강히 이를 거부하고 마지막까지 불상을 내놓지 않았다. 유게노모리야는 이런 일로 정신이 돌아 국가를 전복하려고 모반을 꾸며 기회를 노렸다. 이 때 하늘 신, 땅 신도 이를 싫어했는지 요메이用明 천황 시절에 유게노모리야는 주벌을 받아 죽음을 맞이하게 된다. 그가 사라진 후 이 불상을 꺼내 후세에 전하게 되었다. 지금 불상은 칙명에 의해 요시노吉野의 히소殿寺라는 절에 안치되어 있다고 한다. 빛을 발하는 아미타불상이 이것이다.

불교학자 다무라 엔초田村圓澄는 일본 천황가에서 불교를 정식으로 받아들인 것은 645년으로, 불교 주도권을 천황이 장악하였다고 한다. 또한 7세기 후반이 되면 불교는 일본 전국으로 확산되었으며, 그 불교의 길은 율령律令국가 정치의 길이었으며, 율령정치와 관계없이 불교 사원이 세워진 것이 아니라 불교와 율령정치는 불가분의 관계에 있었다고

주장한다. 이 이야기는 불교가 정식으로 일본의 조정에 받아들여지기
까지 불교가 겪은 역사적 풍우를 담고 있다고 할 수 있다.

사찰, 중생 교화의 장

고대 일본의 설화에서는 교기 보살이 성자 또는 부처의 화신으로 표
현되는 경우가 많다. 『니혼료이키』 중에는 교기 보살과 관련된 설화가
일곱 이야기나 있다(상권 5화, 중권 2화, 중권 7화, 중권 8화, 중권 12
화, 중권 29화, 중권 30화). 한 승려가 이렇게 많이 등장하는 예는 달리
없을 정도이다. 『니혼료이키』 중에 성자로 칭송받는 도조道照조차 두 번
(상권 22화, 상권 28화) 등장할 뿐이다. 본 설화집은 교기 보살을 승려
로서 가장 이상적인 존재로 평가하고 있음을 알 수 있다. 교기 보살과
관련된 이야기를 해보자.

옛날 도읍 아스카飛鳥에 간코지元興寺가 있던 마을에서 법회를 성대하
게 준비하고 교기 보살行基菩薩을 모셔다가 이레 동안 설법을 하게 하였
다. 여기에 승려들과 속인들이 모두 모여서 설법을 들었다. 청중 가운
데 한 여인이 있었는데, 머리에 돼지기름을 바른 채 그 가운데서 설법
을 듣고 있었다. 교기 보살이 그 여인을 보고는 냄새가 심하다며 꾸짖
었다. 그리고는 저기 머리에 피를 바른 여인을 멀리 내쫓으라고 말했
다. 그러자 여인은 아주 부끄러워하며 나갔다.

범부의 눈에는 머릿기름 색으로만 보이지만, 성인의 밝은 눈에는 분
명히 짐승의 몸에서 나온 피가 보인 것이다. 모든 것을 간파하는 이 스

님은 교기 보살로 당시 일본에서 교기 보살은 부처가 임시로 모습을 드러낸 존자尊者로 여겨졌다. 심지어는 본 모습을 숨기고 인간으로 나타난 부처라고 생각되었다.

교기 보살과 관련해서는 다음과 같은 에피소드도 실려 있다. 교기 보살은 나니와의 강변에 나루터를 만들고 거기서 법을 설하여 사람들을 교화시킬 때의 일이다. 승려든 속인이든 고귀하든 미천하든 모여들어서 법을 들었다. 가와치河內 지방의 와카에 군若江郡 가와마타川派 마을에 한 여인도 아들을 데리고 법회에 와서 교기 보살의 설법을 들었다. 그런데 그 아이가 큰소리로 우는 바람에 설법을 들을 수 없었다. 이 아이는 나이가 십여 세 되었으나, 제 발로 걷지 못하였다. 큰소리로 울면서 젖을 빨거나 무언가를 먹고 있었다. 열 살을 넘은 나이라면 아무리 아이라도 사리분별을 해야 할 정도는 될 텐데 무슨 연유일까.

그 아이를 본 교기 보살은 여인에게 자식을 데리고 나가서 연못에 버리라고 말했다. 그러자 깜짝 놀란 사람들은 그 말을 듣고 중얼중얼 불만을 말하였다. 더없이 자비로우신 성인께서 무슨 까닭으로 그런 말을 한 것일까 이해할 수 없었기 때문이다. 그러나 여인은 자식이 너무 귀여워서 버릴 생각이 들지 않았다. 오히려 더 껴안으면서 설법을 들었다.

이튿날 여인은 다시 자식을 데리고 와서 법을 들었다. 역시 아이가 요란하게 울어서 청중들은 그 시끄러운 소리 때문에 법을 들을 수 없었다. 교기 보살이 꾸짖으며 또 다시 아이를 연못에 던져버리라고 말했다. 그 여인은 이상하게 생각하면서도 시끄러움을 견디지 못하여 아이를 깊은 연못에 던졌다.

그러자 연못에 떨어진 아이가 다시 물 위로 떠오르더니 발을 동동 구르고 손을 마주잡고는 눈을 부릅뜨고 원통한 목소리로 "아아, 분하다! 이제 삼년 동안 당신한테서 얻어먹으려 했는데"라고 말하였다. 도대체 어떻게 된 일일까.

여인은 이상하게 여기며 다시 법회에 들어와서 설법을 들었다. 교기 보살이 자식을 던졌는지 다시 물었다. 그러자 여인은 그렇게 했다고 대답하면서 자초지종을 설명했다. 교기 보살이 말하기를 그 아이는 여인의 전생의 빚쟁이라는 것이었다. 전생에 그 여인이 그 사람의 물건을 빌려서 갚지 않았기 때문에 이제 자식의 모습으로 와서 빚을 받느라고 그렇게 먹어댔다는 것이다. 남의 물건을 갚지 않은 여인의 허물과 함께 다시 태어나서까지 빚을 받아내려고 하는 빚쟁이의 집착 또한 느껴지는 설화이다.

설화집의 평어에는 남의 빚을 갚지 않은 채 죽은 부끄러움을 지적하는 말이 보인다. 게다가 남에게 진 빚을 갚지 않고 죽으면 후세에 반드시 그 과보를 받게 된다는 것이다. 이 이야기는 『출요경出曜經』의 인용으로 마무리된다. 전생에 남에게서 한 푼어치의 소금을 빌리고 갚지 않으면 다음 생에서 소가 되어 소금을 지고 부림을 당하면서 빚쟁이에게 갚게 된다는 교훈을 전한다.

교기 보살은 토목공사 등 사회사업을 통해 민중들과 직접 접촉하고 있었다. 교기가 살았던 시대는 7세기 후반부터 8세기 전반에 걸쳐서이며 그가 민간에서 사원건립이나 논에 물을 대기 위한 도랑 개발 등의 활동을 시작한 것은 다이호大宝 율령이 시행된 무렵부터이다.

『쇼쿠니혼기続日本紀』에 따르면 헤이안 경平安京 조영이 시작됨과 동시에 유랑민이나 도망인들이 늘어났다. 3년의 요역徭役이 끝나도 집에 돌아갈 수 없는 사람들이 있었는데 조정에서는 충분한 구제책을 내놓지 못했다. 교기는 이러한 사람들을 이코마生駒에 모아 출가시켰다. 이들은 탁발해서 생활을 유지할 수 있었다. 교기는 율령체제에서 소외된 사람들을 구제한 셈인데 민중들에게는 환영받았던 한편 조정으로부터는 사람들을 선동한다는 오해를 사서 비난을 받기도 했다.

나가며

사찰은 기본적으로 승려들이 살며 수행하고 법회를 여는 장소이다. 불당을 세우고 부처상을 모셔 신도들의 신심을 모으는 장소이기도 하다. 일본의 상대설화집 『니혼료이키』는 절이 세워지게 된 연원, 관련된 고승의 이야기, 승려들이 법회에서 민중과 접촉하며 생겨난 이야기들을 담고 있다. 또한 그렇기에 사찰은 불법의 영험과 그 수행자인 승려들의 종교적 영험이 서려 있는 곳이기도 하다.

구제를 바라는 민중들의 부처를 향한 절실한 염원은 병을 고쳐주는 다라조 스님의 이야기를 통해 그려지기도 한다. 이 때 뛰어난 영험을 가진 고승이 백제에서 건너갔다고 제시되는 것은 고대 한반도로부터 일본으로의 불교전파를 떠올리게 한다. 한편 미타니지를 창건한 구사이 선사가 고생 끝에 거북의 도움으로 무사히 불상을 안치하게 된 이야기나 야스노코가 황후의 허락을 얻고도 반대하는 이들의 탄압을 겪는 이야기를 통해 보면 백제로부터 전래된 불교가 일본에서 토착 신앙과 충돌하는 과정을 겪었을 것임을 짐작하게 한다.

앞에서 소개한 교기 보살이 활약한 쇼무聖武 천황(701~756년) 시대에

는 각 지방마다 대표적 사찰인 고쿠분지國分寺를 세울 정도로 불교를 장
려했다. 각 지방관청 부근에 고쿠분지가 세워졌으니 불교가 국교國敎로
서 장려되었음을 알 수 있다. 여러 고쿠분지를 관장하는 절은 현재에도
그 위용을 자랑하는 나라의 도다이지東大寺였다. 그로부터 천 년 이상의
시간이 흐른 현재 일본에서 불교의 위상은 어떨까.

2013년 일본 총무성의 조사에 의하면 일본의 불교신자는 약 8500만
명 정도라고 한다. 이는 인구의 반 이상을 넘는 수치인데, 기독교 신자
가 한 자리수의 퍼센트를 차지하는 것에 비교하면 일본에서 불교가 차
지하는 위치를 알 수 있다. 현대의 일본의 일상생활에는 불교문화가 깊
게 배어 있다. 예를 들어 각 가정에는 선조나 돌아가신 가족을 위한 불
단이 비치되어 있는 경우가 많다. 시대가 변함에 따라 점점 간소해지는
경향도 보이지만 공양이나 추도의 형식은 아직도 불교식이 다수를 차
지하고 있다. 한국과 다른 모습을 통해 한반도를 거쳐 전해진 불교가
점점 일본 나름대로의 방식으로 변화해가는 모습을 유추해 볼 수 있는
것도 설화를 읽는 즐거움이겠다.

참고문헌

中田祝夫 校注·訳(2001)『日本靈異記』(新編日本古典文学全集 10, 小学館)
井上薰(1987)『行基』吉川弘文館
田村圓澄(1986)『仏教伝来と古代日本』講談社
歴史公論ブックス 2 (1981)『古代日本と仏教の伝来』雄山閣出版

의식주로 읽는
일 본 문 화

신들의 주거 공간

한 정 미

● ● ● ●

　일본에서 신들의 주거 공간은 예로부터 '야시로社'라 불렸는데 이는 오늘날의 신사神社에 해당된다. 옛날 일본에서는 신은 신의 나라에 거하며 마쓰리祭 때에만 인간 세계에 강림한다고 생각되었다. 때문에 임시로 신령神靈을 맞이하는 작은 집을 만들었는데 그 작은 집을 위한 토지를 '야시로屋代'라고 하였다. 나중에 이 작은 집이 상시常時에 남겨져 신도 여기에 진좌하게 되었고 그 장소나 건물을 '야시로やしろ'라고 부르게 된다. 헤이안平安 시대(794~1192년)의 『마쿠라노소시枕草子』 제243단에는 「야시로는」이라는 장단章段이 나오는데 여기에 언급되고 있는 것은 일정한 신역神域 안에 신사의 건물을 갖춘 오늘날의 신사와 거의

337

같은 야시로로 묘사되어 있다. 본 장에서는 이와 같은 신들의 주거 공간인 야시로가『겐지 이야기源氏物語』안에서 어떻게 표상되고 있는지에 대하여 주목해보고자 한다.

야시로의 어원

야시로의 어원에 대해서는 여러 학설이 있으나 '야＋시로(や＋しろ)'의 구성으로 보는 것이 일반적이다. 우선 '야や'는 구체적인 구조물로 한정되는 것이 아니라 '거주하는 공간' 그 자체를 의미하는 말이며 '시로しろ'는 어떤 영적인 것이 빙의하거나 틀어박히거나 하는 성스러운 공간(토지)이나 기물을 의미한다고 보는 것이 좋다. 이러한 야시로의 뜻을 잘 나타내주는 것이『이즈모노쿠니후도키出雲国風土記』에 기록되어 있는데 여기에서 야시로矢代는 화살을 쏘는 신성한 곳을 나타내고 있다.

이러한 야시로는 신이 강림하는 성스러운 공간이기 때문에 일상세계에서 엄중히 분리되어야만 했다. 즉 그 경계에 울타리 등이 쳐지거나 했는데, 야시로는 이른바 신의 세계와 인간의 세계의 접점이기도 하여서 그 본래의 위치는 마을 안이 아니라 산기슭이나 산 근처 등이 많았으며 이계異界의 영위靈威를 접할 수 있는 장소였던 것이다.

【그림 1】시모가모 신사下鴨神社, 교토 시 사쿄 구 소재

가모의 야시로

『겐지 이야기』에는 11개의 장면에서 야시로가 등장하는데 그 중심이 되는 신은 가모賀茂·스미요시住吉·야하타八幡 신이다. 이하 야시로가 『겐지 이야기』 안에서 어떻게 그려져 있는지에 대하여 살펴보도록 하자.

『겐지 이야기』에 야시로는 겐지가 스마須磨로 퇴거하기 전에 사람들에게 작별인사를 하고 아버지 기리쓰보인桐壺院의 묘소로 향하는 도중에 '시모가모의 야시로'에 요배遙拜하는 장면에 처음 등장한다.

이 날은 새벽에 걸쳐서 달이 나온다고 해서 우선 후지쓰보藤壺를 방문하여 고故 기리쓰보인의 전언을 듣고 달이 나오기를 기다리고 있었는데, 종자從者는 5, 6명으로 그중에는 재원齋院의 불제의 날에 임시 수행

339

원으로 섬긴 우근장감右近将監이 있었다. 그러나 우근장감은 받아야 할 관직도 받지 못한 채 시간이 지나 결국 덴조殿上의 명부에서도 제명되어 초라한 신분이 되었다. 따라서 우근장감은 "일찍이 재원의 불제의 날에 우근장감으로 가모 신에게 봉사하였으나 지금은 무관無官의 몸이 되어버렸다. 가모 신은 봉사한 사람을 버리는 것인가"라는 한탄을 읊은 신에 대한 호소의 노래를 부른다. 주의할 것은 우근장감의 관직의 이야기가 상세히 기록된 후에 가모 신에 대한 영가詠歌로 이루어져 있다고 하는 것이다. 즉 가모 신은 관직을 관장하는 신으로 뜨거운 존신尊信을 얻고 있었는데 가모제賀茂祭에 관계되어 가모 신을 위하여 봉사했기 때문에 당연히 그 은혜를 받아야 한다고 생각하여 이와 같이 호소하고 있는 것이다.

또 한 가지 주목할 것은 시모가모 신사에 요배하면서 가모 신사에 거주하는 가모 신에게 자신의 죄가 없음을 호소하고 있다는 점이다. '다다스의 신ただすの神'이란 시모가모 숲에 진좌하는 가모 신을 가리킨다. 『마쿠라노소시』 제184단에도 "어떠한 방법에 의해 그쪽의 거짓을 알았을까. 알 수 없었을텐데. 만일 하늘에 다다스의 신이 안 계신다면."이라고 기술되어 있는 것처럼 '다다스'는 죄의 유무를 판단한다는 뜻과 시모가모의 다다스糾의 신을 걸쳐서 표현한 것이다. "세상 사람들이 이런저런 함부로 남의 험담하기를 좋아하여 도읍을 떠난 후라도 이러쿵저러쿵 입에 오르내리겠지만, 결백한지 아닌지의 판단은 가모 신에게 맡길테니 죄의 유무를 분명히 따져 밝혀 주십사."하고 겐지도 기도하고 있다.

겐지의 노래는 "저희들은 마음 속에 신을 믿고 있습니다. 우리들의 뒤에 남은 평판을 당신이 반드시 밝혀 주실 것입니다. 그것을 믿고 지금 이별하고 있습니다."라는 말로 우근장감의 불신에 대하여 가모 신에 대한 신뢰를 표명하는 형태로 이루어져 있음을 알 수 있다. 또한 지금까지 사람들과의 작별인사 장면에서 겐지가 계속해서 자신은 죄가 없음을 말해왔는데 이 가모 신에 대한 영가는 이들 모든 것을 집약하여 가모 신에게 모든 것을 맡긴다고 하는 형태이다. 노래에 의하여 신에게 기도한다고 하는 것은 노리토祝詞·제문祭文 등과 마찬가지로 예부터 행해진 기원의 형식으로, 노래가 영험을 나타낸다고 하는 것은 당시 많은 사람들 사이에 널리 회자되고 있었다.

「마보로시幻」권에서도 가모제를 배경으로 가모의 야시로의 장면이 등장한다. 여기에서도 가모제의 날에 겐지가 주조노키미中将の君와 노래를 주고받게 되는데 '북적거리는 가모 신사의 모습'이 묘사되어 있다. 이는 4월 중유中酉의 날에 행해진 가모 신사의 축제의 모습을 말하며 이날은 신사의 건물이나 수레, 의관 등에 접시꽃을 장식하였는데, 칙사 등이 가모 신사로 향하는 의식 등의 구경으로 시끌벅적하였음을 알 수 있는 대목이다.

스미요시의 야시로

스미요시住吉의 야시로는, 삼월 삼짇날 불기 시작한 폭풍우가 멈추지 않고 며칠이 경과하고도 폭풍우가 격심해지며 높은 파도가 엄습하여 파도 소리도 거칠고 바위도 산도 떠내려갈 기세에 스미요시 신사의 스미요시 신에게 기원한 기원문에 대한 종자의 말에 등장한다. 겐지는 멈추지 않은 격심한 천변지이 속에서 '이러한 것이 계속되는 가운데 이 세상은 망하는 것이 아닌가'라고 생각하면서도 "얼마만큼의 과실을 범했다고 이러한 물가에서 목숨을 잃을 것인가."라며 스미요시 신에게 "스미요시 신이여, 당신은 이 근방 일대를 진압하고 보호하고 계십니다. 진실로 이 지역에 강림하신 신이라면 우리를 살려 주십시오."하고 구원을 요청한다. 이와 같은 겐지의 기도의 자세에 종자는 용기를 얻어 '죄도 없는데 누명을 쓰고 관위를 박탈당하며 집을 떠나 고향을 버려야 하고 자나 깨나 불안한 생각으로 한탄하고 계십니다'라며 겐지의 현재의 처지가 부당하다고 하는 호소의 기도를 '스미요시의 야시로의 방향을 향해서' 하고 있는 것이다. 겐지의 기도문의 경우도 '많은 대원大願'이라고 되어 있고 종자도 '여러 발원'을 했다고 되어 있으나, 이는 기원하는 것의 숫자가 많음이나 기원이 큰 것을 말하는 것이 아니다. 기원은 목숨을 구하는 것 한 가지, 즉 폭풍우의 고난에서 구원해 달라는 것뿐으로, '많은 대원'이나 '여러 발원'을 세웠다는 것은 그 기도나 소원이 이루어졌을 때에 많은 보새報賽를 한다고 맹세를 하는 것인데, 스미요시의 야시로의 방향을 향하여 했다는 것이 주의를 끈다.

스미요시의 야시로는 또한 「아카시明石」권에서 아카시노뉴도明石入道가 겐지를 자신의 집에 맞이하며 겐지 앞에서 이야기하는 장면에 나타난다. 살아 있는 기분이 들지 않을 정도로 격심한 폭풍우도 겨우 진정이 되고 아침을 맞이하자, 스미요시 신의 꿈의 계시에 따라 아카시노뉴도가 배를 준비하여 겐지를 맞이하러 온 것이다. 우선 요시키요良淸에게 이야기를 들으러 가게 하여 아카시노뉴도의 이야기를 전해들은 겐지는 용왕이나 기리쓰보인의 꿈, 현실에 일어난 천변지이 등 지금까지 자신에게 닥친 일이나 앞으로의 일을 두루 생각한다. 아카시노뉴도의

【그림 2】 스미요시 대사住
吉大社), 오사카 시
스미요시 구 소재

이야기를 들으며 겐지는 아카시노뉴도의 스미요시 신앙을 알지 못한 시점에서도 아버지 기리쓰보인의 영의 출현을 같이 생각하여 이 모든 것이 스미요시 신의 계시임을 알게 된다.

스미요시의 야시로의 묘사 장면은 아카시노뉴도가 딸인 아카시노키미明石の君를 일 년에 두 번 스미요시 신사에 참배시키는 이야기에도 나타나 있다. 「스마須磨」권에서 아카시노뉴도를 묘사하는 장면에서 그는 조상신도 아닌 스미요시 신사에서 기원하기 시작하여 18년이나 되었다는 것을 알 수 있는데, 뉴도의 스미요시 신에 대한 신앙심과 함께 스미요시 신의 영험을 마음으로부터 믿고 있었음을 알 수 있는 부분이다.

여기에서 주목하고자 하는 것은 아카시노뉴도의 이야기와 겐지가 조우한 일 등이 시간적으로 일치하고 있다는 점이다. 아카시노뉴도가 꿈을 꾼 것은 3월 1일이다. 꿈 속에서 이형異形의 사람이 13일에 뚜렷한 영험을 나타낸다고 했는데 겐지가 상사上巳의 날, 즉 3월 1일에 불제를 하고 폭풍우가 멈춘 것 역시 13일이다. 또한 아카시 항구에서 배를 내

343

었을 때에 이상한 순풍이 불어 이 항구에 도착했다고 하며 이는 스미요시 신이 인도하심에 틀림없다고 아카시노뉴도는 말한다. 이러한 스미요시 신의 영험은 뉴도뿐만 아니라 다음의 겐지의 스미요시 참배 장면에서도 살펴볼 수 있다.

스마·아카시에서의 생활을 마치고 도읍으로 돌아온 겐지는 스미요시 신에게 딸인 아카시노히메기미明石の姬君의 장래를 기원하며 스미요시 신의 영험에 대하여 고레미쓰惟光와 노래를 주고받는다. 고레미쓰는 겐지가 스마·아카시에 유리流離되었을 때에도 겐지 옆에 있던 종자였다. 그 때문에 퇴거생활을 수호해준 스미요시 신에 대한 감사의 마음이 이만저만이 아니었던 것이다. 겐지도 "스미요시 신을 조그만 일이라도 잊을 수 있을까."라며 스미요시 신의 가호에 대하여 감사하고 있고, 그 감사의 마음은 나중에 아카시노키미가 겐지의 스미요시 참배의 성대함에 눌려 가까이 가지도 못하고 그 자리를 떠난 것을 안 겐지가 아카시노키미에 대하여 불쌍하게 생각하여 스미요시 신이 맺어준 깊은 인연에 대하여 생각하는 장면에도 나타나 있다.

생각해보면 아카시노뉴도의 간청에 의하여 아카시에 초대되어 그 딸과 부부의 연을 맺은 것이 2년 전의 일이었는데, 겐지는 거기에 이르기까지의 경위가 전적으로 스미요시 신의 인도였음을 생각하는 것이다. 아카시노히메기미의 탄생을 들었을 때에도 겐지는 "모두 스미요시 신이 인도한 것이다. 아카시노키미와도 보통 이상의 숙연이 있었던 것이다."라며 모두 스미요시의 신려神慮에 의한 것임이라고 생각한다. 그리고 다시 스미요시 참배 때문에 이 지역에서 우연히 아카시노키미와 마주쳐 스미요시 신의 인도를 생각한 것이다.

아카시노키미와의 엇갈림을 알게 된 겐지는 깊은 숙연을 생각하여 호리에堀江 강가를 바라보며 "지금은 그저 같은 나니와라네"라는 노래를 읊는다. 여기에서 겐지가 무심결에 읊은 "지금은 그저 같은 나니와라네"란, 『슈이와카슈拾遺和歌集』"이 정도까지 번민해왔기 때문에 지금 어떻게 된다 할지라도 이제 같은 것이구려. 나니와에 있는 수로 말뚝은 아니지만 비록 내 몸을 망가뜨려서라도 당신과 만나려고 하는구려"라는 모토요시 친왕元良親王의 노래를 인용하며 몸을 망가뜨려서라도 만나려고 하는 겐지의 아카시노키미에 대한 사랑과 정열을 나타내고 있다. 또한 아카시노키미에게 보내는 노래에는 아카시노키미와 우연히 만난 운명을 스미요시 야시로의 신이 맺어준 깊은 인연으로 아카시노키미에게 확신시키고 있는 뜻이 담겨 있다.

야하타노미야의 야시로

『겐지 이야기』에서 야하타노미야八幡宮, 즉 하치만八幡 신앙은 특히 다마카즈라玉鬘의 인물조형과 관계가 있다. 다마카즈라는 두중장頭中將과 유가오夕顔와의 사이에서 태어났는데 아버지와는 생별生別, 어머니와는 사별하고 규슈九州로까지 유랑한 끝에 겐지에게 발견되어 그 후견인이 되어 로쿠조인의 꽃이 되는 여주인공이다.

쓰쿠시筑紫에서 대부감大夫監의 강인한 구혼에 공포에 떤 다마카즈라 일행은 그것을 피하려고 귀경하는데 무사히 도읍에 도착했다고는 하나 장래의 일을 생각하면 불안해져서 '그저 물새가 육지에 올라 헤매이는' 듯한 기분이 든다. 그러한 불안은 신불神佛에 대한 기도에 의해 사라

345

지게 하는 것밖에 없었다.

분고노스케豊後介 일행이 무사히 도읍에 도착할 수 있었던 것은, "신불만이 아씨를 합당한 운명으로 이끌어 주실 거라고 생각합시다."라는 표현처럼 신불의 가호가 합당한 방향으로 이끌어줄 것이라고 믿고 있었기 때문으로, 신의 대표로는 이와시미즈 하치만구石清水八幡宮, 그리고 불佛로서는 하세데라長谷寺를 골라 참배한다. 여기에서 주의할 것은 분고노스케 일행에게 마쓰라松浦·하코자키筥崎 명신明神이 쓰쿠시, 즉 규슈에서 항상 기원을 한 신이었다는 점, 또한 도읍에 무사히 도착하도록 소원을 빈 것이 이루어져 이와시미즈 하치만구에 감사의 참배를 하고 있다는 점이다.

다마카즈라가 4살 때에 유일한 후견인이었던 유모乳母의 남편은 대재소이大宰小弐가 되어 부임할 때에 다마카즈라를 데리고 쓰쿠시로 건너갔다. 당시 다자이후大宰府의 장관이나 차관에 임명된 고관高官에 의한 하코자키구筥崎宮에 대한 신앙은 두터웠는데, 분고노스케 일행의 하코자키 신앙은 아버지 대재소이의 신앙에 바탕을 둔 것일 것이다. 여기에서 주목하고 싶은 것은 다마카즈라가 쓰쿠시에서는 하코자키 하치만 신·마쓰라노카가미노미야松浦鏡宮에게 기도하고 고난 끝에 상경하고 나서는 이와시미즈 하치만 신에게 감사의 참배를 하고 있어서 하치만 신의 가호에 깊은 감사의 뜻을 가지고 있었다고 하는 것으로, 하치만 신앙은 쓰쿠시 유리에서 로쿠조인 입성까지의 다마카즈라 이야기의 근간을 이루고 있다고 할 수 있다.

더욱이 다마카즈라가 이와시미즈 하치만구石清水八幡宮에 참배한 후에 하세데라에도 참배한다고 하는 것은 쇼랴쿠正暦 원년(990)의 후지와라노 사네스케藤原実資의 이와시미즈·하세데라로의 참배와 중첩되고 있어

【그림 3】 이와시미즈 하치만구石淸水八幡宮, 교토 부 야와타 시 소재

서 주의를 끈다. 사네스케의 경우는 기원의 목적이 새 여자아이의 탄생에 있었다. 그것은 이와시미즈가 황통의 존속에 관계되는 신이었다는 점에서 기원의 대상이 되었다고 할 수 있으나, 다마카즈라 일행의 기원의 목적은 감사 참배 이외에 장래에 대한 불안을 없애는 것과 함께 다마카즈라의 번영도 담아 참배한 것으로 보인다. 왜냐하면 앞에서 언급한 대부감大夫監과의 증답贈答 안에서 유모가 '야하타와 같은 야시로'인 가가미노카미에게 다마카즈라의 행복을 계속 기원해온 것을 엿볼 수 있기 때문이다.

　헤이안 시대가 되어 관음신앙이 활발해져 하쓰세初瀬에 있는 하세데라로의 참배가 많아지는데 그것은 불교에서도 현세이익이 중요한 요소가 되었기 때문이다. 그와 같은 이유로 분고노스케는 "야하타노미야의 다음으로는 하쓰세가 영험한 곳입니다."라고 말하며 야하타노미야 다음으로는 하쓰세의 관음이 현세이익을 나타내 주시리라고 믿고 있는 것이다. 그리고 분고노스케는 다마카즈라의 장래에 대해 "그곳의 부처님이 다마카즈라 아씨를 틀림없이 도와줄 것입니다."라고 말하고 있어서 이와시미즈와 하세 관음의 영험에 기대를 걸고 있음을 알 수 있다.

여러 야시로

『겐지 이야기』 안에는 야시로가 특정 신의 장소가 아니라 다수의 신들을 표상하는 형태로도 사용되고 있다. 먼저 다수의 신들의 표상으로 등장하는 야시로는 「와카나若菜」 상권의 아카시 여어의 출산 장면에서 확인할 수 있다. 아카시 여어는 입궐 이후에 동궁의 총애를 받아 바로 임신을 하는데 이러한 아카시 여어의 옆에 있는 아카시노키미의 운세는 부러움을 살 정도였다. 특히 아카시 여어의 출산은 아카시 일족의 운세가 어떠한 것인가를 확실히 하는 운명의 갈림길이기도 했다. 남자 아이라면 장차 천황이 될 가능성이 생기기 때문이다. 겐지도 일문一門의 번영이 달려 있는 이유로 아카시 여어의 출산에 온갖 힘을 쏟는데 그 모습은 굉장한 것이었다.

겐지는 아직 어린 나이인 12살에 출산을 하는 아카시 여어를 배려하여 온갖 정성을 다하여 '여러 절과 여러 야시로'에서 순산 기도를 시킨다. 아카시 여어의 출산은 겐지 일문의 번영과 관계되는 것뿐 아니라 아카시노키미에게도 출산의 결과는 전세로부터의 인연이 증명되는 것이기 때문에 아카시노키미는 신경이 쓰여 마음을 놓을 수 없었다. 그녀는 여러 굴욕을 참아 왔으며 아카시 여어의 출생, 영달에 모든 것을 걸며 살아왔다. 입궐 때 연차輦車 뒤에서 걸어간 것조차 비참하다고도 볼품사납다고도 생각하지 않았다. 그저 신분이 낮은 자신이 아카시 여어의 수치가 되지 않을까만 신경을 쓴 아카시노키미였다. 아버지인 아카시노뉴도로부터 이어진 집념이라고 할까, 아카시노키미는 아카시 여어의 출산에 자신의 숙세宿世를 보려고 한 것이다.

『겐지 이야기』 안에서 야시로가 다수의 신들의 표상으로 또 다르게 등장하는 것은「아게마키總角」권에서인데, 이는 오이기미大君의 죽음으로 니오노미야匂宮가 눈 속에 우지宇治로 조문을 가지만 비탄에 빠진 나카노키미中の君가 칸막이 너머로만 대면하고 아침까지 남편인 니오노미야를 만나주지 않는 장면에서이다. 여기에서 니오노미야는 '여러 야시로들'에게 오래도록 마음이 변치 않겠다고 맹세하는데 이에 대하여 『시메이쇼紫明抄』는 출전미상의 노래를 인용 노래로 든다. 이는 '너무나 많은 신의 이름을 들며 맹세함으로 여러 신사의 이름도 귀에 익숙해지겠지'라는 뜻의 비꼬는 노래로, 위의 '귀에 익숙해지겠지'라는 말 자체가 나카노키미에게는 니오노미야의 바람기가 있는 마음의 증거이며 싫증이 나는 일을 암시한다.

이상으로 『겐지 이야기』 안에서 신들의 거주 공간인 야시로가 어떻게 표상되고 있는지에 대하여 살펴보았다. 야시로는 신이 거주하는 장소이나 『겐지 이야기』에서는 신 그 자체를 표상하고 있었으며 이는 1부에서 3부에 이르는 이야기의 전개나 등장인물과 밀접히 연결되어 이야기의 주제를 이끌어내기 위하여 구사되고 있는 방법으로 사용되고 있음을 알 수 있다.

참고문헌

韓正美(2009)「物語文学と住吉神の変貌―『住吉物語』と『源氏物語』を中心に―」
　　(『日語日文学研究』69-2, 韓国日語日文学会)

_____(2007)「『源氏物語』と賀茂信仰」(『日本学報』73, 韓国日本学会)

_____(2007)「澪標·若菜下巻における住吉詣」(『日本言語文化』10, 韓国日本言語
　　文化学会)

_____(2006)「玉鬘物語と八幡信仰について」(『超域文化科学紀要』11, 東京大学大
　　学院総合文化研究科)

植垣節也 校注·訳(1997)『風土記』(「新編日本古典文学全集」5, 小学館)

秋山虔 他 校注·訳(1994~1998)『源氏物語』(「新編日本古典文学全集」14~18, 小学館)

豊島秀範(1987)「須磨·明石の巻における信仰と文学の基層―『住吉大社神代記』を
　　めぐって」『源氏物語の探究』12, 風間書房

丸山キヨ子(1985)「明石入道の造型について―仏教観の吟味として」『源氏物語の仏
　　教―その宗教性の考察と源泉となる教説についての探究』創文社

伊井春樹 編(1978)『松永本 花鳥余情』「源氏物語古注集成」1, 桜楓社

小林茂美(1978)「玉鬘物語論」『源氏物語論序説―王朝の文学と伝承構造Ⅰ』おうふう

의식주로 읽는
일본문화

집필진

강지현 전남대학교 국제학부 교수
저서 『일본대중문예의 시원, 에도희작과 짓펜샤잇쿠』 소명출판, 2012
논문 「魯文作〈膝栗毛もの〉合巻の書誌攷」(『国語と国文学』92-12, 東京大学国語国文学会, 2015)
「二代目岳亭の戯号·交遊関係攷」(『近世文芸』100, 日本近世文学会, 2014)

고선윤 백석예술대학교 외국어학부 겸임교수
저서 『토끼가 새라고?』 안목, 2016
『헤이안의 사랑과 풍류』 제이앤씨, 2014
논문 「센류를 통해서 본 『이세모노가타리』」(『일본학연구』40, 단국대학교 일본연구소, 2013)

김병숙 한국외국어대학교 일본어대학 강사
공역 『모노가타리는 어떻게 읽혔을까』 모시는 사람들, 2017
논문 「에도 시대의 『겐지 모노가타리』 수용」(『일어일문학연구』97-2, 한국일어일문학회, 2016)
「『겐지 모노가타리』 세계의 루머와 모노가타리」(『일본문화연구』53, 동아시아일본학회, 2015)

김인혜 한국외국어대학교 일본어대학 강사
공저 『공간으로 읽는 일본고전문학』 제이앤씨, 2013
논문 「한·일 차인(茶人)의 특징 비교 − 차구(茶具)에 대한 인식을 중심으로」(『일본연구』59, 한국외국어대학교 일본연구소, 2014)
「한·일 차문화의 특징 비교」(『일어일문학연구』81-2, 한국일어일문학회, 2012)

355

김정희 단국대학교 일본연구소 HK연구교수
　　　공저 『매체와 장르』 한국외국어대학교 지식출판원, 2017
　　　논문 「1960년대 신우익의 사상과 고전(古典)－『고킨슈(古今集)』서문
　　　　　에서「문화방위론(文化防衛論)」으로－」(『일어일문학연구』99-2,
　　　　　한국일어일문학회, 2016)
　　　　　「1950년대 시극(詩劇) 운동과 전통극－근대 이후 서양문화 수용
　　　　　에 대한 반성－」(『일본학연구』45, 단국대학교 일본연구소, 2015)

김종덕 한국외국어대학교 일본어대학 교수
　　　공저 『東アジアの文学圏』笠間書院, 2017
　　　저서 『헤이안 시대의 연애와 생활』제이앤씨, 2015
　　　　　『겐지 이야기의 전승과 작의』제이앤씨, 2014
　　　번역 『겐지 이야기』지만지, 2017

김효숙 세종대학교 일어일문학과 초빙교수
　　　저서 『源氏物語の言葉と異国』早稲田大学出版部, 2010
　　　논문 「일본 고전 산문 작품에 나타난 신라의 형상－문학으로 본 역사－」
　　　　　(『일본연구』72, 한국외국어대학교 일본연구소, 2017)
　　　　　「『우쓰호 이야기(うつほ物語)』에 보이는 파사국(波斯國)에 대하여－
　　　　　『왕오천축국전(往五天竺國傳)』과의 접점－」(『동아시아고대학』40,
　　　　　동아시아고대학회, 2015

손경옥 한국외국어대학교 대학원 일어일문학과 석사·박사과정 수료
　　　발표 「『源氏物語』의 음식문화 연구-강권의 술을 중심으로-」, 한국일어
　　　　　일문학회 동계국제학술대회, 2017
　　　　　「『源氏物語』における飲食研究-「若菜」卷を中心に-」(東京外国語大
　　　　　学 国際日本研究センター　夏季セミナー, 2015)

송귀영 단국대학교 일본어과 교수
　　　공저 『공간으로 읽는 일본고전문학』제이앤씨, 2013
　　　논문 「源氏物語「橋姫」卷の巻名に関する一考」(『비교일본학』40, 한양대
　　　　　학교 일본학국제비교연구소, 2017)
　　　　　「『伊勢物語』の「みやび」」(『일어일문학연구』99-2,　한국일어일문
　　　　　학회, 2016)

신미진 한국외국어대학교 일본어대학 강사
공저 『키워드로 읽는 겐지 이야기』 제이앤씨, 2013
논문 「일본 헤이안 시대의 작품에 나타난 '게가레(穢れ)' 연구－생사의
레와 관련하여－」(『일본연구』63, 한국외국어대학교 일본연구소,
2015)
「일본 헤이안 시대의 모노가타리 작품에 나타난출생의 의례문화
연구-그 신앙적 요소를 근저로 하여-」(『일어일문학연구』89-2, 한
국일어일문학회, 2014))

양선희 한국외국어대학교 일본어대학 강사
논문 「일본 근세 전기 소설에 있어서 여자고용인의 양상-사이카쿠소설
을 중심으로-」(『日本言語文化』31, 한국일본언어문화학회, 2015)
「일본 근세문예에 나타난 금전관 -『츠레즈레구사』『장자교』『일본영
대장』을 중심으로-」(『일본문화학보』61, 한국일본문화학회, 2014)
「『西鶴置土産』巻一の一「大釜のぬきのこし」の表現手法一「見栄」を
包む「風呂敷一」(『名古屋大学国語国文学』98, 名古屋大学国語国
文学会, 2006)

이경화 한국외국어대학교 일본어대학 강사
논문 「신공황후 전승에 있어서의 물과 돌」(『일본학연구』50, 단국대학
교 일본연구소, 2017)
「'추격하는 여신'전승의 계보－이자나미·히나가히메·기요히메
를 중심으로－」(『일본사상』28, 한국일본사상사학회, 2015)
「일본 역신 설화 속의 도래인-재일한인의 원류를 찾아서」(『재외
한인연구』35, 재외한인학회, 2015)

이미령 한국외국어대학교 일본어대학 강사
저서 『겐지 모노가타리 불교적 세계관 연구』 인문사, 2012
논문 「『겐지 모노가타리』의 현대적 변용 양상 고찰」(『외국문학연구』
60, 한국외국어대학교 외국문학연구소, 2015)
「『겐지 모노가타리』의 계절독경(季の御讀經) 고찰」(『일어일문학
연구』91-2, 한국일어일문학회, 2014)

이미숙　서울대학교 인문학연구원 객원연구원

저서 『나는 뭐란 말인가:『가게로 일기』의 세계』서울대학교출판문화원, 20106

역주 『겐지 모노가타리 1·2』서울대학교출판문화원, 2014·2017
『가게로 일기』한길사, 2011

이부용　강원대학교 강원문화연구소 전임연구원

공저 『비교문학과 텍스트의 이해』소명출판, 2016

논문 「하기노 요시유키(萩野由之)의 「한국여행담」 연구」(『일본연구』74, 한국외국어대학교 일본연구소, 2017)
「『종교에 관한 잡건철』고려촌 성천원에 관한 연구」(『원불교사상과 종교문화』72, 원광대학교 원불교사상연구원, 2017)

이예안　제주대학교 통역번역대학원 한일과 교수

공역 『원시의 신사를 찾아서』제이앤씨, 2017
『오키나와 민속학 산책－시마가 그리는 꿈』제주대학교출판부, 2016

논문 「불교설화에 나타난 승려의 사회적 역할－『니혼료이키』와『삼국유사』와의 비교－」(『일본학보』107, 한국일본학회, 2016)

한정미　조치대학上智大学 그리프케어연구소 객원교수

저서 『源氏物語における神祇信仰』武蔵野書院, 2015

논문 「変貌する厳島神—古代·中世文芸を中心に—」(『일본사상』32, 한국일본사상사학회, 2017)
「『春日権現験記絵』に現れている春日神の様相—巻十六から巻二十までの詞書を中心に—」(『일본학보』107, 한국일본학회, 2016)

홍성목　울산대학교 일본어일본학과 조교수

논문 「『日本霊異記』上巻25·26縁を考える一持統天皇と大神高市万侶、そして景戒—」(『일본연구』한국외국어대학교 일본연구소, 2017)
「『니혼료이키(日本霊異記)』에 나타난 히토코토누시(一言主神) 전승에 대한 고찰－엔노오즈누의 인물상을 중심으로－」(『일본어문학』75, 일본어문학회, 2016)
「『日本霊異記』上巻23·24縁に語られるもの－古代日本の家族の在り方と母親像－」(『일본언어문화』33, 한국일본언어문화학회, 2015)